U0524258

批评的返场

何平 著

译林出版社

图书在版编目（CIP）数据

批评的返场 / 何平著. —南京：译林出版社，2021.12
ISBN 978-7-5447-8853-3

I.①批… II.①何… III.①中国文学－当代文学－文学评论－文集 IV.①I206.7-53

中国版本图书馆CIP数据核字（2021）第199139号

批评的返场　何　平／著

责任编辑	管小榕
特约编辑	侯擎昊
装帧设计	好谢翔
校　　对	戴小娥　蒋　燕
责任印制	颜　亮

出版发行	译林出版社
地　　址	南京市湖南路1号A楼
邮　　箱	yilin@yilin.com
网　　址	www.yilin.com
市场热线	025-86633278
排　　版	南京展望文化发展有限公司
印　　刷	江苏凤凰新华印务集团有限公司
开　　本	890毫米×1240毫米　1/32
印　　张	12.75
插　　页	2
版　　次	2021年12月第1版
印　　次	2021年12月第1次印刷
书　　号	ISBN 978-7-5447-8853-3
定　　价	68.00元

版权所有·侵权必究

译林版图书若有印装错误可向出版社调换。质量热线：025-83658316

目录

序　　　　返场：重建对话和行动的文学批评

思　潮

3　　　　"只有这样的地方，才有这样的生活"
26　　　 新世纪传媒革命和70后作家的成长
42　　　 二论网络文学就是网络文学
56　　　 青年的思想、行动和写作
66　　　 生于1977—1987：更年轻世代作家长篇小说地理草图
78　　　 细语众声和文学的可能性
85　　　 作为"文学共同体"的多民族中国当代文学
96　　　 改革开放时代中国文学的命名、分期及其历史逻辑

作　家

117　安魂，或卑微者的颂诗
140　从历史拯救小说
163　重提困难的写作，兼及超级现实主义小说的可能
185　"光明的文字划过黑暗，比流星更为神奇"
208　新生代：文学代际，或者1990年代的文学年轮

现　场

241　《花城关注》（2017—2021）：一份中国文学现场的私人档案
381　"文学策展"：让文学刊物像一座座公共美术馆

387　后记

返场：
重建对话和行动的文学批评

新世纪前后，文学的边界和内涵发生巨大变化。虽然这些变化在中国现代文学史自有来处、各有谱系，但文学市场份额、权力话语和读者影响等等都有着新的时代特征。五四时期到1930年代中期所确立的、依靠文学命名、雅俗之分以及文学等级秩序等形成的文学版图，经过1990年代的市场化和随后资本入场对网络新媒体的征用，以审美降格换取文学人口的爆发性增长，所谓严肃文学的地理疆域骤然缩小。一定程度上，这貌似削平了文学等级，但也带来基于不同的媒介、文学观、读者趣味等各种文学生产和消费方式的文学类型的划界而治。值得注意的是，即便使用同一种媒介来进行文学的发布和传播，也有很大区别——比如纸媒这一块，传统的文学期刊和改版后的《萌芽》《小说界》《青年文学》《中华文学选刊》，以及后起的《天南》《文艺风赏》《鲤》《思南文学选刊》，传统文艺出版社和理想国、后浪、文景、磨铁、凤凰联动、博集天卷、楚尘文化、副本制作、联邦走马、读客等出版机构,"画风"殊异;比如网络这一块,从个人博客到微博、微信等自媒体,从BBS到豆瓣的文学社区以及从自发写作到大资本控制的商业文学网站,都沿着各自的路径,分割不同的网络空间。缘此,一个文学批评从业者要熟谙中国文学版图内部的不同文学地理几无可能,更不要说在世界文学版图和更辽阔的现实世界版图安放中国当下文学。质言之,网络新媒体助推下的全民写作和评论,可能反而是越来越圈层化和部落化,这种圈层化和部落化渗透到文学生产和消费的所有环节。圈层化和部落化的当下文学现实,使专业的批评家只可能在狭小的圈子里,有各自的分工和各自的圈层,也有各自的读者和写作者。希望能够破壁突围、跨界旅行、出圈发声的批评家,必然需要对不同圈层不同部落所做工作有充分理解,这对于批评家的思想能力、批评视野和知识资源无疑是巨大的挑战。

媒介革命带来的另一个后果是众声喧哗,但此众声喧哗却不一定是复调对话和意义增殖,反而可能是自说自话的消解和耗散。我曾经在给《文学报·新批评》八周年专题写的一篇短文里说过:在一个信息过载、芜杂、泛滥的时代,不断播散的信息和意义的漂流,使每一个单数个体的观点都可能因为偷换、歪曲、断章取义等二次乃至数次加工而面目全非。碎片化几乎是思想和观念在大众传媒时代的必然命运。因此，在大众传媒时代的文学现场，传统意义上的专业文学批评能不能得以延续？又将如何开展？在开展的过程中如何秩序化地整合由写作者、大众传媒从业者、普通读者，甚至写作者自己也仓促到场的信息碎片？一句话，能不能在既有绵延的历史逻辑上编组我们时代的文学逻辑，发微我们时代的审美新质并命名之？

与此相较，专业文学批评从业者的构成也发生着微妙的变化。最明显的是新世纪前后，"学院批评"逐渐坐大。从文学期刊的栏目设置就能隐隐约约看出"学院批评"的逻辑线，比如《钟山》1999年增设了《博士视角》，2000年第3期开始停了《博士视角》，设立了一个后来持续多年影响很大的新栏目《河汉观星》。《河汉观星》的作者，基本上是各大学中国现当代文学的教师。《河汉观星》都是"作家论"，但这些"作家论"和一般感性、直觉的"作家论"不同，更重视理论资源的清理、运用，以及文学史谱系上的价值判断，被赋予了严谨的学理性。"学院批评"热潮之后，除了《钟山》《山花》《上海文学》《天涯》《花城》《作家》《长城》等少数几家保持着一贯的文学批评传统且和学院批评家有着良好关系的文学刊物，很长时间里，大多数文学期刊的文学批评栏目基本上很难约到大学"一线"教师的好稿，以至于文学批评栏目只能靠初出道和业余的从业者象征性地维持着。

现在的问题是，文学现场越来越膨胀和复杂，而大量集中在大学和专门研究机构的专业文学批评从业者是不是有与之匹配的观念、思维、视野、能力、技术、方式和文体？尤其是，二十世纪八九十年代和新世纪之后新入场的学院批评家在成长道路、精神构成、知识结构和批评范式等方面大不相同，新入场的文学批评从业者没有前辈批评家"野蛮生长"和长期批评文体自由写作的前史，他们从一开始就被规训在基于大学学术制度的"知网"论文写作系统里。事实上，文学批评不能简单等于学术研究。新世纪新入场的文学批评从业者并不具备也并不需要充分的文学审美和抵达文学现场、把握文学现场的能力，而是借助"知网"等电子资源库把文学批评做成"论文"即可。

观察中国现代文学史，文学批评从业者也并不是像现在这样集中在大学和专门研究机构，而是大多从事报刊媒体、图书编辑和出版等文学相关的工作。再有，从中国现代学术制度看，如此严苛的学术制度也只是近一二十年的事。其实，不只文学批评，在学术制度相对宽松的时代，整个大学学术研究也并不都是现在的这种样子。但据此将当下文学批评脱离文学现场都甩锅给大学学术制度并不公平，和人文社会科学研究相比，即便是今天的大学学术制度，依然给文学批评生长预留了大得多的空间。比如，大学学术制度一个硬性指标就是所谓的核心期刊论文。据我的观察，今天的文学批评刊物并不像想象的那般不能容纳丰富多样的文学批评。

各大学认可的所谓"C刊"和北大核心期刊，绝大多数都能发表我们可以想象得到的各种文学批评，而不是唯一的学报体"论文"，甚至《当代作家评论》《南方文坛》《扬子江文学评论》《小说评论》《文艺争鸣》《上海文化》等核心期刊也都并没有关键词和摘要的格式要求。与这种似紧实松的文学批评刊物生态相比，如果观察同一个作者在这几种文学批评刊物与需要关键词和摘要的《文学评论》《中国现代文学研究丛刊》《文艺研究》《当代文坛》，甚至学报和其他人文社科刊物发表的文字，其"文体"并没有明显的区分度。在他们的理解中，文学批评也就是一种"学术论文"而已。这直接导致的后果是：今天的文学批评刊物也被它们的作者改造得不"文学批评"了。因此，在强调学术制度规训文学批评的同时，文学批评从业者其实是自己预先放弃了绝大多数文学批评刊物给予的充分自由。这种放弃还不只是文本格式、修辞和语体层面的，而且是文学从业者思想、思维、人格等精神层面的。看五四以来的现代文学批评传统，在精神层面上，文学批评落实在"批评"。应该意识到现代文学批评和现代知识分子之间的内在关系。这种内在关系达成的文学批评，最基本的起点是审美批评，而从审美批评溢出的可以达至鲁迅所说的社会批评和文明批评。

考虑到客观存在的大学学术制度，文学批评学科定位不能仅仅框定在中国现代文学史研究疆域并成为其附属物。文学批评是不是可以汲取社会科学研究的实践精神和研究范式，在大学学术制度下重建合法性？社会科学研究重田野调查和身体力行的行动和实践，文学批评也可以这样去处理和文学现场的关系：批评家以自己的文学批评实践，现实地影响文学现场。印象最深的是某个阶段的《上海文学》《人民文学》《山花》和《钟山》等，陈思和、蔡翔、丁帆、李敬泽、施战军、张清华、王干等批评家介入文学期刊编辑，他们的个人立场左右着刊物趣味和选稿尺度。2017年，我开始和《花城》合作的《花城关注》，也是定位在由批评家主持的栏目。《花城关注》自2017年第1期开栏到目前为止推出了30期，关注的小说家、散文写作者、剧作家和诗人有上百人，其中三分之二的作家是没有被批评家和传统的文学期刊充分注意到的。30期栏目涉及的30个专题包括：导演和小说的可能性、文学的想象力、代际描述的局限、话剧剧本的文学回归、青年作家和故乡、科幻和现实、文学边境和多民族写作、诗歌写作的"纯真"起点、散文的野外作业、散文写作主体多主语重叠、"故事新编"和"二次写作"、海外新华语文学、摇滚和民谣、创意写作、青年作家的早期风格、文学向其他艺术门类的扩张、原生城市作家和新城市文学亲密关系、在县城、乡村博物馆、世界时区、心灵树洞、青年冲击、期刊趣味、地方的幻觉、短篇大师的理想、机器制造文学、文学部落和越境旅行等等。

《花城关注》每一个专题都有具体针对文学当下性和现场感问题的批评标靶，将汉语文学的可能性和未来性作为遴选作家的标准。在这样的理念下，那些偏离审美惯例的异质性文本自然获得更多的"关注"，而可能性和未来性也为栏目的"偏见"预留了讨论和质疑的空间。在《花城关注》中，我从艺术展示和活动中获得启发，提出"文学策展"的概念。新世纪前后文学期刊环境和批评家身份发生了变化。二十世纪八九十年代的刊物会自觉组织文学生产，我们会看到，每一个思潮，甚至每一个经典作家的成长都有期刊的参与，但当下文学刊物很少去生产和发明八九十年代那样的文学概念，也很少自觉地去推动文学思潮，按期出版的文学刊物逐渐退化为作家作品集。与此同时，批评家自觉参与文学现场的能力也在退化，丰富的文学批评实践几乎等同于论文写作。所以，提出"文学策展"的概念，就是希望批评家向艺术策展人学习，更为自觉地介入文学现场，发现中国当代文学新的生长点。与传统文学编辑不同，文学策展人是联络者、促成者和分享者，而不是武断的文学布道者。其实，每一种文学发表行为，包括媒介，都类似一种"策展"。跟博物馆、美术馆这些艺术展览的公共空间类似，文学刊物是人来人往的"过街天桥"。博物馆、美术馆的艺术活动都有策展人，文学批评家最有可能成为文学策展人。这样，把《花城关注》栏目想象成一个公共美术馆，有一个策展人角色在其中，这和我预想的批评家介入文学生产并前移到编辑环节是一致的。对我来说，栏目主持即批评。通过栏目的主持表达对当下中国文学的臧否，也凸显自己作为批评家的审美判断和文学观。《花城关注》不刻意制造文学话题、生产文学概念——这样短时间可能会博人眼球，但也会滋生文学泡沫——而是强调批评家应该深入文学现场去发现问题，一定意义上，继承的正是1980年代以来，乃至整个现代文学批评的实践精神。

近几年，文学期刊和文学批评、文学批评家之间的互动又开始复苏和活跃起来。一方面，像谢有顺、金理、王春林、张学昕、顾建平、李德南、陈培浩、方岩、黄德海、张莉、邵燕君等批评家在多家文学期刊主持栏目，有的栏目已经持续多年，比如《长城》有王春林的《文情关注》、张学昕的《短篇的艺术》和李浩的《小说的可能性》，《青年作家》有谢有顺的《新批评》和顾建平的《新力量》，《青年文学》有黄德海的《商兑录》，《文学港》有李德南的《本刊观察》等；另一方面，像《江南》《中华文学选刊》《广州文艺》《鸭绿江》《青年文学》《思南文学选刊》《收获》《作品》等传统上并不以文学批评在中国当代文学见长的文学期刊都在文学批评上投入大量的版面，《收获》的《明亮的星》、《中华文学选刊》117位85后的《当代青年作家问卷调查》、《江南》的《江南·观察》、《广州文艺》的《当代文学关键词》、《作品》的《经典70后》以及《鸭绿江》的《青年城市·新青年》等尤其值得关注。不仅如此，一些年轻批评家，像张定浩、刘大先、金理、黄平、黄德海、杨庆祥、何同彬、方岩、李德南、岳雯等，他们也自觉地强化文学和时代的对话性，使文学批评增加思想的成色。

身体力行的行动和实践的文学批评，它和文学现场的关系不只是抵达文学现场，而是"在文学现场"；或者说"作为文学现场一个不可或缺的部分"，他们参与时代文学的生产，也生产着自己的批评家形象。"在文学现场"，把还处在萌芽状态的隐微可能性和文学新质挖掘出来，对"新文学"有所发现和发明。越来越多的批评家在文学期刊主持栏目和发表文学批评，不仅修复了文学期刊创作和评论两翼齐飞的传统，而且对于在大学学术制度中获得属于文学批评独特的学术领地和尊严，矫正文学批评被有着亲缘性的文学史和文学理论矮化和贬低的现象有着重要意义。事实上，文学史和文学理论的学术拓进离不开文学批评的支援。文学批评介入文学现场肯定不只是参与文学期刊编辑实践一条路径，比如像丁帆、陈福民、王彬彬、王尧、李敬泽、张清华、张新颖、张柠、梁鸿、张定浩、黄德海、木叶、李云雷、项静、房伟等除了文学批评，还涉及小说、诗歌、散文等各种文类的写作，这其实也是中国现代文学的一个重要传统。事实上，行动和实践意义上的"动词"的文学批评就不仅仅被束缚在"论文"，除了栏目主持和跨界写作，还可以是文学启蒙教育、编辑选本、排榜（比如批评家王春林每年会发布"一个人的小说榜"）等等。即便是"论文"，也不一定是体制完备秩序谨严的"论文"，除了文学刊物和批评刊物，网络时代的社区、微信、微博等等也开放了各种言路和新的批评文体方式。

姑且相信，今天的文学批评从业者都有着自己的文学价值和立场。关于这一点，可以去查阅《南方文坛》的《今日批评家》栏目。这个栏目可能是文学批评刊物里最资深的、一直没有间断的栏目。1950年代以后出生的有影响的文学批评家几乎都被这个栏目介绍过，每一个《今日批评家》介绍的批评家都要表达"我的批评观"。或许，当下中国文学批评并不缺少"我的批评观"，但是否意识到"我的批评观"越多，文学的"共识"建立就越需要争辩、质疑和命名的对话？而就健康的文学生态而言，对话不只应该发生在批评家和批评家之间，而且应该很自然地扩散到批评家和作家、批评家和社会各阶层各领域之间。因此，当下文学批评要复苏的不只是抵达文学现场的田野调查和"在现场"的实践传统，还有重建文学批评的对话性。事实上，我们时代真正有问题意识、复调意义的文学对话已经丧失得差不多了，只剩下装饰性的文学交际、文学活动、文学会议和公共空间的文学表演等这些"假装的对话"。二十世纪末出版的《集体作业》，完整地记录了1998年11月3日的一场"会饮"。参加这次"会饮"的是当时的青年作家李敬泽、邱华栋、李洱、李冯和李大卫。他们不聊文学八卦,也没不痛不痒针对一个作家一个作品站台聒噪,径直正面强攻宏大的时代话题:个人写作与宏大叙事、日常生活,传统与语言,想象力与先锋等"文学问题"——真问题和大问题。(现在的青年作家和批评家聚在一起谈什么?)他们记录的文学"会饮"应该是这样的:"对话在李大卫家进行,从上午持续到深夜。""李洱专程从郑州赶来。在对话中间,由于现场气氛热烈,人声嘈杂,为了不遗漏每一个人的发言,大家手持小录音机,纷纷传递到或坐或站的各人嘴边,那情形很像是在传递与分享着什么可口的食物。"二十世纪八九十年代,尤其是1992年之后,那是一个真正的文学"会饮"时代。现在看那个时代的报刊——《读书》《文艺争鸣》《书屋》《上海文学》《花城》《天涯》《芙蓉》《钟山》《山花》《北京文学》《文论报》《作家报》《文艺报》《东方文化周刊》……文学界、知识界多么热爱"会饮"聚谈。值得一提的是,这些和文学批评相关,或者以文学批评为引子的"会饮",几乎都没有局限在文学内部,且参与者几乎囊括人文社会科学艺术的所有领域,比如《上海文学》的《批评家俱乐部》就涉及"文学和人文精神的危机""当代知识分子的价值规范""人文学者的命运及选择"等;《花城》的《现代流向》和《花城论坛》涉及城市、流行文化等前沿问题;《钟山》的《新十批判书》则集中讨论商业时代来临的精神废墟;《山花》《芙蓉》《天涯》对文学和当代先锋艺术投入热情和关切……其中,《天涯》的《作家立场》和《研究与批评》是少有的一直坚持到现在还关注"大文学"的栏目。

基于重建文学和大文艺,重建文学和知识界,重建文学和整个广阔的社会之间的关联性,基于对文学批评在如此复杂多向度的关联性中敞开的想象,2017年,我和复旦大学的金理发起了"上海—南京双城文学工作坊",这是一个长期的计划。每年,在复旦大学和南京师范大学轮流召集批评家和出版人、小说家、艺术家、剧作家、诗人等共同完成有自觉问题意识的主题工作坊项目,希望复苏文学批评的对话传统。它不是我们现在大学、作协和研究机构的研讨会、作品讨论会等,而是更为开放、具有更多可能性、跨越文学边境的"对话"。这个双城工作坊目前已经做了五期,主题分别是"文学冒犯和青年写作"(2017,上海)、"被观看和展示的城市"(2018,南京)、"世界文学和青年写作"(2019,上海)、"中国非虚构和非虚构中国"(2020,南京)、"文学和公共生活"(2021,上海)。除此之外,这两年,我和陈楸帆发起"中国科幻文学南京论坛",和李宏伟、李樯、方岩发起"新小说在2019"。

当下中国文学界作家和批评家之间的关系过于"甜腻"。可能很少有一个时代,作家这么在乎批评家怎么看。我读《巴黎评论》的《作家访谈》发现,像大家熟悉的海明威、马尔克斯和纳博科夫等对批评家都保持着足够的警惕和"不信任"。当然,作家的"在乎",如果仅仅出于文学,是可能构成一种有张力的对话关系的,而事实上,很多时候所谓的"在乎",在乎的并不是批评家诚实的文学洞见和审美能力,而是他们在选本、述史、评奖和排榜等方面的权力。

重建文学批评的对话性,本质上是重建文学经由批评的发现和发声回到整个社会公共性或至少与民族审美相关的部分,而不是一种虚伪的仪式。其出发点首先是文学、批评家,尤其是年轻的批评家们要有理想和勇气成为那些写作冒犯者审美的庇护人、发现者和声援者,做写作者同时代的批评家是做这样的批评家。无须太远,追溯传统,二十世纪八九十年代,批评家是甘于做同时代作家的庇护人、发现者和声援者的。可是,这两年除了去年张定浩和黄平就东北新小说家在《文艺报》有一个小小争辩性的讨论,我们能够记得的切中我们时代文学真问题、大问题、症候性问题、病灶性问题的文学对话有哪些?更多的年轻批评家成为某些僵化文学教条的遗产继承人和守成者。二十世纪八十年代是一个思潮化的时代,九十年代已经开始出现"去思潮化"倾向。我在2010年写过一篇《"个"文学时代的再个人化问题》,就是谈新世纪前后文学个体时代的来临,今天不可能像八十年代那样按照不同的思潮来整合碎片化的写作现场。文学的变革是靠少数有探索精神的人带来的,而不是拘泥和因袭文学惯例。改革开放以来的中国文学之所以能够不断向前推进,正是有一批人不满足于既有的文学惯例,挑战并冒犯文学惯例,不断把自己打开,使自己变得敏锐。时至今日,不是这样的传统没有了,也不是这样有探索精神的个人不存在了,而是"文学"分众化、圈层化和审美降格之后,过大的文学分母,使得独异的文学品质被湮没了,难以澄清。因此,今天的文学批评,一方面,对真正的新文学进行命名固然需要勇气和见识;另一方面,对那些借资本和新媒介等非审美权力命名的所谓文学,要在"批评即判断"的批评意义上说"不"。缘此,文学批评目的在于回到去发现每一个独特的个体,去发现这些个体写作和同时代写作者之间的关系以及他们的历史逻辑上,进而考量他们给中国当代文学带来何种新的可能。

思潮

目錄

"只有这样的地方,才有这样的生活"
——近三十年中国文学如何叙述地方

不是所有的作家都要盯牢一个地方才能写出成就,优秀的作家也不必然要叙述某一个地方,但谁也不能否认文学叙述地方是近三十年中国小说中的重要传统。地方如何被文学叙述?一个基本的前提是,我们这个统一多民族共同体的国家内部,存在不存在审美差异性的"地方"?刘震云就曾经说过:"故乡就是国家。"[1]人类学、社会学研究中,中国政治共同体内部的地方经验自二十世纪上半叶以来一直被像费孝通、林耀华、杜赞奇、庄孔韶这些学者体会着、揭示着。就文学而言,就像有人体认的:"中国内地以政治为主体的文学,其实也是南腔北调的集合。比如北方的作家莫言,如何在山东去理解李锐在山西的创作,还有贾平凹用陕西的土话创作的《秦腔》,等等。语言本身是不断变易的。更不用讲像阿来这样的作家,他是一个有西藏背景的作家,这中间有很多复杂的因素。"[2]语言固然是一个重要的"地方"性因素,但"地方"不只是语言。就作家叙述的地方本身而言呢?苏童在最近的一篇文字中就写

---

1 刘震云:《整体的故乡与故乡的具体》,《文艺争鸣》1992年第1期。
2 李凤亮:《"华语语系文学"的概念及其操作——王德威教授访谈录》,《花城》2008年第5期。

道:"香椿街和枫杨树乡是我作品中的地理标签。"[3] 不只是苏童的"香椿街和枫杨树乡",近三十年中国文学中,还有"大淖"(汪曾祺)、"商州"和"清风街"(贾平凹)、"小兴安岭"(郑万隆、乌热尔图)、"藏地"(扎西达娃、马原)、"乌珠穆沁草原"(张承志)、"小鲍庄"和"上海弄堂"(王安忆)、"鸡头寨"和"马桥"(韩少功)、"葛川江"(李杭育)、"吕梁山"(李锐)、"太行山"(郑义)、"清平湾"(史铁生)、"高密东北乡"(莫言)、"温家窑"(曹乃谦)、"白鹿原"(陈忠实)、"上塘"(孙惠芬)、"延津故乡"(刘震云)、"耙耧山脉"(阎连科)、"王家庄"(毕飞宇)、"笨花村"(铁凝)、"天门口"(刘醒龙)、"王榨"(林白)、"机村"(阿来)、"北极村"和"额尔古纳河右岸"(迟子建)、"东坝"(鲁敏)、"斜塘"(羿愚)、"马家堡"(东君)等等。当作家叙述着这些地方时,地方显然已经不只是装饰性的风俗风情风景,甚至不只是一个个地理标签。但也应该看到,一方面,近三十年中国文学书写中地方被频频征用;另一方面,上面所有的这些地方并没有都能够成为中国作家所推崇的福克纳的约克纳帕塔法、马尔克斯的马孔多,或者汉语文学中的"鲁镇""湘西""果园城""呼兰河"意义上的文学地方。换句话说,地方并没有能够成为作家一个人的文学世界。

从汪曾祺开始的文学地方叙述

文学一成史往往就按下葫芦浮起瓢。当照着"伤痕""反思""改革"一路说着新时期文学时,我们发现几乎没有汪曾祺的事情了。虽然,1980年代的头两年差不多是"汪曾祺年"。《北京文学》和《雨花》

---

3 苏童:《关于创作,或无关创作》,《扬子江评论》2009年第3期。

这一南一北两家在新时期很有影响的杂志先后发表了他的《受戒》(《北京文学》1980年第10期)、《异秉》(《雨花》1981年第1期)、《大淖记事》(《北京文学》1981年第4期)、《徙》(《北京文学》1981年第10期)、《故乡人》(《雨花》1981年第10期)等等。汪曾祺的写作成为不在文学史的写作。对不在文学史的写作,我们现在的办法是将它折胳膊蜷腿勉强塞到一个地方。比如很多文学史的书就把汪曾祺放在了地域风情小说或者市井小说里来论。但事实上,应该承认汪曾祺的小说和同时代陆文夫、邓友梅、陈建功等的地域风情小说不是一个调子。因此,现在回过头来看,倒不如将汪曾祺作为新时期文学另外一个传统的开始。王蒙在给李杭育《最后一个渔佬儿》写的序中说:"从传统上说,中国的小说似乎不是那么留意地理和自然的。……他们更多地把艺术的聚光集中在社会、政治、伦理的人际关系方面。"[4]李杭育之前,汪曾祺《大淖记事》等小说"留意地理和自然"应该成为新时期文学一个引人注目的事情。写地方的"地理和自然"是汪曾祺的擅长。在这方面,汪曾祺让新时期文学接续上废名、沈从文的现代文学传统。汪曾祺接续或者开始的文学传统是另外一种文学,但却是与"伤痕""反思""改革"在同一历史语境、文学场域的东西。汪曾祺自己说:"这是'思无邪',《诗经》的境界。我写这些,跟三中全会思想解放很有关系,多年来我们深受思想束缚之害。"[5]

    这个地方的地名有点怪,叫庵赵庄。赵,是因为庄上大都是姓赵。叫作庄,可是人家住得很散,这里两三家,那里两三家。一出

---

4 王蒙:《序:葛川江的魅力》,李杭育:《最后一个渔佬儿》,人民文学出版社1985年版,第1页。
5 汪曾祺、施叔青:《作为抒情诗的散文化小说——与大陆作家对谈之四》,《上海文学》1988年第4期。

门,远远可以看到,走起来得走一会儿,因为大路,都是弯弯曲曲的田埂。庵叫菩提庵,可是大家叫讹了,叫成荸荠庵。(《受戒》)

这地方的地名很奇怪,叫作大淖。全县没有几个人认得这个淖字。县境之内,也再没有别的叫作什么淖的地方。据说这是蒙古语。那么这地名大概是元朝留下的。元朝以前这地方有没有,叫做什么,就无从查考了。(《大淖记事》)

从一开始汪曾祺就自觉自己叙述的故事是"地方"性的,是"怪"的。但这种"怪"是别人看去的,于汪曾祺自己,写的地方就是自己的故乡而已。"因为印象深,记得很清楚","好些行业我真的很熟悉。像《异秉》里的那个药店'保全堂',就是我祖父开的,我小时候成天在那里转来转去。写这些人物,有一些是在真实的基础上稍微夸张一点。和尚怎么还可以娶个老婆带到庙里去。小和尚还管她叫十娘,和尚赌钱打牌,还在大殿上杀猪,这都是真的,我就在这小庙里住了半年,英子还当过我弟弟的保姆。……《大淖记事》里那些姑娘媳妇敢于脱光了下河洗澡,他们说怎么可能呀?怎么不可能,我都亲眼看到过。"[6]

文学如何叙述地方?首先是对地方差异性的尊重和坚持。地方经验往往很难被纳入公共话语。如汪曾祺《大淖记事》所写:"这里的颜色、声音、气味和街里不一样。这里的人也不一样。他们的生活,他们的风俗,他们的是非标准、伦理道德观念和街里的穿长衣念过'子曰'的人完全不同。"于是汪曾祺写《受戒》。"明海在家叫小明子。他是从小就确定要出家的。他的家乡不叫'出家',叫'当和尚'。他的

---

[6] 汪曾祺、施叔青:《作为抒情诗的散文化小说——与大陆作家对谈之四》。

家乡出和尚。就像有的地方出劁猪的,有的地方出织席子的,有的地方出箍桶的,有的地方出弹棉花的,有的地方出花匠,有的地方出婊子,他的家乡出和尚。……二师父仁海,他是有老婆的。他老婆每年春秋之间来住几个月,因为庵里凉快。庵里有六个人,其中之一,就是这位和尚的家属。仁山、仁渡叫她嫂子,明海叫她师娘。这两口子都很爱干净,整天地洗涮。傍晚的时候,坐在天井里乘凉,白天,闷在屋里不出来。"和尚仁渡唱小调山歌:"姐儿生得漂漂的,两个奶子翘翘的,有心上去摸一把,心里有点跳跳的。""这个庵里无所谓清规,连这两个字也没人提起。……他们吃肉不瞒人,年下也杀猪。杀猪就在大殿上,一切都和在家人一样,开水、木桶、尖刀。捆猪的时候,猪也是没命地叫。跟在家人不同的,是多一道仪式,要给即将升天的猪念一道'往生咒',并且总是老师叔念,神情很庄重:'……一切胎生、卵生、息生,来从虚空来,还归虚空去。往生再世,皆当欢喜。南无阿弥陀佛!'三师父仁渡一刀子下去,鲜红的猪血就带着很多沫子喷出来。"小说最后是:

小英子忽然把桨放下,走到船尾,趴在明子的耳朵旁边,小声地说:

"我给你当老婆,你要不要?"

明子眼睛鼓得大大的。

"你说话呀!"

明子说:"嗯。"

"什么叫'嗯'呀!要不要,要不要?"

明子大声说:"要——!"

"你喊什么!"

明子小小声说:"要——"

"只有这样的地方,才有这样的生活。"[7]汪曾祺《受戒》写小儿女的恋爱和破宗教之诫无涉,与地方相关。因此,对小说这样的结局我们要去找出革命性反叛的微言大义,和汪曾祺的本意肯定是南辕北辙的。从汪曾祺开始的1980年代文学地方叙述的意义是多方面的,发现地方的价值并且确立叙述地方的合法性是其中最重要的。只是当时汪曾祺之叙述地方并没有像后来的中国文学那样,将地方置于国家和地方、大历史和小历史、中国经验和全球化等复杂的对抗中去书写。汪曾祺只是诚实地写他的旧梦往事中的"地方",而被劫持和征用的地方叙述应该是后起的事情。但客观上,汪曾祺的地方叙述对主流写作的疏离也可以作为"远离政治"的一种政治来观察,它所发展出的是一种文学自身的意识形态。而我们在三十年后的今天将会看出,无论受没受汪曾祺的影响,汪曾祺之后的文学地方叙述对地方之"异"之"怪"的强调,必然有着或隐或显的对想象的中心的对照或者对抗。没有国家,何来地方?也正因为如此,汪曾祺出现在"伤痕""反思""改革"的1980年代是偶然,也是必然。

被知识青年征用的地方述异志

地方如何被叙述其实隐含了一个基本的前提:谁来叙述地方?传统中国的地方是不是如我们想象的是一个寂然无声的沉默中国?这个问题值得深思。至少传统中国的地方存在着由民间艺人、宗族领袖、乡绅等民间知识者构成的地方叙述者。他们通过口传文学、族谱、宗谱以及私修方志等方式来叙述地方,而当代中国政治高度的一体化和基层化必然导致这些地方叙述者的消隐。地方叙述者的消隐导致的一个直接结果是

---

[7] 汪曾祺:《代跋:读〈到黑夜想你没办法〉》,曹乃谦:《到黑夜想你没办法》,长江文艺出版社2007年版,第232页。

对地方的叙述只能由地方的"他者"来完成。

1985年前后是文学中国的地理大发现时代。仅仅从吴亮和程德培当年选编的《新小说在1985年》，就能够感受当年作家地理发现的狂潮：《爸爸爸》《秋千架》《西藏，隐秘的岁月》《冈底斯的诱惑》《黄泥小屋》《天狗》《炸坟》《狗头金》《五个女人和一根绳子》，如果加上避免和其他选本重复而没有选入的《小鲍庄》和《透明的红萝卜》，过半数以上的小说叙述着"地方"。看看作者构成，这个被文学史称为"寻根"的文学思潮，很多人是有"知青文学"写作"前科"的。再看一下这些地方叙述者的构成，差不多都是回乡或者插队的知青。即使不是知青，也是以一个现代知识人的身份进入地方的。因此，说1985年前后地方的叙述者是一群新中国出生的新知识青年应该不会有太大的问题。谁也没有想到的是，有一天这些和农民同吃同住同劳动的知青会成为地方故事的讲述者。曹乃谦说："'文化大革命'的最后一年，我被派到边远的北温家窑村给插队知识青年带队。……我在北温家窑待了一年。这一年给我的感受也实在太强烈了。这深刻的感受这强烈的震动，首先是来自他们那使人镂骨铭心撕肝裂肺的要饭调。十二年后，我突然想起该写写他们，写写那里，写写我的《温家窑风景》，并决定用二明唱过的'到黑夜我想你没办法'这句呼叹，作为情感基调，来统摄我的这组系列小说。"[8]而李锐"如果不是曾经在吕梁山荒远偏僻的山沟里生活过六年，如果不是一锨一锄地和那些默默无闻的山民种了六年庄稼，我是无论如何写不出这些小说来的"。[9]知识青年"上山下乡"于每一个个体可能是各种不同的命运和体验，而从整体上说却是近现代中国规模空前的文化移置和改造运动。其客观的结果是知识青年接受贫下中农的再教育，同时"山"与"乡"

8　曹乃谦：《附录：你变成狐子我变成狼——我与塞北民歌》，《到黑夜想你没办法》，第238—239页。
9　李锐：《生命的报偿》，《厚土》，人民文学出版社2008年版，第215页。

这些地方也被知识青年改造和塑造。

在对寻根文学的理解上,有人认为这是一种"去政治"的反抗书写,[10]也有人认为是逃世避世的遗忘书写。[11]其实这是一枚分币的两面。逃世避世是其表,翻开分币的另一面,是虚弱的反抗。1985年前后的地方叙述显然是一种有意为之的集体写作策略转移。"寻根文学最大的功绩是注重了民族的文化,不仅仅是局限在政治事件上、社会焦点上,而是使文学开始回归到文学的意义上。"[12]今天我们重读这些寻根之作,确实可以看到博物馆式的民俗文化的幌子,但这是不是就是"民族的文化",是不是就"回归到文学的意义上"?这些问题值得我们思考。更为重要的是,这样一群人叙述地方,他们也许并不真正理解地方,也不准备真正理解地方。他们是地方的过客,甚至是地方的他者和敌意者。阿城的《棋王》、《树王》和《孩子王》可以作为解读这群人的地方叙述立场的样本。即使他们以地方为文化之根,在这里,书写边缘、非主流,但"知识崇拜""启蒙崇拜""现代文明崇拜"仍然是观察和解读边缘的"潜文本"。因而在他们的视野里所谓卑谦者的高贵是有限度的,像张承志这样标榜"为人民"写作,后来也确乎将人民作为栖身之地的作家在当时也不能免俗。一方面他自认为:"我曾在蒙古草原的纵深处生活了很久。帽檐朝后,衣袍稀烂,歪骑着马,一年洗一次澡。""无论我们曾有过怎样触目惊心的创伤,怎样被打乱了生活的步伐和秩序,怎样不得不时至今日还感叹青春;我仍然认为,我们是得天独厚的一代,我们是先锋的人。在逆境里,在劳动里,在穷乡僻壤和社会底层,在思索、痛快、比较和扬弃的过程中,在历史推移的启示里,我们也找到过真知灼见;找到过至今感

---

10 李庆西:《寻根文学再思考》,《上海文化》2009年第5期。

11 王晓明:《不相信的和不愿意相信的——关于三位"寻根"派作家的创作》,《文学评论》1998年第4期。

12 贾平凹、谢有顺:《贾平凹谢有顺对话录》,苏州大学出版社2003年版,第59页。

动着,甚至温暖着自己的东西。""我无法忘却我在生活道路上结识的那许许多多,遍布在我喜爱的北方广袤大地上,也许语言种族各异而命运相同的人们。""我非但不后悔,而且将永远恪守我从第一次拿起笔时就信奉的'为人民'的原则。"[13]另一方面当他开始结构自己的小说时却是:"……也许是因为几年来读书的习惯渐渐陶冶了我的另一种素质吧,也许就因为我从根子上讲毕竟不是土生土长的牧人,我发现了自己和这里的差异。我不能容忍奶奶习惯了的那草原的习性和它的自然法律,尽管我爱它爱得那样一往情深。我在黑暗中搂着钢嘎·哈拉的脖颈,忍受着内心的可怕的煎熬。不管我怎样拼命地阻止自己,不管我怎样用滚滚的往事之河淹灭那一点诱惑的火星,但一种新鲜的渴望已经在痛苦中诞生了。这种渴望在召唤我、驱使我去追求更纯洁、更文明、更尊重人的美好,也更富有事业魅力的人生。"(《黑骏马》)一个一直没有被揭示的事实是,我们许多评论家对这些作家在传统和现代文明之间的焦虑指认,对寻根文学的地方叙述者来说也许就是俗世庸常的斤斤计较。他们离开地方,却在所生活的城市成为零余者和多余人。"回城市住久了,那个深藏在太行山凹的小山村愈来愈陌生、愈来愈遥远了,而六年的插队生活,与农民血肉相关,相濡以沫,那感情是很深挚的。我像当年一样骑上自行车,爬了七十里的山路,回到我们栖身六年的小土房,遇到了杨大伯。"[14]更早一点,贾平凹的"商州"系列干脆就是来自一次"匆匆太匆匆"的乡村田野调查。如此,地方在他们视野里成了"炫异"式的"异乡异闻"也就毫不奇怪了。就像《商州初录》里写的:"天黑了,主人公让旅人睡在炕上,……但关了门,主人脱鞋上床,媳妇也脱鞋上床,只是主人睡在中间,作了界墙而已。"遇到主人出门:"主人便将一条扁担放在炕中

---

13 张承志:《后记》,《老桥》,北京十月文艺出版社1984年版,第304—306页。
14 郑义、施叔青:《太行山的牧歌》,《上海文学》1989年第4期。

间。……一个钟头,炕热得有些烫,但不敢起身,只好翻来覆去,如烙烧饼一般。正难受着,主人回来了,看看炕上的扁担,看看旅人,就端了一碗凉水来让你喝。你喝了,他放心了你,拿了酒来又让你喝,说你真是学过的人。你若不喝,说你必是有对不起人的事,一顿好打,赶到门外,你那放在炕上的行李就休想带走。"(《商州初录·黑龙口》)

这是些各怀心思的地方勘探者、怀旧者、观光客、猎奇者,当然也包括最大份额的寻根者,开疆拓土,各自为战,而又合纵连横。无论他们之间存在多少立场、视角、语体、修辞的差异性,有一点是肯定的:这是一群地方的征用者和劫持者。就像李锐所说的:"其实,文人们弄出来的'文学',和被文人们弄出来的'历史''永恒''真理''理想'等名堂,都是一种大抵相同的东西,都和那些面朝黄土背朝天的人并无多少切肤的关系。"[15]"穷地方也有好文化",[16]几乎是他们的公共叙述视角。这里的"好文化"当然还可以替换成"好德行""高人"等等。那么到底什么是他们写作视野下的"好文化"?是"被文明社会遗弃了的那些'渣滓',譬如古代神话,譬如徐文长的故事。上古人类是没有贵贱之分的,那时的文学也不分雅俗。神话很混沌,糅合了历史、信仰、教育、自然观、原始伦理、种族的延续意识等等,又是感觉的交流、信息的传递、知识的传授,且用了歌舞剧的方法表达出来";[17]是"乡土中所凝结的传统文化,又更多地属于不规范之列。俚语,野史,传说,笑料,民歌,神怪故事,习惯风俗,性爱方式等等,其中大部分鲜见于经典,不入正宗";[18]是"规范之外,非传统的"的"各少数民族的文化"[19]……因而寻根

---

15 李锐:《生命的报偿》,第216页。
16 韩少功、王尧:《韩少功王尧对话录》,苏州大学出版社2003年版,第185页。
17 李杭育:《也谈"找出路":谈寻"根"问题》,《钟山》1986年第1期。
18 韩少功:《文学的"根"》,《作家》1985年第4期。
19 李杭育:《理一理我们的"根"》,《作家》1985年第9期。

文学终于"有些'寻根'之作变成了跳大神,卖野人头,'民情风俗三日游'",[20]就一点不会让人感到意外了。因为他们的地方叙述一开始就癖好神乎玄乎,异乡异闻,怪力乱神的"奇观"和"畸人"。

　　1985年前后的中国文学地方大发现过去数十年后,今天这群地方叙述者已经充分占有着文化资源和话语权,"寻根"和新儒学、文化保守主义、现代化、中国经验、全球化等和亲结盟,被塑造成1980年代的伟大文化事件。但我还是忍不住追问:这种前锋抱持一种文化策略,跟进沦为一种文化投机的当代"述异志"的地方叙述多大程度上"叙述出了地方"?如《爸爸爸》《厚土》《温家窑风景》《遍地风流》《异乡异闻》等,地方作为一个被取样的文化样本,依据预设的尺度,被用于对不同文化衡短论长,像近年有代表性的《狼图腾》《罗坎村》,同样或将农耕文化比于游牧文化,或将中国文化比于西方文化;寻根文学流风所及,以文学为论文,已然是末流余绪了。

"佯史"的地方史叙述

　　莫言、马原、苏童在1980年代中后期的先后登场本来是可以有效地矫正寻根文学考据式的"文化癖"的。迄今为止,他们在1980年代中后期的地方叙述仍然是中国文学最富有技术难度和想象力的部分。但他们的地方叙述所凭依的个人才情、想象力和创造力具有不可复制性,他们的地方叙述也终于没有成为文学时尚。而因为1980年代末新写实文学的启发,1990年代的中国文学忽然多了许多"小历史"的地方史叙述。我把这些小说称为"佯史"的地方叙述。所谓"佯史"就是以小说之假作历史之真。近年的创作和批评实践谈论这些小说时,将还原历史真相、

20　韩少功、王尧:《韩少功王尧对话录》,第60页。

抵达历史现场作为一个重要的尺度。姑且不讨论真实是不是文学的当然尺度,一个显见的事实是,这些小说不但频频出现在历届的茅盾文学奖中,比如《白鹿原》《长恨歌》《秦腔》等等,而且研究界对这一类写作的评价似乎颇高,其史诗性的长篇小说建构野心也累获佳评。"佯史"的地方叙述在新时期文学中是有传统的,李陀就指出贾平凹的《商州三录》"似乎在做将小说与史结合起来的尝试,不过他不是写历史小说,而是使他写的商州的小说有一种地方史的价值"。[21] 只是时隔十年,除了《故乡到处流传》等极少数的小说,1990年代"佯史"的地方叙述只对中国近现代史特别是民国前期、抗战、土改和"文革"有着特别的兴趣。在新历史主义批评的阐释中,这些地方叙述以新中国红色经典为"潜文本",借助仿地方志的地方经验叙述来解构宏大的国家叙事。

对历史的叙述首先涉及的是历史的起源。假作真、野作正的"佯史"地方叙述当然不像国家叙述那样可以找到一个确定的当代国家历史的起源。因而,"佯史"地方叙述的地方历史起源往往野史化、传说化。缘此,我们可以发现这种地方历史起源的叙述和1980年代"述异志"的寻根文学的谱系关联。以寻根文学的两部代表作《小鲍庄》和《爸爸爸》为例:

> 小鲍庄的祖上是做官的,龙廷派他治水。用了九百九十九天时间,九千九百九十九个人工,筑起了一道鲍家坝,围住九万九千九百九十九亩好地,倒是安乐了一阵。不料,有一年,一连下了七七四十九天的雨,大水淹过坝顶,直泻下来,浇了满满一洼水。那坝子修得太牢靠,连个去处也没有,成了个大湖。

---

21 李陀:《中西文学中的文化意识和审美意识——序贾平凹著〈商州三录〉》,《上海文学》1986年第1期。

直过了三年，湖底才干。小鲍庄的这位先人被黜了官。念他往日的辛勤，龙廷开恩免了死罪。他自觉对不住百姓，痛悔不已，扪心自省实在不知除了筑坝以外还有什么别的做法，一无奈何。便带了妻子儿女，到了鲍家坝下最洼的地点安家落户，以此赎罪。从此便在这里繁衍开了，成了一个几百人的庄子。

……山不高，可是地洼，山把地围得紧。那鲍山把山里边和山外边的地方隔远了。

这已是传说了，后人当作古来听，再当作古讲与后人，倒也一代传一代地传了下来，并且生出好些枝节。比如：这位祖先是大禹的后代，于是，一整个鲍家都成了大禹的后人。又比如：这位祖先虽是大禹的后代，却不得大禹之精神——娶妻三天便出门治水，后来三次经过家门却不进家。妻生子，禹在门外听见儿子哭声都不进门。而这位祖先则在筑坝的同时，生了三子一女。由于心不虔诚，过后便让他见了颜色。自然，这就是野史了，不足为信，听听而已。（王安忆：《小鲍庄》）

寨子落在大山里，白云上，常常出门就一脚踏进云里。……

点点滴滴一泡热尿，落入白云中去了。云下面发生了一些什么事情，似与寨里的人没有多大关系。秦时设有"黔中郡"，汉时设过"武陵郡"，后来"改土归流"……这都是听一些进山来的牛皮商和鸦片贩子说的。说就说了，吃饭还是靠自己种粮。

……

这些村寨不知来自何处。有的说来自陕西，有的说来自广东，说不太清楚。他们的语言和山下的千家坪的就很不相同。比如把"看"说成"视"，把"说"说成"话"，把"站立"说成"倚"，把"睡觉"说成"卧"，把指代近处的"他"换成"渠"，颇有点古风。

人际称呼也有些特别的习惯,好像是很讲究大团结,故意混淆远近和亲疏,把父亲称为"叔叔",把叔叔称为"爹爹",把姐姐称为"哥哥",把嫂嫂则称为"姐姐",等等。爸爸一词,是人们从千家坪带进山来的,还并不怎么流行。所以照旧规矩,丙崽家那个跑到山外去杳无音信的人,应该是他的"叔叔"。(韩少功:《爸爸爸》)

我们再看《白鹿原》和《笨花》。比如《白鹿原》,"宋朝年间,一位河南地方小吏调任关中,骑着骡子翻过秦岭到滋水县换乘轿子,一路流连滋水河川飘飘扬扬的柳絮和原坡上绿莹莹的麦苗,忽然看见一只雪白的小鹿一跃又隐入绿色之中再不复现。小吏即唤轿夫停步,下轿注目许多时再也看不见白鹿的影子,急问轿夫对面的原叫什么原,轿夫说:'白鹿原。'小吏哦了一声就上轿走了。半月没过,小吏亲自来此买下了那块地皮,盖房修院,把家眷迁来定居,又为自己划定了墓穴的方位"。比如《笨花》,"笨花人喜欢把笨花村的历史说得古远无边,以证明他们在这块黄土高原上的与众不同。他们尤其热衷于述说自己那捕风捉影的身世,把那些说不清的年代统称为老年间。他们说,老年间他们并不住在笨花,他们的家乡在山西洪洞县。说得再活灵活现些,那是山西洪洞县老鸹窝村大槐树底下。在老家他们的日子过得充实富足,与世无争。后来不知是哪位皇帝心血来潮,命他们到老鸹窝大槐树底下集中,然后又平白无故命他们移民至沃州或平棘,……尽管史书为这个远古的移民传说做了详尽的记载,但笨花人还是不打算以史为依据,他们坚信着传说和演义,固执地按照自己的信念,解释着那些细枝末节"。

不仅是对历史起源的叙述,在叙述地方经验时,这些小说同样和寻根小说有着接近的非正史的地方立场,可以比较下《爸爸爸》和《笨花》:

如果寨里有红白喜事,或是逢年过节,那么照规矩,大家就得唱"简",即唱古,唱死去的人。从父亲唱到祖父,从祖父唱到曾祖父,一直唱到姜凉。姜凉是我们的祖先,但姜凉没有府方生得早,府方又没有火牛生得早,火牛又没有优耐生得早。优耐是他爹妈生的,谁生下优耐他爹呢?那就是刑天——也许就是陶潜诗中那个"猛志固常在"的刑天吧。刑天刚生下来时天像白泥,地像黑泥,叠在一起,连老鼠也住不下,他举斧猛一砍,天地才分开。可是他用劲用得太猛了,把自己的头也砍掉了,于是以后以乳头为眼,以肚脐为嘴。他笑得地动山摇,还是舞着大斧,向上敲了三年,天才升上去;向下敲了三年,地才降下来。(韩少功:《爸爸爸》)

笨花人坚信天上有个专司下雹子的神是雷公,雷公还有一个帮手叫活犄角。雷公住天上,活犄角住在人间。只待雷公需要时,活犄角才被雷公招至天上,工作完毕,活犄角再返回人间,过着和平常人一样的生活。活犄角好似雷公的打工者。(铁凝:《笨花》)

但和寻根小说刻意强调国家和地方、规范和非规范的边界不同,"佯史"的地方叙述更关心在国家疆域中的地方。地方不是化外之地,地方成为地方。就像我们前面指出的当代国家政治的一体化和基层化必然改变传统的地方存在方式,我们只要研究如《伪满洲国》《笨花》《白鹿原》《圣天门口》《丰乳肥臀》《空山》这些小说的国家时间和地方时间,就可以看到这种国家和地方的缠绕。在《笨花》中,我们可以看到这些国家时间,"公元一八九五年,光绪二十一年""公元一九〇二年,光绪二十八年""一九一一年,宣统三年秋天""公元一九四五年八月十六日"……向文成和甘子明在笨花办新式国民小学,"在村里从事的事业是与科学、民主的新文化运动同步的"。但笨花村的日常生活合着时代平仄的同时，又有着保有自己节奏的地方时间。"自此，笨花人把日本人进兆州之前发生的事统称为'事变前'，把之后的事统称为'事变后'。""事变前，瑞典牧师山牧仁把基督教传到了笨花，又在笨花开办了一所主日学校。""是一个月亮先升起的黄昏。事变后，笨花人不再注意这么好的月亮。""笨花的黄昏变了样了。""走动儿在黄昏中的消失，才像是一个时代的结束。事变前，也才像一个时代的开始。"阿来的《空山》也存在着类似的两个时间、两种历史，一面是"恩波少年时跟从在万象寺当喇嘛的舅舅江村贡布出家，又于新历一千九百五十年和江村贡布一起被政府强制还俗"；一面是"格拉母子重返机村这一年，是机村历史上最有名的年头之一。在机村人的口传历史中，这一年叫公路年。也有讲述者把这一年称为汽车年。""国家"和"地方"的非完全重叠为"伴史"的地方叙述瓦解国家叙述提供了合法性。在这里，我们可以看到这些小说和1980年代莫言的《红高粱家族》一脉相承的东西——国家征服和改造着地方，而地方表现出强大的化解和自持能力。正因为如此，"伴史"的地方叙述才有其可能性。比如《笨花》里写到的乡村《摩西出埃及记》的演出，摩西出场，"这摩西刚高过台上的桌椅板凳（山丘），他的嘴巴和下巴上粘着几朵棉花。他手里拄着一根秫秸棍，身穿一件紫花袍，露出两条胳膊"。

"现代"如何进入并改造"地方"？《笨花》就写到雪花膏、德国洋药、白熊自行车、福音堂、洗礼、西服领带、印着鲜红的花体英文字"Good Morning"的毛巾、日文报纸、夜校、《新民主主义论》、后方医院等"现代"进入中国的"地方"。在许多"现代"中间，"基督教"和"现代革命"进入"地方"是"伴史"的地方叙述的公共话题。比如《圣天门口》："多年以前，三个蓝眼睛的法国传教士来到天门口，用自己的钱盖了一座溜尖的美其名曰教堂的房子，诚心诚意地住在里面。多少年过去了，蓝眼睛的法国传教士百般勤奋地传教，仍旧不能让天门口人信他们的教，进他们的堂。"而后来的革命者却能够意识到，"处在雪杭两家矛盾之中的天门口民众急切需要正确的引导"。傅朗西、董重里的革命实践正是建基在对地方性经验的发现和充分把握之上。和法国传教士的宗教一样，同样是舶来品的革命，在天门口却如杭九枫所说："我人不暴动卵子还要暴动哩！"

这些年，历史的大小之分为学界所关注。同样的后发展现代化国家，印度学者的研究对我们很有启发意义："对真正的印度历史编纂来说，国家主义是不够的，因为它会妨碍我们和过去进行对话。它以国家的命令语气向我们发号施令，国家擅自为我们确定哪些是历史性事件，这使得我们无法选择考虑自己与过去的关系。但是，论述历史所必需的叙述正需要这样的选择。就此而言，去选择意味着设法通过聆听公民社会无数的声音，并与之交流对话，来与过去建立联系。这是一些淹没在国家主义命令的喧嚣中的细微的声音。"[22] 回到中国语境，当我们思考"徉史"的地方叙述建构的是一部怎样的历史的时候，其实是从述史立场上考察它究竟是国家、文人、书面语重叠在一起的历史，还是民间的"口传历史"？"徉史"的地方叙述比我们想象的要复杂。他们并不有意轻忽"国家擅自为我们确定哪些是历史性事件"，在他们的历史的视野里，"国家声音"和"庶民声音"是缠绕在一起的，也就是说在现实中国里，"国家、文人、书面语重叠在一起的历史"和"民间的'口传历史'"、大传统和小传统常常存在着彼此的占领和整合。如同"徉史"的地方叙述从来不拒斥"国家"，也无力拒斥"国家"，"徉史"的地方叙述是"国家声音"和"庶民声音"、是书面和口传、是呼喊和细语的复调历史。"徉史"的地方叙述客观上和宏大的国家叙事之间存在着以小博大的"政治"

---

[22] 拉纳吉特·古哈：《历史的细语》，刘健芝、许兆麟选编，林德山等译：《庶民研究》，中央编译出版社2005年版，第340页。

差异和对抗,这一方面最明显的是体现在《白鹿原》《圣天门口》《丰乳肥臀》等小说中的对中国现代革命不同政治力量图谱的重绘。值得指出的是,其过于显豁的"拨正返乱"的用心使得这些小说在人物塑造上往往刻意正面人物反写,反面人物正写,有意暧昧政治立场、阶层和人性之间的勾连。而这样的书写经验一旦泛化,从小说人物塑造的角度来说,将陷入新的观念化和概念化。

也许从新历史观生成的角度,"佯史"的地方史文学叙述有着积极的建设性意义。"我们现存的大部分史学教科书是见瓜不见藤,见藤不见根。什么意思呢?就是说,这种史学基本上是帝王史、政治史、文献史。但缺少了生态史、生活史、文化史。换句话说,我们只有上层史,缺少底层史,对于多数人在自然与社会互动关系中的生存状态,尤其缺少周到的了解和总体把握。"[23]"佯史"的地方叙述普遍发现和肯定着地方日常生态、生活、文化的意义。在《笨花》里,笨花村的人们掐花尖、打花杈、摘花拾花,男人看花、女人钻窝棚。冬夜,女孩子在梅阁暖和的炕上无话不说,"最吸引她们的还是《圣经》里的人物和故事。她们拿《圣经》里的人物和笨花人对着号"。《伪满洲国》,写"小民们"的"卑琐平凡的实际生活"。而韩少功的《马桥词典》,"动笔写这本书之前,我野心勃勃地企图给马桥的每一件东西立传。……比方说关注一块石头,强调一颗星星,研究一个乏善可陈的雨天,端详一个微不足道而且我似乎从不认识也永远不会认识的背影。起码,我应该写一棵树。在我的想象里,马桥不应该没有一棵大树,我必须让一棵树,不,是两棵树吧,让两棵大枫树在我的稿纸上生长,并立在马桥村罗伯家的后坡上。我想象这两棵树大的高过七八丈,小的也有五六丈,凡是到马桥来的人,都远远看见它们的树

---

[23] 韩少功、王尧:《韩少功王尧对话录》,第190页。

冠,被它们的树尖撑开了视野"。[24]

暧昧历史起源,强调地方经验,重视日常生活,"佯史"地方叙述的路数已经被我们摸清。以虚构和想象为本业的小说假作真、野作正地成为言之凿凿的历史。问题是文学的任务仅仅是提供一种不同于国家正史的地方史吗?我们必须警惕,"佯史"的地方叙述正在成为一种对抗的文学政治学。固然文学不必然要"去政治""去文化"来获得自足性,文学也不必然要"去历史"。但文学如果止步于历史的真伪,将文学书写置换成真伪之辨,随着历史叙述立场的多样化,文学被政治意识形态所宽容;文学如果不在时代之变中人的心态、精神、心灵蜕变上下功夫,那么作为历史讲述的一种,无论历史之大小,文学是不是最擅长的述史方式就值得权衡了。因为从求真的角度说,"佯真"的地方叙述仍然只能是知识者对地方的他者想象。即使像林白的《妇女闲聊录》这样的地方叙述,当林白将木珍的讲述进行编目、排列时,"地方"的"真"也变得可疑起来。《马桥词典》作为"个人的一部词典",韩少功就深刻认识到这种取舍和择选中的意识形态。"为村寨编辑出版一本词典,对于我来说是一个尝试。如果我们承认,认识人类总是从具体的人或者具体的人群开始的;如果我们明白,任何特定的人生总会有特定的语言表现,那么这样一本词典也许就不是没有意义的。""这是一种非公共化或逆公共化的语言总结。"[25]"但是有谁肯定,那些在妥协中悄悄遗漏了的一闪而过的形象,不会是意识的暗层里积累成的可以随时爆发的语言篡改事件呢?"[26]进而,即使获得了历史之真,"小说与世界的关系不是地理位置上的小说世界,而是小说精神上和写作者文学观、世界观上的小说世界"。[27]所以,对

---

24 韩少功:《枫鬼》,《马桥词典》,作家出版社1996年版,第68—69页。
25 韩少功:《编撰者序》,《马桥词典》,第1页。
26 韩少功:《后记》,《马桥词典》,第400页。
27 阎连科:《小说与世界的关系——在上海大学的演讲》,《上海文学》2004年第8期。

于这些小说,如果我们还只是将其意义设定在历史的真伪之辨上,显然是一个悖离文学常识的伪命题。而且写小历史、生态史、生活史、文化史、底层史以及庶民日常生活也并不必然保证通向的就是文学之路。我们必须意识到:地方如何被叙述和地方如何被文学叙述是两个完全不同的问题,因而必须重新回过头来研究这些小说,看看其多大程度上实现了地方叙述的文学性。

地方如何被文学叙述?

批评家王尧在和莫言的对话中谈道:"文学中的地域、空间,应该超越地理学的意义。"[28]所以,莫言叙述地方提出了"超越故乡"的命题,他"创造了'高密东北乡',是为了进入与自己的童年经验紧密相连的人文地理环境,它是没有围墙甚至是没有国界的。我曾经说,如果说'高密东北乡'是一个文学王国,那么我这个开国君王就应该不断地扩展它的疆域。……故乡,也就是文学意义上的'故乡',是文学的地理学。譬如我写的'高密东北乡',在《红高粱》时期某些故事还是有原型的。到了《丰乳肥臀》就突破所谓的'真实'。即便是在一些技术性的问题上,像小说描写的一些植被啊,动物啊,沙丘啊,芦苇啊,这些东西在真正的高密乡里是根本不存在的。《丰乳肥臀》的日文翻译者到高密去,画了很详细的地图,找沙丘,找沼泽,但来了一番,什么也没有,只有一块平地,一个萧瑟的村庄。我想,一个作家能同化别人的生活,能把天南海北的生活纳入自己的'故乡',就可以持续不断地写下去"。[29]文学叙述地方还不仅需要超越"地理学的意义",从汪曾祺地方叙述意义的再发现

---

28 莫言、王尧:《莫言王尧对话录》,苏州大学出版社2003年版,第202页。
29 同上,第202—203页。

到1985年前后的"述异志"式的地方叙述,再到世纪之交的"佯史"地方叙述,文学叙述地方的得失之辨,可以发现近三十年中国文学和地方,不只是被政治,而且更隐蔽地被渗透了政治的文化和历史所劫持和征用。而今全球化时代里"中国经验"又成显学,新一轮的地方劫持和征用的"圈地运动"可以预见。

客观地说,近三十年中国文学的地方叙述在观念、结构、修辞、语体等方面为中国文学提供了许多新经验,比如莫言、苏童、阎连科飞翔的地方想象,比如韩少功、贾平凹、毕飞宇、阿来、迟子建地方百科全书风俗史的建构,比如王安忆对地方和人相互塑造的揭示,比如莫言、苏童、刘震云、韩少功、林白、刘醒龙等的文体探索,比如莫言、曹乃谦、李锐、韩少功、阎连科、刘震云、刘醒龙的语言实践……但我还是要严苛地指出近三十年文学地方叙述被文化、政治、历史劫持和征用的大势。因为地方叙述频频地被非文学因素劫持和征用,捆缚住了当代汉语文学的手脚,即使仅仅从超越地理学的意义来说,近三十年中国文学类似莫言"高密东北乡"这样的"文学地方"仍然不是很多。如果数数,够得上"地理标签"意义的好像也只有苏童、阿来、韩少功、王安忆、贾平凹、刘震云、阎连科、迟子建、李锐、毕飞宇、刘醒龙等可数的几个作家创造的"香椿街和枫杨树乡"、"机村"、"马桥"、"上海弄堂"、"商州"、"延津故乡"、"耙耧山脉"、"北极村"、"吕梁山"、"王家庄"和"天门口"。

1956年,福克纳在回答《巴黎评论》时说:"从《沙多里斯》开始,我发现我自己的像邮票那么大的故乡的土地是值得写的,……它打开了一个各色人等的金矿,我也从而创造了一个自己的天地。"[30]在这里,福克

---

[30]《巴黎评论》编辑部编,王宏图等译:《巴黎评论·作家对谈5》,人民文学出版社2020年版,第33页。

纳其实揭示了地方和人的关系。近三十年中国文学的地方叙述似乎也很少给我们提供地方的各色人等，相反，当地方被政治、文化、历史所劫持和征用之后，"各色人等"也类型化、观念化、符号化和脸谱化。生态史、生活史、文化史、底层史俨然皆备，但却见史不见人，见人不见有着文学典型性的人。阅读近三十年中国文学的地方叙述，我们能够发现我们的作家对地方的各色人等极其漫不经心，而且从近三十年中国文学的地方叙述来看，中国作家的写作许多时候并不是来源于文学创造力和想象力意义上的拓展，而是政治、文化、历史等直接对抗意义上的"压抑和反抗的写作"。文学的地方叙述肯定联系着地理、文化、政治、历史等等，但文学又必须叙述在地理、文化、政治和历史之外的虚构和想象的地方。是"向自己索取故事"，也是"向虚构和想象索取"。[31]

一定意义上，中国文学地方叙述的局限也是整个中国文学的局限。它至少暴露出中国文学迄今的非自足性和想象力匮乏症。文学必须依靠政治、历史、文化的对抗来厘定自己的边界，来激活自己的创造力。这让我们想到马尔克斯的"马孔多"："与其说马孔多是世界上的某个地方，还不如说是某种精神状态。"[32]现在我们说，文学如何叙述地方？我们的作家首先应该诚实地回到地方"观察它、倾听它、理解它"，而不是观念开道、主题先行。苏童将文学叙述地方比作画邮票。"花这么长时间画一张邮票，不仅需要自己的耐心、信心，也要拖累别人、考验别人。"而"画邮票的写作生涯其实是危险的，不能因为福克纳先生画成功了，所有画邮票的就必然修成正果"。[33]但仅有耐心和信心还不够。如马尔克斯说：

---

31 苏童：《关于创作，或无关创作》。
32 加·加西亚·马尔克斯：《番石榴飘香》，崔道怡、朱伟、王青风、王勇军编：《"冰山"理论：对话与潜对话》，工人出版社1987年版，第718页。
33 苏童：《关于创作，或无关创作》。

"拉丁美洲的日常生活告诉我们，现实中充满了奇特的事物。"[34]能否抓住日常生活的奇迹，这显然是对一个写作者虚构和想象能力的考验。文学叙述地方指向的是现实的地方，更是想象的地方。"小说是用密码写就的现实，是对世界的揣度。小说中的现实不同于生活中的现实，尽管前者以后者为依据。这跟梦境一样。"[35]生活在全球化时代的新境遇里，地方日日新，我们的文学已然不是在福克纳、马尔克斯的时代叙述地方。当今时代文学如何叙述地方？福克纳、马尔克斯们的文学经验够用不够用已经成为问题，何况我们距离福克纳、马尔克斯还那么遥远呢。

---

34 加·加西亚·马尔克斯：《番石榴飘香》，第711页。
35 同上。

新世纪传媒革命和70后作家的成长

一

从二十世纪末卫慧、棉棉、周洁茹、朱文颖等的成名，到2008年前后阿乙的出道，中间差不多正好是十年的时间。他们的差异不仅仅是卫慧等的都市和小城市与阿乙的小镇空间错置，还在于二十世纪末和当下作家的写作境遇完全不可同日而语。我们看同样是70后作家，他们是如何被《人民文学》接纳的。李敬泽在1998年谈《人民文学》的《本期小说新人》栏目时说："每期一个新人，每期一种新的声音。"[1]1998年第1期《人民文学》发表周洁茹的《我们干点什么吧》《抒情时代》，刊物的推荐语是："周洁茹的小说中，真正值得注意的是那个说话的声音。那声音很敏感，你可以从语调的波动感到都市生活中时时刻刻飘荡着的很轻、有时又很尖锐的欣快和伤痛。这是一种很'快'的生活，以至于二十世纪七十年代就已看出沧桑。人们猜测在什么地方埋伏着一批生于七十年代的小说家，用虚拟的语气想象他们的面貌。仅就现有的例证——比如

---

[1] 《人民文学》1998年第1期。

丁天，比如周洁茹——来说，你会发现他们的小说是适合于诵读的，把《我们干点什么吧》出声地读出来，我们才能真正欣赏它。语言的质地直接表达着经验的质地，这使他们的小说清新、干净。这确是一种新的声音，也正是我们设立《本期小说新人》这个栏目的用意所在——每期一个新人，每期一种新的声音。"1998年第3期发表戴来《要么进来，要么出去》《你躺在那儿干什么》，推荐语是："她的叙事姿态冷酷、辛辣，她的小说不可避免地要落到一句尖锐的、摧枯拉朽的断喝和疑问上，这暗示了年轻一代作家对通行的现代性主题的反思和瓦解。……叙述和表达过于平滑，过于平滑其实也是小说一病啊。"1999年《人民文学》发表了陈家桥、戴来的中短篇小说，在第2、6、7期登场的"本期小说新人"则分别是朱文颖、金瓯和刘玉栋。朱文颖的《重瞳》《十五中》是"'古典'的，具有古典的气质、古典的情调与古典的美学趣味。……两篇小说，弥漫的都是作者那针尖般尖锐而准确的感觉"。金瓯的《前面的路》的推荐语是："金瓯在宁夏，今年27岁。作为年轻的写作者，金瓯有一种血气方刚的强悍和猛烈……这是一种狂放的，甚至是残酷的喜剧精神。"而刘玉栋的《我们分到了土地》则是："二十年前的旧事在他的笔下新鲜饱满、充满生命的汁液，宏大的历史事件化为个人的经验和命运，化为欢乐、伤痛、迷惘和梦想，但同时，历史并未消散，它在个人生活的诗篇中幽微沉静地运行……"2000年第1期《人民文学》推出李浩的《闪亮的瓦片》："李浩的小说是另一种'七十年代人'的写作。他有精确的技术，这并不罕见，但是他还有狠忍阴鸷的力量，专注地迫近问题的核心：罪与罚、生的艰难和死的艰难。因此，他的小说是有力量的，但重量压在身上时，人其实无法飞翔，李浩的写作是在克服虚拟的、醉态般的轻，克服失重，让脚踏在地上。"第3期推出冯晓颖的《心惊肉跳》和《扁少女》："在今年第一期，我们介绍了李浩，现在我们介绍冯晓颖，他们都是'七十年代人'。"70后成为文学期刊变革和转型的时代新声。

其实不只是《人民文学》，《收获》对70后的推介可能更早，我粗略地翻了一下杂志，计有：丁天《梦行人》(1994年第3期)、《流》(1995年第4期)，赵波《何先生的今生今世》(1996年第5期)，金仁顺《五月六日》(1997年第6期)，朱文颖《俞芝和萧梁的平安夜》(1998年第6期)、《浮生》(1999年第3期)，周洁茹《不活了》(1998年第6期)、《跳楼》(1999年第4期)，赵波《晓梦蝴蝶》(1999年第6期)，棉棉《糖》(2000年第1期)，等等。不唯《收获》和《人民文学》，1995年《作家》《山花》《大家》《钟山》《作家报》联手举办了意在推举文学新人的《联网四重奏》栏目，1996年《小说界》推出《七十年代以后》栏目，1998年第7期《作家》推出《七十年代出生的女作家专号》，而其2002年第1期的《美国七十年代出生作家展示》、2002年第3期的《台湾七十年代出生作家展示》和2004年第1期的《韩国七十年代出生作家专辑》则显示了更为开阔的视野，1999年萧元接编《芙蓉》首期《实验工厂》即推出朱文、陈卫、魏微三个作家的小说，其中陈卫和魏微皆为70后作家。

新世纪前后对70后作家的集中推介是传统文学期刊影响力的最后光焰。而十年之后的阿乙，虽然最后终于也被《人民文学》接纳，但如果我们还自认为《人民文学》是中国文学的重镇，那么这种接纳终归有些迟到的"追认"意味。在阿乙的描述中真有一种"逆袭"的味道：[2]

---

[2] 阿乙成名后，几乎所有关于阿乙的访谈和印象记都强调阿乙"小镇警察"的前史，比如《南方人物周刊》就这样说："从小镇警察到小说家，阿乙从世界的边缘奋力游到中央。"(吴琦：《局外人阿乙》，《南方人物周刊》2012年第20期)《中国青年》新近的一篇访谈中，记者更是用一种抒情的笔调写道："他成功了，1976年出生的他，在出版了《灰故事》《鸟，看见我了》《春天在哪里》《下面，我该干些什么》等多部长短篇之后，跟冯唐们一起，成为文坛70后'中间代'作家的代言人。仅2012年，阿乙就斩获《人民文学》'未来大家TOP20'、华语文学传媒大奖最具潜力新人奖、《东方早报》文化中国年度人物、《南方人物周刊》青年领袖奖等殊(转下页)

从2008年后,我的运气开始好起来。2008年我在饭局遇见罗永浩,因为邻坐不得不说些话,就说我也想去你们牛博开博。我并不知道牛博网是有准入门槛的网站。几天后他看过我的文章,咬定我是写小说的那个人。同年他帮助我运作出版第一本小说集《灰故事》。2009年,我的小说仍然只能在论坛张贴,仍然没有发表机会。我将小说贴在今天论坛,当时《今天》杂志正好缺稿,北岛向版主寻求推荐,版主推荐我。那年春节,我在乡村拜年,接到北岛四十分钟的电话。我很难相信这件事会发生在我身上。后来《今天》杂志总共三次发表我的作品小辑。2010年,在磨铁图书工作的王凌米女士拿到我的书稿试图出版,但是遭到否决——没有多少民营出版商会愿意出版短篇小说集。她跟主管领导和最高领导吵了一遍,我的第二本小说集《鸟,看见我了》才得以出版。正是这本书给我带来很多读者。同年,我在内地期刊第一次发表小说,阵地是《人民文学》,我很感激来自责任编辑曹雪萍和主编李敬泽的激赏。[3]

二

可以这样肯定说,70后作家在二十世纪末的集体出场,是和传统文学期刊改造同时发生的。

类似"七十年代以后"这种,以一代人的出生年份命名这代人

(接上页)荣,并入选中国小说学会年度排行榜。"(韩春丽:《阿乙:写作是一种酷刑》,《中国青年》2013年第13期)在所谓知识分子精英的视野里,阿乙是一个文学界"逆袭"的励志传奇。大众传媒中的"阿乙现象"是研究当下知识分子精英傲慢与偏见的一个很好样本。

[3] 阿乙:《第十届华语文学传媒大奖获奖感言》。

的写作的提法，本来是可以质疑的，尤其是七十年代出生的中国写作者，他们不再成长于以政治生活为主的单一背景，经济改革之后五彩斑斓的社会生活使得他们的写作无论是关心的话题、关涉的生活和写作方式，还是面对写作的心态和写作追求乃至价值取向，都难以找到一个较为集中的共同点。或许正是这个"寻求共同点"的艰难，以这代人的出生年份命名这代人的写作才成了无可命名的命名。经由几家杂志两三年来不遗余力地分别以《七十年代以后》《七十年代出生的女作家专号》等栏目刊发大量的作品以及媒体的热心炒作，现在，"七十年代以后"已至少成为一个语言事实。[4]

改造的目标就是使传统文学期刊成为富有活力的新传媒。文学期刊变革的动力应该部分来自网络新传媒。"网络的出现，说明了人们的叙说方式和阅读方式在悄悄地发生变化，它对文学刊物的启示是多方面的。"[5] "文学刊物是文字书写时代的产物。这一时代并没有结束，而数字图文时代又已来临。人们的运用方式和接受方式，面临着新的冲击。传统意义上的文学和文学刊物，也必然要面对这一形势。既不丧失文学刊物的合理内核，同时文学刊物的表述方式（包括作家的写作方式）又必须做出有效的调整。这是编辑方针的改变，更是经营策略的调整。"[6] 在很多的描述中，我们只看到新世纪前后文学刊物的危机，而事实上，发生在二十世纪末的文学期刊变革是一场自觉的"文学革命"，以《青年文学》为例子：

> 八十年代，文学刊物在小说、诗歌、散文、报告文学四大栏目

---

[4] 李安：《重塑"七十年代以后"》，《芙蓉》1999年第4期。
[5] 唐小朗：《网络与刊物》，《青年文学》2000年第6期。
[6] 晓麦：《文学刊物的处境》，《青年文学》2000年第2期。

版块中运行，对号入座，其乐融融。九十年代，人们的文学热情受到了非文学非文字的强烈冲击，文学刊物以不断创新的旗号、林林总总的招牌来应对，尽管文学大殿堂不可避免地沦陷为文学小卖部，但这种局部的努力，表明刊物不仅仅是一种编辑行为，而更是一种运作和操作（甚至炒作）。到了九十年代，文学刊物在酝酿整体性的变革，不再停留于某一说法、某一栏目的更新改造，而更着眼于办刊整体思路上的创新。

  从八十年代的计划性编辑到九十年代的主动性操作，再到世纪之交整体思想的形成，文学刊物主体性不断增强。今天，我们似乎可以说，文学活动的主体部分在于文学刊物，文学刊物本身就是一种主体行为。它不仅仅是文学作品的汇编，也不仅仅是发表多少部好的作品，关键在于它是一个综合性文本，是一种文化传媒。它应该更有力地介入创作与批评，介入文学现状，介入文学活动的全过程，并能有力地导引这种现状和过程。这样，文学刊物才能真正拥有自己不可替代的个性和特色，而形成自己的品牌优势。

  只有充分认识到文学刊物作为文化传媒的价值和效用，作为文学活动的主体性存在，我们才能在文化市场上巩固自己的地位，发展自己的优势。[7]

"文学刊物作为文化传媒"，《青年文学》是通过强化"写实"来实现的：

  写实是与虚构相对应的。在本刊的版块操作中，我们把虚构的部分划归为"小说"，而把真实性的描述放在"写实"之中。这

---

7 晓麦：《文学刊物就是主体行为》，《青年文学》2000年第1期。

样做，目的是为了突出纪实、散文类作品的真实性，强调这一类文体本身应具备的真情实感。正是在这样的设定中，我们安排了诸如《经历》《感遇》《行走》《心情》一类的栏目。一方面，我们希望在写实的说法下，更多地展现真实性的丰富内涵，给读者以明确的导引；另一方面，我们也力图接纳更多的能够艺术地表达作者真情实感的作品，给这些作品一个广阔的展示空间。

在写实版块的显著位置上，近来我们又新添了《新写实》一栏。这是专发新近散文作者作品小辑的一个栏目。当我们注意到作者的才情和潜力，当作者陆陆续续寄来的作品形成了一定的规模，并且大体比较齐整时，我们就推出相应的小辑，以期引起大家的注意。这些作者大都很年轻，有很好的文字感觉，他们流露出来的心情意绪，有很深厚的蕴涵，有鲜活的感动，而且不伪饰不做作，收放自如，取舍有度。我们操作的写实版块，也是希望出现更多这样的作者和作品。

在文字、感受、情调、境界上到位，这是读者对"写实"的要求，也是我们对"写实"者的要求。[8]

《新写实》，重建的是文学和我们日常生活之间的关系，这和2010年《人民文学》的"非虚构"有着一脉相承的精神气质；《作家》的《七十年代出生的女作家专号》，与文字镶嵌在一起的则是女作家的"写真"影像志，比如"在'阴阳'吧里。夜晚的艳妆生活就要开始，只是那次来不及把头发染蓝"的艺术照相和卫慧小说构成了一种互文关系，这是作家向娱乐人物、文学期刊向时尚杂志在靠近；而《芙蓉》"改刊不是向知识分子靠拢，而是注重介绍其他门类的艺术进展"。在这场传统文学期

---

8 《写实的含义》，《青年文学》2000年第7期。

刊的变革潮中，70后"对衰老的文坛而言是一个重要的提示"（韩东）。[9]应该看到，虽然70后作家从一开始就被文学刊物的变革所征用，但一些70后在此过程中却对文学的传媒化保持着足够的警惕。这里面《芙蓉》的努力尤其值得重视，在绝大多数文学刊物包装、炒作70后作家的时候，《芙蓉》所做的工作却是"重塑70后"，反抗被塑造。认识到这一点，我们才能够发现新世纪70后作家和文学新传媒关系的复杂向度：不只是迎合和妥协，而且有反制和抗争。因此，在讨论70后和传媒关系时，应该充分评估《芙蓉》系"70后作家的意义和价值。在《芙蓉》的视野里：

> 文坛推出的"七十年代以后"使得这一命名有以下两大特点：一、女作家的数量远远大于男性作家，女作家的作品数量多得惊人，对作家性别的责难本身是可笑的，然而我们的责难正是由于文坛对呈现"七十年代以后"时的刻意炒作的发现；二、以一些女作家为主的"时尚女性文学"严重遮蔽了"七十年代以后"创造、真实、艺术和美的文学创作。由此，目前"七十年代以后"的命名实质上完全被"时尚女性文学"的现实所替代。
>
> "时尚女性文学"的重要标志，是这些女作者在其写作活动的内外利用各种方式以达到令读者乃至公众更为关注的是她们本人的目的……如果"时尚女性文学"是已呈现的"七十年代以后"写作全貌的一部分，我认为这还属正常，但倘若因此而有意无意遮蔽那些更有意义的艺术的文学创作，而使"时尚女性文学"成为"七十年代以后"的代名词，这就使"七十年代以后"的呈现成为一种失实，因为从事创造、艺术、真实、自由、思想和美的文学创作的

9　参见《芙蓉》1999年第3期。

"七十年代以后"写作者不在少数,"七十年代以后"的写作现实远非如此时尚而单调,如果他们的写作就这样被我们的文坛所遮蔽,那不仅是对当下的中国文学的不忠实,也是对将来的中国的不负责。为此,我们郑重呼唤:"重塑'七十年代以后'"![10]

为了标举对被塑造的反抗,《芙蓉》甚至又针对地推出了包括阿美、刘瑜、尹丽川、童月等的《北京女作家专辑》,并在编者后记里写道:

> 传媒和评论界对70后写作的关注越来越趋于狭隘和偏激,不仅只关注一种性别——女性(作家),甚至也仅集中于南方的某大都市——上海(地域)。针对这一情形,我们于本期《芙蓉》推出了《北京女作家专辑》,其目的在于呈现北京70后女作家群的存在。这些女作家的作品虽不具有被棉棉、卫慧等标明的70后写作的流行特征,但在文学层面上却是优异不凡的。……丰富70后写作的整体景观,特别是对个别女作家独享荣誉的狭隘局面将起到必要的平衡和修正作用。

三

事实上,从一开始70后的复杂性就部分归因于文学传媒的复杂性。之所以不用文学刊物,而是用文学传媒,就是因为70后出场之时,传统文学期刊虽然起到了推波助澜的作用,但传统文学期刊(包括报纸副刊)作为几乎单一文学传媒的时代正在一去不复返。但我们不能据此认为传统文学期刊就此完全退出文学现场。事实就像2002年第3期《作家》杂

---

10 李安:《重塑"七十年代以后"》。

志《台湾七十年代出生作家展示》栏目配发的评论指出的:"网络虽然也是这批人(大多有自己的个人网站)发声的重要管道,但他们对平面副刊、杂志依然保有相当的依赖感,也愿意忍受这类媒体'低时效性'的老问题。"[11]这种状况在当下中国大陆文学中更明显,事实上,那些在市场和网络中赢得读者的作家最后还是要得到传统文学期刊的确认。这是他们的作品可能被经典化或者被现行文学体制肯定的至关重要一步。这就不难理解,为什么阿乙要把《人民文学》的接纳作为他写作生涯的一个重要标尺,即便此前他的小说已经在图书市场和网络赢得很好的读者口碑。而事实上,在中国现在的文学体制下,对于更多的不像阿乙这样有市场的作家,对传统文学刊物的依赖性会更强。可以预见的是,短时间里,中国更年轻的作家还会在传统文学期刊中一茬一茬地成长出来,但也应该看到,市场和网络将会为作家的"逆袭"提供更多的可能。

在话语权就是生产力的时代,冯唐、阿乙、李海鹏、廖一梅、苗炜这些70后作家出版小说,以他们在坊间经年攒下的影响力和号召力,是容易产生"围观注意力经济"。除了像《城市画报》这样以"文艺青年"为目标读者对象的时尚刊物会对作家持续关注,普通大众传媒也会遴选一些有故事的作家成为招徕读者的"卖点",至少在目前阶段"作家"的身份还是能满足普通读者的窥视欲的。据此我们应该看到,大众传媒和作家发生关系,更关心的不是作家的艺术审美价值,而是如何成就一个作家的"故事"。这就不难理解为什么阿乙和冯唐会频繁成为各种流行杂志的封面主题,因为他们"小镇警察"和妇科肿瘤专业博士在麦肯锡公司就职的前史,使得他们先天就有成为一个作家的"传奇性"。和传统书斋里的作家不同,当下走红的70后作家往往是乐于成为"公众人物"的,他们也会自觉地维护自己和大众传媒的良好默契,培养作为潜

---

11 杨宗翰:《新浪袭岸:台湾文学七字头人物》,《作家》2002年第3期。

在读者市场的粉丝群体。在新浪微博，阿乙的粉丝有14万人，冯唐的粉丝更是高达588万人（写作此文时数据）。2013年9月15日9时在新浪微博检索"廖一梅"，可以找到1045911条结果，检索"冯唐"，可以找到1754908条结果。所以，近年像冯唐、阿乙、李海鹏、苗炜的小说和随笔，廖一梅的剧本、语录书和小说在图书市场的不俗表现，和他们在大众传媒的人脉以及各自的粉丝拥趸不能说没有关系。

研究当下70后作家和传媒的关系，不能不注意到一些70后正在成为我们社会的"意见领袖"。和70后作家一起成长起来的，是70后的青年知识分子，像刘瑜、许知远、梁鸿等等。大众传媒也会有意识地培育作家，或者写作者型的知识分子，比如一年一度《南方人物周刊》的青年领袖都会有作家的面孔，其中阿乙和梁鸿都是70后作家，再比如在读书界很有影响的凤凰网读书会就做过和70后作家阿乙、冯唐、阿丁、梁鸿、张发财等相关的专题。还应该看到，当下70后小说作家中几个有公众影响力的，都以其"栏文""博文"被普通读者所熟知。廖一梅虽然很少"栏文""博文"，但她话剧的"语录"流传甚广，查阅新浪微博，廖一梅的"语录"甚至被"广东学联""南风窗""世界杂志""浙江在线""驻马店板桥分局"等账号直接贴上微博以传达自己的"意义"和"心情"。因此，客观上，70后作家按照和传媒的密切程度已经分野成"声音很大"、"有声音"和"寂寂无声"等作家群体。而声音的大与小，一个方面源于在大众传媒的曝光率；另一方面，"栏文""博文"的影响力也不容忽视。

因此，我们研究70后作家不能囿于"小说"的文体偏见。"栏文"和"博文"应该成为我们考察今天70后作家的一个重要组成部分。资讯时代，有报刊就有专栏作家，或者传媒写手，或者干脆称之为"栏文家"，以区别于传统的散文家。如果以公众认知度看，现在肯定是"栏文"风行的时代。沈宏非、连岳、王小波、刘原、庄秋水、李海鹏、苗炜、冯唐、黄佟佟、潘采夫、冬冬枪、巫昂、胡赳赳、黄集伟、毛尖、张发财、马家辉、韩松落……都是以"栏文"行走江湖的角色,而这中间70后是中坚力量。"栏文家"成气候也就是这十数年的事。起码到二十世纪九十年代末,沈宏非(《写食主义》)、连岳(《连城诀》)、王小波(《晚生闲谈》)等在《南方周末》《三联生活周刊》开辟各自的专栏之前,大陆传媒界对这种报屁股刊尾巴梢的事业耐心去经营的人好像并不多。差不多也是这个时候,余秋雨在《收获》杂志开写他的《文化苦旅》,而再往前一点点就是《美文》提出"大散文"概念,民国闲适一路的小品文从历史的泥潭里被打捞出来。近些年,想获得"新散文"首名权的人很多。而就我看,上述诸端才是散文之新气象的发萌。

　　近代以来,散文和报刊,尤其是"报",从来是种双生双栖的关系。像杂文、知识小品之类的繁荣先天靠的就是报纸和大众的亲密接触。在俗世打滚,好专栏往往会给一张报纸加分很多。善待"栏文家"差不多是现代报人的传统。印象中港台的报界倒是把这个接力棒一直抓在手上,对报纸"专栏"属意多用力勤,每个有点名堂的报纸差不多都有几个学问、识见不俗的主笔坐成自己的台柱子,像我们熟悉的董桥、李敖都是混迹报端多年,"修炼成精"。我们常常谈当代中国内地(大陆)和港台散文"文风"殊异,如果往深处想,这里面其实是各地不同的"文路"使然。1949年之后,内地(大陆)和港台散文有着不同的行进路线图。研究散文的人不能只把眼睛放在文本,而不去关注传媒风向。1949年之后,乃至新时期以来,内地(大陆)"文学"是"文学类刊物"的专营专宠,带一点行业垄断的味道。"杂志"不"杂"几乎是刊物的通例。这期间,报纸也一直都有所谓的"副刊",既然是"副刊",也就从不悬想有一天"扶正"。因此,二十世纪末之前,全国那么多报纸副刊,除了《文汇报》《羊城晚报》《光明日报》《新民晚报》《北京晚报》等可数的几家对"散文"这个文类有所贡献,其余的差不多就是业余作者"露几下小脸"的地方。也就这十几年，政经类、都市类、生活类的周刊早报晚报蜂起，他们才都开始花着心力去浇灌些边边角角点缀的专栏。

"栏文"繁荣的同时，还有网络"博文"的大炽。和"博文"相比，"栏文"对个人创作自由的尊重只是个"小巫"而已。就像苗炜说的："博客写作改变了原来互联网论坛帖子那种议论公共话题的状态，进入完全个人化的叙述，每个人都有一块地方可以展现自己的理想、才华、趣味。"和纸媒相比，"博文"是属于自己的自由王国，不是报和刊圈出来的"飞地"。因此，"栏文"的自由还是圈养的自由，拆"栏"撒开蹄子在网络飞奔那种感觉更"博"更"自由"。事实也是这样，至少我随手翻翻刘瑜的《送你一颗子弹》、阿乙的《寡人》，这些"博文"的结集又是一番新气象，至少"伟大的空话"少了许多。说到这里，《燕山夜话》就有一篇说"伟大的空话"的，顺手录过来："任何语言，包括诗的语言在内，都应该力求用最经济的方式，表达最丰富的内容。到了有话非说不可的时候，说出的话才能动人。否则内容空虚，即便用了最伟大的字眼和词汇，也将无济于事，甚至越说得多，反而越糟糕。因此，我想奉劝爱说伟大的空话的朋友，还是多读，多想，少说一些，遇到要说话的时候，就去休息，不要浪费你自己和别人的时间和精力吧！"（邓拓《伟大的空话》）因为写得多写得勤，"栏文"很容易滋生"伟大的空话"。如果这些"空话"再假幽默之名嬉皮笑脸地不正经地说出来，则又堕落到以肉麻当有趣的"无聊的空话"。

"言之有物""开门见山"，本色的"栏文"应该有自己的智慧和情怀，"虽然不是巨火熊焰，却有着智慧的闪光，能帮助读者开阔眼界，增长知识，提高识别事物的能力。一句话，使人变得聪明而已"（林默涵《三家村札记·序》）。我们有理由冀望"栏文家"首先是"专家"，而不只是"码字手"。"栏文"喜跳脱，忌拘泥。它的敌人是冬烘和八股。因此，"专家"不只是学位、职称意义上的，而是阅人历事甚通透，且有超迈情怀,是某一行当的"懂"者。当然不只是日常伺弄文学与文学耳鬓厮磨者才能写出好"栏文"。刘瑜虽然有个文学青年的前身,但她现在的本业是政治学,她的《民主的细节》《送你一颗子弹》仍然是"栏文""博文"的上品。世界本质上是相通的。明乎此,我们就会知道为什么港台"栏文家"有散文大师在焉出焉,而我们的"栏文家"则成为报刊生产线的操作手。"栏文"多属短制,李海鹏将这样的写作比作"用一根针挖井"。他对自己这些小文章的要求是"它们有一种声音,发出声音的家伙还算机灵,幼稚又天真,有着执拗的主心骨,察觉了生活的荒诞,养成了滑稽和嘲讽的态度"。亦写亦编的苗炜说过:"人们愿意看到某一类短小的文章,文字讲究,带有鲜明的个人色彩,谈论日常生活中肤浅的乐趣,也谈论严肃的观念,它不以逗人发笑为目的,但总能让人笑一笑。"曾经写过很好"栏文"的李海鹏却选择了急流勇退。他说:"我不想写专栏,觉得它不重要,与自我期许不符。"写得好,但情非所愿,就此了断,而"栏文家"如李海鹏这样看透者几许?

四

说到"栏文"和"博文",我们不能忽视同一个作者不同文类写作之间的复杂渗透关系。这在70后作家中尤其明显,比如冯唐的《如何成为一个怪物》、阿乙的《寡人》、李海鹏的《佛祖在一号线》、苗炜的《让我去那花花世界》与他们小说之间的彼此说明。可以举李海鹏做例子。李海鹏的《晚来寂静》,"这部小说写的是从1976年毛泽东逝世到2008年北京奥运会之间,一些人的欢笑、泪水、梦幻与孤独",却没有从1976年开跑,而是从四川西部河山村落漫游起笔。这离那个圆石城的1976年很远很远。《晚来寂静》是关于一个"不良少年"的成长史。在一个良莠不分的时代,请允许我把夏冲夏冰兄妹之流称为"不良"。关于这个小说，以我个人的经历而言，是把它作为自己的历史来读，因为我和书中少年们曾经一样"不良"过。事实上，无论是从我们身处的现实，还是小说的技术考虑，所有类似的故事都是属于"不良少年"的。当然这样的故事并不好写，因为写这样的故事的时候，此一时彼一时。当我们可说能说这些青春"往"事的时候，已然是曾经沧海难为水，很难不粉饰不自恋不神话不雕琢。但《晚来寂静》做到了"不"。当"寂静"来临之时，从容地重返青春的旧址，"说"并且反思。其实，我看李海鹏对这段历史的纠结不是一部小说可以了断的。2010年他把他的"栏文"做成一本叫《佛祖在一号线》的小书，我是把它和《晚来寂静》一左一右对着读的。甚至，我认为《佛祖在一号线》可以作为《晚来寂静》的辞典工具书来用，读《晚来寂静》再读《佛祖在一号线》，或者反之。原来《佛祖在一号线》这些语录是靠谱的，不妨抄上几句，聊作《晚来寂静》的注释。"非政治意义上的真谛不在于叛逆，而在于'不在乎'。""我也不懂什么叫美丽青春。如果你的青春美丽得像只乌龟，那么神龟虽寿，犹有竟时。"（《伟大事业中的自由民》）"在过去，当年轻一代感到迷惘时，崔健唱道：'我要从南走到北，我还要从白走到黑。'可是如今一看，我们只是从村头走到村尾。"（《万里波将村游历》）"我若但丁所说，'已至人生的中途'，有时却仍是个迷惘的人。"（《罡风吹散了热爱》）"如此斑斓的景象，足以制造层出不穷的时代戏剧，却未必制造出美好的未来。"（《不能免于恐惧》）"那些年轻人只是一些知更鸟。他们很幼稚，很多时候不聪明，而且和任何人群一样，他们当中也有怯懦者和自私自利者，可是作为一个全体，他们只是用心唱歌给他们的国家听。那么年轻的脸孔，那么不甘于陈腐生活的灵魂，那么多的锐气和那么多的活力，此后的岁月中再没有过。"（《杀死知更鸟是一种罪过》）"有时我感到自己对这激荡时代并无真正的兴趣，就像坐在过山车上睡着了。""我只是非常、非常好奇，往日岁月对于我们这一代人来说意味着什么？真的是诗，是美好辰光，或者一点儿伤害，无限宽宥？"(《果园》)"年轻时我想活得灿烂，……到了30岁，我想身后评价可以雅静一点……"(《怀抱》)"我对中国的远景充满信心，相信现代文明时代终将来临，因此早已做好了跟这帮无耻之徒共度一生的打算。"(《诗歌轶事》)"我不知道该怎么告诉这个人：我们不能永远年轻，永远热泪盈眶，却依然对一个更美好的世界怀有乡愁。"(《对一个更美好的世界怀有乡愁》)"当我们还是理想主义者时，因为那时光不停地消逝，我们会感觉自己是庞大牢房中的囚徒。"(《在细碎的历史中飞行》)"我永远接受不了，为什么十几岁的少年，不驯服于体制就没有活路。"(《考大学记》)

　　新世纪媒体新变导致传统文学媒体形成"泛文学""亚文学"化的"文化媒体"特征，这充分激发了散文的探索性、生长性文类潜能，从而使得散文成为新世纪最为活跃的文学文类。散文在新世纪成为个人介入公共空间，表达思想，参与时代精神建构最有效和最有力的思想性文类。文学传媒分众化和专题化之后，散文不仅拓展了作为个人表达思想的文学文类的长项，而且对日常生活审美化、艺术化的建树也在媒体新变中被充分彰显，从而使得散文成为新世纪最多公民参与的"在场""向下"的大众性文学文类，也是70后写作中最为活跃的部分。首先在大众传媒中有声音，然后让我们意识到他们作为作家的意义，几乎是当下70后作家的成长模式，阿乙是，廖一梅是，冯唐是，李海鹏、苗炜等都是这样的。而且，他们的"栏文"和"博文"是不是本身就应该是我们时代文学的一个重要组成部分呢？

二论网络文学就是网络文学

网络文学就是网络文学

本来我想写的题目是：连网络文学都是文学，《故事会》为什么不是文学？我这个判断当然不是从今天网络文学从业者中"大神"写手的最高水平得出的——这些高段位写手的写作量相对于今天网络文学庞大的产能和产量其实所占比例是不高的。而且，即使这些比例不高的写手如我们想象的已经"经典化"，这些"经典化"的网络作家和网络文学文本该与谁去做比较，判断他们的"经典化"程度和审美价值？其实，我们依赖的价值评判的前提只是网络自身的遴选机制。当然，不能把基于阅读感觉、没有经过充分田野调查的"印象"作为评价的依据，如此会误判今天的网络文学，也不能把文本拿过来简单地捉对厮杀衡高论低，就像你无法将一个传统意义上的作家和网络"大神"写手比，自然也无法把一个网络"大神"和《故事会》的"故事员"去比。但可以比的是，网络文学的叙事技术基本上是如何讲一个好看的"故事"，在这一点上，除了可以讲长度更长的故事，网络文学比《故事会》的进步并不大，只不过以前叫"悬念"，现在网络文学叫"爽点"而已。再有，也许是更重要的,在某种意义上,网络文学强调的"草根精神",与《故事会》是最有亲缘性的。从1979年恢复《故事会》刊名,《故事会》就明确提出故事的"人民性"问题,而"人民性"也是许多网络写手强调其写作道德优越感的立论基础,几乎在每一次关于网络文学讨论的会议上,网络写手都要站在自己为人民写作的道德高地,对他们的批评很容易被置换成:难道你反对为人民写作?好吧,在我们今天几乎认同网络文学"人民性即文学性"的大前提下,我设想是不是可以将《故事会》,还有《龙门阵》《今古传奇》,甚至《知音》等历史遗留问题,一揽子解决呢?在我们为网络文学确立身份的同时,也梳理清楚当代写作谱系上的"故事会"传统。在我的理解上,当下网络文学中的大部分应该就是在"故事会"这个传统谱系上的。

如果你认为回到"故事会"传统,是将网络文学看低了,那就按大家说的抬升。我们姑且承认可以将网络文学收缩在"网文",或者说"类型文学"来讨论。那么,下面的一个问题是如何在一个文学谱系上识别网络文学。一个被广泛认可的观点是网络文学来源于现代中国文学被压抑的通俗文学系统。如果这个观点成立,从文学史上世纪之交起点的中国网络文学依次向前推进,应该是1980年代以来港台通俗文学带动起来的内地(大陆)原创通俗文学的复苏;现代通俗文学的发现和追认;进而向前延伸到古典文学的"说部"传统。网络激活和开放了这个传统谱系的文学潜能。正是按照这种思路,当代中国文学研究建构的一个所谓的雅俗文学分合的图式常常被用来解释网络文学。但如果回到中国现代文学之初思考这个问题,可以发现,我们现在视为"雅"的文学并不排斥文学的"通俗"。陈独秀在《文学革命论》中提出"三大主义",第一条即是"推倒雕琢的阿谀的贵族文学,建立平易的抒情的国民文学"。而周作人则认为:"平民文学应该着重与贵族文学相反的地方,是内容充实,就是普遍与真挚两件事。"(周作人:《平民文学》)他们所反对的是茅盾在《真有代表旧文化旧文艺的作品么?》批判的"现代的恶趣味"。而时至今日,网络文学被诟病的依然是"现代的恶趣味"。今天网络空间的这种无视五四现代启蒙成果的"现代的恶趣味",是中国现代以来前所未有的。观察中国现代文学的事实,不是仅仅只有被叙述的文学史,"俗"文学也并不是"被压抑"着的,甚至某些时候,"俗"文学被政治和资本征用,成为一个时代文学最引人注目的部分,比如二十世纪三四十年代的文学大众化,比如"十七年文学"的"新英雄传奇"。再有一个值得注意的,无论中国的"说部"传统(能够在今天流传下来的,几乎无一例外都被文人改造过),还是中国现代通俗文学,其实都是一种文人写作。那问题就来了,我们今天的网络文学写手的文学能力能不能完全对接上文人写作的"说部"或者通俗文学谱系呢?

文学史事实与文学史想象和叙述并不一致。叙述是一种权力。网络文学作为近二十年以来重要的文学现象,它既是实践性的,改变了精英文学想象和叙述文学的单一图式,修复并拓展了大的文学生态,而实践的成果累积到一定程度,网络文学必然会成为自己历史的叙述者。今天的整个文学观、文学生产方式、文学制度以及文学结构已经完全呈现与五四之后建立起来的以作家、专业批评家和编辑家为中心的一种经典化和文学史建构的方式大相差异的状态。新媒体所带来的革命性变化,就像有研究者指出的:"这些新技术不仅改变了媒介生产和消费的方式,还帮助打破了进入媒介市场的壁垒。网络(Net)为媒介内容的公共讨论开辟了新的空间,互联网(Web)也成为草根文化的重要展示性窗口。"(亨利·詹姆斯:《昆汀·塔伦蒂诺的〈星球大战〉》)网络文学的"草根文化"特点使得文学承载的文化启蒙不再是由不对等的自诩文化前沿的知识精英居高临下启蒙大众,而成为一种共享同一文化空间的协商性对话。一个富有意味的话题是,在取得自我叙述的权力后,网络文学还愿不愿意在传统的文学等级制度中被叙述成低一级的"俗"文学？网络文学愿意不愿意自己被描述成中国现代通俗文学因被压抑而产生的报复性补课？甚至愿意不愿意将自己的写作前景设置在世界文学格局中发育出的"中国类型文学"？换句话说，在当代中国，任何基于既有文学惯例的描述都无法满足网络文学获得命名权的野心，尤其是在网络文学和资本媾和之后。

我曾经指出，当网络文学被狭隘地理解为网文平台的网文，"文学"被偷换成"IP"之后，其实，传统文学和网络文学之"网文"的"共识"已经和文学越来越没有关系了。那些国内网文平台和"大神"写手，如果不是对体制内外文学权力的忌惮，他们还肯坐到此类会议上装模作样地谈"文学"吗？传统文学和"网文"的分裂已经不是文学观念的分歧，而是文学和非文学的断裂。传统文学忌惮网文平台和"大神"写手的民间资本力量，希望他们心怀慈善，做出权力让渡，培养一点文学理想和文学公益心，但网文界真的能如其所愿吗？这里面涉及的问题是，网络文学已经到了一个资本寡头掌控和定义的时代。不知道从什么时候开始，网络文学的先锋性和反叛性忽然很少被提及了，网络文学之"文学"忽然被定义为类型通俗小说之"网文"，而像"one·一个"、"豆瓣阅读"、"果仁小说"等这些"小"却能宽容自由书写的平台却没有被作为文学网站来谈论，好像网络的"文学行为"只和大资本控制的网文平台有关。这样一个网络文学时代，其实已经和文学没有多大关系了。我想，传统文学和"网文"，如果还要求文学共识，那就不只是单向度地由少数批评家去为"网文"背书，论证"网文"的"文学性"。既然我们要谈文学，不只是IP，资本操纵的网文平台和"大神"也应该说服我们他们所做的一切是"文学"，哪怕是他们认为的那一种文学。可以姑且退一步承认网络文学就是类型小说或者通俗小说之"网文"，那么传统文学就要丢掉用传统的文学理论和批评去解释网络文学以及网络上可能产生我们想象的经典文学的幻想,重申网络文学是另一种写作,是中国现阶段普罗大众消费的文学产品,它遵守"网文"的生产、传播和阅读规律。网络文学的"文学"是非自足性的,仅仅将"网文"抽离出来,不是网络文学的全部。

网络文学就是网络文学而已,不是我们通常谈论的"文学"。我们应该尊重中国网络文学发展的历史史实,尊重网络文学发展的整个媒体生态。如果仅仅着眼于媒介的变化,网络文学对应着的应该是纸媒文学。在整个国家计划体制里,文学当然地被想象成是可以被规划和计划的。在这种"国家计划文学"体制之下,作家的写作也许是自由的,但文学的期刊和其他出版物却垄断在文联、作协和出版社等"准"国家机构手中。这些"准"国家机构任命的文学编辑替国家管理着庞大的"文学计划",生产"需要的文学"。但二十世纪末,传统文学期刊(包括报纸副刊)几乎作为单一文学传媒的时代正在一去不复返。但我们不能据此就认为传统文学期刊就此完全退出文学现场。不管我们承认不承认,今天的文学媒体格局基本是纸媒文学依然完全控制在"国家计划文学"体制下,而网络文学虽然有行业主管部分的监管,但基本上是资本实际控制的领地。不排除存在于纸媒和网络间旅行的作家,但这是网络文学早期的事情,就像网络文学对文学先锋性的探索一样。事实上,在网络文学"IP时代"到来之前,那些在网络中赢得读者的作家最后还是渴望得到传统文学期刊的确认。这是他们的作品可能被经典化或者被现行文学体制肯定的至关重要一步。这就不难理解,为什么阿乙要把《人民文学》的接纳作为他写作生涯的一个重要标尺,即便此前他的小说已经在网络上赢得很好的读者口碑。粗放地看,如果我们确定网络文学的元年是痞子蔡《第一次的亲密接触》发表的1998年,中国网络文学发展到今天,至少应该经历了三个阶段。第一个阶段其实是传统文学原住民向网络的迁移,这一段的网络文学释放的其实是对文学纸媒僵化的文学趣味的"反动",如果纸媒文学开放到一定程度,这一部分并不必然需要在网络上实现。世纪之交,网络文学的草创期,最先到达网络的写作者,吸引他们的是网络的自由表达。至少在2004年之前,网络文学生态还是"野蛮生长",诗人在网络上写着先锋诗歌,小说家在网络上摸索着各种小说类型,资本家也还没有找到一种可以快速圈钱生钱的盈利模式。随着起点平台收费阅读(进而是打赏机制的成熟),盛大等资本的强劲进入,网络文学进入"类型文学"阶段。这是一个大神辈出的阶段。网络文学释放了中国类型文学的巨大潜能。网络文学也渐渐和纸媒文学剥离,但既有的文学观依然能够回应网络上发生的文学现实。然后就是第三个阶段,网络文学"IP时代"的来临,网络文学写作者已经无须最后借助纸媒文学来进行最后的文学认证。网络文学及其衍生产品依靠点击量、收视率、粉丝数、收入、票房等等建立了以读者为中心的自足的审美和评价机制,这样的审美和评价机制扎根在所谓的草根阶层。网络文学可能会出于对中国现实文艺制度的考量,参与当下文学对话,但这种对话基本上对于网络文学生态不构成现实的影响,只是以妥协和让渡赢得更大的资本和利润空间。

这样的文学生态之下,我们其实面临着抉择:或者让渡文学权力,将文学边界拓展到可以包容网络文学,这就回到我一开始说的,既然网络文学是文学,《故事会》为什么不是文学?但文学无边界亦即无文学;或者干脆和网络文学切割,让网络文学成为传统文学之外的自由生长的网络文学。切割,也并不拒绝,网络文学的移民可以自由地进入传统文学的疆域。如此,网络文学就是网络文学,《故事会》就是"故事会",而"文学"同样就是"文学"。我们不用我们的"文学"去吸附网络文学稀薄的文学碎片,挖空心思去证明网络文学是我们说的"文学",网络文学也可以不要背负文学的重担,只是以"文学的名义"轻松地去填充非文学需要的阅读人口的阅读时间。我这样说,也许消极,甚至放弃了文学启蒙的责任，但这是中国当下网络文学的现实。至少在现阶段，网络文学就是网络文学，而人民也需要网络文学。

再论"网络文学就是网络文学"

去年我在鲁迅文学院网络作家班一次课上提出一个问题：网络文学是区别于未有网络文学之前怎样的文学传统？是纸媒文学吗？用传统的文学惯例和尺度能不能回答和解决网络文学的所有问题？或者换一种说法，网络文学是新文学，还是旧文学？在网络文学从业者和各级政府部门希望网络文学迅速变现的产业化背景下，现在回过头来看，这些问题还是太狭隘了。

如果仅仅把网络文学理解成从纸上写作和发表转换到网上写作和传播的媒介变化，显然没有充分认识到"网络"为文学带来的革命性变化。这种变化不只是变换了发表和传播的媒介，而是一种只可能在网络环境下发生的、和此前写作完全不同的文学书写。

如果在传统的文学框架里就网络文学所提供的文本做分析，我们大致可以按"审美递减"，对当今的网络文学做一个粗略的排序：小说（其中文学性最强的是所谓"文青文"）、长篇故事、"爽文"，以及影视剧、网游、动漫等产品的故事脚本。小说和故事不同应该是一个基本的文学常识，以"现代小说"的标准来衡量网络文学，这部分作家和作品是很少的。至于后三者，除非我们拓展文学的边界，否则传统的文学研究基本上不把它们作为文学来对待。但它们在今天的网络文学中却占据了最大的份额，恰恰也是资本最聚集活跃的部分，网络文学热基本也是由此产生。而如果不拓展文学边界，这三者至多是一种泛文学的网络写作。

网络文学不只是一个文学问题，更不只是一个文本问题。

应该说，在网络没有出现之前，文学的发表和传播媒介已经经历数次变化，但从龟甲兽骨，到竹简，到绢、纸等等，其文学环境、文学思维和文学的各种关系方式基本上变化不大，而正是前所未有的网络环境、网络思维和关系方式等形成了网络文学生产和传播的"交际"场域。作者和读者同时"到场"和"在场"的交际性应该是网络文学的最大特征。

作为基于交际场域的文学活动，网络文学当然不可能是我们原来说的那种私人的冥想的文学。它的不同体现在从较低层次的即时性的阅读、点赞、评论和打赏，到充分发育成熟的论坛、贴吧，以及有着自身动员机制的线下活动等粉丝文化属性所构成新的"作者—读者"关系方式。这种"作者—读者"的新型关系方式突破了传统相对封闭的文学生产和消费。"在网络写作"也正是在这种关系方式中展开，自然也会形成与之配套的"交际性"网络思维、写作生活以及文体修辞语言等等。质言之，网络文学是现阶段中国的大众流行文化，尤其是青年文化的一部分。因此，解释网络文学，应该将其视作比"文本"、比"文学"更大的"文化"。

作为一种大众流行文化样态，即使网络文学的某些部分还具有传统意义上文学的特征，甚至我们用传统文学的释读方式也可以解决网络文学的部分问题，比如网络小说的评价问题，但这不意味着网络文学可以被收编到传统文学。我们仍然可以用传统的文本细读和经典化的方式使得一些网络文学"大神"的文学地位得到确认，但和海量的网络文学相比，这种微小体量的"一粟"式的确认多大程度反映了网络文学的"沧海"，颇值得质疑。因为，一个基本的事实是，经由文本细读不断累积审美经验，最后对某一个时代文学做出一个整体性的价值判断，是建立在可以获得充分和典型的样本基础之上的。不说文学生产的产能和产量维持在较低水平的古典时代，即使现代，文学的规模生产成为可能，严格的审美准入制度以及汰选机制仍然可以保障审美判断是针对"全体"文学做出的。但网络文学依靠一个个单独的批评家和文学研究者，几乎不能实现充分的文本细读。所以，今天，我们在谈论网络文学的时候，需要思考我们的判断多大程度上是面对网络文学的"全体"？既然是"全体"，就应该是包含了小说、故事、"爽文"，以及影视剧、网游、动漫等产品的故事脚本的全体。除了有强烈个人审美风格的网络小说，考虑到故事、"爽文"，以及影视剧、网游、动漫等产品的故事脚本的类型性和模式化，我们是不是可以设想借助统计学和同样进步着的数据处理技术来覆盖网络文学的大样本，甚至是全体？

可以这样说，今天中国的网络文学研究几乎沿袭着传统人文领域的研究范式，但网络文学的现实决定了网络文学研究必须有文化产业、大众文化心理、统计学、传播学、田野调查和数据技术等等的参与和支援。

具体到网络文学本身，表面看，我们现在说起网络文学，好像是"大神"辈出的时代，而考察网络文学的文学成色，貌似也可以用"大神"作为最高指标。问题是，如果仅仅将这些"大神"语言所呈现的文本和既有文学传统进行比较，有多少研究令人信服地指出了"大神"们是如何反叛文学陈规，拓展文学疆域和可能性？"大神"之大是怎样参照出的大？往往"大神"们的文学成色和文学进步只是和网络文学自身海量的粗鄙不堪的文字产品做比较得出的结果，所谓"矮子里拔将军"而已。

但如果考虑到网络文学对动漫、网游和影视等等的激活能力，以及对文学相关产业的推动，结论可能就不是这样的了。简单地说，网络文学本质上是一种经济活动，有点类似我们今天常常说的"文创"买卖。如果有区别，可能就是规模上的小作坊和大工业。因为资本和政策的共同作用，网络文学聚焦文艺经济的产业幻觉。要回答文学如何做到不是简单地给产业"背书"，网络文学对当代文学的意义的研究，就应该重点放在捕捉那些细碎地弥散在经济活动中的文学性，那不只是作为产业的动能，更是可以激活文学自身创造的潜能。

确实，拘泥于以语言为中心的"文学性"，网络文学不可和此前的人类文学积累同日而语，但网络文学的文学性可能是以语言所结构、文本为起点的文学弥散和增殖。所以，我说"网络文学就是网络文学"并没有轻视网络文学价值的意思，恰恰是要改变以语言所结构的文学文本作为网络文学审美总和的"文本崇拜"，转而关注网络文学文本衍生的"文学周边"，充分尊重网络文学的基本属性。

从网络文学二十多年的历史来看，我们要意识到，和现代文学一样，网络文学一开始并不是如此泛文学的网络写作，它的审美价值可以自足地收缩在文本自身——专注文本，而不是专注文本的衍生物。话说到这里，现在可以回答一开始的问题：当下有着丰富"周边"的网络文学，区别的是肇始于十九世纪末的"新文学"或者"现代文学"传统，就像"新文学"或者"现代文学"区别的是更早的"古典文学"传统。在网络和网络文学出现之前，新文学或者现代文学已经形成了秩序化的审美规范、评价机制、生产和传播方式等，并借助与之配套的文学制度，使得自身合法化，进而，在微调中延续自己的文学传统。现代文学迄今一百年，其中也有曲折婉转，但这些曲折婉转并没有改变"现代文学是现代文学"的基本事实。在网络出现之前，现代文学一枝独大，甚至在网络文学的草创阶段，网络文学也是另一种"现代文学"的变种。

网络文学其实一开始是没有预想到现在这样的结果的，网络文学是在打赏机制和盈利模式出现之后，才改写了它的历史逻辑。至少在2004年之前，网络文学思维还是现代文学思维，这个阶段的所谓"网络文学"，其实是对现代文学传统的修补和改造，比如《第一次的亲密接触》《悟空传》等。同样，网络文学的盈利模式基本上还是线下纸质书的出版。几乎同时，再到之后的"IP时代"，一些有影响力的网络作品开始从纸质书扩张到网游、手游、影视、动漫。随之，网络文学的"文学性"也发生了漂移和拓殖。极端地举例，《诛仙》和《飘邈之旅》在2003年基本还是现代文学，但其后，当它们的游戏相继被开发出来，《诛仙》和《飘邈之旅》的更为复杂的衍生文学性便凸显出来。如果《诛仙》和《飘邈之旅》表现得还不明显，网络文学到了影视剧、网游、动漫等产品的故事脚本阶段，故事脚本的文学性往往是寄生的增殖。现代文学，以及网络小说，甚至包括故事和"爽文"也会有衍生品，但它们和衍生品之间的关系不是像网络文学的故事脚本这样深度捆绑共荣共损的复合和一体，文本的文学意义还是可以自足存在的。

值得注意的是，即便网络文学的盈利模式成熟后，类似沧月、猫腻、徐公子胜治、骁骑校、烽火戏诸侯、酒徒等的"文青文"和网络小说依然和现代文学有很深的亲缘关系，它们的经典性也可以在现代文学传统谱系上被识别和确认。而唐家三少、我吃西红柿、天蚕土豆、梦入神机和辰东等的"小白文"，蝴蝶蓝、骷髅精灵、无罪等的"网游脚本"，如果还要谈它们的经典性，那必须把读者作为重要参数，或者是考虑到"网游"加"脚本"的综合。"复合性"文本应该是网络文学独特性很重要的一个方面。缘此，属于网络文学的新经典自然不应该只是在网络小说中产生，长篇故事、"爽文"，以及影视剧、网游、动漫等产品的故事脚本等都应该有各自的经典，而不是以现代文学的审美尺度把整个网络写作一锅烩地乱炖。

还应当看到，网络普及带来的一个必然也是自然的结果就是现代文学难以兑现的文学准入门槛的降低和"全民写作"的可能，而且读者也随之被细分。"全民写作"时代，偏离既有文学惯例，创造和发明"新文学"只是写作动力之一种，而且在网络文学的汪洋大海里，这种文学创造和创造文学的成果是很容易被掩埋的。而当盈利成为可能之后，写作的文学诉求越来越稀薄，越来越不重要，"文学"只有在可能获得更多资本支持和读者拥趸的时刻才会被想起来,被重视。简单地说,任何时代的文学都是各种力量角力的结果。我并不否认,现代文学也是审美逻辑、政治逻辑、资本逻辑和读者逻辑等等共同作用的结果,但从现代文学到网络文学,审美逻辑显然不再是绝对控制的力量。我们不应该只专注于网络文学中份额很小的接近现代文学的网络小说部分,而应该承认网络文学最大的份额是以资本和读者为中心的故事、"爽文",以及影视剧、网游、动漫等产品的故事脚本等写作,所谓"网络文学就是网络文学",某种程度上正是这种意义上的说法。从现代文学以作者、文本和专业读者为中心,转变到网络文学以资本和普通读者为中心,去谈网络文学的独特性,去谈网络文学的评价系统,也是尊重网络文学现实的表现。

  网络文学二十年,从"网络文学是现代文学"到"网络文学就是网络文学",资本是重要的推动力量。资本对于网络文学的改造,使之差异于现代文学,最值得注意的是读者地位的变化。现代文学是以作家、编辑和专业读者为中心的"寡头"式文学,而网络文学之所以是网络文学,就在于普通读者左右着整个网络文学活动。在交际的场域下,读者有可能被相对平等地看待。资本的介入决定了它必须听得见普通读者的声音,而不是无视普通读者,统计学和大数据技术的支持更是使得每一个无名者的意见通过不断累积产生最后的意义。因而,在网络文学里,无视读者趣味的写作几乎难以为继。这当然会带来作家对资本的依赖和对读者的迁就与顺从,以及与当下读者趣味匹配的故事、"爽文",以及影视剧、网游、动漫等产品的故事脚本等的片面繁荣。

  和这个问题相关的另一个问题是:网络文学接续的是不是现代通俗文学传统?我的答案是否定的。熟悉现代文学史的都应该清楚,如果确实存在所谓的高雅文学和通俗文学的雅俗之分,其实它们都属于大的现代文学。没有所谓高雅和精英的文学,谈何通俗和大众的文学,反之亦然。现在我们不能因为网络文学作家申明自己的草根性和大众性,网络批评家也作如是观，就想当然以为网络文学就是被压抑的通俗文学能量被释放的报复性反弹。对此，我持怀疑态度。网络文学的草根性和大众性并没有一个精英和高雅的假想之敌。网络文学就是网络文学的全部，它不会去想精英和高雅的文学是什么，哪怕网络文学中具有创造性的部分。幻想文学是当今世界文学的一个重要的风向，今天网络文学的"幻想"部分不只是补了现代文学传统的"幻想课"，也是基于当下的文学风向、资本走势和读者需求的结果。也因此，网络文学研究不能只向后看，而应该关注其当下性，哪怕这种属性是由资本和读者逻辑主导的，也一样可能是一种"新"。以此来观察幻想类的网络小说，无论是对中外幻想文学资源的整合，还是对世界的想象性建构，都能看到资本和普通读者的影子。对幻想类网络文学在创造本土幻想小说类型和建制庞大长篇小说结构等方面做出的贡献，可以稍微提一句，网络文学这两个方面的贡献应该对现代文学谱系上的当下汉语写作有启发意义，但事实上却被现代文学传统上的作家和他们的写作漠视着。

网络文学旺盛的类型创造和消耗能力在中国文学史上是空前的。某一个"大神"对某一个类型的创造，这一点上网络文学和现代通俗文学并无二致，但网络文学的特征不只是个人风格的创造，更是在资本推动下迅速地被复写和复制，以不断的审美衰减消耗个人风格。研究网络文学，不但要研究审美增殖，更要研究审美递减，而一定意义上，审美衰减可能恰恰是网络文学的特征。基于此，未来网络文学有没有可能重建和资本和读者的关系？我承认现阶段的网络文学的"IP时代"确实是顺从资本和读者的写作，但我期待它沿着"网络文学就是网络文学"继续往下走，进入"再造网络文学"阶段。

"再造网络文学"是从资本和读者为王的时代进阶到"大神"为王的时代。"大神"为王不只是经济上的"要价"，而是"大神"对网络文学存有文学公益心，在和读者的交际中兑现网络文学的文学理想，影响读者,"大神"可以成为某种文学风气、风格和风骨的被效仿者,也可以为现代文学传统提供新的可能性。

  需要强调的一点是,我对"网络文学就是网络文学"的判断,并不意味着网络文学将最终取代现代文学,就像在现代文学时代,"古典文学"依然以隐微的方式顽强地延续着自己的生命。就算网络文学如此强大,现代文学依然有存在的空间和理由。而且从未来看,网络文学之后,肯定还会有挑战网络文学的存在,至于是怎么样的一个存在,就像曾经现代文学无法预知网络文学,网络文学也无法预知未来的挑战者。但只要人类的写作实践能够持续,这种挑战早晚会来。

青年的思想、行动和写作

不能免俗,以小说为样本来观察中国现代文学。1918年5月,鲁迅在《新青年》第四卷第五号发表《狂人日记》,这个一百年前的80后,是年37岁。按照今天对青年作家的想象,37岁的鲁迅是一个不折不扣的青年作家。1923年,鲁迅的小说集《呐喊》出版,这一年鲁迅42岁。1926年,鲁迅的另一本小说集《彷徨》出版,这一年鲁迅正好45岁,在今天看来,依然是一个青年作家。鲁迅在发表《狂人日记》之前有过十年的沉寂期,扣除这十年不算,"青年"末年登场的鲁迅,为中国现代文学贡献了《呐喊》《彷徨》两本小说集。对于青年作家而言,45岁之后再称为青年作家可能有些勉强了吧?因此,40岁前后应该是一个作家关键的历史时刻,是应该写出他们一生中大多数重要作品的时刻。

今天的写作者,45岁的,生于1975年。如果把1978年作为改革开放时代的元年,生于1975年的,这一年才3岁。那么可以说,今天,45岁以下的青年作家都是生于改革开放时代的一代大致不会有问题。改革开放时代出生的一代青年作家,包括我们今天常常说的70后、80后和90后作家,如果对标鲁迅的《狂人日记》,对标鲁迅的《呐喊》《彷徨》,在同样差不多的年龄他写出了怎么样的小说呢?是的,当以鲁迅为标尺的时候，我已经准备好你们来反对我：中国现代文学史上有几个鲁迅呢？那就不举鲁迅的例子，就从今天再往前一点点，看看青年作家的兄长辈或者父辈的作家们，50后、60后的作家们，他们在40岁前后及更早的年龄写出了什么？前一段时间我给《文汇报》写一篇短文，正好整理了一下他们的写作、发表和出版情况，可以给出一个不完全的目录：

（注：姓名后数字为出生年份，作品后数字为该作品首发时作者的年龄）

张承志（1948）：《黑骏马》（33），《北方的河》（36），《金牧场》（39）

路　遥（1949）：《人生》（33），《平凡的世界》（第一部）（37），（第二、三部）（39）

阿　城（1949）：《棋王》（35），《树王》《孩子王》《遍地风流》（36）

李　锐（1951）：《厚土》（36）

史铁生（1951）：《我的遥远的清平湾》（32），《命若琴弦》（34），《插队的故事》（35），《务虚笔记》（45）

贾平凹（1952）：《商州》（32），《浮躁》（34），《废都》（41）

王小波（1952）：《黄金时代》（40）

残　雪（1953）：《山上的小屋》（32），《黄泥街》（34），《苍老的浮云》（36）

韩少功（1953）：《爸爸爸》《归去来》（32），《女女女》（33），《马桥词典》（43）

马　原（1953）：《拉萨河女神》（31），《冈底斯的诱惑》（32），《虚构》（33）

王安忆（1954）：《小鲍庄》（31），《荒山之恋》《小城之恋》（32），《锦绣谷之恋》（33），《叔叔的故事》《长恨歌》（41）

莫　言（1955）：《透明的红萝卜》（30），《红高粱》（31），《丰乳肥臀》（40）

张　炜（1956）:《古船》(30),《九月寓言》(36)

铁　凝（1957）:《玫瑰门》(32),《大浴女》(43)

叶兆言（1957）:"夜泊秦淮"系列小说(29—30)

王　朔（1958）:《顽主》(29),《动物凶猛》(33),《过把瘾就死》(34)

阎连科（1958）:《年月日》(39),《日光流年》(40)

刘震云（1958）:《一地鸡毛》(33),《故乡天下黄花》(33),《故乡相处
　　　　　　　　流传》(34),《故乡面和花朵》(40)

林　白（1958）:《一个人的战争》(40)

阿　来（1959）:《尘埃落定》(39)

孙甘露（1959）:《访问梦境》(27),《信使之函》《请女人猜谜》(29),
　　　　　　　　《我是少年酒坛子》(30)

余　华（1960）:《一九八六年》(27),《现实一种》(28),《在细雨中呼
　　　　　　　　喊》(31),《活着》(33),《许三观卖血记》(35),《兄
　　　　　　　　弟》(45)

韩　东（1961）:《扎根》(43)

陈　染（1962）:《私人生活》(34)

虹　影（1962）:《饥饿的女儿》(35)

苏　童（1964）:《1934年的逃亡》(24),《妻妾成群》(26),《米》(28),
　　　　　　　　《我的帝王生涯》(29),《河岸》(45)

格　非（1964）:《褐色鸟群》《青黄》(24),《敌人》(26),《人面桃花》
　　　　　　　　(40)

迟子建（1964）:《伪满洲国》(36),《世界上所有的夜晚》《额尔古纳河
　　　　　　　　右岸》(41)

毕飞宇（1964）:《哺乳期的女人》(32),《青衣》(36),《玉米》《玉秀》
　　　　　　　　(37),《玉秧》(38),《平原》(41)

北　村（1965）:《施洗的河》(28),《玛卓的爱情》(29)

李　洱（1966）:《花腔》(35),《石榴树上结樱桃》(38)

东　西（1966）:《耳光响亮》(31),《后悔录》(39)

艾　伟（1966）:《越野赛跑》(34)

……

　　70后、80后和90后作家的出版和发表情况,我没有像这样做认真的统计。如果有人愿意,也可以按照这个指标做统计。也许大家会说,50后、60后这些作品的经典化是建立在旧的以期刊为中心的文学制度之上,是作家、编辑、批评家、大学教授这些文学"寡头"和政治意识形态合谋的结果,而且文学史的经典确认必须有一个时间的沉淀。那么,我们且寄希望于十年后,文学史也可以列出今天70后、80后和90后青年作家这样的一个文学目录,如何?

　　首先是要考虑到,和他们的兄长辈父辈作家相比,我们的文学批评和文学研究对今天这一代青年作家经典化没有尽到应有的责任。这种说法不能说完全没有道理。这一代作家成长过程中,同时代青年批评家没有及时到场,没有及时成为同时代青年作家的发现者、声援者和庇护者。

　　其次,要考虑到不同代际的青年作家身处在不同的文学时代(不都说二十世纪是文学的黄金时代吗,我对这种说法存有疑问,此处不论),今天这一代青年作家最早的出场时间应该是1990年代的中后期,文学市场化、媒介革命、文学阅读大众化能量的释放以及文艺生活的分众化、大众对文学重新定义带来的审美降格等因素,导致我们这里讨论所谓严肃文学不再是一枝独秀。

　　再次,要考虑到兄长辈父辈作家已以他们积累的文学声名垄断了大份额的文学资源,这一点我们从期刊目录以及近些年文学评奖和文学排行榜大致可以看出端倪。我曾经批评过文学界取悦青年作家的"媚少",但从文学资源垄断的情况来看,所谓"媚少",尤其是对刚刚起步的青年作家，更多像做慈善的给予，而取悦中老年作家、取悦成名作家的"媚老"倒是一种常态。以期刊发表为例，虽然除了传统的像《萌芽》《青年作家》《青年文学》《西湖》《青春》这些所谓的青年文学杂志，《十月》《人民文学》《收获》《花城》《钟山》《上海文学》《芙蓉》《作品》《山花》等老牌文学刊物也都有专门的"文学新人"专辑和专栏，但相比成名作家所占有的篇幅，提携新人的姿态只能算是一种约定俗成的"审美正确"。

关于如此种种变量的考虑，是希望落实到最后的这一点：今天这一代青年作家的写作是正在进行中、未完成的现实。至少从生理年龄意义上看，似乎前途可期。

说到文学制度，五四新文学以来所建立的培养和推介年轻作家的传统从来没有中断过。当然具体到某一个时代，为什么要培养和推介青年作家，各有旨归，也各有招数。先说1949年之前。1949年之前是什么概念，看这些人的出生，夏衍是1900年，沈从文和胡风是1902年，巴金和丁玲是1904年，周扬是1908年，靳以是1909年，这些人在整个1949年之前的写作都算青年写作，不要说比他们更年轻的作家。而比他们更年长的生于十九世纪末的那批作家，在二三十年代也属于青年写作。顺便说一句，1949年之前成名的作家几乎都中断在青年写作。因此，1949年之前，大家几乎都是青年作家，以期刊和出版为中心，培养和推介青年作家，其实是不断发现青年作家中更年轻更晚出更陌生的文学"素人"。而新中国则建立了一整套和政治想象配套的国家文学想象的"文学接班人"培养制度。这个制度不只是体现在发表和出版，而是深入文学生产的每个细小环节。在相当长的时间里，几乎所有成长中的青年作家都被纳入到"文学接班人"培养制度中，像江苏近年，除了国家的各种人才政策，地方性的就有"江苏文学新方阵"、"青春文学人才培养计划"以及"名师带徒计划"等。

就文学期刊而言，1980年代开始，一些有了自己的文学想象和小传统，比如像《收获》《人民文学》《北京文学》《上海文学》在当时对青年先锋文学的宽容。但这种格局在1990年代末后，发生了革命性的变化。一方面传统文学期刊式微，政府投入资金减少，文学读者流失（近些年各级政府对文学期刊的投入开始增加，像《收获》《上海文学》《北京文学》《花城》《雨花》《扬子江诗刊》《作品》等都大幅度提高了办刊经费和稿酬）；另一方面每个刊物的"小传统"也在拓展各自的边界。

更重要的是网络新空间提供了新的文学生产和作家成长模式。如果我们不把网络文学看作资本命名的"网文"，70后到90后这一代青年作家在被期刊承认之前，尤其是85后作家，几乎都或深或浅有网络写作的前史。像"one·一个"、"豆瓣"等网络平台无可置疑地成为文学新人的策源地。各种网络新媒体不仅仅为传统文学期刊源源不断地输送文学新人，而且已经在事实上独立成为和传统文学期刊具有审美差异性的文学空间。

从传统出版看，虽然刊号还是国家的垄断资源，但图书出版却提供了比文学期刊更大的自由。我注意到像理想国、后浪、文景这些出版机构的文学出版基本以青年作家的原创文学为主，它们正在成为青年作家成长的助推力量，比如理想国已出和待出的就有罗丹妮主持编辑的"纪实馆"：《我的九十九次死亡》（袁凌）、《回家》（孙中伦）、《大地上的亲人》（黄灯）、《北方大道》《死于昨日世界》（李静睿）、《飞行家》《猎人》（双雪涛）、《无中生有》（刘天昭）、《冬泳》《逍遥游》（班宇）、《夜晚的潜水艇》（陈春成）、《自由与爱之地》（云也退）等；还有李恒嘉、张诗扬主持编辑的"青年艺文馆"：《甲马》（默音）、《郊游》（荞麦）、《赵桥村》（顾湘）和《小行星掉在下午》（沈大成）等。值得注意的是，这里面的孙中伦、班宇、陈春成、黄灯等出版的都是他们的第一本"文学书"；后浪这几年除了港台原创文学，内地青年作家文学原创的出版也势头强劲，其"说部"系列就有《佛兰德镜子》(dome)、《鹅》(张羞)、《台风天》(陆茵茵)、《大河深处》(东来)、《祖先的爱情》《保龄球的意识流》(陆源)、《纸上行舟》(黎幺)、《老虎与不夜城》(陈志炜)、《迁徙的间隙》(董劼)、《雾岛夜随》(不流)、《冒牌人生》(陈思安)、《隐歌雀》(不有)和《新千年幻想》(王陌书)等；文景则有《我愿意学习发抖》(郭爽)、《请勿离开车祸现场》(叶扬)、《童年兽》(陆源)、《美满》(淡豹)和《胖子安详》(文珍)等，还有像楚尘文化，2019年出版了90后小说家周恺的第一部长篇小说《苔》，引起很大反响。这些出版机构有的是出版社衍生出的一个部门，有的是独立的工作室和图书公司，但这些工作室和图书公司与出版社之间有一种松散的合作关系，比如后浪就和四川人民出版社有很多合作。值得注意的是有的出版社虽然没有相对独立出去自主运营的"部分"，但在出版社内部也有类似的青年作家原创文学出版的板块，比如上海文艺出版社，由林潍克主持编辑的"青年作家原创书系"已经出版了《万物停止生长时》(赵志明)、《兽性大发的兔子》(张敦)、《小镇忧郁青年的十八种死法》(魏思孝)、《金链汉子之歌》(曹寇)、《驻马店伤心故事集》(郑在欢)、《尴尬时代》(慢三)、《看见鲸鱼座的人》(糖匪)、《对着天空散漫射击》(李柳杨)、《水浒群星闪耀时》(李黎)、《行乞家族》(锤子)、《嫉妒》(张玲玲)等。

同样值得注意的是，新世纪的文学出版版图有像《单读》、《鲤》以及改版之后的《小说界》和已经停刊的《文艺风赏》《大方》《天南》等这些和传统文学期刊不一样的文学刊物，还有像副本制作、联邦走马、黑蓝、泼先生、保罗的口袋等这些文艺同人之间交流的出版物品牌，尤其是后者，他们保有了许多充沛地探索和冒犯的"青年写作"。但从经济实力来看，同道人之间交流的出版物品牌远远不如我们任何一家出版社和杂志社，甚至可以说处境艰难。

为什么要耐心地梳理新世纪前后到现在二十年的文学制度，尤其是出版制度和青年作家成长的关系？因为曾经由大学、文学组织机构、批评家、刊物组成的当代文学制度，确实很不利于青年写作者的冒犯或者说创造性写作。过于强调的"文学传统"往往发展成"文学教条"，很难鼓励青年作家去写出特别出格的、冒犯的作品。但如果不拘泥于以传统的文学期刊为中心的文学场域，那些已经渐次打开的文学空间，其实已经为青年作家的写作提供远超他们兄长辈和父辈的可能性。而事实却是，文学空间的边界拓殖并没有现实地带来青年文学更大的可能性。还以我在《花城》主持的《花城关注》为例，想象中有文学的"可能性"的作家作品并不如预期的可以层出不穷。我和后浪负责文学出版的小说家朱岳有过交流，他也是类似的感觉。而且值得警惕的是，随着这两年的"存量卸载"，传统文学出版之外的出版机构能不能持续地找到他们想要的作者，将是一个问题。

在我和金理召集的2019上海—南京双城文学工作坊（总第三期）上，批评家黄德海激烈地质疑我们文学的催熟制度导致青年作者"未熟"之作过于容易的发表。他认为：

> 青年写作，我们能不能再提一个叫"成熟写作"？不区分年龄，而按照一个作品的成熟度来看。我们一直鼓励青年的姿态会造成一个问题，矫揉造作的作风会呈现在我们的视野中，因为它不一样。而一个成熟的写作，会有意地收敛这个问题。在这个问题上，这些年我们对青年不一样的鼓励太多了，因此造成青年发表太容易了，也因此造成他的写作遇不到障碍，不会进步，不会思考，而是按照杂志要求的，你就这个路数，你给我这个东西，最后变成我们参与了我们自己非常讨厌的同质化进程。我们一直在说反对同质化，说青年写作都一样，但我们一直在用鼓励求新求变的方式来鼓励他们做这种事。（依据会议速记整理，未经本人审阅）

那么，那些所谓"成熟"的青年作家呢？只要看看现在大众传媒和文学界推举的很多作为标杆的青年作家模范人物，他们的写作之所以被一整套文学制度异口同声地肯定，无非是他们写出像"我们想象中"的"成熟"之作和"风格"之作。这和老早说某人是中国的卡夫卡，某人是中国的马尔克斯，某人是中国的卡佛，有着一脉相承的文学思维。

手边有一本《钟山》杂志编辑出版的《文学：我的主张》。《钟山》自2014年以来，每年都举办一次青年作家笔会，每次笔会都有一场对话和研讨，对话和研讨的成果就是这本结集出版的《文学：我的主张》。说出"我的主张"的，除了少数70后，其余几乎囊括了当下中国文学有一定影响的80后、90后作家。读这些"我的主张"，总觉得哪儿不满足。主张确实是"我"的，他们也确实在谈文学，谈文学阅读、师承、技术和审美理想等，但和50后、60后相比，并无年轻人应该有的新见和锐气，甚至连先锋姿态都没有，好像也只有甫跃辉和文珍等可数的几个人谈到"我"和"我"的同时代人，"我"和"我"的时代以及"我"和同时代人的经验、知识，特别是精神的缺失。这些无穷分裂开去的无数的细小个体的"我"，自觉还是无意地让"我"变得与历史和现实无关，成为同时代孤立无援的人。哪怕是狭隘的文学和审美角度，他们不再有自觉的意识，也不会警醒和反思"我"和作为"文学命运共同体"的"我们"之间的关联，更不要说"我"和文学之外的"我们"更大的"命运共同体"之间的关联。于是，"文学"和网络、移动终端上那些像病毒的"写作"一样不断繁殖。

而且，一个基本常识是，青年文学的问题还不只是"文学问题"，还应该是"青年问题"。我曾经以蒋方舟近两年的两个艺术项目做例子，提出"文学的扩张主义"，希望通过文学的扩张启蒙和启动青年对当代中国提问和发声的问题意识和思想能力。在大文学、大艺术的框架里，青年人的合作和对话最终扩张了思想的边界。蒋方舟参与的两个艺术项目中，

《完美的结果》涉及的共和国工业遗址、工厂生活、城市记忆和家族经验，亦是与蒋方舟同时代的孙频、双雪涛、班宇、七堇年和比他们稍早的鲁敏等作者的文学资源。他们的《六人晚餐》《鲛在水中央》《平原上的摩西》《逍遥游》《平生欢》等小说，家族和个人记忆或多或少纠缠着共和国的工厂记忆。《完美的结果》对共和国的工厂记忆的重建和编织只是起点。它继续前行，它前行的道路，按照蒋方舟预设的路线，不是成为一个被普通读者阅读的小说，而是转换成建筑、舞台置景、平面设计、多媒体、摄影等不同领域的媒介语言，文学参与、见证这场共同的"铸忆"，成为其中的引领力量、灵感和灵魂。

回过头看，五四新文学得以萌发，一个很重要的因素是五四新文化提供了青年知识分子作为新的写作者。五四新文学所开创的"新青年"/"新作家"同体的传统，在今天青年作家父兄辈还有稀薄的传承，但我们反观当下青年作家的"青年状况"呢？和父兄辈相比，他们接受了更好的大学教育包括文学教育，在更开放的世界语境中写作，但青年作家没有理所当然地成为我们时代青年思想者和思想践行者的前锋和先声。我一直关注706青年空间、定海桥和泼先生等微信公众号以及单读的杂志、微信公众号和APP，观察这些青年社群的思想和行动——仅仅这几个微小的样本就可以对比出今天青年作家和他们的差距，不要说更多的青年社群。许多青年作家既不求思想之独立，又遑论身体力行将思想实验于行动。极端地说，他们的文学生活只是发育了丰盈的资讯接收器官，然后将这些资讯拣选做成小说的桥段，拼贴出我们时代光怪陆离却贫瘠肤浅的文学景观。

因此，青年作家不要只止步"文学"的起点，做一个技术熟练的文学手艺人，还要回到"青年"的起点，再造真正"青年性"的思想和行动能力，重建文学和时代休戚与共的"命运共同体"。然后再出发，开始写作。

生于1977—1987：更年轻世代作家长篇小说地理草图

一

观察一个世代的长篇小说写作，我没有用"1970年代晚期以来"的说法，也没有用更熟手的80后。不过，"生于1977—1987"，仍然有代际命名的痕迹，包括代际命名的局限，比如当我划定了这个区间，就不能包括哪怕最靠近的1976年。事实上，生于1976年的田耳、付秀莹、阿乙、李修文、周洁茹等都写出了相当优秀的长篇小说。生于1977—1987年，他们的生理年龄在30到40岁之间，用传统的话说，在"而立"和"不惑"之间；从文学年龄的角度，这是中年写作来临的最后阶段。虽然此阶段有这样或那样的不成熟，但该打开的，已经打开；该到来的，也已经到来了。仅就长篇小说文体而言，出生在这十年间的他们无疑是中国"更年轻"一代小说家了。前几代的中国小说家差不多也是在这个阶段开始长篇小说的练习，并且写出他们整个文学生涯第一部重要的作品。之所以说是"更年轻"，在他们之前，40到50岁之间的那一批小说家依然被称为"年轻作家"。不过，他们又不是"最年轻"的，在他们之后，"最年轻"的那些小说家正风起云涌地被各大刊物收割。只是，除了周恺、大头马、王陌书等可数的几位,这些中国当代"最年轻"小说家的长篇小说还在习作阶段,也很少得到出版,他们写着他们的中短篇小说,长篇小说对他们可能还是一个野心,一个文学的远景。

二

这是几份不完全的名单。

第一份名单:

今何在(1977):《悟空传》

猫　腻(1977):《间客》《择天记》

江　南(1977):《九州·缥缈录》《龙族》

天下霸唱(1978):《鬼吹灯》

血　红(1979):《巫神纪》

沧　月(1979):《听雪楼》

无　罪(1979):《仙魔变》

当年明月(1979):《明朝那些事儿》

玄　雨(1980):《小兵传奇》

桐　华(1980):《步步惊心》

辛夷坞(1981):《致我们终将逝去的青春》

唐家三少(1981):《斗罗大陆》

南派三叔(1982):《盗墓笔记》

蝴蝶蓝(1983):《全职高手》

梦入神机(1984):《佛本是道》

流潋紫(1984):《甄嬛传》

烽火戏诸侯(1986):《雪中悍刀行》

我吃西红柿（1987）:《吞噬星空》

……

第二份名单：

江　波（1978）:《银河之心》（三部曲）

宝　树（1980）:《三体Ⅹ：观想之宙》《时间之墟》

陈楸帆（1981）:《荒潮》

迟　卉（1984）:《终点镇》《卡勒米安墓场》

夏　笳（1984）:《九州·逆旅》

……

第三份名单：

徐则臣（1978）:《耶路撒冷》《王城如海》

李宏伟（1978）:《国王与抒情诗》

糖　匪（1978）:《无名盛宴》、《光的屋》（未正式出版）

张　忌（1979）:《出家》

石一枫（1979）:《心灵外史》

马伯庸（1980）:《风起陇西》《古董局中局》

孙智正（1980）:《南方》《青少年》

默　音（1980）:《甲马》

李傻傻（1981）:《红×》

陈再见（1982）:《六歌》

林　森（1982）:《关关雎鸠》

春　树（1983）:《北京娃娃》《乳牙》

笛　安（1983）:《南方有令秧》、"龙城三部曲"

……

第四份名单：

任晓雯（1978）:《好人宋没用》

蔡　骏（1978）:《病毒》《谋杀似水年华》

苏　德（1981）:《钢轨上的爱情》

张悦然（1982）:《誓鸟》《茧》

韩　寒（1982）:《他的国》《1988：我想和这个世界谈谈》

周嘉宁（1982）:《荒芜城》《密林中》

朱　婧（1982）:《幸福迷藏》

小　饭（1982）:《我的秃头老师》

郭敬明（1983）:《小时代》《爵迹》

蒋　峰（1983）:《白色流淌一片》

颜　歌（1984）:《异兽志》《我们家》

王若虚（1984）:《火锅杀》

七堇年（1986）:《平生欢》

林培源（1987）:《以父之名》

张怡微（1987）:《细民盛宴》

……

第五份名单：

童伟格（1977）:《无伤时代》《西北雨》

葛　亮（1978）:《朱雀》《北鸢》

这五份名单涉及的是当下中国文学版图的不同文学地理景观。稍微不严谨的是这种文学地理景观的划分还比较粗糙，有的是基于传播媒介差异，有的是依据确实不同的现实地理空间，有的是不同的文学传统和审美标准的约定俗成。因此，只能算张草图，但这份草图，也是中国当代文学疆域最开阔的了。而且，文学地理疆界也不是一成不变的，比如第四份名单，基本构成都有《萌芽》或者"新概念作文"的背景。从大的种属，对比第三、四两份名单，可以发现《萌芽》这份文学刊物因为其在1999年前后的"变法",即从文学期刊变身为活跃的文化传媒,不但改变了自身的刊物形态,也改变了中国当代作家的成长模式。"萌芽系"作家大多有"媒体制造"的特征,这份不完全名单里的蔡骏、张悦然、韩寒、郭敬明、朱婧和七堇年都是《萌芽》推出的"十大80后作家"。"媒体造星"的不只是《萌芽》,春树的早期成名一定程度上也是"媒体制造"的结果。其一时风头无两,2004年和韩寒同时登上美国《时代》周刊亚洲版。除了春树,李傻傻和马伯庸的写作也有媒体推动的痕迹。无论有没有媒体做推手,一个作家的路能走多远,靠成名速度,更靠才华和耐力,这里把他们分开,只是追问一下"英雄"的出身,也是强调《萌芽》和这个"生于1977—1987"文学世代某些部分的深刻渊源。

  第二份名单则是当下炙手可热的科幻文学作家。科幻文学的发表出版与第三、四份名单里的作家并无二致,他们的区分,是中国现代文学传统对类型文学的态度,而发展到现在,也可能是科幻文学自己的态度,科幻文学有自己的刊物、圈子、传播路径和评价机制等。但最近几年,以刘慈欣和郝景芳获奖为标志,这个专业而狭隘的圈子被打破,中国当代文学传统的文学等级也正在发生微妙的变化,科幻文学的地理版图越来越大。传统非专门发表科幻文学的文学刊物开始大量发表科幻小说,如2017年第6期《花城》的《花城关注》推出科幻作家专题。"科幻"也成了非科幻的小说家的新的文学生长点,而与此同时,科幻文学自身的文学自信也是一百多年来未曾有过的。

  在不完全名单里最"不完全"的应该是第一份了,出生在这十年的网络写作者可能数十倍,甚至上百倍于这个数字。而现在这个最多只能算抽样的名单,已经堪称中国文学版图的半壁江山了——如果我们不谈"文学",只谈"人数"的话。这些所谓的网络作家,他们是真正为资本市场和粉丝读者写作,也因为如此才成为争先追捧的"产业引擎"。

  至于第五份名单,只是出于惯例,将中国港台地区和海外华语作家单列，但是从汉语文学共同体的角度来说，比如葛亮，怎么看都像一个内地作家。

值得注意的是，这份不完全名单并没有包括"儿童文学"。"儿童文学"其人数和作品之众堪比网络文学。

三

今天，当我们谈论中国当代文学更年轻一代作家的长篇小说创作，至少应该在这个地理草图的疆域里，这不只是指研究视野，还包括文学政策的制定，文学资源和利益的分配，比如评奖、扶持、排榜、签约、培养文学接班人等，这些也都应该有类似的大文学地理观。

下面我们可以择其要者说说这些"生于1977—1987"更年轻世代作家的长篇小说创作。网络文学被认为是新媒体时代的"新文学"，但悖谬的是这个所谓的"新文学"却又被认为是补了中国现代文学被压抑的通俗文学的课，是"旧文学"在新世纪的"借尸还魂"。对这个问题，本文不拟细致辨析，但我的基本观点是要对泥沙俱下的网络文学进行细分，而不是草率地将整个网络长篇叙事文本直接接驳到传统的通俗文学谱系。就长度而言，网络长篇叙事文本在整个人类文学史都是空前的，但如果从小说文体要求看，许多网络叙事文本还达不到"小说"的水平，至多只能算"长的故事"。

网络长篇叙事对中国当代文学的贡献首先是形成了一个中国现当代文学史空前的类型文学时代。除了玄幻，这些更年轻世代的作家创造或者完备了类型小说，像天下霸唱《鬼吹灯》和南派三叔《盗墓笔记》的东方神秘文化和探险小说复合的盗墓小说，桐华《步步惊心》的穿越小说，蝴蝶蓝《全职高手》的电竞小说，流潋紫《甄嬛传》的后宫小说，烽火戏诸侯《雪中悍刀行》的武侠玄幻小说，等等。对类型小说做出贡献的不一定只是网络作家，比如蔡骏的悬疑小说，比如科幻小说。

　　出生在1977—1987年的网络写作者，不但是中国网络文学的草创者，至今依然是网络文学创作里最旺盛的中坚力量。今何在影响最大的早期网络小说代表作是2000年对《大话西游》进行仿作的《悟空传》，但今何在的文学贡献应该是参与"东方幻想架构世界"——"九州幻想"的创造，他的《羽传说》写生在人族中天生残翅的向异翅寻找自己的羽族，成为一代英雄的故事。同样，他的《海上牧云传》也充盈着英雄主义激情。英雄主义衍生出网络小说中的热血少年成长模式，像江南的《龙族》、猫腻的《择天记》、无罪的《仙魔变》等等。传统文学中俨然稀缺的英雄主义在网络小说中热血复活，除了英雄主义，邵燕君还肯定过猫腻的小说是"启蒙主义精神在网络时代的一种回响"。

　　许多网络作家参与了"九州幻想"的创造。依靠金庸的同人小说《此间的少年》成名的江南，其《九州·缥缈录》是"九州幻想"的恢宏之作。后来在科幻文学领域影响更大的夏笳，其《九州·逆旅》是"九州幻想"最别具一格的一部，像剔透清澈的童话。不只是"九州幻想"，还有比如猫腻自己说是一部"个人英雄主义武侠小说"的《间客》，其"三大星域"的世界设定；比如血红的《巫神纪》中九大种族体系的构造；比如沧月从新派武侠小说转入奇幻，对"天地之间诸神寂灭，人治的时代已经到来"之前世界的勾画。"架空"，建构幻想的庞大世界体系，不但生成了东方奇幻或者玄幻小说类型，而且对当下及未来汉语长篇小说结构的可能性，做出了有益的探索，但这并没有引起传统文学界和当代文学研究界的充分注意。奇幻、玄幻和"架空"对中国未来长篇小说发展的意义应该被重新评估。一定程度上，默音的《甲马》、郭敬明的《爵迹》、颜歌的《异兽志》和张悦然的《誓鸟》都对奇幻、玄幻或者"架空"进行了有益的再造和转换。当然我们也可以说，这些不是网络文学所专有的，而是新世纪的文学时风使然。无论怎么说，当下中国不同长篇小说地理之间的跨界旅行做得相当不充分。

四

江波的《银河之心》（三部曲）是太空歌剧类型的银河史诗，韩松认为：“江波以不倦的热情，在几乎绝望的宇宙中，孤单地抵抗宿命，寻找着生命的价值。”而韩松评价迟卉的《卡勒米安墓场》则是："别样的视角，史诗般的咏叹，复杂而恢宏，迟卉展示了史无前例的银河文明世界，以及人类和他们的造物们的矛盾着的野心。"迟卉的《终点镇》的主题是当下科幻小说的热点"人工智能"。关于人工智能，我和另一个科幻小说家飞氘对话时，飞氘说过："由于人工智能等技术的突破性发展，可能到了某一天，人类社会的整个形态将出现全然不同的形态，就像物理学上的奇点一样超出我们的理解和想象，以至于我们对这样一个时代的所有预测和推理可能都根本失效——未来的'人类/后人类'可能是一种和我们在生理和心理上颇为迥异的存在。"

科幻文学对科技时代人类危机的关切提供了中国当代文学重要的未来维度。科幻文学也可以像宝树那样充满着哲学思辨，宝树的《时间之墟》希望写出一个永远循环世界中的人类精神史。陈楸帆的《荒潮》放在同时代中国文学中堪称宏大的巨制，虽然《荒潮》有时也会被狂野的想象和过于显豁的现实批判拖累，但不妨碍它是近年一部重要的汉语长篇小说。以《荒潮》为例，我们能感到科幻文学和传统意义的所谓中国当代文学的隔阂。除了金理等少数批评家，《荒潮》在传统意义的中国当代文学界并没有引起与之相称的评价。

我注意到，很多和科幻小说无关的小说家，也开始在小说中植入"科幻"，这种植入常常是"硬"植入，但我并不看好"科幻"成为简单的小说技术。在我看来，"科幻"从根本上是一种世界观，一种想象世界的方式，而不只是一种创意写作课堂传授的小技巧。科幻应该成为开启汉语文学幻想的动力。当科幻作家成为一种身份时，李宏伟似乎没有被赋予这种身份，但他的《国王与抒情诗》写2050年的未来图景，写国王和抒情诗之间的博弈，那时我们的世界会是什么样子？未来性、现实批判、隐喻以及哲学思辨，科幻小说的精神气质被李宏伟迁移到传统小说。传统小说如何向科幻小说学习这些，就像传统小说如何向网络小说学习幻想，学习如何想象性地架构世界体系。如果我们认真去思考，这些可能都会有力地推动汉语长篇小说的进步和前行。

五

李宏伟在《国王与抒情诗》之前有一部长篇小说《平行蚀》，写1990年代的大学生成长故事。大学生活是自我觉悟的重要起点，而这些年轻作家成长的时代，大学已经完全"社会"了。类似丁玲《在医院中》、王蒙《组织部新来的青年人》的人生第一课当然前移到大学阶段，这就不难理解他们中许多人都会写到大学校园生活。写大学生活，辛夷坞的《致我们终将逝去的青春》站在职场回望是一种写法，而像朱婧的《幸福迷藏》写米小如、海小岚、尹小黑、乐小玫四个大学生情感世界的"迷藏"，小饭的《我的秃头老师》写由乡入城大学生的颓败生涯，王若虚的《火锅杀》借倒卖二手车黑市写校园江湖，又各有各的想法和路数。这些长篇小说基本上完成于他们写作生涯的早期，因此有一种在青春写青春的味道，虽然不是很成熟，但作为他们的写作前史有样本意义。

其实不只是写大学校园生活，这些更年轻世代的作家许多都有"青春写作"的前史。自我的成长成为"自我史记"，会从大学校园宕开去，谛视自己整个有限的生命成长。笛安的《西决》《东霓》《南音》系列长篇小说被命名为"Memory in the City of Dragon"，纪念生命过程中的

"太原时代"。成长是过去,也是此在,悲欣交集的此在,像苏德《钢轨上的爱情》,"我就像那些躺在钢轨上的男男女女,决然地等待着身后呼啸而过的火车轧过自己的身体、爱情、欲望。那些都是不被允许的不伦,所有拥有如此爱情的两人便是那两条冰寒的钢轨,哪怕一路可以相伴地延伸下去,却永远都不会有交和的一天"。

莫言说张悦然的《茧》"提供的是一部关于创伤记忆'代际传递'的小说"。成长不是天外来客,这些更年轻世代作家写他们厕身的时代,但他们更关心我们从哪里来?或者说,我们问我是谁的时候,自然会问我从哪里来?颜歌的《我们家》是平乐镇伤心故事里最长的故事,写了三代人六十年;默音的《甲马》两地(上海、云南)也是三代六十年;葛亮的《北鸢》写1927年到1947年的家族往事,其之前的《朱雀》在城市记忆背景上写叶毓芝、程忆楚、程囡三个女性的三个世代;石一枫的《心灵外史》从革命、气功、传销和主四个命名的时代写杨麦对大姨妈精神世界的探索,勘探一代人的信仰史……这些祖父祖母和父母辈的故事从长篇小说结构上也继承了祖辈父辈的艺术遗产。这中间,张怡微不尚"宏大",她的《细民盛宴》以微观家庭的细小肌理,开辟新路,也流露以此做长篇小说的难度或者局限。以非亲历者的身份讲述更长时段历史的人与事,无论是从叙述策略,还是从实现更大的文学野心,自然"代际传递"会普遍被更年轻作家征用,作为他们进入幽暗历史的跳板。我们应该意识到,世界和一个作家相关的部分,迟早会溢出一己之身的成长和悲欣,通向更辽阔的世界。毫不意外,我们会在这一世代作家的小说中读到任晓雯《好人宋没用》里宋没用的进城,张忌《出家》里方泉的"出家",宋没用和方泉都是我们世界的芸芸众生,如蝼蚁般的小人物,但就像鲁迅所说:"无穷远的地方,无尽的人们,都和我有关。"

需要指出的是,写家族往事有时也会成为一种对当下无力把握的逃避。这就需要这些更年轻世代的小说家和他们的时代遭逢遭遇,像周嘉宁的《密林中》写都市，写80后文艺青年志和挽歌，也像陈再见的《六歌》和底层原生日常生活短兵相接，但观察这一世代的长篇小说，写"当代史"，更写"当下"的小说还是太少了。

林培源《以父之名》提出的"到异乡去"是一个很有价值的问题。这其实是一个更早的现代命题，鲁迅说："走异地，逃异路，寻找别样的人们。"春树早期的《北京娃娃》和新近的《乳牙》构成了生命某一阶段从残酷青春到新的"娜拉出走"的故事。有意味的是，这些更年轻世代的作家，一边书写着"到异地去"，一边又"回故乡"。徐则臣的《耶路撒冷》，"花街"少年的成长史在花街、北京和耶路撒冷拓展空间，他们先"到世界"，又"回故乡"。类似的行动轨迹和小说主题也出现在七堇年的《平生欢》中，写小城、工厂、大院，写少年的出走和回归。童伟格的《无伤时代》也是如此，早年丧父的江自高中起离开山村，寓居大城，年过三十却突然回返，决心和"他的山村""他的村人"一起终老下去。当我们追问这些小说的人物为什么最后"回故乡"，首先要问的问题是：他们曾经停留的都市怎么了？徐则臣写"新北京"是"王城如海"。而栖身都市，黄崇凯干脆说："我们都是坏掉的人。"

可是，"回故乡"又能如何？"君自故乡来，应知故乡事"，韩寒《他的国》写现代都市郊区的"炸裂志"，这一定意义上就是当下的"故乡事"。林森的《关关雎鸠》追问从二十世纪八十年代中后期到2000年的十多年里，中国发生了什么？《关关雎鸠》是孤岛小镇"礼"失之后的"不安书"。陈再见的小说以粗粝的质地书写"县城人事"，我关心他的写作更多不是出于媒体强调的打工者身份，而是他写作的起点，他对故乡的态度："对故乡怀有'恨意'，反而觉得离故乡越近。"因此，当"故乡—异乡（世界）—故乡"的纸上旅行失效之后，这些更年轻的小说家如果拒绝廉价的乡愁和田园牧歌，他们和他们的写作会怎么办？顺便提一句，虽然这些更年轻世代的长篇小说也有限地跨界，或者熟练地操练复调，甚至多声部叙事，但类似孙智正《南方》、糖匪《无名盛宴》《光的屋》这样有形式探索激情的作品还很少。这不能不说是这世代作家的局限。要知道，除了意蕴的考量，长篇小说不是长的小说，更不是长的故事，而是富有整体的形式感，讲究语言修辞的有机生命体。

细语众声和文学的可能性

在第六届郁达夫小说奖审读会议上,王尧教授提出小说再次发生革命的必要,而且以为新的"小说革命"已经在悄悄进行中。文学不论革命已久矣。王尧教授的发言自然引起文学界和大众传媒的兴趣。《文学报》傅小平邀约近二十位作家和批评家做了对谈,《江南》杂志开展了更大规模的笔谈,张莉教授也正在组织相关活动。

我同意王尧教授的"再次革命"说,也认同他对"悄悄"的判断。这五年给《花城》杂志主持《花城关注》栏目,以拓殖文学边界,发微审美可能性作任务,不可能不对可能策动的"文学革命"心向往之。但是,如果对标百年中国现代文学的文学革命范式,我又认为,我们正处在一个"文学不革命"的时代——"文学不革命",意味着类似中国现代文学发生之初断裂式的文学革命在当下之不可能。"不革命"就是今天,甚至未来文学的常态。

首先,现代中国的"文学革命",无论是五四前后,还是改革开放时代,都是新文化运动以及思想启蒙的合体,是彼此声援的自然结果。此间的逻辑,比如胡适的《建设的文学革命论》、陈独秀的《文学革命论》、周作人的《思想革命》都说得很清楚。周作人的结论是:"文学革命上,文字改革是第一步，思想改革是第二步，却比第一步更为重要。我们不可对于文字一方面过于乐观了，闲却了这一面的重大问题。"以此观乎改革开放初起的1980年代，文学革命同样是和思想解放、文化启蒙相互激荡，彼此成就的。因而，要回应今天文学革命是否可能，必须回答当下是否能在五四和改革开放时代的历史谱系中持续深入思想解放和文化启蒙？

文学没有单独的命运，哪怕是和文学相关的其他艺术门类，同样也存在着彼此声援相互激荡的问题。我们可以有许多指标去衡量二十世纪八十年代这个所谓的先锋的文学革命时代。我说的先锋的哗变，不只是先锋文学时代，更不只是先锋小说时代。先锋美术从"星星美展"到"85新潮美术"再到1989年的"首届中国现代艺术展"，亦是二十世纪八十年代中国先锋艺术最有力量和成果的部分。同样，先锋音乐和戏剧，其世界性的影响可能远远超过同时代的先锋文学。

其次，虽然从梁启超等人开始就已经在现代意义上使用"革命"，但从"革命"更早的中国语源以及现代实践来看，革命从来就是激烈的、断裂的、替代的。在这一点上，现代的文学革命自然也不例外，斗争思维和暴力手段也一直灌注在文学革命中。即便今天的文学革命取最平和的弃旧图新的变革意义，依然涉及两个问题：谁能领导这场文学革命？文学革谁的命？对于第一个问题，鲁迅在《文艺和革命》一文中说："先有军，才能革命，凡已经革命的地方，都是军队先到的：这是先驱。""外国是革命军兴以前，就有被迫出国的卢梭，流放极边的珂罗连珂……"那么，当今中国文学谁能成为我们文学革命的卢梭和珂罗连珂？如果我们深究下去，我们之所以迷信文学革命，一定程度是预先相信了现代时间，也相信了文学进化论。在现代时间上，人类文明存在着等级和级差。在传统/现代、落后/先进等等的文明谱系中，我们经受了巨大的震惊时刻，也承担着巨大的心理焦虑。不说更小的文学革命，五四前后和改革开放初起时的两次大的文学革命都发生在从禁锢走向开放的历史转折点上。

青年在进化的链条上是新的、未来的、进步的，这是我们往往把文学革命托付给青年的前提。观察中国现代历次文学革命，青年们也都做了革命的先驱，但是生命展开在承平时代的青年们，如《时钟突然拨快——生于70年代》的主编之一苏七七所说："贫乏是我们共同的底色。童年的我们站在一个风暴刚刚席卷而过的废墟上，物质贫乏，精神也一样贫乏。"类似的感受也同样地被收入本书的作者梁鸿体认着，她说得更具体："也许并不只是我。70后，在当代的文化空间（或文学空间）中，似乎是沉默的、面目模糊的一群，你几乎找不出可以作为代表来分析的人物。没有形成过现象，没有创造过新鲜大胆的文本，没有独特先锋的思想，当然，也没有特别夸张、出格的行动，几乎都是一副心事重重、怀疑迷茫、未老先衰的神情。"（梁鸿：《历史与"我"的几个瞬间》）如果70后算"贫乏"的话，紧随其后的80后和90后则更可能是。世界被抹平，落差被缩短，其结果则是，不要说召唤他们成为先驱，可能像韩东、鲁羊、朱文他们那样搞"断裂"的冒犯者和挑衅者都很难寻找。

退一步讲，即便有所谓的青年先驱，革命依然需要可动员的基本文学群众，其中最大份额应该是文艺青年。按照《深圳青年报》和安徽《诗歌报》的《中国诗坛1986'现代诗群体大展》的统计："1986年——在这个被称为'无法拒绝的年代'，全国2000多家诗社和十倍于此数字的自谓诗人，以成千上万的诗集、诗报、诗刊与传统实行着断裂。"不是所有的文艺青年都能成为先锋作家和艺术家，他们也可能只"文艺"但不"先锋"，也可能会随着时间的推移放弃文艺，但挑战既成惯例和体制的前卫、反叛、反抗、创造却是文艺青年成为文艺青年最有价值的部分。如果确实存在过先锋文艺的黄金时代，也应该是文艺青年的黄金时代。我曾经在多个场合说过，如果网络文学4.7亿读者的数据可靠，那么在证明网络文学繁荣的同时,也说明国民整体文学审美堪忧,几乎可以肯定的是这部分读者很难成为我们想象中的文学革命的同路人。与此恰成对照的是,文学不革命以后,文艺青年也成为一种"群嘲"。

而且,文学革命落实在实践层面,亟须有见地的编辑、出版人和批评家。今天几乎所有的文学史都写到,1980年代中国的先锋文学是由残雪、马原、余华、苏童、格非、孙甘露、洪峰等人组成的"想象的共同体"。我一直想的一个问题是,这些有着各自写作出发点的人是如何被召唤到一起的? 1986年,吴亮和程德培主编出版了《新小说在1985年》和《探索小说集》两个小说选本,正是这两个选本使得星散在各家文学期刊的先锋作家得以聚合。而且聚合是以"新"和"探索"的名义,其刻意"编辑"和"设计"的意图相当明显。吴亮和程德培明确指出:"一九八五年,既是前几年小说观念变化酝酿的结果和总结,又是进一步向未来发展的开端。"在《新小说在1985年》这个带有"倾向性的选本"前言中吴亮则进一步强调"1985年"这个时间节点的意义:"一九八五年的小说创作以它的非凡实绩中断了我的理论梦想,它向我预告了一种文学的现代运动正悄悄地到来,而所有关在屋子里的理论玄想都将经受它的冲击。"1986年除了这个富有意味的小说选本,在诗歌界还有《诗歌报》和《深圳青年报》的《现代主义诗群体大展》。1988年4月余华在给《收获》编辑程永新的信中谈到"极端主义的小说集":"我一直希望有这样一本小说集,一本极端主义的小说集。中国现在所有有质量的小说集似乎都照顾到各方面,连题材也照顾。我觉得你编的这部将会不一样,你这部不会去考虑所谓客观全面地展示当代小说的创作,而显示出一种力量,异端的力量。就像你编去年《收获》第5期一样。"这封信里谈到的应该是程永新编辑的《中国新潮小说》。

在1980年代的文学革命中,巴金做主编的《收获》是最不讲究这种稳妥平和的,其面目是反常的、革命的和摧毁式的,像余华信里提到的

1987年第5期，还有1988年第6期，两个专号的阵容几乎全部由马原、余华、格非、苏童、孙甘露这些代表着当时最为激进的创作的作家组成。当时的年轻编辑程永新多年以后回忆："在《收获》新掌门人李小林的支持下，我像挑选潜力股一样，把一些青年作家汇集在一起亮相，一而再，再而三，那些年轻人后来终于成为影响中国的实力派作家，余华、苏童、马原、格非、王朔、北村、孙甘露、皮皮等，他们被称为中国先锋小说的代表人物。"《收获》这种充满了强烈预先设计的先锋姿态，让身在其中的作家也产生错觉，以为是一个新的文学时代的降临。1987年10月7日苏童在给程永新的信中写道："《收获》已读过，除了洪峰、余华，孙甘露跟色波也都不错。这一期有一种'改朝换代'的感觉，这感觉对否？"说到"改朝换代"，如果我们今天诸事俱备，自然面临文学革命"革谁的命"的问题：我们宣判谁，哪些是旧人、旧文学？事实上，五四新文学宣判过旧文学；改革开放时代文学"pass过北岛"，也宣告过新的文学原则崛起。因而，在今天，如果我们既不能坦诚地宣判哪些文学、文学的哪些部分是旧的、陈腐的，也不能明示哪些文学、文学的哪些部分是正在崛起的、新的，文学革命立足何处？尤可深思的，究竟是审美判断匮乏，还是勇力不逮？

有意味的是，韩东、鲁羊、朱文他们挑动"断裂"的1998年恰恰是70后出场之后不久。这恰恰是一个历史分界线，此后至今似乎再无文学革命。和韩东、鲁羊、朱文这些兄长辈主动"断裂"不同的是，70后最初的叛逆面目是大众传媒调教和制造出来的，而此后的80后也迅速复制了这种出场方式。文学新青年不是自我文学涤新的结果，我们将会在今天的文学看到，越到后来，青年作家的成长和成名越来越依赖其掌握和操纵的媒体资源。不只如此，在配合媒体的同时，青年作家也配合可资获益的文学制度，以至于文学交际、文学活动、文学宣传在一个作家成长生涯中所占份额越来越大。整个文学制度和文学谱系，青年写作者的寄生性，导致的直接结果是他们不可能宣判代际意义上的中老年作家是旧文学。

所以，我对今天文学革命之不可能的悲观，正是基于我们有如此多的基础工作没有完成，或者干脆无法完成。如此，遑论文学革命。韩东曾经说过，他们的"断裂"是空间意义上的。"在同一时间内存在着两种水火不容的写作。"（韩东：《备忘：有关"断裂"行为的问题回答》）以我对"断裂"至今二十余年中国文学的观察，这种空间意义水火不容的写作秩序关系依然存在。去年"界面文化"出版过一本《野生作家访谈录》，副标题是"我们在写作现场"。这些以"野生作家"为名的作家包括：赵松、朱岳、刘天昭、于是、独眼、袁凌、盛文强、常青、杨典、史杰鹏、康赫、胡凌云和顾前。名之"野生"，大致等于韩东所说的"极少数的、边缘的、非主流的、民间的、被排斥和被忽略的"。按照我对中国当代作家构成的了解，或者我们直接去翻翻这几年后浪的原创出版书目，这个名单还可以开得更长，更年轻。再把这份大名单和引发王尧教授"再次革命"说的第六届郁达夫小说奖终评备选篇目作者对读（不仅仅是这个备选篇目，可以扩大到期刊、大学和文学组织机构票选的榜单和评奖），就能发现他们几无重合。我没有和王尧教授交流，这些"野生作家"的异质性属于不属于他所说的"悄悄"？但有一点是肯定的，他们虽然和韩东他们的"断裂"在时间中的空间站位相同，但从接受的访谈来看，他们并不想策动又一场空间意义"在野"和"在朝"的"断裂"，从而成为文学革命的发起人。不仅不想，他们无视、不自觉另外的空间的存在，写作成为自洽的、自适的，很隐微、很私人的事。即便我们能够辨识他们提供的文本是异质的，他们已然丧失成为类似1980年代先锋文学实践者的极端主义姿态，自然也不会选择需要充沛激情的先锋姿态。

事实上，对当下文学版图的想象已经从线性的、垂直的等级关系变成平行的对等关系，比如这些作者：今何在、猫腻、江南、天下霸唱、血红、沧月、无罪、当年明月、玄雨、桐华、辛夷坞、唐家三少、南派三叔、蝴蝶蓝、梦入神机、流潋紫、烽火戏诸侯、我吃西红柿……他们从事的是资本定义的网络文学，即便传统的所谓纯文学（精英文学或者雅文学）认定他们的通俗文学身份，也并不能以垂直的等级关系将其清除出中国当代文学版图。这种垂直的审美高下的等级关系在今天只能是假想层面的，而从网络文学这面，他们认为他们和纯文学版图是同样的文学部落，对等，但并不谋求对话。类似情况，还有刘慈欣、江波、糖匪、宝树、陈楸帆、迟卉、郝景芳、夏笳、王侃瑜、飞氘等这些科幻作家。科幻文学有自己的刊物、圈子、传播路径和评价机制等。但最近几年，以刘慈欣和郝景芳获奖为标志，这个专业而狭隘的圈子被打破，科幻文学的地理版图越来越大。

如果细细梳理下去，比传统期刊文学、野生文学、网络文学和科幻文学更小的文学部落还有很多，甚至单个的人都可以成为一个文学部落。他们以期刊、图书等纸媒，也以网络社区、公众号、圈（群）等勘定边界和疆域，部落与部落、部落和个人之间不再是对抗的、征服的、收编的，而是绥靖的、相安无事的，这种绥靖和相安无事可能是对外的，也可能是内部的。缘此，我们俨然进入一个细语的众声文学时代，这就是我所说的"文学不革命"时代。在这个"文学不革命"时代写作，神圣的文学事业降格为全民写作的日常文学生活。文学可以和内心相关、和体制相关、和生意相关，当我们真的想要文学革命，已经组不了团，成不了军，布不了阵。如此，说穿了，我们还心念的文学革命不过是宏大历史叙事癖作祟。那么，我们一起假想一下文学革命的可能性，写作者自己已经不可依靠了，就依靠期刊策划？还是研究者和批评家想象的建构？那该需要怎样的洞悉和统摄时空的能力，才可以将一块块收集的文学碎片拼贴出富有历史感而又通向未来的文学地图。或者，在今天"文学不革命"的时代，任何的参与者至多只是一个文学碎片的收集人和占有者。

作为"文学共同体"的多民族中国当代文学

"文学共同体书系·中国当代多民族经典作家文库"(第一辑)收入蒙古族、藏族、维吾尔族、哈萨克族和彝族五个民族的中国当代小说家或诗人阿云嘎、莫·哈斯巴根、艾克拜尔·米吉提、阿拉提·阿斯木、扎西达娃、叶尔克西·胡尔曼别克、吉狄马加、次仁罗布、万玛才旦等的经典作品。这九个小说家、诗人不仅是各自民族当代文学发展进程中最为杰出、最具影响力的代表人物,即使放在整个中国当代文学史亦不可忽视。基于当下中国文学生态场域的特质和属性,这些作家应该在中国当代多民族文学之"多"之丰富性的论述框架中进行考察、识别和命名。中国当代多民族文学内蕴着独特自足的民族性,包括与之相对应的民族文化和文学传统。在此前提下,需要思考,在今天的中国当代文学语境,蒙古族、藏族、维吾尔族、哈萨克族、彝族及其他民族文学是否已被充分认知与理解?怎样才能更为深入、准确地辨识文学的民族性?

不同文化空间漫游者的文学版图

中国当代文学版图是由不同民族的写作者共同完成的。当今流动不居的世界，写作者自然而然地成为不同文化空间的漫游者，而不同文化空间的漫游带来的是不同文化的接入、折叠、对话和融合，流动中的接入、折叠、对话和融合也是不断的选择和再造。缘此，从中国多民族作家的书写中能捕捉到流动世界的丰富光影。

蒙古族作家阿云嘎的《天上没有铁丝网》的六篇小说都是他新世纪后的新作，这次由有着诗人、小说家和翻译家诸种身份的蒙古族的哈森直接从蒙古语翻译过来。阿云嘎的小说时间往往是传统和现代交接的临界时刻。当此时刻，现代化进程的犹疑、困惑和前行成为阿云嘎重要的文学母题。也因此，深刻的文化忧思是阿云嘎小说的底色。在一定意义上，可以说，阿云嘎不仅是扎根本民族文化的思想者和代言人，也是中国现代文学遗产的继承者，他的写作接续的是近代以来一代又一代中国作家对传统和现代关系这个文化命题的思考。阅读阿云嘎的小说：良善近乎卑微的牧民出走，找寻失落家园；神枪手纡郁难释，与狼群惺惺相惜；庞然如怪物的汽车左冲右撞，打破牧民古老稳固的日常生活；不受规训的女子，剽悍中却自有坚守；嫁入衰微侯门的年轻生命，选择为爱与自由湮灭；而陌生男子行骗的另一重面孔，竟是以敬慕与暧昧之名……阿云嘎从本民族历史、风习和日常生活中勘探和挖掘游牧民族的思想、价值观念和宗教信仰的力量，他的小说可以作民族寓言和受工业文明侵蚀而流变的游牧文化消逝的挽歌而观。

莫·哈斯巴根的《有狼有歌的故乡》的三部中短篇小说亦由哈森翻译。1950年生于内蒙古鄂尔多斯草原的哈斯巴根生于斯长于斯。和阿云嘎的流逝和怅惋不同，莫·哈斯巴根写历史之变下的恒常，这些"常"存在于亲人同胞和生灵万物：无论是《有狼有歌的故乡》中坚守沙漠深处的老汉一家，还是《黑龙贵沙漠深处》朴拙却大智的宝日呼，抑或《再教育》中机敏慧黠的陶力木大队队长，他们纯粹执守着不变的初心，始终保有爱与包容。莫·哈斯巴根小说可资辨识的不仅仅是蒙古草原风俗史意义的地方性，更重要的是蒙古族自有来处的草原文化精神遗存以及独具的美学观念。

《珍珠玛瑙》包括阿拉提·阿斯木两部各具风韵的中篇小说代表作《珍珠玛瑙》和《马力克奶茶》。前一篇，以"金子不是正道的秤砣，人心才是大地恒久的天平"为恒常伦理正名。新娶不久的父亲意外身亡，儿子们在金子和人心面前犹疑不决。后者，则以"一个男人看不见的嘴脸，才是他真正的敌人"为写作原点。饱经赞誉、备受拥戴的前市长过世未久，家人却收到来自陌生女人的银行卡与地契，顿时谜点丛生，马力克的斑斓一生重浮水面，铺展在世人眼前。

由双语写作所带来的语言"互看"的文学可能性，使阿拉提·阿斯木的小说语言尤为突出，其汉语写作的小说呈现出维吾尔语思维下的词法和句法特点，选词、词形变化、语序等与汉语表达有所不同，如小说中化抽象为具体的比喻句非常多，谓宾倒置、排比句比比皆是等。阿拉提·阿斯木的小说属于现实主义一脉，但却有寓言、故事、神话的影子，动植物同人类一样有感应、可言语，故营造出神奇幻化的色彩，有魔幻现实主义的风格。全球化时代，民族传统文化如何取舍，使之保有民族特色，不被卷入到一体化、同质化的浪潮中，这方面，阿拉提·阿斯木提供了一个有启示的范例。

哈萨克族是一个崇尚自然的游牧民族。二十世纪中期以前，哈萨克族更多地生活在牧区、山区，他们迁徙、转场，逐水草而居。之后，他们的生活悄然改变，许多牧民定居下来。在定居的过程中，改变的不仅是生活方式，还是重建生活的理由和精神的根基。《我的苏莱曼不见了》收入哈萨克族小说家艾克拜尔·米吉提中短篇小说十五篇。作为当代哈萨克族的代表作家，从他的小说景观可见群峰莽野、晴天艳阳和牛羊自如，仿若"塞外江南"；其题材内容有草原的男子汉勇可短剑斗黑熊的果敢，亦有和姑娘探听泉水秘密的柔肠。是柯尔博戛乐师，在四角帐幕演奏他的绝响；是翻飞的蓝鸽，映照着青年的梦与希望；是远逝的雪山，绵延着对故乡的眷恋。在《瘸腿野马》《蓝鸽，蓝鸽》《红牛犊》《巡山》《我的苏莱曼不见了》等篇目中，艾克拜尔·米吉提的语言出乎天地万物，哈萨克民族诗意的生活、草原圣洁的生灵以及瑰丽与热腾的土地亦浑然无间。《一个村庄的家》是另一位哈萨克族著名作家叶尔克西·胡尔曼别克的全新短篇小说集。北塔山位于中蒙边境，是叶尔克西的故乡，地理位置偏远，交通不便，较少受到现代文明的侵扰。叶尔克西在牧场度过了短暂的童年时光，此后在城市里求学、工作，然而这段童年的经历最难以忘怀。她写村庄里平凡的一家人，写大风里的油菜花，写与父亲打草时发现的岩壁上的马，写村里的新娘……作家刘亮程说："这个少小离开毡房牧场的哈萨克牧羊女，在外面世界转了一大圈又终于回到了她的出生地——北塔山牧场。她回得那么彻底，完全忘掉了城市，忘掉了她的汉文化熏陶，甚至忘掉了时光，一下就回归到了生活的最根本处。"叶尔克西的小说里，一个个家庭，一则则故事，反映着在新兴事物与思潮的冲击下，人们对所谓现代性的观察、认识和困惑，以及文化转型时刻，游牧民族的渴望与希冀、失落与彷徨。借此，她也完成了对生命、繁衍、爱情、死亡等主题独特而深刻的探讨。可以这样认为，"一个村庄的家"就是哈萨克族无数个平凡的日日夜夜，沉淀了生活的质感，传递着信仰的光亮。叶尔克西的哈汉双语背景，使她能够以独特的跨文化优势，在两种生活、两种文化之间自如地穿行和漫游。不仅如此，她的作品使人们看到了习见的戈壁大漠或者新疆风俗之外的"新疆"。无疑，她的文学使得"新疆"的面目得以丰富。如果我们将视野放得开阔一点，新疆的文学生态丰富多样，作为整体的新疆文学可能是中国当代文学版图最为斑斓多姿的。

《迟到的挽歌》是当代著名诗人吉狄马加的诗文集，收录了他近年来创作的多首长诗和包括演讲、致辞、序言、评论、对谈等形式在内的多篇散文以及数十幅插画。在诗歌中，吉狄马加既有对父亲的挽歌、对民族的赞歌，也有对自我存在的剖白、对人类命运的思考。在散文中，吉狄马加谈论文化的异同、诗歌的意义和文学的力量。奇异线条描绘的插画，充满了彝族风情，是吉狄马加"彝人歌者"身份的艺术扩张。诗、文、画，自我、民族、世界，自我又不限于自我，民族又不限于民族，放眼现实世界又不限于现实世界。作为一个被多语种译介的诗人，吉狄马加真正具有和世界对话的可能。

他们属于同一个民族，却发明着属于自己的审美

"文学共同体书系·中国当代多民族经典作家文库"一共收入三位藏族作家：扎西达娃、次仁罗布和万玛才旦。扎西达娃是"文学史"的作家，他的几篇民族性突出的小说被编织进中国当代文学史，代表二十世纪八十年代中国文学的神异和瑰丽的部分。他生于西藏，西藏也是他读书、工作、生活的地方。扎西达娃的小说是文学的藏地民族志。广袤荒凉的世界屋脊、藏南的山川河流、屋顶飘拂的彩色经幡、康巴人的流浪帐篷、甜茶馆里闲坐唠嗑的青年人、捏捏指头讲价钱的老妇人……"我们藏族人世世代代就这样坐着生活，坐着聊天，坐着做生意，坐着念经，坐着晒太阳，坐着喝酒，坐着做手工活，喇嘛坐着就地圆寂。"扎西达娃的小说中一幅幅日常小景，源自他对故乡的理解，源自血液和信仰。"二十世纪七十年代末到八十年代初，那是一个新旧交替的时代，遥远的高原古城也不可避免地受到冲击，现代物质生活开始影响着西藏青年，并且不自觉地改变着他们的宗教信仰、哲学、道德观念。"于是，扎西达娃将目光投注于城市中下层形形色色的青年人，有民警、流浪汉、护士、学生、闲人、售货员，他们有的振奋，有的沉思，有的观望，有的心灰意懒，有的迷恋时兴的牛仔裤和迪斯科……他们脱离了旧的轨道，又一时找不到生活中应有的位置。扎西达娃小说魔幻现实主义的文学史认证，可能遮蔽了他作为藏族普通人当代命运书写者的丰富性和贴地性。尽管如此，扎西达娃在整个中国当代文学最具冲击力的意义肯定仍然是以1985年初《西藏，系在皮绳结上的魂》的发表为标志的多向度空间和超现实叙事，这些小说里，故事、情节、人物不再重要，他以魔幻现实主义来探寻本民族的生存历史和文化心理，成为从边境进入文学中心的典范。

次仁罗布的《强盗酒馆》收录的是他2009年至2018年间发表的八个短篇小说，为首次结集出版。《红尘慈悲》中有着观音般眼眸的藏族姑娘阿姆，终生怀揣着不为人知的热望；战争中遗留的亡魂，夜夜与"故地重游"的雕塑作者相会于《曲米辛果》的路边房间；《兽医罗布》的两个老婆结伴到拉萨甘丹寺祈祷他早日投胎，相亲如姐妹；《奔丧》中，藏族母亲与汉人父亲因缘际会结合，又因相异的地域认同而分离，酿成绵延后代的悲剧；金色的草坡上，漫山遍野跪伏着《长满虫草的心》……我们很容易从次仁罗布的族裔身份想象他小说的世界观和文学资源，这一点无可厚非，但问题是，对于他这个"个别"作家，当我们谈论族裔身份和文学关系时，要细化到民族中的哪一部分影响到他的文学，是如何影响到的。对于文学批评而言，次仁罗布是一个"实践性"的个案。

万玛才旦的《气球》中的十个短篇小说，在发表时间上位于首尾的是《诱惑》（1995年）与《气球》（2017年），时间跨越二十余年。万玛才旦曾说过："我渴望以自己的方式讲述故乡的故事，一个更真实的被风刮过的故乡。"这其中既有像《嘛呢石，静静地敲》这样，讲述传统的藏文化对人们日常生活的影响，亦有如《塔洛》《气球》这样，讲述因外部环境的变化而牵动的平静的藏区生活。值得注意的是，《气球》和《塔洛》两篇已经被改编为同名电影，两部影片除了都曾入围威尼斯电影节地平线单元外，在中国，《塔洛》获金马奖最佳剧本改编奖、金鸡奖最佳中小成本故事片奖,万玛才旦本人凭借《气球》在上海国际电影节获得最受传媒关注导演奖、编剧奖,在海南国际电影节捧得金椰奖。《嘛呢石,静静地敲》里死去的刻石老人、《乌金的牙齿》中转世的活佛乌金、《寻找智美更登》中一直蒙面的少女、《塔洛》里放羊的塔洛……他们一直就是那样真实活着的人。风景风情风俗的民族性和地域性当然和人之间有着彼此塑造的"影响",但当下文学艺术中涉及藏地时,对风景风情风俗过于夸张夸饰的强调,事实上已经妨碍到文学艺术可能抵达的人性省思和艺术探索的深刻和高度。万玛才旦的小说和电影一定意义上是藏地普通人的史诗。万玛才旦在采访中曾坦言,文学对于其后来的电影创作产生了巨大的帮助。从当下传播的角度,电影可能比小说更强大。万玛才旦的电影也有藏地的天空、河山、寺庙,但这些没有仅仅成为"景观",在《老狗》《静静的嘛呢石》,甚至最早的《草原》中,他的风景是心理的。其电影的风景恰恰对应着藏人内心的沉默,无法言说,像《老狗》和《静静的嘛呢石》中的老人、《塔洛》中小辫子塔洛的"沉默",都有一种动人的力量。还有,万玛才旦的电影,特别是《老狗》《寻找智美更登》《塔洛》中的小镇都是正在被建造中的。我留意了一下,这些电影中,不但有酒吧、KTV、派出所、照相馆、发廊等空间,而且"工地"也是反复出现的一个场景,还有拖拉机、摩托车不停驶过的尘土飞扬、积满污水的街道……这些风景和空间是万玛才旦"藏地"的重要结构元素。他更关心人间日常和行进变化的藏地,即便是"神",也是和人相关的,比如《静静的嘛呢石》里的寺庙和小活佛。

我一直期待有人认真研究共同族裔作家写作的差异性,比如同样涉及神灵犹在的世界,次仁罗布和同为藏族小说家的扎西达娃、阿来以及万玛才旦等完全不同,他的小说将民族宗教的"神性"转换成了人的"精神性","神性"和"精神性"虽然只是一字之差,但"精神性"更多指向的是日常生活的宗教感,所以次仁罗布的小说中有一种"精神性"

的东西灌注在人的生命里,而不只是"神性"的所在。

多样与共生的辽阔和丰饶的"文学共同体"

民族性并非抽象的标签。读这些作家的小说和诗,民族性最直接的感受和表白是自然风物、风景、风俗和风情,是日常生活,更是思维方式、文化传统和审美精神,等等。这些不同民族的作家和诗人,从辽阔中国的某一个地点出发——这个地点即我们常常说的"故乡",往往也是他们写作前行的不断回望之处。他们的小说几乎都有肉身离乡和精神返乡的结构图式,而且无一例外他们自己都是文化的越境者。值得一提的是,无论他们属于哪一个民族,生活在什么地方,都无一例外地置身二十世纪中期至今的变革时代。因而,变与常,流逝与永在,惊惧、犹疑的心理惊颤以及深广的忧思也自然而然成为他们共同的文学母题。也因此,他们的写作是同时代现代化进程的中国当代文学的一部分,也是更长历史时段文学史的中国现代文学的一部分。从五四新文学发端到今天,这些小说家和诗人敏感的心灵回响着不同民族的秘密声音。所谓"文学共同体"正是在保有民族性的前提下经由充分对话的丰饶和丰富的众声喧哗,这种丰饶和丰富也正是中国当代文学的丰饶和丰富。当然,这不妨碍我们识别出这些作家文本的时代性、世界性或者人类性的部分,但我以为"共同性"不是简单求同进而取消差异性的理由,从追求文学生态多样性的角度,需要充分尊重并达成众声喧哗汇流的不同声部和声音的多民族文学"共同体"。

不管文学史编撰者在编撰过程中如何强调写作的客观性,文学史必然保有编撰者自身独特的情感态度和价值立场,这当然会关乎多民族文学的论述。诸多中国当代文学史著作时常暴露这样的局限:相关作家只有以汉语进行写作,或是他们的母语作品被不断翻译成汉语文本,他们才具有进入中国当代文学史框架范畴的可能性。事实上，如蒙古族、藏族、维吾尔族、哈萨克族、彝族等民族都有着各自的语言文字和久远的文化和文学传统，至今依然表现出语言和文学的双向建构。当然，要求所有中国当代文学史编撰者都能够掌握各民族语言是不切实际的。且像巴赫提亚、哈森、苏永成、哈达奇·刚、金莲兰、龙仁青等拥有丰富双语经验的译者、研究者原本可以加入中国当代文学史的编撰工作，然而实际情况是他们鲜少被中国当代文学史编撰所吸纳。这随即带来了一个问题：使用蒙古语、藏语、维吾尔语、哈萨克语及其他各自本民族母语进行写作，同时又没有被译介为汉语的文学作品，怎样才能进入中国当代文学史的论述当中？

需要指出，中国当代文学的版图中，进行双语写作的作家在数量上并不少，如蒙古族的阿云嘎、藏族的万玛才旦、维吾尔族的阿拉提·阿斯木都有双语写作的实践。双语作家通常存在着两类写作：一类写作的影响可能生发于民族内部，另一类写作由于汉语的中介作用而得到了更为普遍的传播。由此而言，中国当代文学史指向多民族文学的阐发，实质上是对于相应民族作家汉语写作的论述。而文学史编撰与当代文学批评面临着类似的处境。假如中国当代文学史的叙述难以覆盖整个国家疆域中除汉语以外使用其他民族母语的少数民族作家及其作品，那么中国当代文学版图是不完整的。

二十世纪八十年代的所谓"文学黄金时代"，是很多人在言及中国当代文学时的"热点"：为何需要重返八十年代？八十年代给中国当代文学提供了哪些富有启发性的意义要素？但即使是在八十年代这样一个"假想的文学黄金时代"，蒙古族、维吾尔族、哈萨克族、彝族及其他多民族的文学也并没有获得足够的认知与识别。也许这一时期得到关注与部分展开的只有藏族文学，如扎西达娃的小说在八十年代深刻影响了中国文学对于现实的想象，从扎西达娃八十年代小说创作展现出的能力来看，他具有进入世界一流作家行列的可能。鄂温克族作家乌热尔图在八十年代也给国内文坛带来了一种全新的文学经验，这也影响到当时寻根文学思潮的生发。而作为对照，我们不禁要问：现在又有多少写作者能如八十年代的扎西达娃、乌热尔图去扭转当下文学对于现实的想象和影响文学的地理版图？时常被人忽视却理应值得期待的是，国内越来越多的双语写作者从母语写作转向汉语写作，成为语言"他乡"的文学创作者。长期受限于单一汉语写作环境的汉语作家，往往易产生语言的惰性，而语言或者不同民族文化之间的"越境旅行"却有可能促成写作者的体验、审视和反思。

当我们把阿云嘎、莫·哈斯巴根、艾克拜尔·米吉提、阿拉提·阿斯木、扎西达娃、叶尔克西·胡尔曼别克、吉狄马加、次仁罗布、万玛才旦等放在一起，显然可以看到他们是怎样以各自的民族经验和语言、文化资源和审美经验作为起点，将他们的文学"细语"融于当下中国文学的"众声"。中国作为统一的多民族国家，它的文化景观（这其中当然包含文学景观）的真正魅力，很大程度上根植于它的丰富性和多样性，根植于它和而不同、多样共生的厚重的丰富性和多样性。它和而不同、多样共生的厚重标志，是国家值得骄傲的文化宝藏，与此同时，中国多民族文学在继承与发展的进程中逐渐成为中国文学，乃至世界文学的重要组成部分，多民族作家们因所具有的民族身份在文学层面展现出了对于相应民族传统的认同与归属，因此他们的写作能够更加深入具体地反映该民族的生存状态与生活景象，为当代多民族文学的写作提供了一种重要范式。

应该意识到，作为具有独特精神创造、文化表达、审美呈现的多民族文学，为中国当代文学，特别是改革开放以来的社会主义文学提供了丰富的审美经验和广阔的阐释空间。改革开放以来，迅猛的现代化进程使得各民族的风土人情、生活模式、文化理念发生改变，社会流动性骤然变强，传统的民族特色及其赖以生存的根基正在悄然流失，原本牢固的民族乡情纽带出现松动。相对应的，则是多个民族的语言濒危、民族民俗仪式失传或畸变、民族精神价值扭曲等，各民族中的优秀文化传统正面临巨大的挑战，这也是各民族共同存在的文化焦虑。"文学共同体书系"追求民族性价值的深度，这些多民族作家打破了外在形貌层面的民族特征，进一步勘探了自我民族的精神意绪、性格心理、情感态度、思维结构。深层次的民族心理也体现了该民族成员在共同价值观引导下的特有属性。从这个意义而言，多民族文学希望可以探求具有深度的民族性价值，深入了解民族复杂的心理活动，把握揭示民族独特的心理定式。

我们常能听到一句流传甚广的话："越是民族的，越是世界的。"但假如民族性被偏执狭隘的地方主义取代，那么，越是民族的，则将离世界越远，而走向"文学共同体"则是走向对话、丰富和辽阔的世界文学格局的多民族中国当代文学。

改革开放时代中国文学的命名、分期及其历史逻辑

改革开放时代中国社会主义文学经验是有中国特色的社会主义建设的重要组成部分。文学以其独特的方式参与改革开放时代，用"改革开放时代中国文学"这种命名方式意在接续文学与时代共同建构的整体观文学史传统，观照这一阶段文学独特的时代主题和审美创造。虽然社会环境和历史环境发生了剧变，但是毫无疑问，建设有中国特色的社会主义至今依然在不断深化中展开，那么，回应"中国道路"的改革开放实践的文学自然也不能被排除其外。应当注意的是，强调"改革开放时代中国文学"和社会主义文学传统的内在联系，并不仅仅是要在这一阶段史的研究和建构中寻找、印证改革开放前三十年提供的社会主义文学经验或遗产，而是意在探析"中国道路"的进程中，"改革开放时代中国文学"是如何完成对当代中国社会主义文学的延续、发展与深化的。也正是在这个意义上，社会主义文学才能不断地拓展其边界，丰富其内容。因此，在整体观照改革开放四十年创造性实践的同时，要选取和把握历史的关键节点，探析这些关键节点对于"中国道路"的形成、发展及确立的意义与作用。在结合历时性描述的同时把握文学发展的纵向轨迹，梳理"改革开放时代中国文学"是如何从1970年代末的呼唤改革发展到1980年代的"面

向世界",又是如何从1990年代初面对市场经济浪潮的冲击转变到新世纪第二个十年开始讲述"中国故事"。围绕"中国道路"的发生与发展,重塑改革开放时代文学潮流的演变历程,在既有的、显性的文学史中,探察未知的、隐性的部分,有着重要的理论和现实意义。

一

建构改革开放时代"中国道路"和"中国文学"的关系史就必须首先探讨、论证"改革开放时代中国文学"作为文学史概念存在的可能性、合理性和必要性。1981年,人民文学出版社出版的由陈荒煤担任顾问,郭志刚、董健、曲本陆、陈美兰和邴榕定稿的《中国当代文学史初稿》是改革开放时代的第一部当代文学史,该书也是后来当代文学史写作编撰的先导与一定阶段的范本。《中国当代文学史初稿》分上下两册,共二十三章,全书仅有一章评述改革开放时代的文学,即第二十三章"社会主义新时期文学的开端",此章论述了社会主义新时期文学的发展状况。这部文学史为中国当代文学做出了进一步的时期划分:"十七年文学"、"文革文学"和"社会主义新时期文学"。这种分期方式深刻地影响了后来的当代文学史写作。[1]大致地看,此后的中国当代文学史专著

---

[1] 二十世纪九十年代中后期还出现了一批中国当代文学史,其中具有代表性的有:刘锡庆主编的《新中国文学史略》(北京师范大学出版社1996年版),张炯、邓绍基、樊骏主编的《中华文学通史·当代卷》(华艺出版社1997年版),黄修己主编的《20世纪中国文学史(下卷)》(中山大学出版社1998年版)。在这些当代文学史著作中,编者开始采用整数断代分期的方式,以"八十年代""九十年代"来进行文学分期。这类文学史中还有一种分期方式值得注意,如谢冕主编的"百年中国文学总系"选取文学发展中的关键历史节点,以此作为切入点来探析文学在不同阶段的发生与发展情况(例如,洪子诚的《1956:百花时代》、杨鼎川的《1967:狂乱的文学年代》、孟繁华的《1978:激情岁月》)。由洪子诚撰写的《中国当代文学史》(北京大学出版社1999年版)是学术界公认的中国当代文学史经典著作,这本文(转下页)

中对于1978年后的文学分期主要有以下两种形式：其一，选取历史的关键节点，一般是以1976年"文革"结束或1978年思想解放运动作为节点，将当代文学分为前后两个时期，后者被称为"新时期文学"或"社会主义新时期文学"；其二，采用整数断代分期的方式将1978年后的文学分为"八十年代文学"、"九十年代文学"和"新世纪文学"（或是统称为"2000年以来的文学"）。在上述小阶段史中，从时间节点的选择来看，"十七年文学"、"文革文学"和"新时期文学"明显带有与时代政治共同建构的意图，而"八十年代文学"、"九十年代文学"及"新世纪文学"则是略显"随意"地以整数断代分期的方式将文学史进行切割。从历时性的角度看，两种截然不同的命名方式人为淡化并有意分裂了"前三十年文学"和"后四十年文学"的内在联系，其命名方式弱化了当代文学发展的内在连续性和逻辑性。

1976年后，当代文学开始进入拨乱反正的重建阶段。同《中国当代文学史初稿》的提法一致，"新时期文学"是当时学术界创造的"新名词"，它也成为中国当代文学分期中的一个"关键词"。在此后相当长的一段时期内（至1990年代初），研究者或相关文学研究论文著作纷纷以"新时期文学"来指称这一文学阶段，如中国社会科学院当代文学研究室主编的《新时期文学六年（1976.10—1982.9）》（中国社会科学出版社1985年版）、张炯的《新时期文学论评》（海峡文艺出版社1986年版）和丁柏铨主编的《中国新时期文学词典》（南京大学出版社1991年版）等等。由此来看，至少在1990年代初，"新时期文学"这一文学史概念似

（接上页）学史将当代文学分为上下两编，"上编"为"50—70年代文学"，下编为"80年代以来的文学"，后者又被细分为"80年代文学"和"90年代文学"。值得注意的是，该书的"上编"部分却并未进行这样的整数断代分期。新世纪以来，当代文学史写作中又出现了新的分期方式，如董健、丁帆、王彬彬主编的《中国当代文学史新稿》（人民文学出版社2005年版）中出现了"1971—1978年间的文学"、"1978—1989年间的文学"和"1989—2000年间的文学"这样的分期方式。

乎不需要做过多辨析。

但进入二十世纪九十年代后，文学随社会环境的变化发生了新变，加之八十年代一些尚未得到解决的文学问题累积到了新阶段，对于"新时期文学"这一概念，学术界出现分歧：第一，"新时期文学"真正的历史起点是什么？目前有四种代表性的学术观点，分别是：以"四五"运动"四人帮"倒台为开端，以"文革"结束为起点，以十一届三中全会为发端和以第四次文代会为起点。[2]第二，"新时期文学"是终结于1980年代，[3]还是继续向前一直发展到现在？1990年代及新世纪的文学还能否被称为"新时期文学"？由此可见，"新时期文学"这一概念本身存在含混性、笼统性和复杂性，我们难以从其内部找到一条清晰的逻辑来勾连"后四十年文学"。

其实，早在二十世纪九十年代初，学术界就出现了"后新时期文学"的讨论热潮，试图通过前后新时期来命名新的文学现场，建立文学史逻辑，就像赵毅衡在《二种当代文学》中指出的："新时期文学，与二十世纪中国文学大部分时期相同，服务于主流社会运转的需要，服务于政治运动，寓教于乐，制造典型"，而"后新时期文学"则是"社会市场化时期的文学"，是"一种新的当代文学"。[4]那么，"后新时期文学"概念的出现是否意味着"新时期文学"的终结？我们应注意到，学术界并没有抛弃"新时期文学"这一说法，一些学者认为"新时期文学"并没有终结。例如，在逢十的整数纪念年中，部分学者还是会采用"新时期文学三十年"或"新时期文学四十年"的说法。[5]与此类似，有学者认为"社

2　参见黄发有：《第四次文代会与文学复苏》，《文艺争鸣》2013年第10期。

3　例如，陈晓明认为，"1977—1989年，这是'新时期'文学阶段"。详见陈晓明：《中国当代文学主潮》，北京大学出版社2009年版，第6页。

4　赵毅衡：《二种当代文学》，《文艺争鸣》1992年第6期。

5　参见程光炜：《新时期文学三十年与多种评价标准》，《上海文学》2008年第6期；洪治纲：《"人"的变迁——新时期文学四十年观察》，《文艺争鸣》2018年第12期。

会主义文学"在1976年后终结,但是也有学者认为"社会主义文学"一直在发展,像张炯就提出过在新的历史环境中,要"建设有中国特色的社会主义文学艺术"。[6]此外,随着1992年中共十四大提出建立社会主义市场经济体制,学术界还出现了"市场经济下的中国文学艺术"这类概念。[7]除了"新时期文学",当代文学研究者还尝试用"共和国文学"或"新中国文学"这类概念来建构1949年新中国成立后的文学史。如杨匡汉、孟繁华主编的《共和国文学50年》(中国社会科学出版社1999年版,2009年两位编者又将此书扩展为《共和国文学60年》)、张炯主编的《新中国文学五十年》(山东教育出版社1999年版)等。在这些著作中,研究者们通常不具体划分文学阶段,而是将各种文类放置到"共和国"或"新中国"的整体历史进程中去考察。此外,在2008年中国改革开放三十周年之际,中国作家协会在深圳举办了"中国改革开放文学"论坛,"改革开放文学"能否成为一种新的文学分期方式?还是说这一概念仅仅是为了迎合"改革开放"的整数纪念年?显然,在更大程度上,学术界只是将其作为一个概念提出,并未从学理上构建真正意义上的"改革开放文学"的文学史逻辑。

  基于上述背景,我提出了"改革开放时代的中国文学"这个值得探讨的、生长性的文学史概念。"改革开放时代的中国文学"体现了文学与政治意识形态复合命名的特征,但这并不意味着我们要用社会政治史的思路来构建这一阶段的文学。因为"改革开放时代的中国文学"既是改革开放时代的中国社会主义文学,也是中国文学的"改革开放",这一概念强调了文学和它所处时代基于改革开放共同的时代主题的双重建构。

---

6 张炯:《社会主义文学艺术论》,花山文艺出版社1996年版,第16页。
7 参见祁述裕:《市场经济下的中国文学艺术》,北京大学出版社1998年版。

需要指出的是，中国当代文学史在"建国后二十七年文学"和"改革开放时代文学"之间还存在着一段近三年的过渡时期，从现有的文学文献资料和学术界成果来看，这段过渡时期的文学在某种程度上是返回"十七年文学"的拨乱反正。而恰恰是从1978年起，思想政治领域的思想解放迅速延伸到文学领域，各种文学创作的禁区渐次被打破，文学开始从之前的范式和藩篱中走出来，并接受外国文学的影响，逐渐实现了文学意义上的"改革开放"。从这个意义上看，"改革开放时代的中国文学"这一概念揭示了当代文学新的发展阶段的意涵。因此，用"改革开放"这一时代主题和逻辑理路来建构这一阶段的文学史是完全可行且合理的。

二

建构改革开放时代中国特色社会主义建设和中国社会主义文学思潮关系史，必须解决阶段史的内部分期问题。如上所述，文学史的分期问题历来都是一个争讼不断的焦点，各种文学史分期观念表明了处理历史资料的不同视野、参照坐标以及认识目的。正如韦勒克所谈到的，"文学史的一个时期就是一个由文学规范、标准和惯例的体系所支配的时间的横断面"，"这一横断面被一个整体的规范体系所支配"。[8]那么，"改革开放时代的中国文学"作为中国当代文学的阶段史，解决其内部分期问题其实就是要找到这一"横断面"中的"一个整体的规范体系"。

我们试图通过建构以改革开放为时代主题、时代精神的"改革开放的中国社会主义文学"来解答当代文学研究中的一个根本性问题，即这

---

8 雷·韦勒克、奥·沃伦著，刘象愚等译：《文学理论》，生活·读书·新知三联书店1984年版，第306—307页。

一阶段文学作为中国当代文学的一个重要组成部分，首先是如何认识它自身发生发展的历史逻辑和与此前阶段文学的历史联系。二十世纪九十年代初，王庆生就指出："文学史既要揭示包含着大量作品和文学现象的网络和体系，又要揭示这种体系生成、发展、演变的连续性过程，不能把整体拆成孤立的、历时的，视为静止的，我想一部文学史的历史感大概就是从文学体系的连续性过程中产生的。"[9]但是在实际操作中，要找到并构建这种文学体系却并不简单。以洪子诚的《中国当代文学史》为例，李杨在与洪子诚的通信中指出，这本将中国当代文学分为上下两篇的文学史（"上篇"指"50—70年代的文学"，"下篇"指"80年代以来的文学"），其"'下篇'的精彩程度显然不如'上篇'，与'上篇'那种对权力与文学复杂关系的极为细腻和深刻的分析相比，'下篇'的分析要薄弱得多"。[10]王光明也指出洪版文学史，"恐怕也存在缺乏'一以贯之'的文学观的贯穿的问题"。[11]那么，在建构"改革开放时代的中国文学"历史逻辑和文学精神的同时，我们应该如何认识并找到它与此前阶段文学的历史联系呢？这将引发我们重新思考什么是"社会主义文学"。"社会主义文学"这一概念由来已久，但是在学术界现有的研究中，这一概念的具体时间范围存在争议：一、它括指自1942年以来的整个中国文学；[12]二、它主要指1942年到1976年间受《在延安文艺座谈会上的讲话》影响的主流文学。[13]而我的观点则是，将改革开放时代的中国文学作为以1978年思想解放为起点，以改革开放为时代主题的社会主义文学的新

---

[9] 王庆生等：《史观·史识·史鉴——深化中国当代文学史研究四人谈》，《文学评论》1992年第5期。
[10] 李杨、洪子诚：《当代文学史写作及相关问题的通信》，《文学评论》2002年第3期。
[11] 王光明：《"锁定"历史，还是开放问题？——关于当代文学的历史叙述》，《文艺研究》2003年第1期。
[12] 参见张炯：《社会主义文学艺术论》。
[13] 参见张均等：《"社会主义文学"作为"遗产"是否可能？》，《海南师范大学学报（社会科学版）》2013年第2期。

阶段。这就意味着,我们是在新中国七十年文学,乃至上溯到1949年之前的左翼文学传统的整体观的文学史视野下来观察社会主义文学的常与变。

"中国道路"确切地说就是1978年改革开放后所走的中国特色社会主义道路,改革开放是中国道路的实践起点和源泉动力,中国道路的全面开启是与改革开放同步进行的。今日学界所用的"中国道路"一词本由最初的"中国模式"转变而来,后者由美国学者乔舒亚·库珀·雷默(Joshua Cooper Ramo)于2004年在题为《北京共识》(*Beijing Consensus*)的演讲中提出。乔舒亚·库珀·雷默认为中国通过艰苦努力、主动创新和"摸着石头过河"式的实践,走出了一条适合中国国情的发展模式,并称之为"北京共识"。相较于这一带有强烈政治意味和意识形态色彩的概念,俞可平等国内学者更倾向于用"中国模式"取代。[14]一般认为,"中国模式"概念的提出,是西方世界对于中国发展态势的重新审视以及国际社会对于"华盛顿共识"进行反思的结果。之后,国内学术界对"中国模式"这一概念提法进行了多样化的探讨和主体性的审视,并相继出现了"中国路径"、"中国经验"和"中国道路"等概念。相关概念及阐释已经超出了作为"前身"的"北京共识"和"中国模式"的意涵范围。我们选择"中国道路"这一概念来探讨改革开放时代"中国道路"和中国文学之间的关系,强调的是"中国道路"和中国文学社会主义经验的创造性。

据此,基于改革开放时代当代中国社会主义的历史过程和历史逻辑,将中国特色社会主义建设所走的"中国道路"分为形成期、发展期、深化期:第一时期,1978—1992年,从1978年的思想解放运动到1992年社会主义市场经济体制的确立,这是改革开放实践的第一阶段,也是

---

14 参见俞可平等主编:《中国模式与"北京共识"》,社会科学文献出版社2006年版。

"中国道路"的形成阶段；第二时期，1993—2012年，这是"中国道路"的发展阶段，相较前一阶段，此阶段更加重视"开放"的意义；第三时期，2013年至今，这是"中国道路"的深化阶段，改革开放进入"新时代"。

在中国当代社会主义文学整体观的历史逻辑下，对1978年以来的中国文学既以"改革开放"冠名之，那么其历史起点自然要与"改革开放"的历史起点相一致。并且，在新的文学史的逻辑框架之中，"改革开放"这一特定时代的政治内涵也应该被凸显出来；而如果"改革开放"这个时代主题被凸显出来，显然这四十年的文学史是一个有着规定主题的阶段史。此处的"规定主题"其实就是韦勒克所言的"一个整体的规范体系"，在这一建构方式中，"规定主题"就是"改革开放"这个时代主题。因此，新的文学史的逻辑框架就必须围绕着"改革开放"来展开，探索并开创一条有中国特色的社会主义现代化道路则是其中的核心逻辑理路。研究表明，改革开放时代的中国文学和中国道路有着共同的历史起点和逻辑，共享着相同的历史节点，具体地说：

形成期：1978—1992年，这是启动和展开社会主义现代化建设的新时期。一般认为，1978年12月召开的十一届三中全会揭开了改革开放的序幕。而在此之前开始的思想解放运动批判了简单地从书本中寻求社会主义建设道路的"两个凡是"的思想路线，坚持并发展了从中国实际出发，在具体实践中寻求社会主义建设道路的解放思想、实事求是的思想路线，此后中国共产党"根据这条思想路线来探索中国怎样建设社会主义"。

1978年，延续1977年重提"双百方针"和"十七年文学"的思路，比如《北京文艺》第1期发表刘厚明《十七年文艺成绩不可低估》，将1949年之后的文学，前十七年和后十年做了切割。文学从有选择地恢复"十七年文学"开始它的新时期，甚至1979年出版的"百花文学"选集书名即叫"重放的鲜花"。但不止于"恢复"和"重放",一些更重要的变化在1978年6—7月已见端倪。《文汇报》《文艺报》先后发表茅盾、郭沫若、周扬和巴金等在中国文学艺术界联合会第三届全国委员会第三次扩大会议上的讲话,其中巴金的讲话题目是"迎接社会主义文艺的春天"。1978年下半年,和整个中国的政治氛围一样,文艺界开始在较大范围讨论"解放思想""拨乱反正""文艺民主""实践是检验真理的唯一标准"等改革性话题。从创作实绩看,以唐达成主编、中国文联出版公司1986年出版的"中国新文艺大系(1976—1982)"的《短篇小说集》为例,1976年没有收入一篇小说,1977年也仅仅收录了王愿坚的《足迹》和刘心武的《班主任》,而1978年收录的作品,不但在数量上达到17篇,且出现了《从森林里来的孩子》《伤痕》《最宝贵的》《神圣的使命》《献身》《墓场与鲜花》等"解放思想"之作。

在一定意义上,改革开放时代的中国文学,一方面是从恢复和重评现实主义走向"无边的现实主义"之"新现实主义",在实践上推动现实主义长篇小说蜂起;另一方面,中国作家以空前的热情汲取世界文学资源,不只是欧美文学资源,也不只是欧美现代主义文学资源,像拉美的魔幻现实主义,东欧、中东、非洲等国家和地区的文学资源都成为推动改革开放时代中国文学发展的重要动力。在"中国道路"的形成期,中国文学自身变革的冲动,域外文学的激发,使得这一时期成为百年中国文学思潮和文学创作最为活跃的黄金时代。

发展期:1993—2012年,这是中国特色社会主义道路的跨世纪发展和中国崛起的时期。1992年初邓小平开始了具有重大现实意义和深远历史意义的"南方视察",并发表了重要谈话,全面阐发了中国特色社会主义理论中的若干重大问题,并确定了中国社会主义现代化建设过程中改革开放的大方向。"南方谈话"不仅标志着思想解放的新高潮的到来,也标志着改革开放进入一个加速发展的历史新阶段,它还为随后召开的中共十四大奠定了基调。十四大报告正式明确提出中国经济体制改革的目标是建立社会主义市场经济，而学术界普遍认为十四大的召开标志着建设有中国特色社会主义理论的正式形成。社会主义市场经济体制改革目标的提出，标志着"中国道路"进入新的发展阶段，即由传统的社会主义计划经济体制向社会主义市场经济体制的全面转向和确立阶段。"中国道路"发展期的中国文学是从对前一段形成期文学成果的总结开始的。

1980年代文学并没有像想象的那样终结于1980年代，它以自己的方式向1990年代展开。陈忠实在《关于〈白鹿原〉的答问》中谈到1992年发表的《白鹿原》和1980年代文学的关系。[15] 其实，不只是《白鹿原》，观察1993年前后这两年的中国文学，会发现这是一个承前启后的阶段。《白鹿原》（陈忠实）、《纪实和虚构》《长恨歌》（王安忆）、《旧址》（李锐）、《过把瘾就死》（王朔）、《黄金时代》（王小波）、《废都》（贾平凹）、《九月寓言》（张炜）、《米》《我的帝王生涯》（苏童）、《活着》《许三观卖血记》（余华）、《丰乳肥臀》（莫言）、《欲望的旗帜》（格非）、《故乡相处流传》（刘震云）等重要长篇小说都在这个阶段发表和出版。因此，依据改革开放"中国道路"形成期和发展期的内在逻辑，建立起一种历史的连续性和整体观，能够有效地改变人为分割成的以"十"为计量单位的"八十年代文学"和"九十年代文学"，观照到1980年代文学向1990年代自然的延伸和发展。但注意到自然延伸和发展，亦要充分意识到发展期是中国当代文学空间充分拓殖的阶段，和形成期相比，这是改革开放时代中国文学的重要嬗变期。也是在1993年，关于对王朔的文学评价，王蒙和当时以上海高校教师和研究生为主的学院知识分子基于迥然不同的现实观感和文学立场展开了"人文精神"讨论。今天回过头看，如果对

---

15 陈忠实：《关于〈白鹿原〉的答问》，《小说评论》1993年第3期。

"发展期"的"中国道路"有充分的认识，王蒙在当时一方面谈文学失去轰动效应的危机，另一方面肯定王朔出现的意义，是不是有其合理性，甚至预言性？王蒙肯定的王朔式的文学成为文学市场化、新世纪网络文学产业化的一个重要源头。时至今日，市场化和产业化，对文学边界的拓殖已经是一个显而易见的事实。"人文精神"讨论尖锐对立的双方，恰恰是1990年代走向丰富多极文学生态的不同极点。[16]

在市场化的影响下，通俗文学的能量被释放，严肃文学宰制的单一文学空间趋向多元和开放，世纪之交网络时代的开启，文学"地球村"成为现实，中国当代文学在纷繁复杂、多变异质的网络空间展开想象。1992年社会主义市场经济体制的确立，文学生产机制也逐渐被"市场化"，市场为大众提供了一个相对平等的阅读消费空间，大众一方面为现代媒体所操控，另一方面也通过市场表达自己的文学选择。2001年中国正式加入世界贸易组织，中国文学的生产、传播和接受也更大程度地加入世界市场中，之后，在"一带一路"倡议的影响下，又进一步开拓了"一带一路"沿线国家文学图书市场。总之，市场化极大地改变了当代文学的实践、生产环境。

三

基于改革开放四十年的历史逻辑，2013年至今，可以称之为"中国道路"的深化期，这是提出新时代中国特色社会主义思想和实现"中国梦"的时期。十八大之后，"中国道路"进入深化发展阶段。习近平对"中国道路"做出了明确的解释：第一，"实现中国梦必须走中国道路。

---

16 参见王蒙:《躲避崇高》,《读书》1993年第1期；王晓明等:《旷野上的废墟——文学和人文精神的危机》,《上海文学》1993年第6期。

这就是中国特色社会主义道路"。第二,"所谓的'中国模式'是中国人民在自己奋斗实践中创造的中国特色社会主义道路"。第三,"中国特色社会主义道路是社会主义而不是其他什么主义,科学社会主义基本原则不能丢,丢了就不是社会主义"。在2017年召开的十九大上,中国共产党做出在中国特色社会主义新时代,中国新的历史方位和社会主要矛盾已经发生转化的重大判断,深刻阐述了中国特色社会主义新时代的总任务、总体布局和战略布局,突出强调要坚持以人民为中心的发展思想。这为"中国道路"在新时代的深化发展提供了总纲领和行动指南。

深化期中国文学最为引人注目的是世界文学和"中国故事"的想象和实践。改革开放四十年的伟大实践深刻影响了中国人的"世界"观念。从1978年"对外开放"政策的提出,到2008年北京奥运会"同一个世界,同一个梦想"的主题,再到2012年十八大对"人类命运共同体"意识的倡导,中国社会主义文学逐渐确立起全新的世界意识。与此同时,以2012年莫言获得诺贝尔文学奖为标志,中国文学的实绩也在世界文坛上崭露头角,为世界文学带去了蕴藉着中国社会主义特色的文学经验。莫言之后,2015年,刘慈欣的科幻小说《三体》获得第73届雨果奖;2016年,曹文轩获世界儿童文学最高奖国际安徒生奖;同年,郝景芳的《北京折叠》获得第74届雨果奖最佳短篇小说奖;2018年,余华的《第七天》获意大利Bottari Lattes文学奖;等等。

2008年北京奥运会和2010年上海世博会后,译介文本更加丰富,譬如2012年花城出版社的"蓝色东欧"书系以及2013年上海译文出版社的"译文纪实"书系,都以其确实的物质性存在进一步扩充了中国文学人对于"世界文学"的"想象"版图。如果说,在2012年10月以前,中国文坛还有着明显的"走向世界的焦虑",那么,在莫言获得诺贝尔文学奖之后,也即紧接着的十八大提出四个自信之一的"文化自信"以后,这种焦虑愈发转变为一种正向的文学生产动力。改革开放以来的全球化背景和文学多元化、主体性以及民族意义上的强调,正是"中国思想解放运动最重要的构成部分"。[17] "中国故事"对文学实践者自主性的强调,有赖于改革开放以来,尤其是十八大以来的文学场域本身的自主性程度。

2010年之前的相关学术研究中,"中国故事"较多地出现在比较文学研究领域,此时的"中国故事"是一个带有东方学意义的"他者"形象,展现的是一种对比乃至对峙的关系。其作者多是海外华裔文学作家(也有一部分海外华文文学作家),他们讲述的是西方语境中的"中国故事"。此外,"中国故事"还较多地出现在对外新闻传媒领域。面向国际塑造中国形象,增强国家的文化软实力和树立文化自信等成为"中国故事"的主要内容和意义。唐小兵指出,西方关于中国的故事,很长时间以来一直都是一个关于匮乏和缺失的故事,讲述的都是中国没有什么,缺乏什么。而随着中国的发展,我们无法仅用"缺失"或"匮乏"来描述和解释当代中国的发展现状,因此我们需要重新寻找资源讲述中国故事。[18] 2012年,莫言获得诺贝尔文学奖,对于中国首位诺奖得主,不少国内媒体在新闻报道和时评中使用了"中国故事"一词。如丁宜《莫言给世界讲述中国故事》、毛颖颖《"中国故事"走向世界正当其时》等,这些报道和时评意在强调莫言所讲的"中国故事",虽然带有"中国思考"的特征,但是也不乏"世界性"的主题。

在中国当代文学研究中,越来越多的研究者参与到"中国故事"的理论话语建构中,当代文学作品数量众多,什么样的"故事"才可以被称为是"中国故事"?"中国故事"要体现何种文学精神和旨趣?李云雷2014年在其发表的论文中将"中国故事"解释为"凝聚了中国人共同经验与情感的故事",并指出"如何讲述新的中国故事"是当前中国文

---

[17] 谢泳:《思想解放运动背景下的中国新时期文学》,《南京师范大学学报(社会科学版)》2008年第5期。
[18] 唐小兵:《重新寻找资源讲述中国故事》,《社会科学报》2011年8月25日。

学的一种新主题和新趋势。当前不同层次的文学作品中都显现出了中国人的文化自觉,不少中国作家开始探索新的中国美学,突破西方传统小说的规范,更关注中国人独特的经验与情感的表达,并描述出中华民族在一个新时代最深刻的记忆。[19]谢有顺针对当下的文坛现状,指出写作门槛已越来越低,各种方式流行的"中国故事"数量过多,其质量堪忧,如何完成"中国故事"的精神应成为当下文学写作者和研究者思考的问题。[20]方岩则探讨了"中国故事"的语境和边界,认为"中国故事"处于全球化语境之中,而"'中国故事'若想成为阐释当代中国的有效概念,需要在与外界的交流和竞争中来建构、调整自身的理论规则"。[21]这些都为"中国故事"这一理论话语的健康持久发展提供了有益的尝试。

四

以"文学的改革开放"的思路来看,在"中国道路"的形成阶段中,文学从思想解放运动起,开始了真正意义上的反拨和重建——从理论上进行正本清源,在创作中突破禁区,积极接受外国文学的影响(不再局限于"苏联影响"),等等。当代文学从承担政治性、历史性诉求向追求艺术革命和文学现代化的方向转变:到了二十世纪八十年代中期以后,一个"非文学的世纪"的局面有所改变,涌现了先锋文学、寻根文学、新写实小说、新历史小说等一大批新的文学潮流和作品。"文学的改革开放"为这些新潮和作品的出现扫清了障碍,开辟了先路。随着改革开放的深入,"中国道路"进入发展阶段,尤其是在社会主义市场经济体

---

[19] 李云雷:《如何讲述新的中国故事?——当代中国文学的新主题与新趋势》,《文学评论》2014年第3期。
[20] 谢有顺:《如何完成中国故事的精神》,《人民日报》2016年2月19日。
[21] 方岩:《"中国故事"的语境和边界》,《文艺报》2017年8月11日。

制确立之后,"文学的改革开放"也随之进入第二时期。随着文学场域的变化,文学体制和生产也发生了深刻变化,当代文学开始关注读者的阅读趣味和市场消费需求,追求文学的商业效益。此外,当上一时期文学新潮出现某种极端化倾向时,处于主流位置的文学潮流对其进行了反拨,或是与其达成部分"和解",继续推进艺术革新和文学的现代化进程。在此时期,中国加入了世界贸易组织,成功举办了奥运会和世博会,越来越多地参与到国际事务中,国际影响力和主导力逐渐提升。建设先进文化、树立文化自信、提高国家文化软实力等也先后成为"中国道路"的文化建设的主题,当代文学在凸显主体意志的同时,获得了一种全球化思维和对话思维,并在创作主题、题材和艺术技巧等方面得到了进一步发展。到了"中国道路"的深化阶段,当代文学在前两个阶段的基础之上,逐渐形成了以讲"中国故事"为核心的主题。2012年,当国人长期处于"诺奖焦虑"之时,一个中国当代文学作家,"一个讲故事的人"(莫言的诺贝尔文学奖获奖感言为《一个讲故事的人》)打破了这种焦虑,赢得了西方和世界的肯定。从那时起,"中国故事"不再是之前学术研究中面向西方、带有"他者"意味的故事,而是建构并呈现"中国话语"的故事。在改革开放进入新时代的时代背景下,"中国故事"的本质是什么?如何讲好"中国故事"?这些都是当代文学在"新时代"所要面临和解决的问题,从某种意义上说,由此入手,我们可以对当代文学做出更为准确和具体的展望。综上,建构"改革开放四十年文学",我们的最终落脚点还是要回到文学上,我们意在通过构建新的文学史逻辑来重新观照这一阶段文学的主题内涵、创作方法、文体风格、技巧形式等是如何发展过来的,以及为什么会有这样的发展变化。

  需要指出的是,改革开放时代的中国文学是一个在继承了左翼文学、延安文学、改革开放之前三十年中国社会主义文学传统的基础之上表现出一定的新特质的社会主义文学,其自身虽有着与前一历史时期不同的逻辑起点与发展态势，同时也在批判地吸收前一历史时期的社会主义文学经验。比如，从文艺政策制定、调整、理论阐释角度出发，对邓小平在1979年第四次文代会上所做报告《在中国文学艺术工作者第四次代表大会上的祝词》进行重新审视，可以发现这篇被认为奠定了改革开放时期文艺政策制定的基本原则和基本方向的"祝词"，涉及的文艺与政治之关系问题、文艺的服务对象问题、传统与现代、东方与西方的文化选择问题，其实与毛泽东在延安时期的"延安讲话"具有历史联系。但与此同时，邓小平又在细部根据实际情况进行了相应调整和补充，如文艺与政治的关系、文艺的服务对象等。理论的重新阐发与调整有助于丰富改革开放时代社会主义文学的内涵，拓展改革开放时代社会主义文学边界。这其实从一个局部折射出改革开放以来文艺政策制定、调整与改革开放时代社会主义文学发展之间的紧密联系。而2014年习近平的《在文艺工作座谈会上的讲话》则是对改革开放时代社会主义文学迈向新时代社会主义文学的一次极为关键的阐述，习近平这次讲话涉及了五个方面的问题，根据时代要求，对社会主义文学在新时代的发展道路与发展规范进行了相应调整与深化。再比如说，改革开放前三十年的文学和文学评价机制呈现出一种自上而下的、一体化的、带有鲜明意识形态的突出特质。这种情况在进入改革开放时代以后开始发生转变。首先在现实环境、市场资本、信息网络、媒介更新等条件因素的影响下，文学批评从"一体化"、自上而下转向对话、协商。这也深刻影响着改革开放时代文学的主体构成、文本样式、价值立场和审美特征等方面。

世界文学格局中，当代中国社会主义文学"中国故事"具有独特的文学经验和审美价值。改革开放时代的中国文学是在与世界文学的对接与比较中发现并确立社会主义文学经验，而"中国故事"则是对改革开放时代社会主义文学经验的总结、概括和凝练。基于此，"世界"命题在中国现当代学科的定位、意义不言自明。事实上，每当意图重整中国现当代文学史,研究者都会面临"世界文学"这一命题。此前二十世纪八十年代的"二十世纪中国文学"概念和"重写文学史"浪潮,以及后来的"中国现当代文学史""中国新文学史"的名称复归,"世界文学"都或隐或显地被囊括在其中。这不仅缘于近代以来文学现代化的实绩,而且缘于学术研究本身——一旦研究者或作家以某种特别的立场,有意识地走进文学,那么,在写作或探讨一个主题时,他们必然会意识到自己的位置。这种自觉,正是研究者的终极旨归之一。因此,在讨论改革开放时代的"社会主义文学经验",试图重新划分改革开放以来的文学阶段之际,"世界文学"观念也就成为一种学术自觉,即在"人类命运共同体"的宏大背景下,重审、再思当代中国社会主义文学为世界文学提供的独特经验。

作家

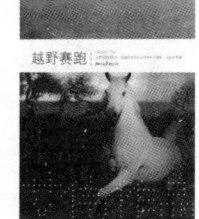

迟子建：《额尔古纳河右岸》《群山之巅》《伪满洲国》
阿来：《尘埃落定》《空山》《云中记》
李洱：《花腔》《应物兄》
艾伟：《风和日丽》《越野赛跑》
邱华栋：《西北偏北》《正午的供词》《时间的囚徒》

安魂，或卑微者的颂诗

汶川大地震至今已逾十年。这十多年里，似乎从来不缺少诗人、小说家为它写下的文字，甚至在地震刚刚发生的那几天，铺天盖地的所谓"地震诗"，因为毫无节制的抒情与语言和修辞夸饰浮华，成为灾难过后的"次生灾害"。我们一直在等待一部作品，可以直面汶川大地震的创伤记忆，从中能够看到中国当代作家在深刻反思灾难，推动创伤记忆成为民族精神资源，也能够看到汉语承担这样巨大灾难的可能和力量。

2018年5月12日，汶川地震十年，阿来开始动笔创作《云中记》。2019年初，《云中记》在《十月》发表，随后出版。这是一部有内心承诺的小说，阿来应该不讳言这一点。《云中记》罕见地有三个题记。第一个题记是"献给'5·12'地震中的死难者""献给'5·12'地震中的消失的城镇和村庄"；第一个题记联系着第二个题记"向莫扎特致敬""写作这本书时我心中总回响着《安魂曲》庄重而悲悯的吟唱"。"安魂曲"，赐予了地震中的死难者、消失的城镇和村庄永恒的安息。安魂之后，是生者和大地的再次缔约："大地震动只是构造地理，并非与人为敌；大地震动，人们蒙难，因为除了依止于大地，人无处可去。"宽恕大地制造的灾难，因为大地对我们永在的庇护。

一

随着当下大众传媒的传播,我担心《云中记》会被狭隘地标识成"地震小说",即那种月有阴晴圆缺,人有悲欢离合的传奇故事。有如此期待的读者阅读《云中记》可能会失望。《云中记》中不仅没有传奇故事,而且阿来克制了它通向传奇故事的可能性。好的小说家是懂得克制的。事实上,《云中记》中,私生子仁钦和他母亲未曾见光的生活阴面,祭师阿巴以及村庄其他宗教活动从业者的神异经历,谢巴一家的麻风病史,祥巴兄弟的江湖世界,央金的明星道路,等等,都有着"制造传奇"的无限想象空间,但阿来将窥视的通道堵死。

《云中记》所写的地震是被见证、记录和反思的灾难事件。躲过大地震的劫难,云中村何以最终难逃消失的命运?小说的幽暗之所,不是传奇故事寄身的幽暗之所,而是反思、质疑、追问之后,灾难被一层层剥开之后的事理和人性。仅仅是因为地震,云中村的消失才无可避免吗?小说写到云中村消失的"前史":地震之前,"滑坡的发生,水电站的消失,正是即将发生的云中村大滑坡的预演。一个提醒,一个来自大地的警告。水电站是第一个滑坡体,云中村是第二个滑坡体"。滑坡和水电站的消失是修建水电站导致的水渠渗漏引发的,而如果意识到"水电站"是无数经由各种途径进入古老乡村的"现代",进而,我们可以发现在阿来的小说中有一个"现代方阵":公路(《奥达的马队》)、汽车(《机村史诗·随风飘散》)、博物馆(《机村史诗·空山》)、水电站(《水电站》)、脱粒机(《脱粒机》)、报纸(《报纸》)、马车(《马车》)、马车夫(《马车夫》)、秤砣(《秤砣》)、番茄(《人物素描:番茄江村》)……《云中记》除了对一场具体的惨烈地震灾难的见证和反思,是否还有更为悠远深长的"现代性的反思"?在阿来前一部长篇小说《机村史诗》(初次出版时书名为《空山》)中,诸多"现代"灾难,导致机村数次陷于灭顶之灾:错失巫师多吉控制火势的时机,以至于卷土重来的森林大火(《机村史诗·天火》)、滥砍森林引发的泥石流(《机村史诗·荒芜》)、修建水电站淹没低处的村庄(《机村史诗·空山》)等等。在《机村史诗·荒芜》中,阿来这样写道:"佑庇人们许多年的群山变成了狰狞怪兽。一道道泥石流在山坡上冲出的巨大沟壑利爪一样从四周逼近安静的村庄。只等某个时间一到,那些沟壑在村子所在的地方交汇起来。那时,这个村子也就消失了。"享受"现代"诸种好处的同时,"现代"的伤害也如影随形,在现代化的洪流中行将消失的绝不只是机村,也绝不只是云中村。

在《机村史诗·空山》中,阿来如此描述"现代"的侵入和侵犯:"就像好多事物的出现都是必然的,但对机村和机村人来说,在这个时间和与之相关的一切陡然加速,弄得人头晕目眩的时候,没有任何前奏,机村这个酒吧就出现了。""陡然加速"之前是古老时期。和许多中国当代文学的"村庄叙事"一样,《云中记》也写到村庄的起源。一千多年前,这个村子的先人们发动过一场战争,把原先生活在这里的矮脚人消灭了。第七天祭山阿巴吟诵的阿吾塔毗故事,其实也是云中村的起源故事。带领部落从西边横穿高原,来到高原东部的阿吾塔毗,征服了矮脚人。荡尽了森林中的妖魔鬼怪的阿吾塔毗后来升了天,灵魂化入云中村终年积雪的山峰,成为山神。而当现代嵌入云中村自古绵延而来的时间之流,一切就像重新开始一样。小说写了"好多个第一个啊!":第一个拖拉机手、脱粒机手、赤脚医生、解放军、中专生、干部,第一个爆破手,第一个停止祭祀山神的祭师,第一个不肯到庙里主持法事的喇嘛。云中村纪年的方式也因此改变为:修机耕道那年,拖拉机来那年,修小学校那年。

那是个新东西陆续进入并改变人们古老生活的破旧立新的时代;一个认为凡是新的就是好的时代。在那个时代,云中村是个落后的象征,落在时代后面跟不上趟的象征。嵌入不是简单的叠加,而是篡改和

消失。这种篡改和消失是从物质生活到精神世界天翻地覆的空前剧变,比如:

日常生活方式、风俗、仪礼。自从有了拖拉机,马就从生活中消失了,二十多年前,马就从云中村人的生活中消失了,"告诉",是瓦约乡的古老风俗,现在的乡亲,互相都不再知根知底了。

语言。时代变迁,云中村人的语言中加入了很多不属于自己语言的新字与新词:"主义""电""低压和高压""直流和交流"……阿巴发出感慨,我们自己的语言怎么说不出全部世界了,我们云中村的语言怎么说不出新出现的事物了。云中村人自嘲说,我们现在有两条喉咙,一条吐出旧话,一条吐出新词,然后用舌头在嘴里搅拌在一起。

信仰。阿巴已经不是以前那些相信世界上绝对有鬼魂的存在的祭师了。他是生活在飞速变化的世界里的阿巴。据说,过去的时代,鬼魂是常常出来现身的,但他没有见过鬼魂。据说是有电以后,鬼魂就不再现身了。也是据说,鬼魂不现身的日子比这还要早,是山下峡谷里修沿江公路,整天用大量的炸药爆破的时候,鬼魂就不再现身了。不管是什么时候吧,这都说明,起码这三五十年,云中村就没有人见到过鬼魂了。

小说中从云中村到移民村不只是简单的空间平移,云中村人也无可选择地遵从现代法则。对云中村人而言,移民村的家具厂、绣花厂以及每天洗澡的生活方式都是现代的。地震带来的空间移动造成古老时间和现代时间的强制折叠。过往的留痕、记忆和情感都在折叠中消失不见,这种折叠,应该是现代中国的普遍经验。因此,就像小说所写的,已经搬到移民村的云中村人认为,要不了一百年,人们就会把云中村彻底忘记。为什么?世界变了。以前是整个部族几千里的迁徙,一路与敌对的部族争战,为族群争取生存的空间,捍卫家园,失去,再生,如此生生不息。现在不一样了,即使地震不来,云中村已经失去了多少户人家。

像裁缝家，靠手艺举家去了县城。像祥巴家，靠了三个儿子的蛮勇，虽然那么招摇地在村里盖了大房子，但那只是为了显摆一下，他们并不是真的要回去了。参军的，考上大学的，还有那些在城里酒吧餐厅当服务员还兼表演歌舞的小伙子和漂亮姑娘就再没回来。而乡长仁钦也抱有同样的观点："从乡亲们搬到移民村起，云中村就已经没有了。我们县的新版地图上，就没有云中村了。即使滑坡还没有暴发。自从2009年3月，这个世界就没有云中村了。云中村消失，祭师也随着消失，不必再向后传承了。"云中村不可阻挡地被"现代"收编和驯化，而最终消亡是其必然命运。

二

"到了国泰民安的时代，云中村却要从这个世界消失。"乡长仁钦也是云中村的子民。小说中，他说的这句话是一种无可奈何的怅惘。而除了怅惘，尤可深味的是，一边是国泰民安的盛世景象，一边是云中村虽然承担了生命的创伤和隐痛，但仍寂寂无名寂然消失的命运。应该说，从1980年代《奥达的马队》，到1990年代《已经消失的森林》，再到《机村史诗》《云中记》，阿来一直关切着现代化进程中"落后者"的命运，关切着加诸这些村庄和人身上的"毁坏和消逝"，以及"篡改和重塑"。从二十世纪中国现实观察，它所改变的不仅仅是大地上的风景，而且是人的心灵图景。"这是一个破除禁忌的时代。不能砍伐的林子可以砍伐，神圣的寺院可以摧毁，甚至全体机村人都相信可以护佑一方的色嫫措，他们都可以炸毁。所以这些禁忌都破除完毕的时候，旧时代或许就真的结束了，落后迷信的思想也许真的就消失了。"（《机村史诗·空山》）而和《机村史诗·空山》的悲观稍有不同的是，《云中村》以阿巴一个人召唤亡魂祭祀山神的行为来尝试"弱者的反抗"。"弱者的反抗"在国外社会学领域得到了充分的讨论,比如布尔迪厄的《世界的苦难》。[1]"通过一个个似乎卑微的有关痛苦的讲述,研究者以洞若观火般的感受力和想象力,发现个体遭遇与社会结构及其变迁之间的复杂关系,并试图以此超越社会科学研究中微观与宏观的二元对立。"[2]研究阿来所有的小说,可以发现他的小说中存在一个弱者、卑微者的人物谱系。阿来在"个体遭遇与社会结构及其变迁之间的复杂关系"之中敞开人物命运。阿来自己也说过:"即便最为卑微的人,也有着自己的精神向往。"[3]所以阿来在小说里肯定并激赏阿巴的重返云中村,认为"这是阿巴一生中少有的自觉伟大的时刻。第一次,是他年轻时,作为云中村水电站的发电员合上电闸,用一种前所未有的光把整个云中村照亮的时候。现在是第二次,他用学来的仪轨与祝祷词安抚了村中那些不肯消散于无形的鬼魂"。

身处终将消失的地方,阿巴逃离了这个新东西层出不穷的世界,让自己置身于一个非现实的世界,认真地扮演着自己的角色。上山来后,阿巴一个人祭祀山神、整修房屋、安顿自己、安抚鬼魂,直到一定想要寻见一个鬼魂。按照云中村人的认知,一个人不在了,就去了鬼魂的世界。云中村没有哪家人没有在地震中失去亲人,地震之后的云中村每家每户都有在"那里"的人,在那个毁弃的云中村。那个被地质隐患调查队判定,最终会和巨大的滑坡体一起坠入岷江的云中村。每家都有人在"那里"。所以阿巴认为:"我是云中村的祭师,我要回去敬奉祖先,我要回去照顾鬼魂。我不要任他们在田野里飘来飘去,却找不到一个活人给他们安慰。"

---

[1] 参见皮埃尔·布尔迪厄著,张祖建译:《世界的苦难:布尔迪厄的社会调查》,中国人民大学出版社2017年版。
[2] 郭于华:《代序:苦难的力量》,《倾听底层:我们如何讲述苦难》,广西师范大学出版社2011年版,第2页。
[3] 阿来:《人是出发点,也是目的地——第七届华语文学奖获奖词》,《人是出发点,也是目的地》,陕西师范大学出版社2019年版,第116页。

应该意识到，阿巴对鬼魂的有与无也在信与不信之间。"万一真有鬼魂呢？"是小说反复出现的一句话，也是支持阿巴招魂祭祀山神的内心信念。当下中国有多少人还像阿巴一样将"万一"之希望作为生命的信念？作为一个祭师，他相信世间是有鬼魂的，云中村是有鬼魂的。有鬼魂，那神山也是有的。但相信亦有怀疑。阿巴按照祭师的仪轨希望和亡魂鬼神交接，唯一让他感觉到接近亡魂的时刻，就是和死去的妹妹说话时，鸢尾花应声而开。所以，他和上山给他送生活用品的云丹说："上个月，每个晚上，我都专门去找，还是一个都没找见。你说，这世界上到底有鬼魂还是没鬼魂？"阿巴陷入困惑之中，难道世界上真的没有鬼魂吗？整部小说分为七天和六个月两个部分。七天写招魂，祭祀山神，而之后从第一月则转到写阿巴的人间生活。在云中村行将消失的最后六个月，阿巴收拾家园，日常劳作。所谓的向死而生，对阿巴而言，不是哲学思辨意义上的，而是平静地安妥自己的日常生活，平静地迎接死亡的降临，就像小说写的："雨过天晴的某一天，阿巴刚刚摆脱关于鬼魂的执念，平静的喜悦像小菜园里的青苗在心中滋生的时候，他听到了杜鹃鸟在森林里悠长的啼叫。"福柯曾经谈到"无名者的生活"，如其所言："没有什么东西会注定让他们声名显赫，他们也不具有任何确定无疑的、可以辨认的辉煌特征，无论是出身、财富或圣德，还是英雄行为或者天赋英才；他们应该属于那些注定要匆匆一世，却没有留下一丝痕迹的千千万万的存在者；这些人应该置身于不幸之中，无论是爱还是恨，都满怀激情，但除了那些一般被视为值得记录的事情之外，他们的生存灰暗平凡；不过，他们在某一刻也会倾注一腔热情，他们会为一次暴力，某种能量，一种过度的邪恶、粗鄙、卑贱、固执或厄运所激发。在同辈人的眼中，或者比起他们平庸无奇的生活，这些都赋予他们以某种辉煌，震慑心灵或者令人怜悯。我一直搜寻的就是这些具备某种能量的粒子，这些粒子微不足道，难以分辨,但他们的能量却很巨大。"[4]阿巴就是这样"微不足道"但"能量却很巨大"的"粒子"。一直以来,阿来俯首大地谛听这些散落在中国普通村落的"粒子"的声音。像他的小说《瘌子》所写:"一个村庄无论大小,无论人口多少,造物主都要用某种方式显示其暗定的法则。"左右这些"暗定的法则"的常常是世俗世界之外巫师、喇嘛、活佛联系在一起的神灵世界。在《少年诗篇》《格拉长大》《宝刀》《云中记》这些小说里,巫师、喇嘛、活佛虽然在新时代栖身普通人中间,但他们依然执守着某种信念和尺度。《机村史诗·天火》中巫师多吉为机村的林子发功作法而死,成为过去时代悲壮、苍凉的英雄。"多少年后,机村人还在传说,多吉一死,风就转向了。"这是时代喧嚣之下"人心的法则",而云中村和阿巴一起消失的那一天那一刻,"大地拥他入怀","终于,一切都静止下来"。仁钦、央金和云中村归来的乡亲们来到江边。云中村和阿巴消失,但大地永恒。阿来小说"暗定的法则"不只是神性、人性的法则,而且也是大地永恒的自然法则,就像阿巴在云中村最后的日子看到的一切:雪和雨,风和时间改变了残墙颜色,不但是残墙,连每户人家的柴垛都变成了和墙一样的颜色。阿巴继续往上走。四周的树木越来越多,越来越高大。松树、柏树、桦树、杉树。大树中间还长出那么多的小树。云中村的人一走,这些树就欢欢实实地长满了山坡。鹿又出现了,草地上出现了那么多的旱獭,阿巴把院子松了土,蔬菜就自己长出来了。"现代"隐身,渐次退场,异化了的人撤离,自然又恢复了神力,甚至更雄健。

这些卑微者,这些无名者,这些中国村庄微不足道的"粒子",往往是现代洪流中的与时不俱进者,就像《云中记》的阿巴,他的重返云中村,是重新打开折叠的时间,向过去后退,他招魂祭祀的鬼神世界,他

---

4 福柯著,李猛译,王倪校:《无名者的生活》,《社会理论论坛》1999年第6期。

执掌的信念和人间，相对于中国乡村结构和肌理的"当代"，不能完全说逆流，但至少是一种微妙和微不足道的平衡力量。美国学者詹姆斯·C. 斯科特的《弱者的武器》曾经对马来西亚一个小村庄塞卡达做过持续的田野调查。针对关于农民反抗的日常形式，提出弱者在自我保存时的韧性和反抗，该书最后的结论认为：

> 读者将正确地觉察到一种关于革命性变迁前景的悲观主义，这些观点将系统地和确实地关注农民或工人阶级所主张的虽然是微不足道的尊严，却是他们阶级意识的核心内容。小小的愉悦和些许仁慈往往会鼓励革命主体的奋斗，如果革命连给予人们这种微不足道的愉悦和仁慈都做不到的话，那么，无论它取得了何种成就都没有什么值得夸耀的。这种悲观主义，唉，我以为，与其说是对多数革命国家中工人和农民命运的偏见，不如说是一种现实的评价——当命运寄托于革命的许诺时就让人读出了悲哀。如果在这样的国家创建之前就很少发生革命，那么，现在革命更是销声匿迹了。因此，更有理由说，即使我们不去赞美弱者的武器，也应该尊重它们。我们更加应该看到的是自我保存的韧性——用嘲笑、粗野、讽刺、不服从的小动作，用偷懒、装糊涂、反抗者的相互性、不相信精英的说教，用坚定强韧的努力对抗无法抗拒的不平等——从这一切当中看到一种防止最坏的和期待较好的结果的精神和实践。[5]

詹姆斯·C. 斯科特的研究对于我们观察当代中国乡村小说的底层政治和农民关系具有启发意义。贾平凹的《带灯》《老生》《古炉》、张炜的

---

[5] 詹姆斯·C. 斯科特著，郭于华、郇建立译校：《弱者的武器》，译林出版社2011年版，第426页。

《刺猬歌》等小说都涉及当代中国乡村的群体事件,农民为维护自身利益的群体事件往往最后诉诸以暴制暴。但事实上,当代中国乡村底层社会结构中可以被容忍的、大量存在的不是剧烈、显在的"强者的暴力",而是类似阿巴这样以非物质文化遗产的合法身份行古老祭师使命的"弱者的非暴力"。阿巴为了自己"微不足道的尊严"固执地返回云中村,成为乡长也是外甥的麻烦制造者。考察阿来的小说,乃至中国当代乡村小说中的这些不合作者、这些麻烦制造者,应该成为一个重审中国现代乡村小说主题、结构和这些人物本身的重要研究视角。

《云中记》表达的不是阿巴一个人的孤勇。阿巴重返云中村至少牵动着云中村、移民村和瓦约乡,这是阿巴和他的世界。阿来按照当代中国乡村和世界的关系,按照乡村的内在肌理将阿巴一个人返乡和招魂祭祀编织进去。这里面尤其要注意阿来的"现代"观。对迫近、侵入的"现代"阿来不是简单地臧否。"现代"在中国当代乡村长驱直入,但阿来的小说对于"现代"和古老边疆乡村之间关系的描述却是暧昧的。当"现代"来临,人是脆弱渺小的。"机器用震耳欲聋的声音与力量塑造了自己压倒一切的形象。"一个沉浸在自己对往昔遐想中的人,在机器嗡嗡转动时,抱着一捆麦子竟然哼出声来了:"水边的孔雀好美喙呀!光滑美羽毛似琉璃呀!"他的忘我沉浸,最后是把麦子连同自己的一只手喂进了机器的口中。(《脱粒机》)但"现代"又是美好的。肯为机村的孩子举办科学主题活动日的勘探队也是汉人啊,他们为机村设计水电站。"那支勘探队留给机村的是多么美好的记忆啊!"水电站修起来,"这可是有史以来,从来没有过的光亮。"(《水电站》)现代之科学也影响着云中村,"地震后,县里已经做好了重建规划。这时,来了地质专家,说云中村坐落在一个巨大的滑坡体上,最终会从一千多米的高处滑落下来,坠入岷江。这个村子的人必须整体搬迁,规避大地震后的次生地质灾害。"事实上,无论一开始云中村的重建,还是后来的移民搬迁,都是在科学测量的数据支持下做出的,并不是简单的政治动员和政府行为。1990年代,阿来有篇小说的题目叫《自愿被拐卖的卓玛》。很多时候,不是"现代"粗暴地裹虐村庄,而是村庄"自愿被拐卖"。近现代中国,所谓"现代",不只是物质和技术的"现代化",而且纠缠着"政党"、"国家"以及大众传媒等复杂的力量。阿来充分注意到现代的复杂和丰富,他的小说不像中国现当代作家的现代性反思常常执其一端,追求单纯的挽歌或批判的审美偏执。罗伊德·克雷梅在讨论史学家对现代小说叙事策略的效仿时指出:"现代文学对于史学家的重大价值在于,它愿意研究语言和意义在社会、政治和个人经验等所有层面的流动。文学家已经远远超越了从前关于世界的稳定概念——这样的概念要求他们用文字去复制一个想必是静止的现实,他们已经知道所有对世界的描述都是可以挑战的。"现代文学的创新也吸引着拉卡普拉,因为文学家尝试了几乎每一种可以想象的叙事形式来描绘生活和思想中对立倾向之间含混不清的互动。[6]这启发我们思考《云中记》在传统和现代之间"含混不清的互动"。

一般的观点会认为中国近现代乡村面临的挑战是传统向现代的转型,这也是阿来的小说,包括《云中记》的一个重要主题,或者说是一个被普遍接受的历史逻辑,但阿来的《云中记》还让我们看到在这条历史主线之外的复杂性——基于不同的传统、观念、站位以及利益分配生发的词与物、词与词、物与物的错位和断裂。古老的原则渐渐失去对乡村的控制力,乡村内部、内外的自足、秩序和可命名性正在瓦解。新旧交替也是新旧交织的涣散的村庄内部,村庄和村庄依靠什么重新塑造和建构成为"共同体"?这是阿来小说一直思考的问题。《云中村》写祖先们一千年前迁移至此,一千年后,他们又要离乡背井。救灾干部不同意这样的说法,认为:"不是背井离乡,是一方有难,八方支援。你们要在

---

6 参见林·亨特编,姜进译:《新文化史》,华东师范大学出版社2011年版,第113、115页。

祖国大家庭的怀抱中开始新的生活。"当代乡村政治理念时刻与旧的传统和价值观发生着遭遇战。当代乡村政治理念还存在谁是具体的执行者的问题。仁钦的政治实践就有着原则性和变通灵活性。如果他在处理阿巴的返乡上，还有着亲缘关系的夹缠，那么，在瓦约乡旅游服务不规范被网络曝光的危机公关中却显示了一个新时代乡村干部的政治视野和政治智慧。

《云中记》的现代人对传统人抱有理解和同情。阿巴返回到不知道什么时候就会突然消失的村子里，他是乡长仁钦的舅舅。仁钦当然意识到被撤职或者降职的后果，意识到喜欢把话说得很恶毒的人的幸灾乐祸，但小说写"现代"的仁钦并不沮丧，"有这样一个舅舅，是他的命运，就像在地震中失去母亲，也是他的命运一样"。同样，"现代"的地质调查队的博士，"他不想把科学与爱不爱的信仰如此简单地连接起来。但这并不表示他内心里没有充满对这个主动与世隔绝的人的理解与尊重"。

仁钦是一个值得注意的乡村新人形象。从《创业史》、《艳阳天》到《平凡的世界》，甚至上溯至五四到延安解放区的乡土（乡村）小说，每一个时代的文学都提供了乡村新人形象。乡村新人的新是每一个时代的新，也是这个人物谱系的新。还可以注意的是当代中国乡村的政治文化和资本与流行文化之间的缔约，祥巴这样的从乡村出走又回归的先富阶层对乡村观念和结构的影响，早在1980年代的改革文学就有所表现。传说祥巴有黑社会背景，这样的人挟资本重返乡村，在当代乡村以招商引资衡量政绩的评估体系对于乡村政治的影响，已经被很多乡村小说书写。由于大众传媒、流行文化和乡村政治彼此勾连，我们看到能够操控乡村的力量越来越多，越来越复杂。小说写震后第五天，记者把志愿者为云中村学生开课的情形拍了下来，当夜这镜头就上了电视。"好多人都感动得热泪盈眶，马上往电视台的捐款热线打电话，掀起了一个捐款热潮。"一个救灾干部带来了电视台记者，让云中村人集合，看录像，模仿电视台的募捐晚会,为解放军唱歌。唱一首云中村人不会唱的歌,叫《感恩的心》,还要加上哑巴比画的动作。但小说写老百姓不干。他们不是不感恩解放军和救灾的志愿者,他们只是不好意思专门排着队,比画着哑巴的动作唱不会唱的歌。因而云中村的人不喜欢那个要他们唱《感恩的心》的干部。仁钦从县政府机关下来,地震发生的时候大学毕业才两年,大灾之后就来应付复杂的人心和局面,应付老百姓各种各样的要求。阿巴认为:"他知道自己跟很多乡亲一样,总是为难政府。""应付"和"为难"是中国当代乡村政治的复杂性的凝缩。作为非物质文化遗产传承人的阿巴把补助金——他认为的政府给山神的钱——全部捐给了云中村出去寄读的孩子,叫村民唱《感恩的心》的那个干部觉得这是一个宣传点。祭师阿巴认为山神节和观花节要按照农时,也就是看地里庄稼的生长情况来确定,而副县长则把办节看成打造旅游景点的时机,因此,农作物的种植应该为旅游服务改变,"劳动也是一种表演"。副乡长洛伍喜欢把什么都说成政治任务,但政治任务这样的话,干部对干部讲起来有用,对老百姓讲却要大打折扣。地震前的云中村被作为一个旅游点开发,被占用土地,修建公路,云中村人却是反对的。

  隔阂甚至是分裂还不止出现在干部和村民这一对关系中。隔阂同样出现在移民村人和云中村人之间。移民村的人一直称云中村人为"老乡"。连政府干部也说,"原来你们藏族人信仰也有不一样啊"。云中村人在移民村用热水器洗澡,在家具厂上班,种茶,开山菜馆,却觉得移民村好是好,就是在那心里总有一块地方空着,脑子里也有好多地方都空着。如果说移民村和云中村客观上存在"文明"的落差,那在瓦约乡内部,云中村和其他的几个村之间也不是整齐划一的,比如宗教,改宗了佛教的瓦约乡的其他村子已经不叫这座神圣的雪山作阿吾塔毗。云中村人认为:"佛教的鬼转生,我们的鬼不转生,他们只是存在一阵子,然后消失。除了伟大的山神,这个世界什么都会消失。"类似云中村这些信奉苯教的村庄相信村庄的树林里、田地边的灌木丛中还有一些快乐的、有时甚至会搞些恶作剧的小精灵。宗教参与到乡村权力分配。地震过后，信佛教的喇嘛为了自身的利益，证实村里的传言，认为的确有许多鬼魂，未得超度不得往生转世，却拒绝作法超度亲人的鬼魂，而是让云中村全村人集资好几十万建一座佛塔，塔里要供奉整套的佛经。云中村内部也不尽统一，倒是有一种说法在依然信奉山神的云中村暗地里流传："看吧，一个祭师家族，父亲不好好祭祀山神，被扔到了江里。儿子不懂祭祀山神，山神原谅他是无心之失，所以只把他变成一个傻子。"

三

　　七天，恰好是创世的时间。这七天，阿巴漫游在劫后余生的云中村，和亡魂鬼神交接：第一天，阿巴到达村外；第二天和第三天，进村；第四天，地震祭日招魂；第五天，整整一天白天和晚上，几乎累瘫了的阿巴都在磐石旁的松树下睡觉；第六天，进村回到旧家；第七天，阿巴一个人的祭山仪式。

　　值得注意的是，小说叙述虽然采用的是全知视角，但又将这七天的"全知"有限度地赋予了祭师阿巴。小说的时间不是均匀的和匀速的。阿巴控制着时间的刻度和节奏，而成为小说的叙事时间。比如第五天就像旧小说的"一夜无话"，一句带过，而前面的第四天地震祭日，阿巴的时间刻度以为每家的逝者招魂时间为单位，依次：第一家，罗洪家；第二家，可怜的阿介；第三家，两个死人；第四家，一个；第五家，没有死人，他们家的儿子"电视的孩子"失去了双腿；第六家，有土司的时代，是土司家的裁缝；第七家，阿麦家；……第十二家，呷格家；……第十五家，时间又慢了下来，祥巴家，不走正道的祥巴。

　　全村三百多口人，一共死了九十三口，失踪的不算在其中。"我回来",阿巴在村中按照以前祭师的规矩召唤亡魂。阿巴回来了,在五年前地震爆发的这一天,走村串户,替亡人招魂。他虽穿戴祭师全身的行头,但没有受过真正的言传身教,连程式也是他从非物质文化传承人培训班学来的。

阿巴是云中村的祭师,他的父亲、父亲的父亲也是祭师。古往今来,祭师的职责就是侍奉神灵和抚慰鬼魂。作为一个祭师,阿巴半路出家,云中村的人认为救不了村子里神树的阿巴通不了灵,和神也说不上话。他也认为自己是连鬼魂的有无都不能确定的人,肯定是个半吊子。他懂得祭山,却不懂得招魂,但是这次他就是回来招魂的。他把带回来的每家人表示念想的东西,放在一户户人家的废墟,摇铃击鼓:"回来了,回来了!"

但阿巴没有看到一个鬼魂。其实,他也不知道鬼魂该是什么样子。如小说所言,鬼魂是一个具体的形象,还是一阵吹得他背心发凉的风,还是一段残墙下颤抖的阴影?但阿巴又确实看到了每一个消失的人,他们活着时候的样子,他们死去的样子。半个白天,以及整整一个晚上,他走到云中村每一幢房子跟前,曾经居住其中的那些人的善恶长短都在他脑海中浮现。

阿巴回到空无一人的云中村,只是想万一真有鬼魂怎么办,所以他来安抚他们,让他们知道他们不是无家可归的野鬼。招魂,回来,回来,回来,让无依无靠的灵魂回来接受安慰。招魂安魂时刻,众生平等,阿巴不对他们曾经的所作所为做什么评判,即使是"不走正道的祥巴"也是需要抚慰的灵魂。还有麻风病的后裔,自己选择远离村庄独居的谢巴家,被遗忘的,又被阿巴记起,单独享受阿巴的安魂。确乎如此,那么大的地震,在制造死亡和伤残时,似乎也没有依据善恶的标准进行挑选。但也应该看到小说并非放弃价值评判,阿巴貌似隐匿了情感偏向述实的回忆,却是公正地做出了评判。

云中村,这个地震一年之后被遗弃的中国普通村落,寂然无声,沉沦在黑暗里四年。四年后,小说将重新打开它,自第一天"阿巴一个人在山道上攀爬",云中村新的时间开始了。重新启动的不只是阿巴的时间,即云中村的时间,还有在阿巴的感觉、阿巴的回忆中复苏的云中村的记忆和现实、过去和此刻。

感觉的解放是现代小说的一个重要成果,但《云中记》感觉的苏醒不是所谓意识流的炫技,而是关于一个普通中国农人的身心回归,以及自我和记忆的失而复得。小说耐心地钩沉味道的流失和复活的时间与路线。首先是味道,最为浓烈的马的味道和人的味道。味道的失与得也是阿巴对云中村的疏远,剥离复又接近,直到合为一体。阿巴让乡长也是外甥的仁钦为他准备两匹马。为什么是马?除了第一次山上驮物,吃草且不惊扰亡魂的马,在云中村已经脱去了它为人役使的人间功用,得返自然,它们恢复了它们作为动物的本性。它们是云中村自由的漫游者,它们有属于自己的名字,它们是阿巴的伙伴。为什么是马?地震爆发前的几分钟,几秒钟,他被这种味道包围着站在天空下。地震发生后,阿巴就再也没有见过那两匹也许已经在地震中殒命的马,但他坐在离乡背井的卡车上,还感到牲口身上的味道包围着他。为什么是马?"远离马的味道也已经有四年多时间。"当云中村人落脚在另一个世界,那个平原上的村庄,那些牲口和人的气味一天天消散,最后永远消失无踪了。有一阵子,阿巴竟然把这些味道都忘记了。而当阿巴重返云中村又有了自己的两匹马,"他闻到了牲口汗水腥膻的味道,阿巴已经有三年多时间没有闻到这令人心安的味道了"。不仅仅是马匹,鞍子、祭师行头、熏香、木柴燃烧、尘土,一切皆有味道。阿巴重返故乡,不是过客,而是重新成为一个有云中村万物味道的人,就像小说写的,"阿巴闻到了自己身上有草地的清香"。在小说里,味道也不只是感觉,而是事关生命归处的精神性事件:

不用油灯供祖师像,也不见着阿吾塔毗神山,这些移民敬神的心也就渐渐淡了。他们的皮肤一天天白净,身上的云中村气味渐渐消散。到某一天,他们其实就不是云中村人了。以后移民村的人,会像云中村传说遥远西方的故土一样,把云中村也变成一个传说吗?

味道之后是声音。小说以欢欣的笔调写"好多声音啊!"。鸟在叫!不是一只鸟而是一群鸟,不是一小群,而是一大群。阿巴听出来是村前高碉上的红嘴鸦群在鸣叫。然后就是云中村的景物。磐石、石碉、松树、野樱桃树、石碉顶上的小树、森林、草地,更往上,看到了阿吾塔毗雪山。然后就是云中村的人事和传说。七天,再六个月,阿巴以一己之力,重建感觉和记忆,再造自己,也再造了云中村,一座行将消失的村庄。

"灾后重建",几乎成为一切灾难之后必然出现的话语,出现在政府文件、大众传媒的所有传播平台、各种场合各色人等的讲话里。第一时间干部的到场,救援人员的随后跟进,伤者的救助,生者和逝者的安置,志愿者的辅助,心理疏导,重建房屋、道路、水渠,基于科学评估和规划的云中村去留,移民或者恢复生产……我们能够想到的"灾后重建"在《云中记》中几乎都被写到。阿巴说:"政府把活人管得很好,但死人埋在土里就没人管了。"祭师阿巴就是管这个的。祭师的履职就是照顾亡灵,敬奉山神;聚集亡魂,和云中村一起消失。而在云中村消失之前,阿巴首先要重建自己和村庄。"一个云中村人的短暂回归。短暂的喧闹。短暂的悲喜交集。然后,一切复归宁静。不是复归宁静。而是,空了。"阿来的"安魂曲"是一曲经历迷惘、悲怆、激越后,复归宁静,空了的生命长歌,阿来把这首他所命名的"颂诗"献给了卑微者,中国乡村的微不足道的"粒子"。

四

2008年5月12日汶川地震之后,短暂的时间即引发所谓"地震诗歌"竞写潮。诗人朵渔随后发表《为什么普遍写得这么差》对这场"地震诗"群众诗歌运动予以激烈批评。在著名的网络平台"天涯诗会"中,我们还能检索到这篇文字。朵渔写道:"5·12大地震,不仅制造了巨大的人间灾难,也催生了一座庞大的人文废墟:成吨的地震诗歌,将我们滥俗、贫乏的精神底里彻底暴露。以不完全观察,称之为'地震诗'的分行文字,大概有上万首吧?就其瞬间形成的规模而言,不由得让人联想起共和国历史上历次群众诗歌运动。"应该比这篇文字更早,地震当天及随后的两三天,朵渔写作并修改了他的诗歌《今夜,写诗是轻浮的……》。我认为这首诗,不仅仅是一首诗,而且是考察中国当代灾难和文学关系的重要文献。

时至今日,汶川地震十一年之后,重读那些所谓的"地震诗"可以发现,朵渔当时对"地震诗"的批评依然有着现实意义。这不仅仅是因为此前此后中国大大小小的灾难都会有多多少少的所谓诗人们瞬间到场"轻浮"为诗,而且,它涉及文学在处理国家民族重大灾难的写作伦理。质言之,书写灾难,如何免于轻浮?作家阿来是地震死难者的同胞和亲人,是见证人,是反思者。这些身份里面,同胞和亲人至关重要,它可以有效地保证阿来和那些卑微者、那些微不足道的乡村生息的"粒子"是一个血脉相连的生命共同体,"那些人是我们的亲人、同胞,更因为他们都是和我们一样的——人"。[7] 这和同时代作家标榜"为谁""作为谁"

---

[7] 阿来:《不只是苦难,还是生命的颂歌——有关〈云中记〉的一些闲话》,《长篇小说选刊》2019年第2期。

的写作表态和姿态区别开来。地震过后，阿来是及时的到场者，"那个时候，我全然忘记了自己的写作。只是想尽量地看见，和灾区的人民共同经历，在力所能及的地方尽一点自己的微薄的力量"。阿来也努力投入灾后重建，但因为灾后重建高度的组织化和制度化，阿来的民间援建学校项目未果。阿来一直在自省写这场地震的意义何在："我唯有埋头写我新的小说。唯一的好处是这种灾难给我间接的提醒，人的生命脆弱而短暂，不能用短暂的生命无休止炮制速朽的文字。"一直到2018年，十年过去了，《云中记》降临：

就这样直到今年，十年前地震发生那一天。我用同样的姿式，坐在同一张桌子前，写作一部新的长篇小说。这回，是一个探险家的故事。下午两点二十八分，那个时刻到来的时候，城里响起致哀的号笛。长长的嘶鸣声中，我突然泪流满面。我一动不动坐在那里。十年间，经历过的一切，看见的一切，一幕幕在眼前重现。半小时后，情绪才稍微平复。我关闭了写了一半的那个文件。新建一个文档，开始书写，一个人，一个村庄。从开始，我就明确地知道，这个人将要消失，这个村庄也将要消失。我要用颂诗的方式来书写一个陨灭的故事，我要让这些文字放射出人性温暖的光芒。我只有这个强烈的愿心。让我歌颂生命，甚至死亡！除此之外，我对这个正在展开的故事一无所求。五月到十月，我写完了这个故事。到此，我也只知道，心中埋伏十年的创痛得到了一些抚慰。至少，在未来的生活中，我不会再像以往那么频繁地展开关于灾难的回忆了。[8]

8　阿来：《代后记：一部村落史，几句题外话》，《机村史诗·荒芜》，浙江文艺出版社2018年版，第228页。

《云中记》自觉地抵抗类似"地震诗"的那些"速朽的文字"。最直观的是小说语言、叙事节奏、情感底色和基调,"用颂诗的方式来书写一个陨灭的故事",歌颂生命,甚至是死亡,而歌颂生命和死亡的前提是以悲悯心对卑微者生命抱有诚实的敬畏。一定程度上,这也确立了如何免于速朽和轻浮地书写灾难的美学原则。而且,如果以大规模"地震诗"为书写汶川地震的起点,到《云中记》,我们至少可以发现这些变化:从旁观者到生命的休戚与共;从催眠式的集体的滥情操控到清醒的个人化的情感沉淀;从轻薄的炫痛到深刻的反思;从轻浮外露的抒情到沉潜内敛的颂诗……直面和书写包括汶川大地震在内的所有天灾人祸的灾难,汉语文学必须确立健康正派的写作伦理。

确立健康正派的写作伦理,必须意识到灾难是人类性和民族性交缠的精神性事件。这个方面,世界经验可以给予我们启发的很多,比如德国对二战的反思,比如阿多诺关于"奥斯威辛集中营"的著名命题。可以举一个和地震相关的例子,露西·沃克导演的日本"3·11"地震海啸灾后的纪录短片《海啸与樱花》。地震海啸后,又是樱花季,村人如常拍樱花赏樱花,电影道:"我理解为什么每个人拍摄樱花开放的照片,那不是因为想要最美的照片,但是想要自己拍的,即使失焦也没关系……每个人喜爱的是自己拍的樱花……自己亲眼看到和印刷在报纸上的樱花是不一样的,我们拍摄照片因为我们想留下自己看到的。"而无论经历多大的灾难,重新去看樱花,拍摄樱花,精神性的东西才是让人有勇气活下去的本源。片中一个受访者说:"我们经历了失去故土、家园、亲人,可是樱花很美,樱花到来的时候,我们还是想看樱花。"这是重建的内心力量。樱花会再开放,被海啸席卷过的地方,植物会再生长。对于自然给予的智慧,人会选择领受,继续生存。日本是多灾难的国家,火山、地震、台风、海啸,即使在普通的海滨公园散步,亦常可见津波（海啸）防范提示和避难指引。这些东西是很实在的，会打破对于平常又珍贵的日常的无限延续的幻想。无法知道意外在哪一刻会突然降临，是一种生活真实，有如此的心理机制的日本人在面对灾难时，会不一样。如电影中受访者所说："大自然存在可怕的一面，相应的，也有美好的一面。对日本人来说，明明两方都有，却忘记了那些可怕的。"电影末尾用的俳句摘自《伊势物语》，林文月的译本中如此翻译：

> 唯易散兮乃可怜
> 樱花短暂赏时暂
> 世事多忧郁兮岂久全

哪怕只是简单地对比，也能发现《云中记》和《海啸与樱花》里物与我同一的对精神性的确证之于日常生活的意义，这就是普遍的人类性。共通的人类性并不排斥不同的民族根性。《云中记》和《海啸与樱花》基于不同的民族经验，不同的民族经验联系着具体而微的风俗、器物以及日常生活记忆。《海啸与樱花》的导演是英国人，这本身就是需要跨越不同民族经验的艺术实践。《云中记》中一个村庄可以迁徙，人们存在过的痕迹是无法迁徙的，那些旧物、那些云中村人个人记忆的遗物被重返云中村的阿巴一件一件地触摸，甚至重新使用。对于国家职能部门，新建的房屋和完美的设施，可以用于展示成功迁徙的人数，但村庄和旧物已经是他们生命不能剥离的一部分。人泯然于数字是对于精神性需求的无视。有记忆痕迹的村庄才是属于我的，以新的家园为家也许有的人可以，也许有的人不能，他会像阿巴一样往回走，即使采取无用的方式，但都是合理的。

书写巨大的灾难不只是需要确立健康正派的写作伦理。作家，或者知识分子在面对云中村这样的现代边陲之地和阿巴这样的卑微者，如何避免居高临下的嗫嚅气,或者假装和穷人站在一起以炫耀道德优越感?《机村史诗·空山》中,阿来写了来机村考察的女博士:在酒吧听故事,把故事写进类似《以机村为例,旁观藏人复仇故事与复仇意识之消解》这样副标题很长的论文;把拉加泽里带到了床上;轻蔑地拍葬礼,拍天葬,写了好多文章,夸奖机村的山水与习俗,"也就是旅游和所谓小资杂志上常见的说到边鄙之地的那种文章"。阿来认为:"在今天这样一个时代,不只是知识分子,就是一般识文断字的读书人,眼光都越来越向外。外国的思想、外国的生活方式、外国的流行文化,差不多事无巨细无所不在,对巴黎街边一杯咖啡的津津有味,远超过对于中国自身现实的关注。而中国深远内陆的乡村与小镇,边疆丛林与高旷地带的少数族群的生活越来越遗落在今天的读书阶层,更准确地说是文学消费阶层之外。""我的写作不是为了渲染这片高原如何神秘,渲染这个高原上的人们生活得如何超然世外,而是为了祛除魅惑,告诉这个世界,这个族群的人们也是人类大家庭中的一员。""我所做工作的主要意义就在于此:呈现这个并不为人所知的世界中,一个又一个人的命运故事。"[9]但现实的情况往往却是,"对人的处境,人在社会的处境,人在社会运动中的处境,我们很少反思。也缺少反思的思想资源"。[10]因此,基于人道主义,而不是慈善主义,是通向健康正派的写作伦理的正途。

  同样,确立健康正派的写作伦理,需要有洞悉历史和现实真相的能力。首先要以批判和反思作为洞悉的起点,"今天我们的文学表达缺乏力量,缺乏认知度,是我们观察社会的能力、质疑社会的勇气有问题。深度是勇气和批判能力造成"。要有开阔的视野和识见。阿来认为由于国家观和天下观过于狭隘闭锁,"中国知识分子迄今并未提供有价值的识

---

[9] 阿来:《人是出发点,也是目的地——第七届华语文学奖获奖词》,第112—113页。
[10] 阿来:《文学总要面临一些问题》,《人是出发点,也是目的地》,第25页。

见"。[11] 所以，他推崇马尔克斯和《百年孤独》，其原因是《百年孤独》深刻的社会意义，"讲的是一个血淋淋的跨国资本掠夺第三世界财富的现实"，是"对殖民主义的批判"。"我们谈论马尔克斯时，我们会说魔幻现实主义，多么神奇的开头，却从没有人说他处理、批判现实的敏锐性和深刻性。"[12]

阿来不是一个轻薄的乐观主义者，写作《机村史诗》时，阿来内心存有疑问："二十世纪八十年代，我们的乡村似乎恢复了一些生气，生产秩序短暂恢复到过去的状态，但人心却回不去了。"但疑问并不妨碍阿来对人和村庄的命运与未来抱有理想主义的期许："我想我一直致力的是书写这片蒙昧之地的艰难苏醒。"[13] "我所写的是一个中国的村庄，在故事里，这个村庄最终消亡。它会有机会再生吗？也许。我不忍心抹杀了最后希望的亮光。"[14] 这种理想主义的期许是阿来小说文字可以放射出"人性温暖的光芒"，可以用颂诗歌颂生命与死亡的植根之处。

《云中记》提供给我们进一步思考的是：云中村最终消失在大江中，而那些在地震过后慢慢恢复生机，恢复味道、声音和大地万物生灵的村庄，如何"重建"生者与逝者、过去与现在、消失与永在、物质性与精神性的隐秘关联？远的不说，战争、动乱、局部和大规模的自然灾害等等，近现代中国类似汶川地震的灾难有多少不是仅仅作为人与事的布景、场景和装饰进入我们的文学转换机制，而是成为整个国家和民族精神资源、成人礼和心灵史的一部分？《云中记》可以作为一个开始的是，让灾难成为关涉国家、民族和国民心理建设与生命成长的精神性事件。

11　阿来：《关于小说创作》，《人是出发点，也是目的地》，第87页。
12　同上，第90页。
13　阿来：《地域或地域性讨论要杜绝东方主义》，《人是出发点，也是目的地》，第161页。
14　阿来：《我只感到世界扑面而来》，《人是出发点，也是目的地》，第146—147页。

从历史拯救小说
——论《额尔古纳河右岸》和《群山之巅》

2000年,迟子建的《伪满洲国》在《钟山》发表。这是迟子建从二十世纪过渡到二十一世纪的第一部长篇小说。2009年,她的另一部和二十世纪初哈尔滨大瘟疫这一历史事件直接相关的长篇小说《白雪乌鸦》由人民文学出版社出版。讨论历史和文学的关系,这两部有真实历史事件做底子的小说是比较典型的样本。今天历史研究的疆域已经从宏大的国家历史拓展到最微小的"庶民史"。我选择迟子建新世纪另外两部长篇小说《额尔古纳河右岸》和《群山之巅》作为例子,其涉及的题材都已经在中国当代文学被许多作家做成了"民族志"和"村庄史"。因此,"从历史拯救文学",不仅意味着从宏大的民族国家历史拯救文学,也意味着从对应或对抗宏大民族国家历史的"民族志"、"村庄史",甚至"庶民史"等诸种"小历史"拯救文学。

一

显然,题目"从历史拯救小说"来源于杜赞奇的"从民族国家拯救历史"。杜赞奇认为:"民族国家作为碰撞中的不同表征而存在,表达着特定群体的抱负和利益，以及他们的集体愿景。民族国家作为一种权力，为了隐藏其中的冲突，便使用它的政治及修辞机制来压制关于人类共同体的另类设想。因此，我们所书写的历史可能就离不开民族国家；历史将是作为表征及权力的民族国家的复线历史，其内容则是那个我们称之为民族国家的模糊事实。"[1]观察中国现当代文学，其起点就是以"启蒙""立人"为主题参与现代民族国家建构，但潜在的"反现代化"思潮作为"现代性"的不同表征一定程度上正类似杜赞奇意义上的"复线的历史"。观察中国当代文学，"十七年文学"两种基本类型的小说《红旗谱》和《创业史》同样是以"表达特定群体的抱负和利益，以及他们的集体愿景"来参与现代民族国家的建构，而1980年代中期以来的"新历史主义"文学思潮所针对的某种意义上正是"十七年文学"宏大的民族国家单线的历史叙述之外的"复线的历史"。

有意思的是，杜赞奇的《从民族国家拯救历史：民族主义话语与中国现代史研究》是新世纪才出版的。在此之前，《红高粱》《古船》《活着》《白鹿原》《长恨歌》《尘埃落定》《丰乳肥臀》等小说都已经出版。中国当代文学中的"从民族国家拯救历史"已经成为一种成熟的叙述模式，"村庄史""家族史""民间野史""个人史"等对应于"民族国家史"的"小历史"也不断成为批评家和文学研究者评价这类书写中国近现代历史小说的常用研究视角。小说作为历史建构的一种方式提供了远远比历史研究丰富的"复线的历史"。但问题是，历史研究可以由"从民族国家拯救历史"提供另一种中国近现代史的描述，而小说仅仅止步于此，即使比历史研究有更多丰富性，"复线的历史"不必然地带来文学审美的丰富性。往往这些小说发展到后来，会产生一种极端的模式，即将

---

[1] 杜赞奇：《中国与印度的现代性批评者》，张颂仁等主编：《历史意识与国族认同：杜赞奇读本》，上海人民出版社2013年版，第64页。

"村庄史""家族史""庶民史""民间野史"等"小历史"生硬地对应中国近现代的"大历史事件"——"逢正必反",甚至以简单的对抗取代人和历史的相遇,以及人在历史中的复杂性。暧昧、幽暗、矛盾的人被历史符号化。正是因为如此,我们认为小说不能满足于"从民族国家拯救历史",在中国当代文学"从民族国家拯救历史"已经取得了丰富的成果之后,我们要思考的是,我们如何"从历史拯救小说"?事实上,历史学和社会学界对于"复线的历史"的反思可以给文学创作和文学研究以启发:

  杜赞奇曾指出:现代社会的历史意识无可辩地为民族国家所支配。民族历史制造出一个同一的、在时间中进化的民族共同体。而事实上民族却是一种包容差异的现象,其历史也并非线性的进化过程。杜赞奇进而提出以"复线历史"(或分叉历史)的概念代替线性历史的观念,并由此完成"从民族国家拯救历史"的任务。通过超越线性历史的目的论来拯救历史的努力固然意义非凡,但杜赞奇撰写复现历史的成果却未能实现其许诺。正如李猛尖锐质疑的:"'分叉历史'要充当那些被压制的声音的喉咙,但杜赞奇的'分叉历史'真的能够(甚至是打算)帮助我们理解那些没有历史的人吗?"李猛通过对农民口述历史的分析指出:和线性历史相对的不是分叉的历史叙事,而是分层的历史生活。那些沉淀在历史最底层,记忆中分不清过往军队类型的农民,过着似乎甚至难以称得上是"历史化"的日常生活,他们并没有提出与线性的全国历史不同的另一种表述,一种反叙事。即使有什么和杜赞奇所说的"线性历史"相对的,也只是一种拒绝叙事的"反记忆",一种身体记忆。

  相对于"从民族国家拯救历史",我们的努力将致力于从普通人的日常生活中构建历史,即记录和重现"苦难"的历史,并从中洞悉文明的运作逻辑。[2]

事实上，在中国当代小说中历史化的"小历史"，往往是一种假想的针对民族国家的"复线的历史"。小说的虚构和想象自然有能力将"非历史化"的日常生活"历史化"，它甚至可以直接省略历史学家的资料收集、田野调查和历史逻辑的梳理和建构，但其代价往往是文学的过度僭越，给日常生活的"真实性"、"丰富性"和"多义性"带来伤害和歪曲。如果仅仅是"小说家言"或者"稗类"，本无可厚非，但问题是中国当代文学往往把这种假作真的"伪史"指认为和民族国家历史构成对应关系的"另一种表述"。进一步的问题是，小说的目的最终是不是满足建构一种和宏大国家历史对应的"复线的历史"？不是这样的，和历史学、社会学相比，文学更应该在重建自为和泼辣的"日常生活"上有所作为，更应该"致力于从普通人的日常生活中构建历史，即记录和重现'苦难'的历史，并从中洞悉文明的运作逻辑"，而不是仅仅预设为民族国家的"复线的历史"。

二

《额尔古纳河右岸》没有刻意制造地方时间对抗民族国家现代时间的矛盾，也没有将"额尔古纳河右岸"民族孤悬于现代之外。山中世界和山外世界彼此勾连，且共用一个现代时间。小说的讲述是从"我"出生的冬天，从"我"一个姐姐受了风寒活了两天就走了，更确切的是从"我"所能记住的最早事情是母亲的寒战开始——大约四五岁的光景，尼都萨满寻找另一个姐姐列娜的"乌麦"（小孩的灵魂），一只灰色的驯鹿

---

[2] 郭于华：《作为历史见证的"受苦人"的讲述》，《社会学研究》2008年第1期。

仔代替列娜去一个黑暗的世界。但小说可以追溯的更远时间则是民族记忆的拉穆湖传说时代。和中国当代小说指涉历史起源的不确定性不同,《额尔古纳河右岸》有着肯定的时间起点:"三百多年前,俄军侵入了我们祖先生活的领地","宁静的山林就此变得乌烟瘴气","祖先们被迫从雅库特州的勒拿河迁徙而来,渡过额尔古纳河,在右岸的森林中开始了新生活。""在勒拿河时代,我们有十二个氏族,而到了额尔古纳河右岸时代,只剩下六个氏族了。众多的氏族都在岁月的水流和风中离散了。所以我现在不喜欢说出我们的姓氏,而故事中的人,也就只有简单的名字了"。小说紧接着的时间就到了一百多年前,在额尔古纳河的上游发现了金矿,当朝的皇帝光绪让李鸿章找人在漠河开办金矿。

山中和山外同"时"并不同"事",就像小说中许财发从山外到山中,看到多年不见的依芙琳,"没想到她枯萎成那样子","不由得叹了一口气,说,山中催人老啊。""山中"是人的自然衰老,而山外在搞土地改革,过去那些风光无限的地主,如今个个跟霜打了似的,全蔫儿了。同"时"而不同"事",各自按照自己的历史逻辑向前推进。我们可以仔细梳理小说中涉及的所有的"时"和"事":日本人来了,他们来的那一年,乌力楞发生了两件大事,一个是娜杰什卡带着吉兰特和娜拉逃回了额尔古纳河左岸,把孤单的伊万推进了深渊;还有就是"我"嫁了一个男人。图卢科夫在1932年的秋天把日本人到来的消息带到外面乌力楞。1942年,也就是伪满洲国"康德"九年的春天,乌力楞出了两件大事,一个是妮浩做了萨满,还有一个是依芙琳强行为金得定了婚期。又一年的春天到了,那也是"康德"十年的春天。这一年,在一条清澈见底的山涧旁,接生了二十头驯鹿。"康德"十一年,也就是1944年的夏天,向导路德和翻译王录又带着铃木秀男上山来了。1945年的8月上旬,苏军的飞机出现在空中。那年秋天,伪满洲国灭亡了,它的皇帝被押送到苏联去了。妮浩在这年秋末的时候生下一个男孩,取名为耶尔尼斯涅。"我"在1946年的秋天生下了达吉亚娜。1948年的春天,妮浩又生了一个女儿。1950年,也就是新中国成立后的第二年,乌启罗夫成立了供销合作社。这年的夏天,拉吉米在乌启罗夫捡回了一个女孩。1955年的春天,驯鹿开始产仔的时节,维克特和柳莎举行婚礼了。1957年的时候,林业工人进驻山里了。1959年的时候,政府在乌启罗夫盖起了几栋木刻楞房。有几个氏族的人开始不定期地到那里居住。那里有了小学,鄂温克猎民的孩子可以免费上学。1962年以后,山外的饥荒有所缓解。1965年初,医生普查身体,干部动员下山定居。激流乡定居点开工建设。1968年、1969年、1972年、1976年、1978年、1980年,伊莲娜出生,伊万去世,达西自杀,维克特酗酒而死,索玛回到"我"身边,马伊堪怀上私生子。从此以后,与"我"同时代的人,大都去了另一个世界了。

可以看出,《额尔古纳河右岸》从一开始就让"山中"鄂温克族生活的世界和外面的世界建立起联系,避免对"山中"世界的过度神秘化想象和书写。1980年代,以寻根文学为代表的一个重要的文学遗产就是割断"山中""边地"和现代的联系,以"炫异"的奇观化书写文明差异,展开传统和现代对峙的主题。而《额尔古纳河右岸》"去神秘化"的结果,是在现代时间中识别"山中"世界,但"山中"不是现代的文明前史,在历史逻辑上自然也不是作为落后的传统被识别,也不构成"反现代化"之"反",这和沈从文《边城》以降这一类小说的逻辑理路不同。因此,"额尔古纳河右岸"民族的强健和绚丽生命状态没有刻意符号化,被夸张为"现代"的矫正。作为"边地"题材的《额尔古纳河右岸》是有条件成为"另一种表述"的"民族志"式的"复线的历史"。事实上,小说也书写了一个民族"最后的历史",比如阶层、经济、婚姻、外交、风俗仪礼以及日常生活,但任何一方面小说都没有将它发育充分到"历史化",足以构成"民族志"。迟子建的兴趣不在建构"复线的历史",她别出新径,从历史中拯救小说。如果一定要说《额尔古纳河右岸》的主题,我觉得最切近的是迟子建自己说的"现实和梦想"。因而,"我"的口述故事集中在黄病、白灾、危及鹿群的瘟疫以及男人被日本人征为劳工等一系列的天灾人祸。死亡和灾难如影随形,但即便如此,"额尔古纳河右岸"民族的生命还是顽强地得以延续。"额尔古纳河右岸"的"死"不是生老病死之自然死亡,而是生存环境恶劣招致生命的不堪一击。父亲林克换驯鹿被雷电击死。"我"这一代,一个姐姐风寒冻死,另一个姐姐列娜在搬迁打灰鼠的路上从驯鹿身上掉下来冻死。"我"的第一个丈夫拉吉达寻找驯鹿活活冻死。"我"的第二任丈夫瓦罗加被熊揭开脑壳。"我"的儿子安道尔被维克特以为是野鹿而误杀。"我"的外孙女伊莲娜落水淹死。尤其值得关注的是小说中,"我"弟弟鲁尼和妮浩的孩子果戈力、交库托坎和耶尔尼斯涅因为作为萨满的母亲,不可抗拒地分别从树上摔死、被蜂蜇死和淹死。这个萨满是有现实原型的,是放养驯鹿的鄂温克部落的最后一个萨满。她一生有很多孩子,可这些孩子往往在她跳神时猝死。她在第一次失去孩子的时候,就得到了神灵的谕示,那就是说她救了不该救的人,所以她的孩子将作为替代品被神灵取走,可是她并未因此而放弃治病救人。就这样,她一生救了无数的人,她多半的孩子因此而过早地离世,可她并未因此而悔恨。迟子建认为:"我觉得她悲壮而凄美的一生深刻地体现出人的梦想与现实的冲突。治病救人对一个萨满来说,是她的天职,也是她的宗教。当这种天职在现实中损及她个人的爱时,她义无反顾地选择了前者,也就是'大爱'。而真正超越了污浊而残忍的现实的梦想,是人类渴望达到的圣景。这个萨满用她的这颗大度、善良而又悲悯的心达到了。我觉得她就是一个伟大的作家,她一生的经历就是一部杰作。我在长篇小说《额尔古纳河右岸》中,把这个萨满的命运作为了一条主线。"[3]可以这样

---

[3] 迟子建:《心在千山外——在渤海大学的讲演》,《当代作家评论》2006年第4期。

认为,《额尔古纳河右岸》是以"我"的家族世系为中心的死亡和反抗死亡的生命史诗。

文明的忧思正自然包含在生命的谛视中。"进入九十年代,我觉得时间过得飞快。"老一代的死亡和未来不可知的迷惘是《额尔古纳河右岸》的结局。达吉亚娜开始为建立一个新的鄂温克猎民定居点而奔波。"她说激流乡太偏僻,交通不便,医疗没有保障,孩子们所受的教育程度不高,将来就业困难,这个民族面临着退化的命运。"她联合其他几个乌力楞的人,向激流乡提交下山去布苏定居的建议被接受,但这能不能挽救民族的退化呢?年轻一代里,西班迷恋上制造文字,最后也没有成为民族命运的改写者,却不得不随着自己的民族走出山林。沙合力因为纠合山外几个无业的刑满释放人员进山来砍伐一片受国家保护的天然林被关进了监狱。索玛一次接着一次跑到别的营地与男人幽会,"她说在山上实在太寂寞了,只有男女之事才会给她带来一点儿快乐"。值得注意的是,从整个小说结构,也即百年民族的命运走向看,迟子建将小说最后收束于"安魂曲":"如果说我的这部长篇分为四个乐章的话,那么第一乐章的《清晨》是单纯清新、悠扬浪漫的;第二乐章的《正午》沉静舒缓、端庄雄浑;进入第三乐章的《黄昏》,它是急风暴雨式的,斑驳杂响,如我们正经历着的这个时代,掺杂了一缕缕的不和谐;而到了第四乐章的《尾声》,它又回到了初始的和谐与安恬,应该是一首满怀憧憬的小夜曲,或者是弥散着钟声的安魂曲。"[4]即使一个民族的"黄昏"和"现代"的侵入有着直接的关系,迟子建也没有做简单的现代或者当代中国政治归因和对举,而是把"民族"作为一个有机的生命体,坦然地接受它的生与死。

---

[4] 迟子建:《跋:从山峦到海洋》,《额尔古纳河右岸》,北京十月文艺出版社2005年版,第260页。

三

《额尔古纳河右岸》结束的小说时间，差不多是《群山之巅》小说时间的开始。辛欣来，这个陈金谷和知青刘爱娣孽恋种下的果子，一个"零余者"接续上"额尔古纳河右岸"年轻一代的气质和命运，最终他成为强奸犯，成为负罪的逃亡者，成为第一个接受注射死刑的死刑犯。如果说，小说中他的祖父辛开溜有一个暧昧的过去，那么死去的辛欣来的生命则以儿子毛边和一个肾，在曾经的天使安雪儿和有罪的陈金谷的生命里各自安顿。这是不是可以作为小说中迟子建对一个人善与恶的分叉各自生长的一个想象和隐喻？

龙盏镇是从林场发育出的小镇。所谓"有史以来"，龙盏镇只有短短的一段比共和国历史还短的"当代史"。而三十年却是剧变的三十年。"这些手工打制的屠刀，都出自王铁匠之手。如今王铁匠还活着，可他的铁匠铺早就黄摊儿了。跟铁匠铺一样消失了的，还有供给制时期的供销社、粮店，以及弹棉花和锔缸锔碗的铺子。而这些店铺，在三十年前的龙盏镇，还是名角。"作为共和国内部发育出来的小镇，也确实能够从中意识到国家和龙盏镇的各种隐秘关系，比如谁能够成为烈士，能够进烈士陵园，在烈士陵园的位置和大小等，再比如从松山到长青再到龙盏镇的官场谱系，以及政治的权威性：龙盏镇的主干路叫龙脊路，龙盏镇经济发达后，镇政府曾一度将龙脊路修为水泥路，还在山顶建了个八角亭。可是改造完成后，这里失去了太平。有会看风水的，说在龙山修水泥路，等于在龙脊上贴了一帖膏药，路不透气，龙山成了病山。唐镇长一听，赶紧想辙，恢复原貌。于是镇子不仅恢复了宁静，还比以往更兴旺，但国家威力也仅仅如此而已。政府、法院、派出所等国家机构只是因为和龙盏镇的世道人情发生了勾连，才被小说触及，也才会影响龙盏镇的日常生活。因此,在《群山之巅》中,国家对地方的影响,不是在类似阿来的《空山》、贾平凹的《古炉》、范小青的《赤脚医生万泉和》、铁凝的《笨花》、刘醒龙的《圣天门口》等那些小说中看到的,"小村庄"即"大国家",村庄政治成为当代政治的具体而微。这里面有一个问题需要提出来,中国近现代无数的村庄都是这些中国当代小说中体制完备的现代意义上的"小国"吗?还是,作家只是为了所谓政治反思和批判的方便,刻意制造了村庄"小国"?退一步说,即使"普天之下,莫非王土",作家有没有可能回避这种假想的"村庄史"?事实上,《群山之巅》提供了中国当代文学"村庄史"之外的一种文学的可能性。

龙盏镇在格罗江的下游,而距龙盏镇五十多里的驻军部队,离三村不远,也在它的下游。我们有理由相信"龙盏镇"只是迟子建为了安妥小说中辛家、陈家、安家以及和他们关系着的芸芸众生的死生与灵魂想象出来的小镇。龙盏镇不是"香格里拉",龙盏镇也不是都让人欢喜的。法警安平因为他的职业被孤立在龙盏镇之外,同样被孤立的还有辛开溜:"在龙盏镇人心目中,他是个贪生怕死、假话连篇的人","辛七杂的父亲辛开溜,在户口簿和身份证上的名字,是辛永库。他生于上个世纪二十年代,祖籍浙江萧山","关于他的履历,他自说的是一套内容,民间流传的是另一套内容。他青年时代参加过东北抗日联军,这本该辉煌的一笔,于他却是一抹伴随一生的阴云。在传说中,他做了逃兵,可他一直辩称自己是个战士,被冤枉了。人们之所以相信他做了逃兵,理由很简单,辛永库在东北光复时,娶了个日本女人,人们因之唾弃他,包括他的儿子辛七杂。没人叫他辛永库,都叫他辛开溜。'开溜'在这儿的方言中,是'逃跑'的意思"。安雪儿通灵,能卜知死亡。龙盏镇人都说安雪儿是精灵,而精灵是长不大的。辛欣来强奸了安雪儿,"等于把龙盏镇的神话给破了"。安雪儿不但长大了,而且怀了辛欣来的孩子。"他(安平)想不通,人们可以万口一声地把一个侏儒塑造成神,也可以在一夜之间,众口一词地将她打入魔鬼的行列。"自打安雪儿生下孩子,龙盏镇人见了辛七杂和辛开溜,都现出讳莫如深的笑,不知是不是该恭喜他们得了后人。可是也是这些龙盏人,五十多户邻人,联名上书至检察院,为失误害死丈夫的李素贞,请求撤案,当撤案无果,这个案件公诉至法院时,他们再次联名,说李素贞即便过失,绝无杀夫之心,请求轻判。龙盏镇人透过单尔冬的文章,第一次发现,原来印在纸上的字,也有谎言啊!他们咒骂单尔冬,也就三五天,因为很快传来消息,单尔冬中风了!他的小老婆将他送进医院,便不管不问了。人们同情他,说他遭了报应,原谅他笔下的文字了。毕竟那些应景的文字,说的也都是安大营的好。

像一个任性的孩子的图画,迟子建想象着龙盏镇居民的来途去路,想象他们如何生,如何死,爱谁,如何爱,怎么恨。"在龙盏镇,只有出了正月,才算过完年了!"不只是传统的节日,迟子建甚至任性到给龙盏镇制造出两个别样的节日——"旧货节"和"斗羊节"。在《群山之巅》,迟子建舍弃了《额尔古纳河右岸》连续的现代时间,她说"每个故事都有回忆","回忆"是极端个人的"历史",那就意味着每个故事都有属于自己的时间,就像《额尔古纳河右岸》也是"我"的"回忆"。只是这次是谁在回忆龙盏镇的人?这个人是隐匿的、不出场的。

研究《群山之巅》首先遇到的问题是:谁是小说的主要人物?不是命运最为曲折的辛开溜,不是第一个出场的辛七杂,不是龙盏镇最显赫的政治人物唐汉成——虽然"在龙盏镇,唐汉成是龙头老大"——不是革命时代的象征安玉顺,不是绣娘,不是安雪儿,不是安平和李素贞,不是小说中出场的任何一个人,但小说的任何人在某一时刻都可能成为其中一节的主要人物。芸芸众生是从龙盏镇这棵树生长出来的枝丫,比如小说的第一章《斩马刀》就属于辛七杂,小说讲他的烟斗、凸透镜、屠刀、父亲、女人、抱来的儿子和他的杀猪手艺,每一枝节都鲜活跳动着他的性情,他的不言,他的隐痛。而安雪儿满满地在小说中占据了三节,这是迟子建对自己成长和写作的一个心结的交代:"离我童年生活的小镇不远的一个山村,就有这样一个侏儒。""我曾在少年小说《热鸟》中,以她为蓝本,勾勒了一个精灵般的女孩。也许那时还年轻,我把她写得纤尘不染,有点天使化了。其实生活并不是上帝的诗篇,而是凡人的欢笑和眼泪,所以,在《群山之巅》中,我让她从云端精灵,回归滚滚红尘,弥补了这个遗憾。"[5]安雪儿是受难者,也是苦难的担当者。迟子建自己说:"生活就是这样,让我们时时与死亡遭逢,提醒我们生命是脆弱的。我们更珍惜每一个活着的日子。"[6]苏童认为迟子建:"宽容使她对生活本身充满敬意。"[7]这个"她",可以是迟子建,也可以是安雪儿,当然也是《额尔古纳河右岸》中的"我"。《群山之巅》延续了《额尔古纳河右岸》对生与死的思考。如果在《额尔古纳河右岸》中,生与死的裁决交与了自然山川万物,那么,在《群山之巅》中,生命则充满了各种偶然和意外,如辛开溜和秋山爱子、辛七杂和金素袖、安玉顺和绣娘、安平和李素贞、安大营和林大花、单尔冬和单四嫂、辛欣来和安雪儿、唐汉成和陈美珍、陈金谷和刘爱娣,甚至唐眉和陈媛,意外的爱,意外的恨,意外的遇合和流离。小说最后一句:"一世界的鹅毛大雪,谁又能听得见谁的呼唤!"《群山之巅》这么多成对出现的人,这里面隐藏着迟子建多少观察得到的人和人关系的秘密。从历史拯救小说,意味着小说中的每一个人都是一个有着自己世界的生命,而不只是历史想象中的符号。也只有在文学中才可能像迟子建这样移情和共感:"与其他长篇不同,写完《群山之巅》,我们没有如释重负之感,而是愁肠百结,仍想倾诉。""在群山之巅的龙盏镇,爱与痛的命运交响曲,罪恶与赎罪的灵魂

---

[5] 迟子建:《后记:每个故事都有回忆》,《群山之巅》,人民文学出版社2015年版,第327—328页。

[6] 迟子建:《2001年日记(1月—4月)》,《作家》2002年第1期。

[7] 苏童:《关于迟子建》,《当代作家评论》2005年第1期。

独白,开始与我度过每个写作日的黑暗与黎明!对我来说,这既是一种无言的幸福,也是一种身心的摧残。"[8]

四

当代叙事学不但区分出"作者"和"叙述者",而且细分出"作者"和"隐含作者"。"隐含作者"这一概念既涉及作者的编码又涉及读者的解码。"就编码而言,'隐含作者'就是处于某种创作状态,有着某种立场和方法的'写作的正式作者';就解码而言,'隐含作者'则是文本'隐含'的供读者推导的这一写作者的形象。"[9]我们想象,如果是一个历史著作的写作者,写作的客观性和真实性使得"作者"尽可能不去侵犯"叙述者"和"隐含作者",而小说当然也可以这样做。但事实上,具体的写作中,流动不居的"作者"和写作某部小说此刻的"隐含作者"和"叙述者",甚至期待中的读者可以取得某种观念和情绪的一致性。申丹在《叙述学与小说文体研究》中辨析了福勒在乌斯宾斯基的影响下提出的视角或眼光有三方面的含义。就我们现在讨论的问题而言,最有价值的是"心理眼光"和"意识形态眼光":

> 一是心理眼光(或称"感知眼光"),它属于视觉范畴,其涉及的主要问题是:究竟谁来担任故事事件的观察者?是作者呢,还是经历事件的人物?;二是意识形态眼光,它指的是由文本中的语言表达出来的价值或信仰体系,例如托尔斯泰的基督教信仰、奥威尔对极权主义的谴责等。福勒认为在探讨意识形态眼光时,需要考虑

---

[8] 迟子建:《后记:每个故事都有回忆》,第329页。
[9] 申丹:《叙事、文体与潜文本——重读英美经典短篇小说》,北京大学出版社2009年版,第36—37页。

的问题是:究竟谁在文本的结构中充当表达意识形态的工具?[10]

申丹认为福勒的"心理眼光","由于文本中的叙述者是故事事件的直接观察者,文本外的作者只能间接地通过叙述者起作用(况且叙述者与作者之间往往有一定的距离,不宜将两者等同起来),提叙述者显然比提作者更为合乎情理"。福勒对"意识形态眼光"的探讨不仅混淆了作者与叙述者之间的界限,而且也混淆了叙述声音与叙述眼光以及聚焦人物与非聚焦人物之间的界限。但对迟子建的《额尔古纳河右岸》和《群山之巅》这种"作者"无所不在介入写作中的文本,"作者"、"隐含作者"、"叙述者"和小说中的人物确实存在着无法分离的混合性。迟子建在写作过程中,自己其实已经是文本的一个有机部分,就像她说《额尔古纳河右岸》的写作:"小说所弥漫的那股自然而浪漫的气息已经不知不觉间深入到我心灵中了。"[11]而"我小说中的人物跟着我由山峦又回到海洋"。[12]这样看,也许把这几者界分得界限分明的小说文本能够给研究者提供比较典型的分析案例,但这不应该成为区分文本审美高下的尺度,不然对迟子建这样主观介入和代入、自由出入文本内外的作者是不公平的。

究竟谁在文本的结构中充当表达意识形态的工具?其实,对迟子建而言,不是冰冷的"工具",是活生生有温度有悲欣的人。谁充当?在第三人称的《群山之巅》并不是问题。"作者"、"隐含作者"和"叙述者"可以没有任何阻隔地成为一个"合体"。一方面,"故乡对迟子建而言,可谓恩重如山"。[13]《额尔古纳河右岸》和《群山之巅》都有着迟子建

---

10 申丹:《叙述学与小说文体研究》,北京大学出版社2004年版,第204—205页。
11 迟子建:《跋:从山峦到海洋》,第258—259页。
12 同上,第257页。
13 蒋子丹:《当悲的水流经慈的河——〈世界上所有的夜晚〉及其他》,《当代作家评论》2006年第1期。

自《北极村童话》以来成长记忆中故乡山川风景人事的影子；另一方面，也许更重要的是，2002年5月，迟子建的丈夫因车祸去世。对迟子建而言，这是"与生命等长的伤痛记忆"。在《额尔古纳河右岸》和《群山之巅》的后记中，迟子建难掩这种"爱人不在"的伤痛。"爱人不在了的这十二年来，每到隆冬和盛夏时节，我依然会回到给我带来美好，也带来伤痛的故乡，那里还有我挚爱的亲人，还有我无比钟情的大自然！社会变革过程中产生的各类新规，在故乡施行所引起的震荡，我都能深切感受到。"[14]经此创痛，和之前相比，迟子建多了"沧桑感"。这种"沧桑感"在迟子建刚刚经历失去爱人的痛苦后，体现在小说里的是一种"与温馨的北极村童话里绝然不同的，粗粝，黯淡，艰苦，残酷，完全可以称得上绝望的生活"，一直到她写作《世界上所有的夜晚》，迟子建开始具有"将自己融入人间万象的情怀"，和大众之间的阶层阻隔和心灵隔膜被打破和拆除。迟子建"凭直觉寻找他们，并与之结成天然的同盟"。[15]与《世界上所有的夜晚》写作同时完成的就是《额尔古纳河右岸》，蒋子丹认为此时的迟子建"对个人伤痛的超越，使透心的血脉得与人物融会贯通，形成一种共同的担当"。[16]正是这种"共同的担当"使得《额尔古纳河右岸》，以及十年后的《群山之巅》都是"有我""有迟子建"的写作，迟子建将自己的心血浇灌到小说中。和历史著作不同，小说臧否人物，表达对人物的喜爱和厌弃，可以是感性的，情感的，心有戚戚焉的。《群山之巅》有许多这样的段落："绣娘如今骑乘的马，是匹银鬃银尾的白马。它奔跑起来，就像一道闪电划过大地。绣娘喜欢它，也是因为人到老年，苍凉四起，这世上的黑暗渐入心底，她希望白马那月光似的尾巴，能做扫帚，将这黑暗一扫而空。""绣娘看着安雪儿，就像看见了雪山，打了

---

14 迟子建：《后记：每个故事都有回忆》，第326页。
15 蒋子丹：《当悲的水流经慈的河——〈世界上所有的夜晚〉及其他》。
16 同上。

个寒战。""安平没有追捕到辛欣来,却看见老鹰追捕上了兔子,蛇吞下了地老鼠,小鸟围歼着虫子,蚂蚁啃噬着松树皮,蜜蜂侵入野花的心房,贪婪地吸吮着花粉。万物之间也有残杀,不过这一切都静悄悄地发生着,有的甚至以美好的名义。"辛七杂去看金素袖,"辛七杂确信王秀满真的跟着去了,因为金素袖跟他打过招呼,他反身去拿油壶时,发现摩托车后轮的车圈里夹着一支野百合"。"辛七杂来的路上,经过一片开满野花的草地,知道王秀满喜欢花儿,特意岔过去,骑了一段,请她赏花,不承想车圈竟夹了一支她至爱的花儿!这火红的野百合,让辛七杂想起多年前王秀满找他的情景,想起他们的初夜,他心惊肉跳,羞愧不已,没敢多停留,打满油后,赶紧离开油坊。"安大营拯救林大花,"那个狭窄的逃生窗口,是他们命运的隘口,它把一个姑娘送到生的此岸,却束缚了一个男人伟岸的身躯,将他留在死亡的彼岸,让他成为深渊中的一条鱼"。《群山之巅》除了安雪儿,倾注迟子建最多爱和怜惜的是辛开溜。她写辛开溜的墓地,是黄狗爱子选的,靠近一条小溪。辛开溜的灵车到达龙盏镇时,爱子在北口迎接,呜呜哀叫,它在西山刨的墓穴,澡盆那般大,印满花形爪印。

而在第一人称叙述的《额尔古纳河右岸》,小说提示"我是个不擅长说故事的女人,但在这个时刻,听着唰唰的雨声,看着跳动的火光,我特别想跟谁说说话。达吉亚娜走了,西班走了,柳莎和马克西姆走了,我的故事说给谁听呢?安草儿自己不爱说话,也不爱听别人说话。那么就让雨和火来听我的故事吧,我知道这对冤家跟人一样,也长着耳朵呢"。雨和火这对冤家听厌了"我"上午的唠叨,"就让安草儿拿进希楞柱的桦皮篓的东西来听吧","就让狍皮袜子、花手帕、小酒壶、鹿骨项链和鹿铃来接着听这个故事吧"!黄昏时,"我"对刚到"我"身边的紫菊花说,一天就要过去了。天已黑了,"我"的故事也快讲完了。"一天"是小说设定的讲述故事的时间。"我"这个独语者,仅仅是叙述者"我"

吗?一个一辈子没有走出过山林的叙述者"我",如何获得如此准确和富有逻辑性的现代时间?而且,"我"极其擅长讲故事,比如对每一个时与事,除了极个别的时间,《额尔古纳河右岸》中几乎所有的"现代时间"都没有附着"现代大的历史事件",比如1957年,这个中国当代文学的"重要时间",在小说中只是"1957年的时候,林业工人进驻山里了"。而像1945年和1950年,"大历史"和"小历史"则是并置的。1945年的8月上旬,苏军的飞机出现在空中。那年秋天,伪满洲国灭亡了,它的皇帝被押送到苏联去了。妮浩在这年秋末的时候生下一个男孩,取名为耶尔尼斯涅。1950年,也就是新中国成立后的第二年,乌启罗夫成立了供销合作社。这年的夏天,拉吉米在乌启罗夫捡回了一个女孩。一面获得清晰的现代时间,一面又避开附着在时间之上的"历史事件",这样精到的故事术显然不是"不擅长说故事的女人"所能胜任的。在小说的后记中,迟子建说:"澳大利亚土著人面对越来越繁华和陌生的世界,曾是这片土地主人的他们,成了现代世界的'边缘人',成了要接受救济和灵魂拯救的一群!我深深理解他们内心的哀愁和孤独!"[17]因此,同样的哀愁和孤独感,"共同的担当"使得迟子建不惜在有些研究者看来有悖文学常识地将"作者""隐含作者"附体于"叙述者",让叙述者承担她所不能胜任的故事讲述。应该说,迟子建是意识到这样做的冒险,一旦"作者""隐含作者"无法和叙述者重叠,"作者"和"隐含作者"就将抽身而出,比如小说写瓦罗加建议把达吉亚娜送去上学。"在上学的问题上,我和瓦罗加意见不一。他认为孩子应该到学堂学习,而我认为孩子在山里认得各种植物动物,懂得与它们相处,看得出风霜雨雪变幻的征兆,也是学习。我始终不能相信从书本上能学来一个光明的世界、幸福的世界。但瓦罗加说有了知识的人,才会有眼界看到这世界的光明。"

---

[17] 迟子建:《跋:从山峦到海洋》,第255页。

但至少小说的"文明观",比如"我"认为"我们与数以万计的伐木人比起来,就是轻轻掠过水面的几只蜻蜓,森林之河遭受了污染,怎么可能是因为几只蜻蜓掠过呢?"是和小说的"隐含作者"重合的。而"隐含作者"的意识形态则来自"作者",迟子建说过:"我对人类文明的进程总是心怀警惕。文明有时候是个隐形杀手。"[18]她在许多散文里直接表达了与生俱来的对自然、对文明的理解:

> 童年给我印象最深的就是渔汛,它几乎年年出现。人们守着江张网捕鱼,总是收获很大。我幼时就曾把鱼子当饭吃。然而到了八十年代初期,黑龙江的鱼就有些贫乏了,……进入九十年代,随着森林植被的破坏和人们的疯狂捕捞,黑龙江的鱼寥若晨星,少得可怜,渔汛几乎销声匿迹了。那条江仿佛一个已经到了垂暮之年而丧失了生育能力的女人,给人一种干瘪苍老的感觉。居住在岸边的人们不由得顿生惆怅:鱼群去哪里了?[19]

> 我崇尚自然,大概这与我生长在大兴安岭有关。人类最初是带着自然的面貌出现的,那种没有房屋的原始生活现在看来并不是愚昧和野蛮,而高科技时代所产生的一切尖端技术也并没有把人类带入真正的文明。相反地,现代文明正在渐渐消解和吞食那股原始的纯净之气、勇武之气。[20]

> 过度的开发是否是对后代犯罪?我想高涨的物质生活是走向毁灭的根源。在刀耕火种的年代,人们没有电灯、没有汽车,不需要

---

18 迟子建:《晚风中眺望彼岸》,《北方的盐》,江苏文艺出版社2006年版,第242页。
19 迟子建:《祭奠鱼群》,《我对黑暗的柔情》,江苏文艺出版社2010年版,第41页。
20 迟子建:《把哭声放轻些》,《北方的盐》,第196—197页。

开采煤炭和石油资源。人们住着简陋的小屋子，就不需要砍伐大量的树木。那时候的山是青的，水是清澈的，空气是洁净的……穷人的森林似乎只是富人后花园中的林木，只要他们需要，随时都可以攫取，而我们却为了一点食物，怀着感恩的心理将其拱手奉上。[21]

所以，迟子建说："我怀念上个世纪故乡的飞雪和溪流。"[22] 所以，《群山之巅》的唐汉成喜欢龙盏镇的自然环境，不愿它有任何的开发，甚至用一匹马在旧货节和辛开溜换一篮子煤。只有文学可以容忍作者如此的偏执和任性。迟子建让我们意识到历史和文学清晰的界限。

迟子建回忆自己《群山之巅》的写作："我躺在床上静养的时候，看着窗外晴朗的天，心想世上有这么温暖的阳光，为什么我的世界却总遇霜雪？无比伤感。想想小说中那些卑微的人物，怀揣着各自不同的伤残的心，却要努力活出人的样子，多么不易！"[23] 迟子建的小说里出现的几乎都是卑微的人物。"庶民能不能开口说话？"这在历史写作中或许是一个问题，但对于文学而言却不是问题。像迟子建，可以凭借"共同的担当"让文学疏浚"庶民"开口说话的通道，也只有文学的殿堂可以容纳这么多的"卑微者"和"无名者"。对迟子建来说，不但要解放这些卑微者，而且要让他们成为她的文学中有光芒的人。迟子建在弗拉基米尔城边的一座教堂里被一位裹着头巾、安静地打扫着凝结在祭坛下面的烛油的老妇人打动，她用但丁《神曲》中的诗句"无比宽宏的天恩啊，由于你/我才胆敢长久仰望那永恒的光明/直到我的眼力在那上面耗尽"来写那"光明于低头的一瞬"。"那个扫烛油的老妇人，也许看到了这永恒的光明，所以她的劳作是安然的。而我从她身上，看到了另一种永恒的光

21　迟子建：《2001年日记（1月—4月）》。
22　迟子建：《上个世界的飞雪和溪流》，《我对黑暗的柔情》，第41页。
23　迟子建：《后记：每个故事都有回忆》，第329页。

明。"[24]和对自然的崇尚一样,对人的理解,迟子建也有着自己一以贯之的"意识形态"。"我的故乡因为遥远而人迹罕至,它容纳了太多的神话和传说。所以在我记忆中的房屋、牛栏、猪舍、菜园、坟茔、山川河流、日月星辰等等,无一不沾染了它们的色彩和气韵。我笔下的人物显然也无法逃脱它们的笼罩。我所理解的活生生的人都不是平常所指的按现实规律生活的人,而是被神灵之光包围的人。"[25] "我太喜欢有个性的生命了,因为他们周身散发着神性光辉。"[26] "神性光辉"在《额尔古纳河右岸》自然是萨满妮浩的自我牺牲,更是无法和神灵交接的普通人生命的庄严和壮丽。达西和猎鹰与狼搏斗被狼咬死吃掉;男女性爱"制造出风声的激情"。因为爱,金得、达西、杰芙琳娜和"我"的母亲达玛拉都是《额尔古纳河右岸》里有个性的生命。金得不娶女人,也不跟那个歪嘴姑娘住在一座希楞柱;拒绝婚姻上吊而死,"金得很善良,他虽然想吊死,但他不想害了一棵生机勃勃的树,所以才选择了一棵枯树"。同样善良的达西娶了金得的歪嘴姑娘杰芙琳娜,自从打折了一条腿回来后,一直郁郁寡欢的。他不能像以前一样出去打猎了,只能和女人们一起做活计。他选择用猎枪使自己成为自己最后的猎物。可怜的杰芙琳娜,当她看到达西血淋淋的头颅时,深深地跪了下去,把它当作一颗被狂风吹落的果实,满怀怜爱地抱在怀里亲吻着。达西脸上的血迹是她用舌头一点一点温柔地舔舐干净的。她舔完他脸上的血迹后,趁"我们"为达西净身换衣服的时候溜到林中,采了毒蘑吃下,为达西殉情了。一直压抑着对尼都萨满的感情无法表达的母亲,在鲁尼和妮浩的婚礼上一出场就展现了令人惊叹的美丽:"她以前佝偻着腰,弯曲着脖子,像个罪人,把脑袋深深地埋在怀里。可是那一瞬间的达玛拉却高昂着头,腰板挺直,眼睛明亮,

---

24 迟子建:《光明于低头的一瞬》,《我对黑暗的柔情》,第115—116页。
25 迟子建:《谁饮天河之水》,《北方的盐》,第238页。
26 迟子建:《晚风中眺望彼岸》,第244页。

我们以为看见了另外一个人。与其说她穿着羽毛裙子,不如说她的身下缀着一片秋天,那些颜色仿佛经过了风霜的洗礼,五彩斑斓的。""与母亲在鲁尼婚礼上的舞蹈一样,那也是尼都萨满的最后一次舞蹈。""他时而仰天大笑着,时而低头沉吟。当他靠近火塘时,我看到了他腰间吊着的烟口袋,那是母亲为他缝制的。他不像平时看上去那么老迈,他的腰奇迹般地直起来了,他使神鼓发出激越的鼓点,他的双足也是那么的轻灵,我很难相信,一个人在舞蹈中变成另外一种姿态。他看上去是那么的充满活力,就像我年幼时候看到的尼都萨满。"所以,小说写当安道尔啼哭着来到这个冰雪世界时,"我"从希楞柱的尖顶看见了一颗很亮的发出蓝光的星星,"我"相信,那是尼都萨满发出的光芒。

小说家苏童"很惊讶地发现迟子建隐匿在小说背后的形象",他说"一支温度适宜的气温表常年挂在迟子建心中","迟子建的小说构想几乎不依赖于故事,很大程度上它是由个人的内心感受折叠而来"。[27]研究一个作家的小说,不只是要关注作者的"意识形态",而且要关心作者的"个人的内心感觉",关心他们的"个人的内心感觉"如何化解弥漫在文本。或许,只有"不同的内心感觉"才是区分作家的审美风貌的最有效的尺度,也是最能识别历史和小说标准的不同。诸多"个人的内心感觉"中,迟子建最引人注目的可能是"哀愁"。她曾经写过:"哀愁如潮水一样渐渐回落了。没了哀愁,人们连梦想也没有了。"[28]迟子建认为:"在这样的时代,我们似乎已经不会哀愁了。密集的生活挤压了我们的梦想,求新的狗把我们追得疲于奔逃。我们实现了物质的梦想,获得了令人眩晕的所谓精神享受,可我们的心却像一枚在秋风中飘荡的果子,渐渐失去了水分和甜香气,干涩了,萎缩了。我们因为盲从而陷入精神的困境,

---

27 苏童:《关于迟子建》。
28 迟子建:《是谁扼杀了哀愁》,《我对黑暗的柔情》,第202页。

丧失了自我,把自己囚禁在牢笼里,捆绑在尸床上,那种散发着哀愁之气的艺术的生活已经别我们而去了。"[29] 显然,在迟子建的理解中,"哀愁"只能在逝去的、失去的和过去的黄金时代里。因此,和"哀愁"相关,迟子建对消失的时间有尖锐的疼痛感。她写道:"去年在故乡,正月初一,我从弟弟家过完除夕回到自己的家门,见陈设还是过去的陈设,杜鹃依然如往年一样怒放着,而窗外的雪山和草滩也一如既往地沐浴着冬日清冷的阳光,这物是人非的场景让我觉得分外苍凉。"[30] "但日子永远都是:过去了的就成为回忆。"[31] 从意识到"丧失"到"回忆"("怀旧")是一个自然的心理反应。面对这样的心理过程,迟子建不是简单地沉湎其中,可贵的是她对哀愁、忧伤等有着自我意识、反思和控制的能力。"我常常沉湎于一种又一种的故事的设想。所有设想的结果都令我忧伤。我察觉出自己有时是在有意无意地制造忧伤,并且从中感受到一种畸形的美丽。这种东西一旦成为一种习惯,就跟习惯性流感一样可怕。"[32] 从美学的角度看,迟子建的小说有一种她所说的"伤怀之美"。"伤怀之美为何能够打动人心?只因为它浸入了一种宗教情怀。一种神圣的不可侵犯的忧伤之美,是一个帝国的所有黄金和宝石都难以取代的。我相信每一个富有宗教情怀的人都遇到过伤怀之美,而且我也深信那会是人一生中为数不多的几次珍贵片段,能成为人永久回忆的美。"[33] 迟子建是中国当代少有的将"哀愁"、"忧伤"和"伤怀"发展成一种日常生活的态度和美学的作家。迟子建在中国当代小说的意义在于:她不只是揭开宏大历史的层层掩埋,捡拾历史的碎片,拼凑出"复线的历史",而是以一己的肉身

---

29 迟子建:《是谁扼杀了哀愁》,第203—204页。
30 迟子建:《一只惊天动地的虫子》,《我对黑暗的柔情》,第18页。
31 迟子建:《撕日历的日子》,《我对黑暗的柔情》,第37页。
32 迟子建:《昨日花束纷纷》,《北方的盐》,第178页。
33 迟子建:《伤怀之美》,《我的世界下雪了》,山东画报出版社2005年版,第137页。

之躯和或大或小的历史相遇，去探摸历史的晦暗，用个人的内心感觉折叠最细微的人的内心欣悦和叹惜，将心比心，意识到自身的局限、哀愁、伤怀，也拓殖生命和文学的辽阔。

重提困难的写作，
兼及超级现实主义小说的可能
——以李洱《花腔》《应物兄》为例

一

李洱说："这个时代的写作是一种困难的写作。"[1]说这句话的时间，是二十几年前的1999年。如果把困难理解为面对剧变期的中国，文学的限度和无力感，"困难的写作"可能是李洱同时代大多数写作者的感受和处境。一个有自我期许的写作者在这个时代写作，自然会放缓写作速度，减少写作产出。写作三十年，李洱发表的也就二百多万字。算上《应物兄》写废了的字数，满打满算三百多万字。参照上海文艺出版社的"李洱作品系列"、超星期刊等电子资源库和以李洱为研究对象做学位论文的邵部所提供的李洱创作年表，我阅读了李洱公开发表的几乎全部文字。绝大多数的小说都读过两三遍，甚至像《导师死了》《葬礼》《午后的诗学》《遗忘》《光与影》《花腔》《石榴树上结樱桃》《应物兄》等都做过详细的阅读笔记，但及至动笔去评论李洱的小说，总觉得头绪甚多，难以尽言。

说老实话，以李洱的世界文学视野和好辩雄辩的癖好，最适合谈论

---

[1] 李洱:《关于〈遗忘〉》,《大家》1999年第4期。

"小说家"李洱的可能是"批评家"李洱。而其小说集纳着多重反思性和对话性的叙事声音,某种程度上也是小说家李洱和批评家李洱的左右互搏。因此,这篇所谓的"李洱论"是一个不断收缩、做减法的结果。先是以《花腔》以后的写作时间设限,减去李洱1990年代写作的"青年期";接着考虑到《花腔》以后,李洱的中短篇小说并不多,从文体同一性的角度,保留《花腔》《石榴树上结樱桃》《应物兄》三部长篇小说;最后——考虑李洱自己都说过"我原来计划,这辈子只写三部长篇,一部关于历史的,一部关于现实的,还有一部关于未来,《花腔》是计划中的第一部,《石榴树上结樱桃》是在准备第二部长篇时,临时插进去的"[2]——只剩下了《花腔》和《应物兄》。也不仅仅因为《石榴树上结樱桃》是临时插进去的。事实上,《石榴树上结樱桃》反思以计划生育和基层选举为中心的当下乡村政治,需要放在中国乡村现代性和中国乡土文学史上认真辨识。严格来讲,李洱的小说并不专事知识人世界,从题材的角度,多有旁逸斜出,但《石榴树上结樱桃》以"世界话语"写"中国乡村事",需要专门的议题来讨论。

《花腔》和《应物兄》可以视作一部长篇小说论之。而且,在我想象中,那部计划中关于未来的长篇小说,最终也可能成为《花腔》《应物兄》的"精神的盟友"。《花腔》前有"卷首语",当然,我们也可以把这个"卷首语"理解成小说家李洱要的"花腔"。这篇"卷首语"说,医生白圣韬、人犯赵耀庆以及著名法学家范继槐的讲述构成了《花腔》的"正文",而冰莹女士、宗布先生、黄炎先生、孔繁泰先生,以及外国友人安东尼先生、埃利斯先生、毕尔牧师、费朗先生、川井先生等人的文章和言谈则作为《花腔》的"副本",是对白圣韬等人所述内容的补充和

---

[2] 李洱、魏天真:《"倾听到世界的心跳"》,李洱:《问答录》,上海文艺出版社2013年版,第209页。

说明。而《应物兄》有一个官学集于一身的重要人物葛道宏，小说第116页写道：

> 他（应物兄）还看到了葛道宏的自传《我走来》，灰色硬皮，精装，很薄，薄得好像只剩下皮了。费鸣曾问他看过没有，并向他透露了一个秘密：葛校长不姓葛，姓贺。"他是为了纪念外公，才改姓葛的。他的外公可是赫赫有名。"费鸣说，"瞿秋白的密友，与鲁迅有过交往，也写过诗。据说最有名的诗叫《谁曾经是我》，您听说过吗？"
> 葛任先生的外孙？我不仅知道葛任先生那首诗，而且知道那首诗的原题叫《蚕豆花》。蚕豆是葛任养女的乳名。难道葛道宏是蚕豆的儿子？

这一段，讲葛氏的血缘，第133页借小乔之口讲思想渊源：

> 小乔说："我理解了，您的思想正是对葛任思想的继承和发展。"
> 葛道宏感慨道："小乔，你能看出这一点，我很欣慰。当然了，年代不同了，与葛任相比，我肯定有变化，葛氏一脉，前赴后继。"
> 小乔说："我以前只知道葛校长出身名门。葛任先生的著作，能找到的我都读了。在中国现代史上，他是真正有原创思想的人。我以前只是朦胧地感觉到，您与葛任先生有联系，没想到您竟是他的后人。"

小说第221页提到汪居常主持的研究所要主办一个关于葛任先生的小型研讨会。更重要的是第473页借邓林之口讲述了巴士底病毒和葛任及养女蚕豆的身世遭遇：

邓林说："老师们肯定知道葛任先生。葛任先生的女儿，准确地说是养女，名叫蚕豆。葛任先生写过一首诗《蚕豆花》，就是献给女儿的。葛任先生的岳父名叫胡安，他在法国的时候，曾在巴士底狱门口捡了一条狗，后来把它带回了中国。这条狗就叫巴士底。它的后代也叫巴士底。巴士底身上带有一种病毒，就叫巴士底病毒，染上这种病毒，人会发烧，脸颊绯红。蚕豆就被传染过这种病毒，差点死掉。传染了蚕豆的那条巴士底，后来被人煮了吃了，它的腿骨成了蚕豆的玩具，腿骨细小，光溜，就像一杆烟枪。如果蚕豆当时死了，葛任可能就不会写《蚕豆花》了。正因为写了《蚕豆花》，他后来在逃亡途中才暴露了自己的身份，被日本人杀害了。而葛任之死，实在是国际共运史上的一个重要事件。"

这些散落在《应物兄》中的"葛任往事"，都可以，也需要依靠《花腔》作为副本来解释。换句话说，我说《花腔》和《应物兄》其实是一部长篇小说，即这部小说由正文"@《应物兄》"和副本"&《花腔》"构成。当然，仅仅从皮相上看，《应物兄》嵌入的"葛任往事"貌似李洱惯用的炫技或者闲笔，像《应物兄》随手拈来就勾连的小说人物和俞平伯、启功、李政道、汪曾祺等近代文化达人的交往。但葛任不同。即便被指认为"托派"，葛任牺牲在1942年的二里岗，他是民族英雄。但问题是，他在此役中并没有牺牲，而且没有隐姓埋名地"苟活"在世界上。葛任成为将《蚕豆花》改写成《谁曾经是我》的、一个自我反思的"个人"，而且是一个发声者。这个棘手的问题人物自然也成为诸种权力争夺的"葛任"。这里隐含的悖谬是，已经变身成为政治人的葛任能否再逆生长为"个人"？又能否成为"一朵个体存在的秘密之花"？

小说《花腔》中，各色人等奔赴葛任现身的大荒山，除了意图不明的宗布，白圣韬、范继槐和赵耀庆等都是带着各自的"模具"，要将葛任重新回炉塑造为"葛任"。白圣韬、范继槐和赵耀庆,包括最早抵达的杨凤良和中途加入的川井,都不是和葛任无关的人。他们或多或少都和葛任的青埔镇、杭州、日本、苏联、大荒山等生命阶段有交集,有的甚至和葛任有着深厚的个人友情。也是因为如此,白圣韬才隐匿了组织的密令。即便如此,《花腔》最后,葛任还是没有能够保全生命实现成为"个人"的理想。在诸种权力控制的传媒叙述中,葛任还是"葛任"。不仅如此,葛任在《应物兄》所写的1980年代之后的中国继续被征用和改造,以迎合时代的需要。这个革命时代的边缘人和个人主义者被捏合到宏大的时代洪流。荒诞的是,《花腔》以如此庞杂的正文和副本证明葛任作为边缘人和个人主义者的独特存在,最终又被《应物兄》的东鳞西爪、道听途说的逸事所消解。

二

《花腔》别致的形式从小说发表开始就被研究界注意到。我们会想当然地认为,类似这种"@正文"加"&副本"的文本衍生和增殖多见于现代主义文学,比如孙甘露的小说,因而容易被视作先锋文学标配的"形式的伎俩"。其实,它不限于现代主义文学,李洱经常谈论的纪德和托马斯·曼等的小说也都用到过,中国作家贾平凹、莫言、阎连科的长篇小说许多都有正文和副本,像贾平凹的《秦腔》《带灯》《老生》等等。《花腔》副本的引文主要出处包括和葛任乘同一艘邮轮去日本留学的黄炎的《百年梦回》,葛任幼年伙伴和革命同路人田汗的《田汗自传》(朱旭东整理)、安东尼·斯威特的《混乱时代的绝色》、在青埔镇传教的毕尔牧师和埃利斯牧师合著的《东方的盛典》、小红女的《雪泥鸿爪》、费朗文集《无尽的谈话》收录的孔繁泰的《俄苏的冬天》以及黄济世的《半生缘》等,除此之外还夹杂了叙述者"我",亦即蚕豆之子的走访和调查。《花腔》正文由白圣韬、赵耀庆和范继槐的讲述构成，三次讲述分别在1943年、1970年和2000年，讲述者的听众也都不相同。值得注意的是，对三个讲述者而言，葛任都关联着各自的利益、命运和社会评价等。因而，讲述者都是"不可靠的叙述者"。"不可靠的叙述者有时会对读者隐瞒关键的信息，而且就像通常情况一样，叙述者也并不一定了解事实的真相，或者没法理解其中的意义。"[3]《花腔》副本某种程度上是对正文"不可靠的叙述者"的对勘和质证，如果读者事先并不清楚副本引文出处的书籍和文章都是"伪作"，自然会选择信任《花腔》中凌驾于三个讲述者之上的"超级叙述者"。

如果对李洱的个人写作史有所了解，就会知道，李洱早期的小说很少有这种"形式的伎俩"。即便是《花腔》，如其所言，也预先经过了《遗忘》的试验。关于《遗忘》，李洱认为："是我至今写得最艰难的作品，一部七万字的作品，竟然写了四个月。在四个月的时间里，我埋首于各种典籍、注释之中，犹如承受着一种酷刑。"[4]《遗忘》让我们见识了话语巨大的自我繁殖能力。这种繁殖能力不但体现在对浩瀚的故纸堆的爬梳，而且，当下知识生产对于已经纠结缠绕的话语并不是试图理顺，反而征用旧话语服务于当代的需要。

如果对当代中国史有记忆，会发现《遗忘》里"我"在博士论文借典籍证明导师侯后毅是夷羿转世，借辨伪来制造新的伪证，其实不是小说家的向壁虚造，而是真正的"现实"。《遗忘》写嫦娥神话在当下大学权力关系中的复活和增生，以至于演变成神话和现实错置多角性角逐的狗血故事。它不是故事新编，而是"由身份的多变和各自悖谬所带来的混乱"——"个人的真实性被置于了脑后，但被置于脑后的事实，确实又是

---

[3] 罗伯特·弗尔福德著，李磊译：《叙事的胜利》，南京大学出版社2020年版，第136页。
[4] 李洱：《关于〈遗忘〉》。

个人的真实性所存在的疆域……"⁵ 但《遗忘》获得的是一种想象的小说真实，即便文本内部的逻辑自洽没有问题，也很容易被经过现代科学启蒙的读者识破，这是一个不可能的故事的无中生有，一个"现代神话"。和《遗忘》相比，《花腔》是一个"可能"的故事。

应该意识到《遗忘》和《花腔》的出场时刻，正是世纪之交的媒介革命之时。和媒介革命关联的是1990年代的全球化、都市化和市场化，它们协同发生的作用对整个社会结构、思想文化和文学创作带来影响，这也就是李洱所谓"困难的写作"发生的时代。李洱的成名作《导师死了》发表的1993年，正是知识界发起"人文精神"讨论的时候。"人文精神"讨论发起者一开始批判锋芒所指的，正是市场化背景下的"媚俗"。"媚俗"在文学上的一个重要症候是李洱所说的，"对当代生活，尤其是城市生活，进入到浮世绘式的描述"。如果有心检索一下1990年代批评界对这种文学症候的反应，都市生活浮世绘式的描述往往被视作文学新潮而积极肯定，而李洱则意识到这"是一种沉迷其中的描述，是一种渴望着被同化"的危险，自觉的、警醒的作者是会做出必要的调整的，"对这样一种新的专制进行反思性的书写，对个人存在的真实性所面临的威胁的反思性书写"。⁶ 这种"反思性书写"，李洱举莫言的《檀香刑》、格非的《人面桃花》和毕飞宇的《玉米》作为例子，"强调小说的叙事资源问题"，这些小说家用"一种拟古式的文体，造成一种疏离感，以此来对大众传媒所代表的语言、文化、意识形态，进行个人的抗争"，"他们顽强地拒绝被同化"。我们注意下李洱提及的这几部小说出版或发表的时间，《檀香刑》《玉米》是2001年，《人面桃花》是2004年，而《花腔》发表于2001年《花城》第6期。它们是同一时期的作品，但李洱认

---

5 李洱：《〈遗忘〉后记》，《问答录》，第266页。
6 李洱：《传媒时代的小说》，《问答录》，第400页。

为自己的写作是和莫言、格非、毕飞宇等不同的"另外一种调整","在虚构的形式上,在文本结构的编排上,吸收大众传媒,尤其是电子媒介的一些重要元素"。这种方式,李洱描述为"是非线性的,有许多可能性加进来,四处蔓延,形成一种新型的、更为复杂的文本结构"。[7]李洱写作《花腔》的时候也许没有想到,"因为百度和谷歌等搜索引擎的广泛使用","我们对这样一种描述已经见怪不怪了"。[8]因此,《花腔》可以理解为对"困难的写作"一种突围和突破。

事实上,《花腔》的"@正文"加"&副本"的文本结构是一种"超文本"写作。《花腔》之前,1980年代中后期"超文本"的概念就在图书情报和计算机技术领域被引入中国。1990年第5期《世界研究与开发报导》就发表过C.波格曼、B.亨斯特尔和波碧等的《"超文本"程序的由来及现状》,文章对"超文本"的定义是:"超文本就是比较容易地把各类文本数据单元互相联系起来的一种文本(或一项方法)。超文本中的各种文本数据单元在连接起来后,就形成了数据丛或结点(可能是堆栈)。结点与连接都可以被赋予种种属性。当图形、视频数据或数字化声音被纳入超文本时,超文本就变成了所谓'超媒介'。"该文指出,超文本发展史上的一个里程碑是在六十年代,"特德·尼尔逊(他并不是计算理论的专家而是英语和文学方面的专家)把'memex'这个术语重新命名为'超文本'(hyper text),并定义它为非顺序性文字"。就在李洱发表《遗忘》的同一年,雷默在《微电脑世界》1999年第6期发表《电脑时代的超文本作家》,刘恪在《青年文学》1999年第12期发表《关于超文本诗学》。刘恪不但梳理了"超文本"的世界文学谱系,而且指出:"在新一代作者那儿,李冯的《另一种声音》、何大草的《衣冠似雪》分别戏

7　李洱:《传媒时代的小说》,第402页。
8　同上。

拟《西游记》和秦始皇，重点是一种题材上的反讽。李大卫的《出手如梦》便显示出一种超文本的综合性建构。国内于1998年公开提出跨文体写作，成为《山花》《莽原》《大家》《青年文学》等刊不约而同的一次文学行为，形成了国内超文本写作的一次浪潮。"[9]黄鸣奋是国内较早对"超文本"做出深入研究的学者，在他看来，超文本"多线性"与"非线性"的特点，都是链接的设置造成的。所谓"超文本"指的是相互链接的数据。"虽然在印刷媒体中存在其前身（如百科全书中相互参见的辞条），但当代意义上的超文本是伴随着电子出版而繁荣起来的。"[10]研究印刷媒体中存在的"超文本"，《遗忘》和《花腔》都是合适的样本。

《遗忘》之"本事"内外，《花腔》之正文和副本都可以理解为"文本数据单元"，经由小说家李洱的人为设置成为"数据丛或结点"，也就是小说的叙事单元。而且，《遗忘》包含了图片的"超媒介"。李洱的文学观里，"小说叙事的变革从来都是对社会变化的回应，对人物形象的刻画自然也应该作如是观"。[11]值得注意的是，文学领域的"超文本"写作从开始提出就被质疑。有研究者认为："在网络日渐普及的今天，我们是否应该重新强调历史感、强调线性阅读？在以互联网为标志的现代通信技术一路高歌猛进的时候，我们是不是应该提出一种新的保守主义对之加以遏制，或者至少应该保持一份警惕呢？"[12]应该说，李洱是有一份警惕的。针对《花腔》，他曾经说过："对小说来讲，还是应该有一个基本的结构，有一个整体的叙事框架。不然，关联性也好，互文性也好，也就无从谈起。或者说，你关联来关联去，应该关联出来一个结构，关联出来一个具有线性特

9　刘恪：《乱花迷眼方是春——国际超文本写作探究》，《山花》2000年第9期。
10　黄鸣奋：《超文本探秘》，《文艺理论研究》2000年第6期。
11　李洱：《小说内外》，《问答录》，第285页。
12　严锋、宋炳辉：《关于网络的超文本、交互性与人性的对话》，《南方文坛》2002年第2期。

征的故事。而且关联性和互文性,也不应该过多地影响小说的流畅感。"[13]
在《花腔》中,存在操控正文和副本的"超级叙述者",且预设了建构革命者葛任的"个人"形象的整体性叙事框架,从而有效地保证了貌似杂乱的"多线性"与"非线性"获得有机性和结构感。一定意义上,"多线性"与"非线性"的"超文本"写作对小说家的建构能力是一种考验。

三

在《花腔》《应物兄》中,叙事者首先是一个具有反思能力的人。

以《应物兄》为例,"大学"是通向我们时代的一个微小切口,知识界或者大学生活自然是《应物兄》着力书写的内容。作为一部秉持了现实主义精神的长篇小说,《应物兄》对于围绕着"太和"儒学研究院各方面的博弈以及沉渣泛起,坚守了现实主义的批判立场,但就像《应物兄》封面的星空图所示,《应物兄》在"大学"这个脉络上最大的贡献是对现代大学图谱的绘制以及大学精神的打捞和确证。《花腔》和《应物兄》共享着同一个中国近现代知识分子图谱。如果我们粗略地划分下中国近现代知识分子的代际,从晚清民初到改革开放时代,大概有四代和历史转型相关的知识分子群体,可以参照下面表格:

现代知识分子精神代际	《花腔》		《应物兄》	
	历史/小说人物	小说人物	历史/小说人物	小说人物
晚清民初一代	康有为、谭嗣同、邹容	宗布、葛存道	梁启超、谭嗣同	

---

13 李洱、梁鸿:《"日常生活"的诗学命名与建构》,《渤海大学学报(哲学社会科学版)》2008年第3期。

（续表）

现代知识分子精神代际	《花腔》		《应物兄》	
	历史/小说人物	小说人物	历史/小说人物	小说人物
五四一代	陈独秀、李大钊、鲁迅	葛任、白圣韬、胡冰莹、范继槐、黄炎、孔繁泰等	闻一多	葛任
"五七干校"一代				姚鼐、乔木、双林、张子房、何为、兰大师（程济世）等[1]
改革开放一代				芸娘、应物兄、费鸣、文德斯、文德能、郏象愚（敬修己）、郑树森、吴镇、华学明、双渐等[2]

[1] 程济世1940年代随父亲程会贤离开济州，去往海外。列入表中，因为他是"五七干校"一代的同时代人。
[2] 1990年代，郏象愚从香港赴美，改名敬修己。还应包括内地致仕的栾庭玉、葛道宏和邓林，经商的季宗慈以及海外的谭淳、陆空谷等。

　　《花腔》和《应物兄》将小说人物嵌入不同的知识分子谱系和群体，并以"小说家言"勾连小说人物和历史人物，以"佯史"制造"伪史"。我说的"伪史"不完全等同于"稗史"。"稗史"可能会有以"小历史"、"野史"和"民间史"等跻身历史叙述的诉求，而"伪史"则是文学意义上的"小说"。

　　基于内在历史逻辑，《应物兄》是《花腔》的续写，《花腔》是《应物兄》的前史，而闻一多和葛任是《花腔》和《应物兄》的交接之处。肯定是李洱的有意为之，历史人物闻一多和小说人物葛任都出生于1899年，他们互为镜像，亦形影相生。所以，与其去考证葛任是不是瞿秋白，不如遵从小说的叙事逻辑，将葛任视作一个革命者某一阶段的同路人和精神盟友。值得注意的是，对于进入小说的历史人物，李洱基本认同已有的共识评价，不做深入的文学拓殖。换句话说，一定意义上，这些历史人物在小说中只是符号，他们有时提示小说的时间和背景，有时也标识小说人物在中国近现代的立场、阶层和精神谱系，比如《应物兄》清理出来的"梁启超→闻一多→姚鼐→芸娘→应物兄"的传承。芸娘虽然只做过应物兄的辅导员，但事实上却是应物兄的精神导师。因而，作为儒学研究者，他既不同于他的老师乔木，也不同于海外新儒学的程济世。

按照精神代际逐个分析下来，李洱对晚清民初这代知识分子最是无感，或者说，这一代人，《花腔》和《应物兄》只是想做一个或近或远的知识和精神布景而已。因其远且隔，康有为、梁启超、谭嗣同和邹容的人物形象基本不出历史教科书。而葛任和宗布或许因为本来就是小说人物，李洱自然无须缩手缩脚，宗布继承了康有为的显微镜，在《花腔》中最显赫的行状就是诱惑隔代少女胡冰莹，以至于使胡冰莹陷身于情欲，自比"浮在污水的睡莲"。宗布虽然没有将胡冰莹视作"饮食中的茶芽乳猪"，但经历了康梁变法的失败，如小说中黄济世在《半生缘》所写，"南海先生则逃至美国使馆，静静翻阅儒家的经典《春秋》"，宗布则和"美艳迷人"的胡冰莹同居，"他并非爱她，他爱的是他往昔的痛苦、失去的青春，而她便是映照他痛苦与青春的铜镜"。可以作为一个回应的是《应物兄》写到程济世和谭淳关于谭嗣同的论争，谭淳说："变法失败以后，康有为、梁启超等人都逃跑了，跑得比兔子都快。康有为跑的时候还带着小妾，日后更是声色犬马。唯有谭嗣同谢绝了日本友人的安排，坚拒出走。这其实是佛陀式的割肉喂鹰，投身饲虎。"《花腔》写革命，不写革命上升的天梯，而是写革命的暗影，以及革命失败的颓废。它的现代原型是晚清的康梁变法。也并不都是如此，留日归来的葛存道则开辟了另一条道路，他选择做公共图书馆和收集邹容的著作，虽然最后被暗杀。中国近现代革命源头的复杂性从《花腔》迁延到《应物兄》，在后者中则表现为谭淳为谭嗣同的辩诬。

五四一代其实是可以细分出新文化倡导的老一代和受新文化滋养的

年轻一代，前者出生于十九世纪七八十年代，后者则生于十九世纪末到二十世纪初，但无论是老一代还是新一代，都要承受时代之变——二十年代初的五四退潮和二十年代中后期的革命转向。瞿秋白和葛任的选择是当时青年知识分子的道路之一，他们三四十年代去往瑞金，去往延安。当然，不只是像葛任这样向左转一条道路，闻一多先书斋后街头也是一条道路。《花腔》关注的不是五四退潮之后的这次知识分子的分化，而是他们选择革命，成为革命者之后，葛任如何成为"葛任（个人）"？葛任从青埂峰，到白云河，到阿尔巴特街……再退回大荒山，是一条回归之路。李洱曾经在2015年的一次演讲里自陈《花腔》和《红楼梦》的关联性："贾宝玉长大之后，如果他活在二十世纪，进入了革命的年代，那么他很可能就是葛任。换句话说，葛任就是革命者贾宝玉。"而且李洱当时也透露一部正在写的长篇小说也是在这个主题系列之中的："事实上，我正在写作的一部长篇小说也跟这个主题有某种关系，只是它更为复杂，以至于我常常怀疑我是不是有能力完成它。"[14]无疑，正在写的一部小说就是《应物兄》。而且，可以肯定，在2015年《应物兄》的主题结构已经完成，可以作为佐证的是李洱在2014年第5期《莽原》上发表的中篇小说《从何说起呢？》。对读《从何说起呢？》和《应物兄》，可以发现前者就是后者的一部分内容。那么，问题是，谁是《应物兄》中的贾宝玉？芸娘？文德能？郏象愚（敬修己）？应物兄？还是李洱把自己放在其中的整个这一代知识分子？

姚鼐、乔木、张子房和何为是济州大学最早的四位博导，双林则是"两弹"院士，兰大师也是一代戏曲艺术大师，"五七干校"一代是承前启后的一代，如小说所揭示的，他们经由芸娘和姚鼐，接续的是闻一多，是西南联大，是五四新文化，是中国现代的起点，是梁启超。毫不意外，

---

[14] 李洱：《贾宝玉长大以后怎么办？》，《扬子江评论》2016年第6期。

《应物兄》写了这一代知识分子对知识和信仰的自持和坚守。富有意味的是，程济世这个"五七干校"一代的同时代人、儒学的海外旁枝却在改革开放时代成为官、学、商等各种权力争夺的焦点。小说里乔木说："儒学正吃香。"而我们要追问的是儒学哪一部分正吃香？这吃香的儒学如何在当代被转换而发生变异？如果我们进一步考察就会发现，所谓吃香的儒学是应物兄被书商季宗慈改造过的大众传媒化的儒学，再有就是有"海外帝师""程三统"之称的程济世的海外儒学。小说里芸娘的一句话隐含着对程济世的态度和评说："听说在国际儒学界呼风唤雨的程济世，要在济州安营扎寨？"这句话虽然语带讥讽，但李洱对程济世这样的海外中国研究者并不是简单地臧否，而是尽可能地展开讲述程济世儒学的运作范式，尤其是程济世和"子贡"黄兴的勾连合璧，以及在中国内地的扩张路线图。和姚鼐、乔木这些治中国学问的学者不同，程济世是跨国资本主义全球化时代的国际学者，他们的学术影响力在内地被放大，以至于溢出学术场域，从"太和"到"太投"。程济世做的是中国学问无疑，但同样是中国学问，官员追随乔木止于练习书法（也许称为写字更恰当），而程济世则被地方官员奉为神灵，小到培育济哥，大到恢复其故址旧居。黄兴大张程济世的旗号先行到达济州，一个博士生专门为他饲养白马，为他烧头香，让其他企业让路。不只是济州，程济世还在北大演讲，到清华拜访。可见芸娘说的"呼风唤雨"所言非虚。无论中西学问，唯海外马首是瞻。即便李洱可能已经疏远大学学术生态已久，所写大学众生难说全部及物无隔，但其对中国当下学术等级有精准洞察。在跨国资本主义的学术地图上，其实也存在着学术的殖民和被殖民。

尤可深思的是，这样的结果究竟是不是程济世的本意和初衷？小说第32节里应物兄将早逝的文德能和程济世做比较，认为："如果文德能不死，文德能或许会成为另一种意义上的程济世先生；一个是因为信，而成为儒学大师；一个是因为疑，而成为另一种中国式的西学大师。他们一个信中不疑，一个疑中有信。"小说里，程济世念兹在兹的是故乡的少年记忆，是园子，是皂角树，是二胡，是济哥，是灯儿，是仁德丸子，亦见程济世有他的乡愁和赤子之心。至于所有的这一切演化为一场轰轰烈烈的城区改造运动和商业利益分配，是时势使然，是中国特色使然，也是他身边的"子贡"嚣张高调使然。

小说的第86节《芸娘》是理解《应物兄》的一个关节点，涉及儒学的现代性问题。芸娘和应物兄讨论中国之变和中国人之变，在此背景展开儒学的现代化和当代转型。应物兄认为中外治儒学学问的学者并无多大分歧。不仅仅因为程济世是应物兄的老师，他才有如此看法，这其实是对人物大致客观的评价。乔木不是酸儒腐儒，程济世也不是。除了儒学，《应物兄》旁涉多种中国知识，从释、道到商、医、命、相、卜等，都在当代中国大张言说的空间且并行不悖。《应物兄》第86节《芸娘》借芸娘之口伸张叙述者，一定程度上也可以视作李洱个人的文化态度，小说写道："芸娘认为，以'杀蠹的芸香'自喻，透露了闻一多先生对于传统文化的认知方式：通过一系列卓有成效的校勘、辨伪、辑轶和训释，闻一多先生对浩繁的中国古代典籍，进行了正本清源、去伪存真、汰劣选优的工作，在传统文化研究中引进了五四新文化运动所开启的思想成果。他虽然是在古代文献里游泳，但他不是作为鱼而游泳，而是作为鱼雷而游泳的。他虽然是夹在典籍中的一瓣芸香，但他不是做香草书签的，而是来做杀虫剂的。芸娘这篇论文完成于1985年，它在相当大的程度上象征了一代学人在上个世纪八十年代的思想情绪。而她之所以给自己取了'芸娘'这个笔名，就与闻先生这段话有关。"

无论作者和叙述者怎样和小说保持间离，也无论作者和叙述者的声音藏匿得多隐蔽，它们在小说里总是有迹可循的，更何况李洱是乐于在小说中论辩和评说，不时露出自己的身段和声腔的，比如，我们可以肯定李洱对应物兄是充满着爱与怜惜的，整部小说只有应物兄不断被置换成"我们的应物兄"；比如对芸娘和文德能李洱也注入了比别人更多的爱与善意；比如从时间上，小说心向往之的是五四新文化，至少也是1980年代。1983年，应物兄大学二年级，有意思的是，这一年也正是李洱大学读书的元年。李洱就读的华东师范大学，"文艺二流子"（毛尖语）云集，弥漫着1980年代中国大学的波希米亚式浪漫和激情，比如李泽厚的讲座，乔姗姗和郑象愚的私奔和逃亡，文德能家客厅的沙龙，等等。姚鼐上课说："闻先生之死，是现代中国最重要的文化事件，现代中国与中国传统和西方的对话，暂时搁浅了。"那么，1980年代是不是可以看作重回闻先生未竟事业的航道？有意味的是，和《花腔》强调革命时代的个人不同，《应物兄》强调1980年代是"一代人"。小说写文德能的笔记是"一代人生命的注脚"。应物兄和芸娘谈到去世的海陆说："一代人正在撤离现场。"这里，芸娘是否在预言自己将要逝去的生命，又是否在预言小说最后，应物兄遭遇车祸生死未卜？这些文德能客厅1980年代聚会的参与者，纷纷在他们生命最好的年华离世。而有意味的是他们的父辈乔木也说："我们这代人，终于要走完了，要给你们挪地方。"两代人同时撤离现场，这巨大的空旷留给谁呢？《应物兄》整部小说其表是李洱所批评的浮世绘式的世界，但内植的是和1980年代以来改革开放时代等长的一代人的长篇精神史诗。

四

《应物兄》的写作存在着两个时间，一个是小说内部的叙事时间，一个是后记提及的整部小说的写作时间。写正在行进的当代中国，且写作时间延宕十数年，这对写作者获得恰当的当代世界观和控制小说结构带来了相当大的难度。要知道《应物兄》完成的这十数年，恰恰是中国当代社会,是中国和世界关系发生了巨大变革的时期。那么,我认为这些年李洱在《应物兄》期待的瓜熟蒂落一直处于将至未至的状态,一方面固然因为此去经年,李洱个人生活的大动荡;另一方面,李洱未曾言明的是,《应物兄》关注的时代正在发生深刻的变化。对于这个正在发生深刻变化的时代,李洱有着自己的研判,亦即前现代时期的中国及知识分子的处境,如李洱所言:"任何一个从二十世纪走出来的中国人,只要他是一个有历史感的人,他都拥有三种不同的经验:一种是社会主义经验,一种是市场化的经验,还有一种是二十世纪九十年代以后深深卷入全球化之后所获得的全球化的经验。"[15]李洱把这三种经验描述称"更新迭代",但往往可能这三种经验不是"迭代"而是"叠加",这种经验"叠加"是话语的权力,也是权力的话语,造成的一种"混杂的现代性"。而且现代性,就像李洱从诗人帕斯那里获得的启示,"现代性不在我们之外,而在我们内部"。这种内部的、个人的、知识分子的现代性,使得我们"仍然有一种可以称为传统的痛苦,比如贫困、暴力、愚昧、压抑",李洱认为"不妨把这样一种痛苦称为'重'的痛苦"。除了"重"的痛苦之外,还有米兰·昆德拉所谓"无法承受之轻"的痛苦,"那就是在中国长达百年的乌托邦梦想破灭之后知识分子灵魂的空虚,以及由于现代技术对人的统治带来的无力感,以及被压抑的欲望获得释放之后的困乏状态"。知识分子,包括李洱这样的作家,更多的时候,"就在这两种痛苦之间徘徊,并为此发出悲鸣"。[16]但悲鸣或者挽歌不是最终的解决方案。李洱提出经由知识分子心智的成熟通向语言和文体的解决之道:"对这一代写作者来说,写作的过程其实应该是精神生长的过程。"这意味推动写作的动力机制"不单单是天赋、才华、经历、

---

[15] 李洱:《小说与当下生活》,《问答录》,第373页。
[16] 李洱:《中国当代小说中的知识分子》,《问答录》,第383页。

心灵的受伤后的补偿",而是"一个成熟的知识分子对内心世界的省悟、把握、追问","心智的成熟,从个人性写作出来,使得我们的语言在寻求现代性的旅途中扎根。"[17]因而,李洱对这个流动不居时代的把握和理解,不断进入到正在不断生长的小说中间,《应物兄》必须以语言和结构凝定这种流动。对李洱而言,恰恰因为曾经未知穷期的写作过程,使得《应物兄》延展了李洱观察的时间长度,进而使得《应物兄》成为一部以如此长度的"长篇小说"处理当代生活的经典范例。毕竟,长篇小说,尤其是像《应物兄》这样包含了巨大的社会和思想容量的长篇小说,和迅疾地到达当代生活现场的其他文学样式完全不是一回事,它考验着作家对当代生活的萃取能力,也考验着一个作家如何将当下编织进一个恰如其分的历史逻辑,并在向未来无限绵延的时间里接受检验。需要澄清和识别的是,《花腔》不是掉书袋,《应物兄》也不应该仅仅被认为是写近几十年知识界状态的所谓"智性小说"——极端者甚至为李洱的小说"知识"所困,或者迷恋李洱小说的"知识",而忽视《花腔》《应物兄》所关切的大问题。《花腔》《应物兄》是有着大的问题意识的小说。一言以蔽之,在《花腔》中,是革命时代的个人如何成为可能;在《应物兄》中,则是行进的中国如何成为"在世界中"的中国。事实上,《花腔》的个人回忆录式的"知识"和不同政治利益集团操控的媒体"知识"之间的缝隙恰恰是去蔽和澄清的照亮,而《应物兄》所要反思的一个重要方面恰恰是每个人携带着各自的知识和信念在一个变革的时代如何"应物":无论道与器,中学与西学,还是创办儒学研究院,哪怕是华学明养济哥,只有顺应当下和当世的"知识"才能成为当代的"知识"。《应物兄》写当代三十年的中国,却有着中国现代的起点。而他们正在撤离和填充、持守和异变,"应物兄"们能不能担当起父兄辈们撤

---

[17] 李洱:《写作的诫命》,《作家》1997年第5期。

离的现场？如果"应物兄们"也正在撤离和异变，谁能堪此重任？明乎这条精神线索，《应物兄》将"应物兄们"和他们的父兄辈们安放在他们的当代，也是正在行进的中国。

　　应该注意到李洱《应物兄》和同时代长篇小说生产之间的关系。这是一个长篇叙事作品的产能和产量都充分扩张的时代，也是长篇小说概念被滥用和写作难度降低的时代，尤其是在网络新媒体和资本结盟之后。2003年前后，李洱构思《应物兄》的时候，正好是近百年中国现代文学，尤其是长篇小说未有之大变数时代的来临时刻。资本介入网络文学生产，直接导致动辄几百万字的"长的叙事文学"被大量地生产出来。请注意，长的叙事文学不一定就是文体意义上的长篇小说。我们观察这二十年网络长叙事文学，能够称得上秩序谨严的长篇小说其实不多。而另一方面，长篇小说的写作、发表和出版也越来越容易。当此时刻，我们要思量的是，像《应物兄》这样的时代史诗性的长篇小说有没有存在的价值？如果有存在的价值，一个作家该要有怎样的耐心、定性和洞悉力去结构这样的长篇小说？事实上，新中国七十年，哪怕是改革开放的这四十年，都在召唤着巨大型的史诗性的长篇小说。《应物兄》在此刻出现，无疑再次确立了对历史和现实有强大综合和概括能力的民族史诗和时代文体的意义。《应物兄》对汉语长篇小说而言具有正本清源的意义。放在史诗性中国现代长篇小说的历史谱系，《应物兄》的审美拓进是多方面的。中国现代长篇小说的定型应该是在二十世纪的三四十年代，以茅盾的《子夜》、巴金的"激流三部曲"、老舍的《骆驼祥子》《四世同堂》、李劼人的《死水微澜》、端木蕻良的《科尔沁旗草原》、路翎的《财主底儿女们》、萧红的《呼兰河传》等为代表奠定了现代汉语长篇小说的"正典"型范和气象，也铺展了汉语长篇小说拓荒期的多样性。《应物兄》属于《子夜》般宏大和精确社会分析的现实主义一脉，但不同的是，李洱个人在二十世纪八十年代写作的起点是中国当代现实主义深化和现代主义汲取相互激发的文学黄金时代。如果从这个文学谱系看,《应物兄》是1980年代改革开放文学在新时代的收获。《应物兄》发表和出版后,对于《应物兄》征用和收编庞杂知识,以及它的叙事结构、语言等,因小说题材、人物等和中国传统文学的隐秘沟通,论者也多从中国传统寻找的阐释资源出发,认为《应物兄》借鉴了"经史子集"的叙事方式。但即便如此,我们应该从中国当代长篇小说发展的角度充分认识,《应物兄》应该在1980年代"世界文学"的中国文学阐释视域来锚定它的文学史坐标。《应物兄》叙事的先锋性应该被充分澄清和识别出来。事实上,对现代主义的开放和接纳正是改革开放时代现实主义文学深化的重要成果。

李洱对长篇小说传统有着清醒的认识,他在一次演讲中说过:"某种意义上可以说,无论是你写出西方式的现代派小说和后现代派小说,还是中国的《红楼梦》式的小说,对于当下中国的写作而言,对于中国当下的现实而言,都是一种'非法'的小说。这是因为中国的现实已经发生了巨大的变化,中国的社会现实已经与1919年以前的中国有了相当大的差异,同时它也与西方的社会现实有着差异。中国作家必须找到一种新的叙事方式,以应对目前中国复杂的社会状况。"[18]那么,怎样才算"合法"于当下中国现实的长篇小说?什么才是李洱期待视野的长篇小说?李洱思考的起点是卡尔维诺和张大春提到的"百科全书"。关于"百科全书",卡尔维诺在《未来千年文学备忘录》中写道:"现代小说是一部百科全书,一种求知方法,尤其是世界上各种事体,人物和事体之间的一种关系网。"[19]而张大春则认为开放式的百科全书"毕集雄辩、低吟、谵

---

18 李洱:《作家与传统》,《问答录》,第379—380页。
19 卡尔维诺著,杨德友译:《未来千年文学备忘录》,辽宁教育出版社1997年版,第73—74页。

语、谎言于一炉而冶之"。[20] 从《遗忘》《午后的诗学》到《花腔》《应物兄》,李洱在寻求一种小说,"能够重建小说与现实的联系,在小说的内部,应该充满各种对话关系,它是个人经验的质疑,也是个人经验的颂赞"。作为这一寻求的最后结果的《应物兄》,将当代浮世绘中国的碎片以"超文本"方式建构成庞然的小说世界。《应物兄》有庞然的集成能力。你可以说这个当代中国怎么会只是一个儒学的当代转型,又怎么能仅仅把大学想象成十字街头和象牙塔的对冲,但关键问题是,儒学研究院和程济世的还乡搅动了整个济州的政治、经济和文化。客观地说,《应物兄》小说的人物并无复杂的性格,也几乎没有各自的成长性,李洱更关心的是不同的人在整个当代中国的站位、关系和对话。缘此,人和人结缔为一个斑斓驳杂、生机充盈的活的行进的变化的中国。这个各色人等的中国有过往、当代和未来,有它的生长和展开,有着爱与创痛、希望和未来。所谓"应物",无论是"应物无方"(《庄子》),还是"与时迁移,应物变化"(《史记》),说得通俗一点,就是应物随心,尊重顺应事物。《应物兄》以行进变革的长篇小说为行进变革的当代中国赋予新意,并发明形式。和对现实的巨大集成能力一样,《应物兄》对中外小说资源也有着巨大的吞吐集成能力。《应物兄》是否意味着一种超级现实主义小说的可能?仅仅是如此集成,也许还不够称作超级现实主义小说。李洱曾经提及过"午后的写作",在他看来,"悲观与虚无,极权与暴力,在午后的阳光下,不仅仅是反对的对象,也是分析的对象。一旦分析起来,就可以发现成人精神世界中充满着复杂、更多维的东西"。[21] "超级",意味着超出一般浮光掠影的感受、经验和判断,意味着一种对现实的敏感和洞悉力,意味着自觉到困难却能独立思想并在世界文学背景下展开反

---

20 张大春:《小说稗类》,广西师范大学出版社2004年版,第199页。
21 李洱:《写作的诫命》。

思性写作——从个人性写作出来，使得我们的语言在寻求现代性的旅途中扎根，其基本前提是写作者自身作为知识分子的心智成熟，是像文德能那样的"杰出的阐幽者"。而芸娘本着现象学的"自知"和王阳明的"良知"的通约性，对"虚己应物，恕而后行"做出了定义："面向事物本身。"

"光明的文字划过黑暗，比流星更为神奇"
——艾伟和他的文学时代

一

艾伟是一个热爱自我阐释的作家。写小说的同时，他写作和发表了大量的"创作谈"。这些创作谈涉及他所有长篇小说和一些重要的中短篇小说，而且，艾伟不满足就事论事，往往谈论自己，把自己安放在同时代人中间；谈论自己的文本，把文本归置到个人写作史和更大的文学史以及文学史生成的历史语境和历史逻辑之中。对一个作家而言，和文本相关的创作谈，一定意义上已经是文本母本衍生出来的副文本。作家的创作谈，确实敞开了文本的"私域"，比如文本和个人记忆、生命经历、精神动向等的关系，它们和文本之间相互指涉和彼此对话。

按照艾伟的自述，他的文学学徒期应该开始于1990年代初。此前的八十年代，他大学期间，已经读过马尔克斯的《百年孤独》。多年以后，艾伟说，这是"震惊的阅读旅程"。[1]但阅读的震惊似乎没有激发艾伟的写作热情（《百年孤独》对艾伟的影响似乎要到十年后世纪之交写《标

---

[1] 艾伟：《虚构的事业》，《江南》2016年第2期。

本》、《越野赛跑》和《家园》这一系列作品时才显现出来），反而是1991年，读了在旧书摊买到的1987年和1988年的《收获》过刊之后，艾伟才开始写作。"那时的《收获》正在搞一些新东西。"[2]艾伟说的"新东西"，应该是指《收获》1987年和1988年第5、6期集中发表的马原、洪峰、余华、苏童、格非、孙甘露和叶兆言等作家的所谓先锋小说。这样看，如果说艾伟小说写作的起点是1980年代的先锋小说，大抵不会算错。

  有研究者曾经讨论过1980年代末"先锋的休止"和1990年代"先锋的续航"，除了北村、吕新、李洱等，艾伟也被作为一个恰当的例子。1992年，艾伟发表了《敞开的门》，其叙事的不确定性，以及节奏和腔调就是一篇典型的"1980年代先锋小说"。同样，1994年的《少年杨淇佩着刀》写青春期少年的孤独和对世界的恐惧，也有着1980年代中后期的先锋气息。但就像苏童的《桑园留念》从写作到正式发表之间有未能见光的数年，《少年杨淇佩着刀》和《敞开的门》从写作到正式发表也分别经历了两年和五年的"黑暗期"。直到《花城》编辑林宋瑜偶然发现和发表了《少年杨淇佩着刀》，小说家艾伟才得以见光。按说，时间到了1990年代，经过1980年代的先锋启蒙，对《少年杨淇佩着刀》和《敞开的门》这样的小说接受不应该存在问题。这中间究竟发生了什么，也许值得研究。

  在这四五年的写作学徒期或者黑暗期，艾伟的创作量应该不会少。他在2014年出版的短篇小说集《整个宇宙在和我说话》的后记里说："这本书的有些篇什是我最早写下的，那是我文学的学徒时期，我写了取名为《七故事》的一些短篇。当年我打印了几份在朋友间传阅。"我大致检索了一下，《整个宇宙在和我说话》收入小说发表的情况如下：《七种颜色的玻璃弹子》发表于《人民文学》1998年第3期，《去上海》发表于

---

2 艾伟：《黑暗叙事中的光亮》，《南方文坛》1999年第5期。

《人民文学》1999年第2期,《说话》发表于《钟山》2001年第1期,《水中花》发表于《花城》2004年第1期,《蝙蝠倒立着睡觉》发表于《上海文学》2013年第7期,《整个宇宙在和我说话》发表于《上海文学》2013年第7期……这里面,有的小说确实发表得很早,比如《七种颜色的玻璃弹子》和《去上海》分别发表于1998年和1999年,它们的写作时间肯定更早。

既然谈到文学学徒期的问题,是不是可以把艾伟1999年写作《越野赛跑》之前的写作阶段都算作学徒期?如果这样的话,可以发现,艾伟差不多从一开始写作,就几乎触探了他未来可能的宽度和深度。也可以说,一个作家写作学徒期的某些线索是可以贯穿他未来全部创作的,比如从《七故事》滋生出来的"西门街往事",不仅仅贯穿了整个系列短篇《整个宇宙在和我说话》,艾伟重要的长篇小说《风和日丽》(《收获》2009年第4、5期)和《南方》(《人民文学》2015年第1期),以及《爱人有罪》(《收获》2006年长篇小说增刊春夏卷)都可以算作"西门街往事"。而从《少年杨淇佩着刀》(《花城》1996年第6期)、《乡村电影》(《人民文学》1998年第3期)、《回故乡之路》(《人民文学》2000年第12期)、《水上的声音》(《收获》2002年第2期)、《田园童话》(《上海文学》2005年12期)等等来看,艾伟的写作序列里,似乎从一开始就有一个和"西门街往事"并行的"乡村(故乡)往事"系列。这个系列有一个引人注目的族群就是围绕长篇小说《越野赛跑》(《花城》2000年第3期)的几个中篇小说,像《标本》(《山花》1999年第7期)、《1958年的唐吉诃德》(《江南》1999年第3期)、《家园》(《花城》2002年第3期)等等。当然,也不一定都是这样整饬和成组的,一个作家的写作脉络就像山间淌水,可能忽然旁逸斜出生发新机,也可能会忽然潜藏隐伏,比如艾伟小说有一个重要母题就是时代和人之罪与罚。在学徒期,艾伟沉溺罪案的勘探和书写,比如前面提到的《标本》,比如《老实人》(《湖南文学》

1998年第10期）、《杀人者王肯》(《天涯》1999年第1期）、《重案调查》（《上海文学》1999年第5期）等等，这种路数到《爱人有罪》和《盛夏》（《人民文学》2013年第2期）则由短制蔚然而成长篇；而有些勾连甚至体现在更幽微和细小的方面，比如《南方》里的须南国和《少年杨淇佩着刀》里的老克都有着"恋物癖"的隐疾。

尤其值得注意的是，从小说内在主题和结构秩序看，艾伟写作学徒期对于深度和宽度的抵达几乎是与生俱来的，如他自觉到的："对人性内在困境和黑暗的探索在我的处女作《少年杨淇佩着刀》中已有雏形。但在这之后的写作，我走上了另一条道路。或者说其实两条路都坚持走着，只不过另外一条道路的写作可能更醒目一点。这另一条道路即是所谓的寓言化写作。那时候我是卡夫卡的信徒，我认为小说的首要责任是对人类存在境域的感知和探询。当时我相信一部好的小说应该对人在这个世界的处境有深刻的揭示，好小说应该和这个世界建立广泛的隐喻和象征关系。在这种小说观的指引下，我写了一批作品，有《到处都是我们的人》《1958年的唐吉诃德》《标本》等。"[3]就像采矿，文学学徒期，有的写作者凭着道听途说的消息和并不娴熟的技术四处打洞，滥采滥挖，而艾伟至今为止三十年的写作却是向着预先勘定的矿藏和矿脉挖掘出错综复杂的巷道。对比《少年杨淇佩着刀》和《爱人同志》，从题材看，这两篇小说可以说毫不相关，也不是写的同一个时代的事，但两者都传达了人之为人，不可捉摸的内心世界有着巨大的能量，这让艾伟为之深深着迷。《爱人同志》放弃了寓言化的处理，也放弃了《少年杨淇佩着刀》借助返回童年的时间幻术的迷离和抒情，完全用正面强攻的写实切入，一步一步，进入那个战争致残的军人刘亚军黑暗的潜意识。

事实上，艾伟的写作实践也证明着，他曾经认为的两条道路——寓

---

3 艾伟：《无限之路》，《当代作家评论》2003年第3期。

言的飞翔和贴近现实大地在人的内心黑暗的巷道掘进，也并不是彼此不兼容的。《南方》就是两条道路的交叉并行。"南方"意象在中国当代文学语境因为余华、苏童和格非等持续不断的书写，天然地被赋予从现实飞升的寓言性。艾伟将懊糟、湿热、颓荡的"南方"作为隐喻和寓言，为罗忆苦人性内在的困境和黑暗而搭建。罗忆苦是"南方"街道妖娆艳异的"恶之花"，此人当属此般景象。艾伟在飞翔和写实之间找到一条通道，写《南方》，艾伟尽可能地淡化历史，虽然它依旧在，但更多地让小说按其自身的时间而生长。

二

从1991年到2000年，《越野赛跑》发表正好十年，我们可以更深入地讨论艾伟和1990年代文学之间的关系，进而思考先锋文学在二十世纪八九十年代的历史境遇和历史逻辑。发表《越野赛跑》的《花城》同期还有毕飞宇的中篇小说《青衣》。按照毕飞宇讲过无数次的故事，他是被《花城》编辑朱燕玲发现的，在《花城》1991年第1期发表处女作《孤岛》。有很多的研究注意到1990年代《花城》和先锋文学的关系。《花城》向"先锋"转向是从1991年开始的，毕飞宇的《孤岛》就是一篇先锋小说。有一个问题值得讨论：先锋文学是不是在1980年代中后期极盛而后戛然而止？我的观点是：先锋文学从来没有中断过，甚至在八九十年代之交也没有中断，比如苏童在读者中影响最大的小说《妻妾成群》发表于《收获》1989年第6期，长篇小说《米》则发表于《钟山》1991年第3期；格非的《敌人》发表于《收获》1990年第2期；余华第一部长篇小说《在细雨中呼喊》发表于《收获》1991年第6期；孙甘露的长篇小说《呼吸》1993年由花城出版社出版。这些都是八十年代先锋文学在九十年代结的果。

1991年开始,《花城》调整办刊方向,成为继八十年代《收获》《人民文学》《上海文学》《北京文学》之后先锋文学的重镇。1990年代的《花城》不断输出新作者,像发表艾伟《少年杨淇佩着刀》的1996年第6期,除了吕新,其他小说作者艾伟、邱华栋、王海玲、汪淏和荆歌均是第一次在《花城》发表小说。这些新出场的写作者和余华、苏童、格非年龄相仿,只是稍晚出场。1991年《花城》前五期,除了前面提到的毕飞宇的《孤岛》,还发表了墨白《红房子》(第2期),忆汝《短篇四题》(第3期)、鲁羊《楚八六生涯》、黄石《上册》(第4期),赵刚《足球城》、黄石《远景》(第5期)。第6期和次年的第1期几乎可以视作《花城》的先锋文学专号:吕新《发现》、北村《迷缘》和韩东《假头》(1991年第6期),西飏《季节之旅》、孙甘露《音叉、沙漏和节拍器》和鲁羊《蕹露·蚕纸·白砒》(1992年第1期),而吕新的《抚摸》和北村的《施洗的河》两部1990年代重要的长篇先锋小说则分别发表于《花城》1993年第1期和第3期。

　　除了北京、上海、成都和重庆等可数的几个文学中心城市,二十世纪八九十年代,以文学刊物的活跃程度划分,形成了新的"文学圈层",重新定义文学的中心和边缘,重新组织了文学版图和分配文学资源。从这几个文学中心城市和活跃的文学刊物来看,这是一个风云激荡的文学时代,而且八九十年代前后登场的青年作家或多或少都有先锋的气质。艾伟生活的宁波和杭州都不是这两种意义上的文学中心。我注意到1990年代两个重要的文学策划都很少有浙江作家出现。一个是1994年《青年文学》第3期开始的"六十年代出生作家作品联展"——每期介绍一位或两位60后作家及其作品,并且这些作家还是当期的封面人物,一直到1997年第10期,长达四年,一共推出了60余位60后作家的作品,包括余华、苏童、格非、迟子建、毕飞宇、徐坤、邱华栋和麦家等;另一个是1995年由《钟山》、《大家》、《作家》、《山花》和《作家报》组织的

《联网四重奏》,涉及斯妤(1954)、王海玲(1956)、张梅(1958)、张旻(1959)、刁斗(1960)、述平(1962)、李大卫(1963)、鲁羊(1963)、叶弥(1964)、徐坤(1965)、胡性能(1965)、东西(1966)、李洱(1966)、吴晨骏(1966)、谢挺(1966)、朱文(1967)、李冯(1968)、刘庆(1968)、邱华栋(1969)、夏商(1969)、金仁顺(1970)、丁天(1971)、陈家桥(1972)、卫慧(1973)等从50后到70后的作家。综合考察这两个文学策划的大名单,主打的都是60后,但艾伟既没有如他的浙江老乡余华,在1980年代成名,又不在文学中心城市,也不在这几家刊物辐射的"地方"(《联网四重奏》选择多位云南和东北作家,应该和《大家》《作家》参与策划有关)。在一个看出身、讲关系、重文学交际的文学生态圈,艾伟的出场依靠的只能是个人奋斗。有意思的是,这和改革开放时代浙江商人崛起的精神气质倒是一致的。《收获》《花城》《人民文学》等几家重要且重视文学新人的文学刊物是艾伟这些没有先天性文学资源的文学青年得以出场的重要支援。艾伟早期的小说主要也是发表在这几家刊物。

还有一个很少被文学研究注意到的就是各种同人式的文学青年小群体,这些小群体的交往被称为"笔友"。网络出现后,笔友的交往迁移到一些文学社区。"笔友",应该是作家可持续写作,尤其是黑暗和孤独的文学学徒期的精神同路人。偶然读到赵柏田记录的小说发表之前的艾伟的文学生活:

> 就在此时,60公里开外的小说家艾伟,陷入了创造的狂喜之中。这种狂喜我曾在写作一篇叫《蝉声穿石》的文章时,有过参禅式的了悟,然而在1996年的大多数时日里它离我远去杳如黄鹤。他不断向我发布关于小说的最新感悟,"好的小说就像滚雪球","小说总是让生活目瞪口呆"。秋天的时候,他给我寄来了一个叫《不停地

游走》的短篇。冬天夜幕沉降时分的背景,蓝莹莹的雪地上走着一个叫"栖"的少年。"栖"这个词让我很没有来由地联想到居住,还有生活,然而这个叫居住或者叫生活的孩子总像是一阵虚无的空气在小说中飘动,让人想到叶芝笔下那个被精灵带走的孩子。"行人走在雪地上,和雪一起在栖的视线里上升,与天空衔接,栖觉得天堂近在眼前。"读着这样的句子,我有一种灵光闪现的神秘,我想到了死亡,"通向天堂的大门时时敞开着",想到了因人而异的对待死亡的态度。就在这一夜,我梦见了我事实上并不存在的儿子,精赤着身子的他对我说出了两个令我大大吃惊的词,我醒来后却再也想不起来。[4]

从《今天》到后来的第三代诗人以及其他隐秘生长的写作群,再到后来的网络社区,二十世纪八九十年代到新世纪,有多少笔友式的文学青年小群体,我们还缺少充分的田野调查,但有一点是肯定的,没有这些文学青年之间的交往,就不可能有现在这样的文学景观和所谓的八九十年代的文学黄金时代。还有一个没有得到充分观察的问题是,就像赵柏田的记录那样,这些文学青年小群体的交际方式许多一直到今天还是以先锋性和个人创造的激情作为交往的精神纽带。

虽然,八十年代成名的先锋作家有的在九十年代发生转向,比如余华在《收获》1992年第6期发表了《活着》,但格非和苏童的转向要晚得多;而且在九十年代进场,持续保持先锋激情和姿态的作家不在少数,北村、吕新、李洱、东西、鲁羊、李大卫、薛忆沩、墨白、刁斗、曾维浩、罗望子、赵刚、张生等都是。如果以他们为样本,八九十年代先锋

---

[4] 赵柏田:《时间是最伟大的使者——1996私人手札(下)》,《东方艺术》1998年第2期。

文学有着一个绵延的历史逻辑。转向在一部分人身上发生,时刻可能发生,既包括余华这样八十年代的先锋作家,也包括毕飞宇这样九十年代以先锋面目出道的作家。《孤岛》之后,毕飞宇几乎每年都会在《花城》发表小说:《明天遥遥无期》(1992年第5期)、《楚水》(1994年第4期)、《武松打虎》(1995年第5期)、《生活在天上》(1998年第4期),直到2000年第3期的《青衣》,毕飞宇的"先锋"减退到很难看到痕迹了。因此,正如艾伟多年以后反观自己的写作意识到的:"某种意义上,先锋也是革命孩子的一个变种。所以,我们今天谈先锋,其实是在谈先锋的遗产。先锋在中国文学划出一条界线,先锋之前和先锋之后的文学在技术、思维、语言及叙事上都改变了,而我们这批起始于九十年代的写作者某种意义上依旧享用着先锋的这些遗产。九十年代的文学在方法论上继承了先锋小说的传统,但有自己独特的面貌。九十年代,整体性消失了以后,所有的经验都是碎片化了的,没有一个强大精神背景的时候,我们每个人的写作都是孤立无援的。"[5]可能还不只是撤除了八十年代强大的精神背景,"先锋的困境"也可能是小说技术层面的:

> 作为一个对人性内部满怀兴趣与好奇的写作者,我希望在以后的写作中在这方面有所开掘。我意识到在《越野赛跑》这个方向上继续向前走的可能性已经很小了。这之后我写了一个叫《家园》的中篇。这是一部关于语言、性、宗教、革命的乌托邦的小说,其主题完全是知识分子的。虽然在这小说里,我把《越野赛跑》以来小说的童话元素大大发扬了一番,使小说看起来奔放、飞扬,有着童话式的灿烂和天真,但这小说基本上是观念的产物。
> 我们这一代写作者恐怕绝大部分是喝二十世纪现代主义小说的

---

[5] 艾伟:《从"没有温度"到关注"人的复杂性"》,《文艺争鸣》2015年第12期。

奶长大的。现代主义小说从某种意义上是观念小说,这类小说存在几个基本的中心词:存在、绝望、隔阂、异化、冷漠等等。这是这类小说的基本价值指向。[6]

《家园》这篇小说发表于2002年第3期的《花城》。同年,艾伟的《爱人同志》发表在《当代》第4期,艾伟几乎是强行终止"先锋",转向扎实精准的写实。也是在这一年,苏童在《收获》第2期发表了《蛇为什么会飞》。需要指出的是,艾伟强行终止先锋,可能更多表现为文学观和叙述姿态,其《南方》和《盛夏》的多声部叙事依然受惠于先锋文学的技术革命。因此,如何辨识中国当代文学的先锋流向,恐怕不能简单地下断语。质言之,先锋文学不只是所谓八十年代的文学遗产,也是中国当代文学不断增殖的文学红利。

三

《人民文学》1998年第3期《本期小说新人》栏目发表了艾伟的短篇小说《乡村电影》和《七种颜色的玻璃弹子》。和小说同时发表的是李敬泽的按语。李敬泽认为:"艾伟生于六十年代,他表达了这一代人的共同记忆——那些'阳光灿烂的日子'。他的小说中分布着那个时代的文化痕迹,回荡着与历史的对话。但是,当他在想象中体验着人的'成长'时,他最终面对的是人类生活中某些普遍性的境遇。于是,《乡村电影》又是关于人性之'力学'的寓言,《七种颜色的玻璃弹子》又是关于感性之本质的神话。"多年以后,艾伟在一篇关于"中国六十年代作家的精神历程"的长文中也用到"阳光灿烂"这个词,他说:"我出生于一九六六

---

6 艾伟:《无限之路》。

年。我晓事是在七十年代。七十年代虽然已是'文革'的后期,但'文革'的种种现象比如游行、批斗、大字报等依旧是社会生活最为戏剧性的主题。我要说的是,当我回忆这段岁月时,我的头脑中出现的不是疯狂,而是安静的气息,阳光灿烂,我们沐浴在领袖的光辉中。"[7]显然,艾伟和李敬泽使用的"阳光灿烂"还是有微妙的区别。类似的说法,艾伟在另外一篇文章中写道:"整个七十年代在我的印象里似乎显得十分安静,还有那么一种神秘的气息,我们沐浴在领袖的光辉与思想之中。"[8]艾伟的"阳光灿烂"不只是王朔在《动物凶猛》,以及后来被导演姜文在《阳光灿烂的日子》中所强调的,作为革命时代的边缘人和被遗忘的一代人的童年集体记忆。不是逃出时代的笼盖,而是"沐浴光辉"。可以说,艾伟同时代人是革命时代的边缘人,同时也是革命的接班人。所以艾伟说:

> 六十年代作家在中国是非常特殊的一代。这一代作家的童年记忆是十年"文革",然后在他的少年、青年及中年经历了中国的改革开放,因此这一代作家身上有非常特殊的气质。年少时,因革命意识形态喂养,他们具有宏大的"理想主义"的情怀,又在改革开放的年代里见证了"革命意识形态"破产后时代及人心的阵痛,见证了"信仰"崩溃后一个空前膨胀的物欲世界。这些经历让这一代作家建立了双向批判的目光。它既是"革命意识形态"的批判者,也是"市场欲望"的批判者。革命意识形态如何喂养一个孩子,让他具有解放全人类受苦受难人民的宏大理想。[9]

"生于六十年代",准确地说是生于六十年代中后期的1966年。和

---

7 艾伟:《生于六十年代——中国六十年代作家的精神历程》,《花城》2016年第1期。
8 艾伟:《河边的战争——童年时期的激情、审美和创造》,《江南》2004年第4期。
9 艾伟:《生于六十年代——中国六十年代作家的精神历程》。

艾伟一样，李洱、东西都是1966年生人，他们和他们的60后兄长辈的余华、苏童、格非、毕飞宇、麦家、迟子建等的少年记忆还是有着微妙的时间差，就像艾伟在《整个宇宙在和我说话》中反复提及的"七十年代"——那是一个时代的尾声，一个新的时代即将来临。可以比较下，艾伟和苏童的同题小说《木壳收音机》，虽然都写到死亡，但苏童笔下的死亡是阴郁的、恐惧的和不确定的，而艾伟则是人间的、自然的和宁静的。还可以深究的是，艾伟的这些童年记忆小说，或者说童年视角小说，有近似苏童的，如《少年杨淇佩着刀》《乡村电影》《回故乡之路》《七种颜色的玻璃弹子》等里面残酷青春的恣意，但更多是反思和克制。李敬泽如此评价艾伟这一类小说："敏感的叙事视角：孩子注视着成人世界；同时，孩子们也在模仿成人世界中的故事。"因为，"注视"或者说"窥视"可以改变成长的方向，艾伟顺势而为，他的小说几乎都有一个叙事的翻转或者失控。艾伟所说的"见证"，无须等到长大成人的"市场欲望"时代才发生，而在成长过程中也有时时刻刻的警悟。孩子"注视"和"模仿"，在潜移默化中被"喂养"，从边缘人成为接班人；与此同时，也可能成为见证者、反思者和批判者。艾伟讲"先锋是革命孩子的变种"，换句话说，先锋恰好给1950年代末到1970年代初出生的"革命孩子"发明了一套新的文学语法。

四

2014年，在和批评家何言宏的一次对谈中，艾伟提出一个疑问："我们有如此庞大的关于社会主义革命的经验，可为什么我们的写作却很少真正正面地触及这些问题？"[10]

---

10 艾伟、何言宏：《重新回到文学的根本——艾伟访谈录》，《小说评论》2014年第1期。

文学和社会主义革命的经验，或者当代社会主义实践，涉及文学主题学的话题。按照经典的文学常识，艾伟写作的同时代，"触及"社会主义革命经验的写作并不能算少，以长篇小说为例，余华的《活着》《许三观卖血记》《兄弟》《第七天》、格非的"江南三部曲"、苏童的《河岸》、毕飞宇的《平原》、阿来的《尘埃落定》、陈忠实的《白鹿原》、麦家的《解密》、刘醒龙的《圣天门口》、贾平凹的《古炉》、莫言的《生死疲劳》《蛙》、阎连科的《日光流年》《坚硬如水》《受活》、李洱的《花腔》、东西的《后悔录》、铁凝的《笨花》、王安忆的《长恨歌》等都是。我不清楚艾伟基于多大的样本多次做出类似的判断：改革开放以来，我们在处理社会主义经验时，往往是采取一种批判的、对抗的姿态。这种姿态如果仔细辨析，可以发现一个西方的思路，即西方式的政治正确。这或许会把我们的经验简单化，使我们的经验只有一极——革命和暴力，而忽略了人世间另外一极，某种带着暖意，带着欢娱的生命指向。革命不但不是单极化的，"革命作为主导中国二十世纪最为关键的一种思潮，它的影响今天依旧复杂幽深地隐藏在我们的血液里，作用在我们生命的深处，联系着我们的情感反应。"[11]因此，革命已然成为当代中国人的集体记忆，它刻画着当代中国人的精神图景，从革命和当代中国人的关系看，并不存在所谓的"告别革命"。整个当代中国社会主义具有整体性的内在历史逻辑，改革开放前的社会主义中国如艾伟说有着人世间的暖意和欢娱，存在人性的挤压和宽放，那么，改革开放时代也当然地继承了改革开放之前特殊时代的思维方式和精神遗产。以此观照中国当代文学，二十世纪二三十年代革命文学到五六十年代红色经典，我们的文学几乎按照中国革命史的历史逻辑来建构文学的叙事逻辑和处理社会主义文学经验，而改革开放以来，文学在拨乱反正的同时，却往往又陷入另一种极端和

---

11 艾伟、何言宏：《重新回到文学的根本——艾伟访谈录》。

简单化。因此，我理解艾伟所说的"很少真正正面地触及这些问题"，是没有真正正视社会主义革命的丰富性，尤其是没有充分回应革命在不同历史时段的表现，以及革命和人性之间复杂的辩证关系。基于艾伟有着内在一致性的价值和立场，观察艾伟几部代表作，他都选择革命中个人情感的私域，尤其是身体和性，作为重新检阅当代社会主义革命经验更多可能的通道，如其所言：

> 革命意识形态去除了人的私欲，而身体则是处在物质和精神的重叠地带，既是物的享用者，又是私欲的发源地，因此是"私"的最核心部分。而性作为身体的衍生物，更是私中之私。性本来就是隐匿的，有着私人属性，所以在革命意识形态中天然成为"私"属原罪的一部分，成为禁忌，无法取得合法性地位。在革命意识形态中，一切与"私"有关的事物总是鬼鬼祟祟的，是见不得人的，是必须被丑化的，性也一样被丑化了。革命意识形态中的"性"是和邪恶的人事联系在一起的。[12]

在中国现代某些历史阶段，个人感情和性爱生活确实是公共生活讳莫如深的部分，性爱被妖魔化和污名化。正是由于人们的潜意识深处性的罪感，性爱才可能被时代征用公开宣判他人性爱之罪和道德污点。在《南方》里，母亲杨美丽被肖长春"赤身裸体拖到大街示众"。在《越野赛跑》里，常华复员回村三个月后，村里出现了第一张大字报，这张大字报就是针对小荷花的。大字报的题目是"破鞋"。大字报上，小荷花的衣服被剥光了，赤身裸体着。关于小荷花怎样成为"破鞋"，描述是细腻的，大胆的。比如，小荷花和其表哥在天柱水库洗澡一段，看了就让人

---

[12] 艾伟：《文学中的道德和人性问题》，《花城》2016年第2期。

想入非非。大字报署名为"井冈山红卫兵"。在《风和日丽》里,吕维宁要挟杨小翼,他的利器是:"你的外公是帝国主义走狗,你母亲也不是好东西,是'破鞋'。"在这里,"帝国主义走狗"和"破鞋"是并举的,被公开的私人生活可以换算成政治污点。

但是,也正是这种压抑、这种罪感,使得少数人获得压抑的欢娱,他们有限的进入公共领域的性与爱的日常生活成为时代最具诱惑力,也最能激发超出时代公共生活的想象,就像幽暗天幕忽然划过的流星。在《南方》第22节里,罗忆苦和肖俊杰,"在一个批斗会上邂逅,他突然有了欲望,拉起我的手,钻到批斗会台子下面"。《南方》某种程度上是一部当代中国的私生活史,但和一般强调"小历史"的小说不同,艾伟不是以私生活之私和小去对抗时代之公共和大,而是将私生活视为整个时代不可剥离的一部分。因为只有时代才是时代私生活的缔造者。杜天宝和罗思甜只要走在街头,西门街的小青年就会露出轻浮的样子,不停地对他们吹口哨。罗忆苦脱光衣服在镜子前欣赏自己身体,和夏小恽约会,通过彼此的身体体验来获得高潮,同时罗忆苦又和肖俊杰在废弃的灯塔约会。为了摆脱夏小恽的跟踪和纠缠,她让罗思甜去和夏小恽约会,然后私奔南方,在夏小恽入狱后,独自回乡生子。在孩子被母亲和罗忆苦抛弃后,失去了孩子的罗思甜忽然变得很放荡。跳高冠军须南国借训练骚扰女同事,罗忆苦和须南国偷情。罗思甜自杀后,罗忆苦和夏小恽同居,夏小恽以灵修做幌子骗财骗色。《越野赛跑》有一首孩子编的顺口溜:"冯步年啊是光棍,日日夜夜想女人。每天晚上和谁困?马儿当作陶玉玲。——过干瘾!"在常华回村之前,性不是禁忌,更不是邪恶。大人打发孩子偷看小荷花和表哥在天柱的水库里游泳,小荷花和表哥在天柱放纵也只是村庄的艳事和谈资而已。对小荷花和大香香的批斗,看热闹的人越来越多。后来"我们村"凡是会走路的人都来听她们讲自己做"破鞋"的事。一时,"我们村"的人都很兴奋,像是在过狂欢节。常华和步青让步年和小荷花去天柱生活，小说第六章的标题是"美好的生活"。什么是艾伟小说理解的"美好的生活"？它并不是常华在光明村发动的革命。它发生在革命中的"飞地"天柱："一切让他觉得他是在仙境"，没人检查他们砍植被种番薯的工作，小荷花漫山遍野撒野，步年疯狂和小荷花做爱。汉娜·阿伦特的《人的境况》的第二章讨论了"公共和私人领域"：

> 既然我们的现实感完全依赖于呈现，从而依赖于一个公共领域的存在，在那里，事物走出被遮蔽的存在之黑暗并一展其貌，因此，即使是照亮了我们私生活和亲密关系的微光，也最终来源于公共领域最耀眼的光芒。不过，还是有许多东西无法经受在公共场合中他人始终在场带来的喧闹、刺眼的光芒，这样，只有那些被认为与公共场域相关的、值得被看和值得被听的东西，才是公共领域许可的东西，从而与它无关的东西就自动变成了一个私人的事情。当然，这并不意味私人关心的事情就是无关紧要的，恰恰相反，我们注意到有许多至关重要的东西只有在私人领域才能幸存下来。比如爱情（不同于友谊），爱情一旦公开展示就要被扼杀或变得黯然失色了……[13]

从艾伟的小说看，当代中国的公共和私人领域的缠绕远远比汉娜·阿伦特讨论的复杂，它涉及时间上的差异，艾伟把中国社会主义革命经验和实践分为"革命意识形态"和"市场欲望"两个不同的历史阶段，这两个阶段对私生活，尤其是对男女之爱的组织是完全不同。"市场欲望"时代，步青可以和哥哥收养的女儿大张旗鼓地结婚，步年可以去

---

[13] 汉娜·阿伦特著，王寅丽译：《人的境况》，上海人民出版社2009年版，第33—34页。

城里放纵情欲,但在"市场欲望"之前的时代,哪怕个人正常的情欲释放也可能被污名化为"破鞋",假革命的名义批斗。而在空间上,《越野赛跑》的"我们村"(光明村)和《南方》的西门街是不同的,西门街的儿女们和《风和日丽》中的革命世家、知识家庭又是迥异。艾伟没有简单地下判断,而是尊重时代的肌理和人的命运感,尽最大可能敞开世界和人的内心世界的矛盾和幽暗。

五

顺便提及的是《越野赛跑》在发表和出版的版本上有较大的出入。"我们生活在南方一座安静的村庄里。"小说开始的一句就去掉了。"我们的村子"也改为"光明村"。可以确定的是小说原来是第一人称叙述,比如小说写道:"不过我村还有很多别的神话,我后来读过不少来自世界各地的神话故事,我发现这些故事都可以在我们村找到它们的雏形,信不信由你。""我"被改为"冯思有那个尿床的儿子"。从我个人的角度,我认为小说从第一人称的主观叙述改为客观肯定的叙述,其实削弱了小说的荒诞不经的迷离和神异。不仅如此,小说几处大的改动,和艾伟后来明晰的"以小说阐释当代中国社会主义革命经验"可能有关系。固然,这种修改可能达成了几部小说成序列的一致性,但一定程度上,是以损失更多的可能性为代价的,比如小说第四章《步年是一匹马》,增加了步年在大游行队伍前爬行的场景,以及村里的女人私下说城里来的领喊口号的女人是常华的姘头等情节和细节;第八章《马儿的神奇经历或两匹马》改为了《洪水如白云般降临》,增加了防空洞里步青雕刻常华石像的情节。这些改动,无疑使得革命更突出,但也使得革命奇观化。第十一章,步年和自己厂里的一个女工搞上了。那女人当然是个有夫之妇,但步年对这事还很公开,好像他不是在干一件偷偷摸摸的事情。小说修改后,强调"这女人是光明镇有名的荡妇"。第十三章《变幻不定的生活》,增加了步年到城里找王老板投资,王老板请步年玩妓女的情节。第十五章《步年娶了城里女人》,除了原来第十三章的最后一小节,修改后全部删除。原来这一章写因为不能阻止老金法把小荷花关在笼子里供人观赏,步年开始去城里嫖娼,放纵自己,目标是玩一百个女人,却止步于第六十六个来自四川小山村有体香的女人,且将她娶回来。这个女人疯狂购物疯狂纵欲。经过这些增删,一个有污点的乡镇企业家步年的污点被洗白。这种洗白导致小说对性和时代关系的理解在修改前后发生微妙变化,小说修改之后节制的性生活,是更接近,还是更偏离时代?艾伟的这些修改,从批判的锋芒上看,对过去的时代,比对他所生活的当下更严苛。如何看待艾伟的这些修改?成功与否可以进一步深入讨论。艾伟自己说过:

> 我们对历史叙事中就存在这种公共想象,这种看似正确的观念存在。比如,我们对"文革"的想象,这种想象是建立在新时期以来伤痕文学、右派文学等一系列的叙事基础上的,久而久之,这样的叙述就成了一个庞然大物,成了我们头脑中的"历史正确"。但我多次说过,小说家不对"历史正确"或"政治正确"负责,小说家的立场只能是人的立场,小说家永远站在人这一边,并通过对个人真理的发掘去动摇诸如道德这种我们习以为常的公共观念。小说家要写出人在历史洪流中的血泪和欢欣,写出每一个个体在历史和现实中不一样的面貌,这是小说的根本职责。[14]

《越野赛跑》修改后是否更接近艾伟说的"人的立场"?这要基于他

---

14 艾伟:《文学中的道德和人性问题》。

后来小说的统一价值和立场来看。确实,如果仅仅提取价值和立场,《越野赛跑》和与它小说时间等长的《风和日丽》《南方》更趋于一致,但一个作家的价值和立场回到小说世界,有它天然的肌理。从这种角度来说,删去的《步年娶了城里女人》一章和人马赛跑的狂欢气质可能更有机。

  回到我们讨论的问题,艾伟的小说,是不是仅仅拓殖和丰富了当代中国社会主义革命经验的文学主题,矫正以文学之名对历史的翻案,同时呈现时代的隐私部分?艾伟绝不会止于书写特殊年代性与爱压抑的罪感和解放的妖娆的浮世图景,而是有深意在焉,就像《风和日丽》,"杨小翼是一个革命的私生子,在某种程度上私生子这样的身份是一把锋利的匕首,它虽然在革命之外,但有可能刺入革命的核心地带,刺探出革命的真相"。[15]《风和日丽》是艾伟迄今影响最大的小说。在这部小说里,作为"思想者"的艾伟显然附体在杨小翼身上。整部小说是从追问开始的。"杨小翼对自己的身世充满了好奇和忧郁。""她没有爸爸。""杨小翼觉得这是一个很严重的问题。"在《风和日丽》中,"我从哪里来?"更多的不是哲学之思,而是沉重的时代之问。一个世纪中国革命的风云变幻,革命者尹将军的传奇人生——这是杨小翼叙述的革命史,而杨小翼叙述的革命史关乎的是自己的身世之谜。整部小说就像在一个错综复杂的、被人为设置的迷宫中寻找属于自己的房间。不止于此,《风和日丽》亦是杨小翼身体和精神的启蒙史。缘此,小说自然充满争辩和拷问,在风格上是内倾的、抒情。杨小翼时刻从历史的大路步入私人生活的小径。自从撞见了母亲和李医生的私情,杨小翼对两性情感在思想上一直很抵触,认为任何两性私情都是不健康的,是和革命格格不入的。但杨小翼慢慢觉出自己内心深处的矛盾:一方面,她厌恶男女之间过分亲热之举;另一方面,在夜深人静的时候,她也盼望着这样的情感降临到自己

---

15 艾伟:《〈风和日丽〉写作札记》,《当代作家评论》2010年第2期。

的身上。她看《一江春水向东流》，意识到革命和腐朽在此并行不悖。也就是说，在杨小翼的意识里，革命和恋爱开始变得不那么矛盾了，相反因为革命的崇高感，让恋爱变得更富激情，显示出一种动人的诗意。一切与身体有关的事物都是"非法"的，私人生活在庄严的革命语汇中被排除在外，好像这一块生活已经消失。她放走将军，被吕维宁要挟，她如此仇恨吕维宁，却竟然有生理反应。杨小翼的身体里经常会产生和刘世军触碰的欲望，这让她备受煎熬。他们在部队约会、偷情，维持着危险的关系，直到后来分手依然觉得他们的这段关系温暖、正面和光亮。

杨小翼在小说的明面，将军则在被她窥看的暗处。"皖南事变"负伤后被秘密转移到上海的尹将军，在外公家养伤，和母亲相好，致使母亲怀孕，将军到了延安后，在组织的安排下和一女学生结婚，成立了新的家庭。在公共生活中，他说出："对一个革命者而言，个人情感不值一提。"他拒绝曾经的恋人杨泸，也拒绝和私生女杨小翼相认，以至于直接导致儿子尹南方跳楼致残的悲剧。但另一方面，将军回忆21岁革命之前法国的文艺青年前史，说起和诗人徐子达的分道扬镳，不无伤感："我们现在成了完全不同的两个人。"将军在外孙的墓碑上刻上自己青年时代在法国写过的情诗的一句："愿汝永远天真，如屋顶之明月。"他的遗物有杨小翼八岁的照片，写着"我的女儿。刘云石从永城带来。一九四九年十二月二十日"。无论是将军，还是杨小翼和她的母亲、卢秀真和她的朋友们，中国人的私人生活像一个巨大的黑洞。教科书上认识的将军，"高大如神、完美无缺、没有人间气息"；母亲的讲述中，将军年轻英俊，有"既儒雅又粗犷的迷人气质"。从个人情感上她怨恨将军抛弃母亲，但将军又是她崇拜的偶像和英雄。

杨小翼1975年重回北大读书，她的启蒙时代，精神资源来自卢秀真的青年思想社群。也因此，杨小翼具有了独立的反思能力，可以摆脱自己出身和身世的纠结，在精神上成人。曾经杨小翼对将军的生活和内心充满近乎偏执窥看的冲动,甚至研究革命遗孤和私生子时,也是怀着弑父的冲动,怀着嘲弄和审判夹杂的心情,试图私自闯入将军的个人痛处,但《风和日丽》最后写到了杨小翼和夏津博对父辈的宽恕、和解。不过,这不是小说中唯一的道路,小说最后同时也保留尹南方的不宽恕、不和解,他自始至终是一个居高临下站在道德至高处的审父者。

迄今为止,艾伟一共创作了六部长篇小说。其中《越野赛跑》、《风和日丽》和《南方》这三部是跨越二十世纪当代社会主义中国的革命长史,而《爱人同志》《爱人有罪》《盛夏》则跨越改革开放的历史阶段,是革命长史的断代,某种程度上可以编织进前面三部革命长史。是不是可以做这样的命名:《越野赛跑》、《风和日丽》和《南方》是艾伟的"当代中国社会主义实践"三部曲,或者艾伟自己说的"社会主义革命经验"三部曲?这个三部曲和一般迭代的三部曲——比如格非的"江南三部曲"——不同,它们是平行宇宙意义上的。如果这个三部曲的命名成立,艾伟是集中对当代中国社会主义革命经验的现实和寓言进行了想象性重构和重建,尤其关切革命进程中公共政治生活对私人生活的形塑,就像他写《风和日丽》时希望的那样:"写出诗史的气息,希望这部以杨小翼为主角的个人史时刻联系共和国的大历史。"[16]

艾伟的小说有一个当代中国的大事年表。这些年表的"大事"是当代中国的"大事",也是由生活在这个国家的每个人共享的"大事"。在《风和日丽》里,1941年,皖南事变之后一年,尹泽桂在上海养伤。1948年春节,杨小翼和妈妈像往年一样去上海探亲。1949年冬季的某天,刘云石探望杨泸,杨小翼和米艳艳在玩"跳房子"。1950年春天的时候,新政权镇压了一批反革命分子,朝鲜战争爆发。转眼到了1958年,杨小翼17岁了。1962年,是杨小翼安宁的年月。然后是,1965年、1966

---

[16] 艾伟:《〈风和日丽〉写作札记》。

年、1972年、1975年、1976年、1980年、1995年……小说终结于世纪末的1999年。《南方》，从春天特别寒冷的1963年开始写起，我们挑出其中一个重要的时间节点，1981年。是年，以富家公子面目归来的夏小恽是永城的一个传奇，它满足了人们一夜暴富的想象，也成为夏小恽骗子生涯的起点。对罗忆苦而言，则开启了狂乱的江湖生涯。罗忆苦亡命天涯，最后死于非命，一切始于姐妹俩对夏小恽的争夺，最终罗思甜自杀，成为获胜者的罗忆苦得到的却是夏小恽以行骗为生的真相。

艾伟对政治生活进行改写、填充，进而重新编组个人的日常生活，尤其是日常生活中的感情生活。在艾伟的小说中，政治不仅仅是一些历史节点、政治符号和时代标签："深挖洞，广积粮，不称霸"的口号，人民浴室、东方红年糕厂、工农兵理发店更名后的店名，街头广播里播放着的《东方红》，名字里的"忆苦思甜"有"新中国的气派"，等等，对当代中国人的日常生活而言，政治最终影响到的是每个人的命运。是否敏感感受到政治变动，并且顺势而为，直接左右一个人的命运道路，就像米艳艳的母亲王香兰，这个永城越剧团的名角，因为排几出宣传革命的戏，俨然成为革命艺术家，米艳艳也因此进了革命子弟学校。而事实上，从来只有很少人可以驾驭时代。其他人，无论是尹将军，还是艾伟小说中的庶民众生，更多的是随波逐流。

国家和个人、公共时间和私人时间、中国故事和细民日常交叠在一起，与此同时，那些相处的、相遇的、相见的，或者终其一生彼此隔绝的不同个体的时间、故事和命运也交叠在一起。我们把《越野赛跑》、《风和日丽》和《南方》对读，可以发现，1976年是三部小说共同的重要历史时刻和人物命运当口，也是小说叙事的关键。在《南方》里，罗忆苦和夏小恽的性爱游戏持续到1965年；这一年秋天的某一个晚上，在《越野赛跑》里，"我们村"（光明村）忽然开进一支部队。在《风和日丽》里，1973年1月5日，杨小翼生日，她和刘世军有了第一次性关系；而在《南方》里，

1973年，婆婆周兰失踪一星期后回到了布衣巷的家，但完全疯了。1995年7月30日，《风和日丽》里，"北方"的尹将军去世一个月之后，《南方》里的杜天宝和罗忆苦开始了回忆。他们一个是"傻瓜"，一个是游荡在西门街的幽灵。铺成当代社会主义中国大事年表，并且将中国社会各阶层的命运安放进去，艾伟的"三部曲"以其充沛的思想激情，出入乡村和城市、中国和世界，编织革命世家、江湖儿女和知识界等中国各阶层的公共生活和私人生活的风俗史和精神图谱，勘探不同时代人性的变态和常态。从这种意义上，艾伟的这个"三部曲"其实是一部大书。

谈到《越野赛跑》时，艾伟说过："我至今喜欢我的长篇处女作《越野赛跑》。我得承认写作这部小说时我野心勃勃，我有一种试图颠覆宏大叙事然后重建宏大叙事的愿望。这部小说试图概括1965年以来，我们的历史和现实，并从人性的角度做出自己对历史的解释。表面上看，这是一个小村演变的历史，但真正的主角是我们这个国家和民族。我当时还有一种试图把这小说写成关于人类、关于生命的大寓言的愿望。我希望在这部小说里对人类境况有深刻的揭示。"[17]当艾伟提出"重建宏大叙事的愿望"，恰恰是中国当代小说自甘书写国家史之外的稗史和细小历史的文学时代，而艾伟则在他的小说中确证和统一了私人生活和公共生活的度量衡。私人生活在文学意义上享有和公共生活同样的计量单位以及权利、价值和尊严。这也是艾伟作为写作者的权利、价值和尊严。艾伟在《整个宇宙在和我说话》中，引用博尔赫斯《宁静的自得》的诗句"光明的文字划过黑暗，比流星更为神奇"作为题记。某种意义上，或许只有那些为被侮辱和被伤害的卑微者的权利、价值和尊严发声的文字，才是划过黑暗的光明的文字。

---

17 艾伟：《无限之路》。

新生代：文学代际，或者1990年代的文学年轮
——作为"新生代"的邱华栋

现在能够查到的邱华栋最早发表的小说是《作家与小偷》，这篇写于1985年的短小说被收入他1989年出版的小说集《别了，十七岁》（四川少年儿童出版社）。指出邱华栋的这个写作起点，其意义并不仅仅是表明以邱华栋个人写作年龄，他在同时代的人里有多资深，而是，提示1985年对于整个中国当代文学的意义非同一般。1985年是"新小说"的1985年，"第三代诗歌"的1985年，也是先锋戏剧的1985年。1985年，虽然邱华栋生活在新疆天山脚下的边地小城，刚刚进入高中，但我们有理由相信，邱华栋已经感知到中国文学涌动的"新潮"。在《别了，十七岁》的后记中，邱华栋写道："我已在这块土地上寻找适合于我生长的土壤，并搞出我独特的产品，就像魔幻现实主义之于拉美，超现实主义之于法国一样。"[1] 值得注意的是，邱华栋的这本小书属于一套共十五种的"小作家丛书"，它收入的作者都是当时被看好的"少年作家"。时至今日，三十多年过去，这十五个"小作家"成为"大"作家的只有邱华栋一个。粗略地翻阅了这十五个"小作家"的书，我们发现邱华栋"一个"和他

---

[1] 邱华栋：《别了，十七岁》，四川少年儿童出版社1989年版，第167页。

们"十四个"的差异——只有邱华栋从一开始就自觉地在同时代的中国当代文学中写作。这个中国当代文学是世界文学中的中国当代文学,所以,他的写作不只是摹写校园生活和青春期意绪,而是直接抵达中国当代文学,甚至世界文学的最前沿。

邱华栋三十余年的个人写作史,中间发生了诸多转折、延展和分叉,就像地图上各种边线蜿蜒描画的大地风景。邱华栋不仅阅读量惊人,写作量在同时代作家中也堪称巨大,有近千万字;更重要的是,如邱华栋在不同场合所说,自己激情且善变,总是"自己革自己文学的命"——不为自己所局囿,不拘文学定式,过几年就有自己未来的写作计划,且都能兑现。故而,他写作面向和风格均庞杂,很难简单地被归类和定义,也绝非一篇论文可以厘清、说明和澄清。基于此,为贴近"新生代三十年"的议题,本文拟只观察1980年代到新世纪初这十几年邱华栋作为"新生代"的文学时代。

一

中国现代文学史惯以小说为中心观察一个时代的文学风尚。我们现在的文学史谈论的"新生代"也约定俗成指1990年代成名的青年小说家群体。不过,事实上,1949年之前就有人使用"新生代"来谈论文学的新陈代谢,比如唐湜的《诗的新生代》。[2]如果这还只是诗人和批评家偶尔为之,不足为凭,那么,到了1980年代中后期,"新生代"普遍被用来描述1978年改革开放时代的中国文学代际,则是不争的事实。在为朱子庆编著的《中国新生代诗赏析》(宝文堂书店1991年版)所作的序《江山代有才人出》中,朱先树认为是他在1985年把"新生代"这个地

2　唐湜:《诗的新生代》,《诗创造》1948年第11期。

质学的名词用来评述朦胧诗之后出现的青年诗人们。[3]除了朱先树,诗人牛汉在1986年也用"新生代"这个词来指认朦胧诗之后的年轻诗人。在以"诗的新生代"为题的短文中,牛汉指出:"《中国》文学月刊的这一期的十位诗作者年龄多半在二十岁上下,都属于'新生代'。"他认为:"诗歌的'代'有时只有五六年的光景。"[4]1989年6月,人民文学出版社出版邹进和霍用灵主编的《情绪与感觉——新生代诗选》,其"内容说明"也指出:"这些诗人均为'朦胧诗'派以后涌现的'新生代'或者'第三代'诗人中的佼佼者。"1993年北京师范大学出版社出版"写作艺术借鉴丛书",丛书中有"当代诗歌潮流回顾"一辑,辑中《以梦为马:新生代诗卷》由诗人、诗评家陈超主编。陈超在编选者序中揭示了诗歌"新生代"的几个事实:"1985年之后,'新生代'诗人成为诗坛新锐。""'新生代'诗歌并不是'朦胧诗'简单的对立面。""对于'新生代'诗歌而言,'朦胧诗人'后期的创作,如果不是启发,至少也是预言了此后'事态'的发展。"哪些"事态"的发展?陈超认为体现在三个方面:"第一,个体主体性的逐渐树立;第二,对诗歌肌质的进一步强调;第三,对跨文化语境下西方现代诗的倾心关注。"[5]在这里,1980年代的"新生代"诗歌已经被从诗人主体性、内在诗学和外来文学资源等方面赋予了具体的审美内涵。入选这本"新生代诗卷"的诗人,生于1950年代和1960年代的差不多各一半。其中,柏桦、陈超、大仙、岛子、蓝马、廖亦武、南野、欧阳江河、石光华、宋琳、唐晓渡、涂国洪、雪迪、于坚、余刚、张曙光、钟鸣、周伦佑、邹静之等生于1950年代。不同生理年龄的混编,足以证明诗歌的"新生代"不只是生理性的文学代际,而是诗学革命意义

---

3 参见朱子庆编著:《中国新生代诗赏析》,宝文堂书店1991年版,第1—3页。
4 牛汉:《诗的新生代》,《中国》1986年第3期。
5 陈超:《编选者序》,谢冕、唐晓渡主编,陈超编选:《以梦为马:新生代诗卷》,北京师范大学出版社1993年版,第2页。

上"新生"的一代。《以梦为马：新生代诗卷》的入选者基本是唐晓渡、王家新主编的《中国当代实验诗选》（春风文艺出版社1987年版）和徐敬亚等主编的《中国现代主义诗群大观1986—1988》（同济大学出版社1988年版）选取的那些诗人。从年龄上看，他们和"朦胧诗人"相差确实只有牛汉说的"五六年的光景"，甚至"朦胧诗人"顾城和王小妮本来就是这些生于1950年代的"新生代"诗人的同龄人。

  "新生代"不只局限在诗歌界，还包括散文界。上面提及的"写作艺术借鉴丛书"中，"当代散文潮流回顾"有楼肇明和老愚主编的《九千只火鸟：新生代散文卷》，但和"新生代诗卷"不同，入选的作者除了钟鸣和张锐锋，其他都是1960年代出生的，且差不多半数是1965年以后出生的。此前，1990年，老愚还为"二十一世纪人丛书·狮子文丛"编过一本《上升——当代中国大陆新生代散文选》（北方文艺出版社1991年版），该书选取的作者稍有不同，但也是半数左右出生于1965年以后。虽然老愚在撰写的编后记中强调，对于"散文新生代"来说，"年龄不是唯一的尺度"，"这个选本旨在推进散文文体的革命"。[6]但审美意义和生理代际双重限度的散文"新生代"事实上已经渐渐收缩到1960年代出生的作家身上。如果简单地以出生时间看，1980年代散文"新生代"和我们现在一般而言的1990年代小说"新生代"是真正意义的同一文学代际。值得注意的是，"写作艺术借鉴丛书"中亦有"当代小说潮流回顾"，却并没有和诗歌、散文相对应的"新生代小说卷"，而是按照一般中国当代文学思潮，将1980年代小说按线性历史逻辑分为伤痕、反思、改革、寻根、探索和新写实小说几种。"探索小说卷"收入张承志、刘索拉、王蒙、残雪、马原、余华和孙甘露等的小说。"探索小说"之"探索"也是

---

6 老愚：《上升——当代中国大陆新生代散文选》，北方文艺出版社1991年版，第437页。

小说文体革命意义上的，因此所谓"探索小说"其实就是和1980年代新生代诗歌和散文共时的"新生代小说"。只是不知道出于怎样的考量，生理年龄的"新生代"在这本"探索小说卷"中体现得不充分，书中并没有包括文学谱系上更年轻、出生于1963年的苏童和1964年的格非等小说家。需要指出的是，当我们谈论1980年代的诗歌、散文的"新生代"和"探索小说"，与之隐含对举的是"旧生代"或"非探索小说"，两者的区别并非作者出生时间的前后，而是作品能否与时俱进地提供新的审美可能。故而，从1980年代的诗歌、散文的"新生代"和"探索小说"的人员组成来看，它们是不同生理年龄写作者的混编，甚至也不乏从"旧生代"蜕变而来的"新生代"。因此，从文体革命和审美创造的角度，"旧生代"和"新生代"既是时间的，也是空间的。"旧生代"和"新生代"、"探索小说"和"非探索小说"在1980年代中后期同时在场，各自占据着不同审美向度的文学空间。1993年，陈超编选《以梦为马》时的感觉是："由经济竞争与权力主义结盟带来的准商品社会，正在成为我们所面对的最强大的意识形态。在这种权力、技术、拜金三位一体的集约化/工具化时代，文化的进一步荒芜和新的可能性都存在着。"[7]有意思的是，1990年代中后期文学界再来谈论陈超预见的"文化的进一步荒芜和新的可能性"时，基本上都转移到"新生代"小说上，甚至很少用"新生代"来描述1990年代的诗歌。

李敬泽认为："'新生代'或者'晚生代'，这些词都是在与八十年代的对话中才得以成立。当人们宣布'新生代'或'晚生代'出现时，他们也在宣布八十年代的终结，更准确地说，是八十年代的文化逻辑和文化情调的终结。人们为了认识和确定'我'，必须首先认识和确定'他'，对八十年代的他者化描述是阐释'新生代'或'晚生代'的前提和起

7　陈超：《编选者序》，第9—10页。

点。"[8] 如果承认李敬泽所说的1990年代"新生代"与1980年代对话性的他者化的前提和起点成立，我们必然要追问1990年代"新生代"或"晚生代"对1980年代文学的哪一部分进行了对话性的他者化？它必然包括1980年代的"新生代"、"旧生代"以及两者之间不新不旧暧昧不明的文学部分。1980年代"旧生代"转场到1990年代，因为是已经被1980年代"新生代""PASS"的隔代遗存，一般而言不会被1990年代"新生代""他者化"，而1990年代"新生代"则部分是1980年代"新生代"的延长线上的，是其中部分在1990年代的转折、分叉和别出新径，这意味着那些1980年代就进场的"新生代"，如果要继续成为1990年代的"新生代"，将面临他们文学生涯的"二次革命"，其中的一些人将要"革自己的命"，比如余华、苏童和格非在1990年代的所谓"现实转向"当属如此。余华、苏童和格非1990年代的"现实转向"和1990年代"新生代"的关系需要专文讨论，这里先不做展开。正是在这个背景上，我们观察邱华栋从1985年开始的写作，观察他从1980年代的"新生代"变成1990年代的"新生代"。当然，我们这里选择的1980年代终结的时间节点不是严格意义的1989年，而是1992年前后。1992年，邱华栋从武汉大学毕业去北京工作。1997年，已经在北京工作和生活了五年的邱华栋从中国社会结构转型的角度谈到1992年前后的时代之变和自己这代人的精神动向和转向，他认为：

> 1992年以来的五年，是中国改革开放积累的能量大量释放的五年，这种能量都是从城市中释放的，从南到北，从东到西，中国社会已经完全变成了一个商业社会。当然，中国社会的现实也是一种

---

[8] 李敬泽：《"新生代"的故事：〈新生代作家小说精品〉序》，《创作评谭》1999年第1期。

叠加的现实，后农业、工业和后现代社会的文化景象重叠着，再也不是单一的农业社会与农业国度了。这种社会现实仍在分化与裂变，因而也造成了社会利益分层与社会群落的分化，因而，当代文学便演变成了当代美学多元的丰富景观。

　　在美学多元的时代，判定自己是哪一元至关重要。对于我而言，我不可能去虚拟历史，我是1976年（按：1976年是笔者根据原文描述的时间点重新标注的）后成长起来的一代人，我对当代中国历史缺乏体验记忆。我因而对当下生活非常感兴趣，我生活在城市中，我的朋友以及很多人都生活在城市中，我便把写作的视点放在城市背景上了。[9]

　　1992年之前，邱华栋的1980年代可以进一步细分为新疆时代和武汉时代。如前所述，邱华栋是从他生命史的新疆时代开始了文学之旅。上个月去世的诗人胡续冬回忆少年时代的文学生涯时写道：

　　多年以后我看台湾导演杨德昌执导的《牯岭街少年杀人事件》的时候，对片中一个著名的桥段颇有认同，就是里面那个叫哈尼的小混混对小弟们说，他在南部跑路的时候看了很多武侠小说，其中有一部叫《战争与和平》，"里面有个老包，全城的人都翘头了，他一个人拿把刀去堵拿破仑，后来还是被条子抓到……"看到这一段我心头一震，原来台湾的小混混也读世界文学……[10]

9　邱华栋：《我的城市地理学和城市病理学以及其他》，《南方文坛》1997年第5期。
10　胡续冬：《小混混时代啃书和北大学徒式阅读》，《世界文学》2011年第3期。

这几乎是所有小城镇文学少年的前史。1992年之前,邱华栋有正式出版的小说集《别了,十七岁》(1989)和诗集《从火到冰》(1991),另有二十余篇小说辑为未正式出版的《不要惊醒死者》。这二十余篇小说,有的改写为全新的小说,比如《外乡人·消息树》和《通往废墟的迷宫》就是发表于《山花》1996年第9期的《界限》的母本;《枯河道》《环形树》《雪灾之年》和《蝴蝶与火焰》(后改名为《枪和蝴蝶》)收入《西北偏北》(长江文艺出版社2001年初版,江苏凤凰文艺出版社2018年再版);《太阳帝国》收入《把我捆住》(中国华侨出版社1996年版),并作为1999年百花文艺出版社版的小说集书名;其余各篇基本收入《归宿》(江苏凤凰文艺出版社2018版)。"西北偏北"对邱华栋而言,是精神故地和文学原乡,读邱华栋创作于二十世纪八九十年代"西北偏北"的少年往事,结合他的自述,能够感到邱华栋作为文学少年的新疆时代一样地被"街上的血"和世界文学共同滋养。这些小说被李敬泽称为"邱华栋之证据":"邱华栋为他的'都市'找到了真实、确凿、雄辩的证据:我们都是'出逃'在外的人,不是来自空间上的远方,就是来自时间的过去,来自1983年或198×年。"[11]事实上,邱华栋小说的"北京新人"系列很少涉及北京的原住民。他们是闯入者,是有着各自远方和过去的"出逃者"。邱华栋说:"我对当代中国历史缺乏体验记忆。"这里的"当代中国历史"指的是1976年之前,而他的体验记忆开始于改革开放时代。而不是1976年之前。邱华栋后来的小说中确实有"中国屏风""北京时间"等历史相关的系列小说,但是想象和虚构的,而不是"假作真"地伪装成亲历者进入历史现场。值得一提的是,我们在一些比邱华栋年轻得多的作家的小说里仍然能读到1970年代前期"自传式"的少年往事。这些作家,将

---

11 李敬泽:《序二:邱华栋之证据》,邱华栋:《西北偏北》,长江文艺出版社2001年版,第5页。

1970年代前期作为盛放他们少年往事的历史空间，往往更多借助观念和常识的知识，将他人的体验记忆嫁接到自己的体验记忆，制造佯真的自叙传小说。

顺便提及的是，"西北偏北"少年往事系列的写作时间跨度很长，从1980年代中后期一直延伸到新世纪，它既是邱华栋1990年代"北京故事"的前史，又是同时在场者。研究者发现邱华栋小说的"西北偏北"少年往事系列可以与苏童的《少年血》、王朔的《动物凶猛》和余华的《在细雨中呼喊》对读。[12]它们确实是一个文学谱系上的，但邱华栋这些少年往事基本发生在1983年前后。1983年是改革开放时代的特殊历史时间。从那个时代过来之人，对于1983年前后的记忆往往都和"严打"相关，而"严打"则又关乎街角少年、青春的禁忌、性与爱的懵懂和蠢动、美的觉悟和死亡的惊惧等等，就像邱华栋一篇小说的题目，它们混合成"街上的血"。邱华栋小说《街上的血》和比他年长的苏童的《少年血》不同，邱华栋小说中被"严打"的对象并不全然无辜，即使客观存在"严打"之"严"，但邱华栋少年成长的时代场景不可能像苏童他们的少年时代那样被整体否定，甚至在国家叙事中也失去合法性，因而邱华栋的《街上的血》几乎没有苏童的《少年血》那种以文学之名为过往岁月被损害的少年正名的缅怀和悼挽。

二

从文学亲缘性考察邱华栋个人文学史序列上属于1980年代的小说和诗歌，可以发现，它们是1980年代的"新生代"诗歌和"探索小说"的近亲。

12　陈晓明：《序一：生活的绝对侧面》，邱华栋：《西北偏北》，第1页。

邱华栋的诗集《从火到冰》，题目是诗集的内容，也是诗学趣味——"火"和"冰"之间的腾挪。《从火到冰》第一辑"火焰的声音"可以放在周涛、杨牧、昌耀等不同个人风格的新时期西部诗中来讨论。第二辑"感动"和第三辑"悲怆"，与第一辑"火焰的声音"并不存在写作时间的先后，但诗学趣味却是内省和忧郁的，趋近1980年代的城市"新生代"诗人。因而，邱华栋1980年代的诗歌是地方性西部和城市、抒情性的浪漫主义和沉思冥想的现代主义杂糅的混响。1980年代后期，邱华栋写了一系列从西部地方性出发又不能被地方性完全收编的苍茫和壮阔的"大诗"。这些诗歌迄今为止还很少被诗歌研究者充分关注。

按照研究者普遍的观点，1990年代，邱华栋的"新生代"同路人从各自日常生活体验和经验出发，以内倾和隐微的个人写作确立文学风格，并以此区别于有着共识性时代感受和取径域外共同的技术崇拜的"探索小说"的1980年代先锋小说家。邱华栋的小说阔大、激情、激越、向外扩张，这构成了邱华栋和1990年代"新生代"之间的内部差异性。比如都写城市边缘人，邱华栋小说的边缘人却有着驯服都市、由边缘走向中心的野心和雄心，而不是自甘沦落的灰色小人物。如果从人和时代的关系重新思考邱华栋1990年代的都市小说，邱华栋其实写了1990年代上升期北京（或者更通俗地说是"中国崛起"）的时代英雄（有一个滥俗的词叫"时代的弄潮儿"）。他们抵达城市的那一刻有一个共同的名字——"外省人"，但他们很快就成长为邱华栋《城市的面具》（敦煌文艺出版社1997年版）里与都市部族的各种身份前缀组合的"人"——"新人类"。这些"新人类"，应该也包括写作者邱华栋。他们被都市所吸引，同时被都市所伤——尤其是，邱华栋这一时期小说中的年轻女性，几乎都承担着都市和男性的双重伤害。但即便如此，他们恨却更爱着这"肿瘤般"的轮盘城市，因为都市有着外省人的过去和远方所没有的更多的改变命运的机会，就像《哭泣的游戏》里的黄红梅，她可以在"我"设计的行为艺术助推下快速致富，打破阶层壁垒，成为城市新富人。这种传奇属于1990年代北京，虽然最后她也死于非命。我们不能因为黄红梅们最后的堕落和死亡转而否定他们曾经在都市有过的向上生长。向上生长者都有类似《城市中的马群》《乐队》《手上的星光》等小说中与往事告别的感伤和疼痛，但邱华栋的小说依然是肯定着拉斯蒂涅的"巴黎，让我们来拼一拼！"的。只需将巴黎置换成北京，拉斯蒂涅置换成北京的闯入者。一定意义上，剥离旧我生出新我的"痛并快乐"正是1990年代北京故事的文学典型性。从这里，我们也许可能理解，为什么多年以后邱华栋写《北京传》（北京十月文艺出版社2020年版）要从1990年代成为世界大都市的北京写起。可以这样说，邱华栋不是在文学史知识谱系上放大城市的罪恶和矮化人在城市的可能，而是作为1990年代北京的目击证人和在场者，书写自己部族的爱与痛、生与死、上升与堕落。一定意义上，邱华栋1990年代小说世界和他的个人生活是互文的、彼此嵌入和扩张的，比如他是一个长期的酒吧写作者和迪厅的午夜狂欢者，这些都成为他小说的一部分。因此，也许是不很恰当的命名，但邱华栋确实是1990年代中国当代文学的"在场现实主义者"。当然，研究这种差异性不能不从邱华栋个人成长的地方性发育出的早期写作寻找原因。邱华栋把自己写作中的激情命名为"大陆型的激情"，因为他生在新疆长在新疆，新疆开阔和冰冷的大地气质，从小就注入他的生命。野蛮、生动、大气、荒凉，是他的人格因素，也是他小说的风格学，包括城市题材的小说写作。[13]1998年，29岁的邱华栋接受张钧的访谈，他认为自己的写作应该从30岁开始，"前面所写的好多都是垃圾，所以30岁以后想写一种大的东西，写一种宏大历史的东西，像美洲作家那样，因为美洲作家也是大

---

13 参见邱华栋：《天花板上的都市摇滚——邱华栋访谈录》，张钧：《小说的立场——新生代作家访谈录》，广西师范大学出版社2002年版，第255页。

陆型的写作者,像福克纳、马尔克斯、巴尔加斯·略萨等人,一部作品一个民族的历史出来了"。[14]

邱华栋在《别了,十七岁》时期的中学校园写作和大学时代的写作之间有一个明显的出"旧生代"入"新生代"探索小说的转换。和书名同题的小说《别了,十七岁》并不能代表邱华栋这一时期的写作特色。可能考虑整套"小作家丛书"的清浅和青涩的中学校园风的一致性,"别了,十七岁"被选作了书名。而其他如《血染的永恒之爱》《归宿》《奔向那一轮红艳艳的太阳》《生命的足音》诸篇以人和自然相处为主题的小说,则有着反思性的生态意识和蛮荒、野性的审美风格的内在统一性,这些"荒野故事"和"北京故事"不同,甚至和"西北偏北"少年往事殊异。在邱华栋未来的写作中,虽然很少直接写"荒野故事",但他近年的《唯有大海不悲伤》(北京十月文艺出版社2019年版),如果我们不只是考虑它表面的异国题材和异域景观,其内在的精神气质和"荒野故事"是遥相呼应的。如果放在同时代文学中看,邱华栋的"荒野故事"对标的是寻根文学,但一个中学生的习作显然不可能被接驳到寻根文学谱系,虽然今天回过头看,这些"荒野故事"与同时代某些寻根文学代表作在艺术性上也相差无几。

1988年第6期《收获》的先锋文学专辑,集中推出孙甘露的《请女人猜谜》、苏童的《罂粟之家》、余华的《难逃劫数》、马原的《死亡的诗意》、史铁生的《一个谜语的几种简单的猜法》、潘军的《南方的情绪》、扎西达娃的《悬岩之光》和张献的《时装街》等。也就是在这一年,进入大学不久的邱华栋,就写出了《枯河道》《意象:芬芳的墓地》《环形树》,1989年又写出《通向废墟的迷宫》和《我在那个夏天的事》等小说,这些小说从题目,到死亡、恐惧、宿命等现代主义母题,再到

---

14 邱华栋:《天花板上的都市摇滚——邱华栋访谈录》,第256页。

新的叙事语法等,都属于同时代中国先锋文学圈。因而,几乎可以肯定地认为邱华栋是1980年代小说的"新生代"。而且,在邱华栋的个人写作史还能清晰地看到从寻根文学的"荒野故事"到"探索小说"的转折痕迹。

像邱华栋这样,既属于1980年代的"新生代",也属于1990年代的"新生代"的作家,不是个别。一般认为,衡量一个作家是否算作1990年代的"新生代",一个重要指标就是他们的出场时间,或者最早代表作发表的时间,像陈思和就认为:"新生代作家,当代评论界也称之为晚生代作家,是指在本世纪九十年代开始在文学领域崛起的一批年轻作家。他们大多数出生于六十年代,在'文革'结束后开始接受教育。"[15]这里"接受教育"的"教育",究竟是启蒙教育,还是大学教育?陈思和说得很含糊。如果从大学教育角度,至少苏童和格非的1980年代大学教育和思想文化、时代氛围,和邱华栋等许多划在1990年代的"新生代"作家并无多少差别,甚至绝大多数1970年出生的人也在1988年进入大学。从出场时间看呢?和陈思和将"新生代作家"崛起的时间模糊地确认在1990年代不同,李洁非确定地把"新生代作家"的起点定在1994年。李洁非认为:"'新生代作家'的创作从整体上取得对于先前的其他作家群的抗衡以至于渐渐形成观念、题材和手法上的一定优势却是在1994年之后。"他的理由是:

> 在1994年前,"新生代作家"中许多活跃分子,像徐坤、邱华栋、刘继明、何顿等,尽管写作远非自1994年始但真正引人关注的作品却是在这之后发表出来的。"新生代作家"的两个主要支系南京作家群和北京作家群都还没有来得及呈现清楚的轮廓。《大家》等四

---

15 陈思和:《新生代作家》,《当代文学研究资料与信息》1999年第5期。

刊一报基于"新生代作家"而合作的《联网四重奏》尚未运行，同样，类似于《青年文学》《山花》基于"新生代作家"的栏目《六十年代出生作家作品联展》《跨世纪星群》等亦未开设。以上数故，我主张将"新生代小说"立足于文坛的时间定为始于1994年。[16]

李洁非的第一条理由和选择的样本有直接关系，也和对作家整个创作情况的材料掌握有关。什么才算"引人关注"？应该有各种指标。确实，如果没有李洁非第二、三两条理由提及的群体形成和期刊策划的有意和刻意，"新生代"很难达到"引人关注"。其实，1980年代诗歌和小说"新生代"崛起就和报刊的策划有关。就文本而言，李洁非举的四个作家的小说中比较"引人关注"的，如徐坤的《白话》《斯人》（1993）、邱华栋的《城市中的马群》（1993），也都发表于1994年之前。我们可以扩大"新生代"取样的范围，比如1999年程绍武主编的"新生代作家小说精品"（包括中篇小说合集《被雨淋湿的河》《成长如蜕》两卷，短篇小说合集《是谁在深夜说话》一卷）收入鲁羊、徐坤、北村、朱文、东西、邱华栋、麦家、张旻、吴晨骏、赵刚、韩东、王彪、叶弥、述平、李冯、须兰、毕飞宇、李洱、刁斗、吕新、荆歌、李大卫、阿来、红柯、南野、陈铁军、西飐、徐庄、叶舟、张驰、棉棉、李冯、周洁茹、程青、夏商、戴来、艾伟、朱也旷、羊羽、卫慧、王芫、张梅和丁天等的中短篇小说，这些作家，1994年之前发表代表性作品的至少有：北村的《谐振》（1987）、《聒噪者说》（1991），吕新的《南方遗事》（1992），李洱的《导师死了》（1993），鲁羊的《楚八六生涯》（1991）、《弦歌》《银色老虎》（1992）和《佳人相见一千年》（1993），韩东的《西天上》、《树杈间的月亮》、《掘地三尺》（1993），等等，这些文本今天大多数都进入到中

---

16 李洁非：《新生代小说（1994—　　）》，《当代作家评论》1997年第1期。

国当代文学史叙述。而且,他们中间,阿来、北村、张旻、韩东、王彪、述平、刁斗等均成名于1980年代,而鬼子、朱文、须兰、李冯、毕飞宇、荆歌、红柯、夏商等也在1990年代初崭露头角。以《收获》为例,1992年第6期发表了格非的《敌人》、余华的《活着》、苏童的《园艺》、孙甘露的《忆秦娥》、述平的《凸凹》、王彪的《大鲸上岸》、韩东的《母狗》和鲁羊的《银色老虎》,散文发表了史铁生的《随笔十三》和皮皮的《瞬间》。这一期,我们明显看出1980年代和1990年代"新生代"小说家的会聚。这一年《收获》的其他各期还发表了西飏、鬼子、北村、张旻、韩东、东西、刘继明、墨白等1990年代"新生代"的小说。显然,最迟到1992年,1990年代的"新生代"已经是中国当代文学现实的"引人关注"的文学存在。同一年,《花城》也发表了墨白、鲁羊、北村、吕新、毕飞宇等1990年代"新生代"的小说。发表是这样,出版也是如此。1993年花城出版社"先锋长篇小说丛书"出版,包括格非的《敌人》、苏童的《我的帝王生涯》、余华的《在细雨中呼喊》、孙甘露的《呼吸》、吕新的《抚摸》和北村的《施洗的河》。这里面,格非、苏童、余华和孙甘露是1980年代的"新生代",而北村和吕新则被列入1990年代小说的"新生代"。

也是在1992年,大学毕业的邱华栋从1980年代的"探索小说"作家、文体革命的"新生代"成为1990年代的"新生代"。我们要特别注意的是,和一般的强调"新生代"是一群出生年龄相近的文学代际的观点不同——事实上,如果仅仅是从生理年龄界定,你如何将余华、苏童和格非等剔除出1990年代的"新生代"?如果以出场时间为指标,你如何对待被划入1990年代"新生代"的那些1980年代就出场成名的作家?——我们理解的1990年代的"新生代"这个文学群体,既是以生理年龄为主要指标的文学代际的"代",更是1990年代文学时代性的"代"。故而,"新生代"是文学代际,也是代表1990年代审美风尚的文学年轮。

因此，如果1992年之后，邱华栋还在写他大学时代的"探索小说"，他是不可能如此频繁地被作为1990年代重要的"新生代"作家来谈论的。像陈思和指出的那样："邱华栋没有像以前的中国知识分子那样以人民或正义的名义来谴责财富和社会不公正，恰恰相反，他毫不忌讳因为个人得不到财富而对城市发泄强烈的仇恨，因此他描写了对向往物质的欲望的主动进取精神，写出了人在物欲面前的灵魂的厮杀搏斗。他所描绘的生活场景只有在九十年代才可能会出现，所展示的精神状态和心理状态也只有在九十年代才可能会是真实的。"[17]正是因为1990年代这些"北京故事"，邱华栋才成为1990年代的"新生代"。所以，从思潮和风尚转变观察文学的"1990年代"性，就能够理解邱华栋在1990年代几乎同时在展开生长的"西北偏北"少年往事和"北京故事"两个小说系列所获得的不同文学反响背后的时代文学趣味和风尚之变。就文学品质而言，邱华栋从1980年代"探索小说"延伸到1990年代的"西北偏北"，作者也许更成熟，但这种成熟的审美只有转换成精神性的文学气质寄居到"北京故事"才能获得1990年代的文学意义。毕竟对于中国当代文学而言，"北京故事"之都市是新的，"西北偏北"少年往事则貌似旧的，就像李敬泽所言："《西北偏北》里天山上那个做梦的孩子，他在都市里依然骑着一匹无形的马。"正是这匹"无形的马"能够让邱华栋小说中冷漠和堕落都市的孤独游走者，不至于完全沉沦和泯灭真心。同为1990年代"新生代"作家的徐坤写文章称邱华栋是"新生代的小野猪"。[18]事实上，除了"小野猪"般霸蛮、粗野、横冲直撞地挑衅都市秩序，邱华栋的内心还有一匹"无形的马"。所以，邱华栋的小说有浪漫、轻盈、唯美、感伤，它平衡着邱华栋"北京故事"的情绪、结构和叙事节奏。

---

17 陈思和：《新生代作家》。
18 徐坤：《新生代的小野猪》，《青年文学》1999年第2期。

三

显然，以邱华栋做样本，来观察1980年代的"新生代"如何成为1990年代的"新生代"，可以发现，这绝不单单是作家自我选择的结果。研究1990年代"新生代"崛起和邱华栋的文学成长不能忽视此际文学期刊的媒体革命。

一定意义上，无论是1980年代的，还是1990年代的"新生代"，如前所述，都是文学发表和出版的遴选和参与制造的。和1980年代《收获》《人民文学》《北京文学》《上海文学》《钟山》等中心城市文学刊物的局部变革不同，1990年代中期刊物市场化、办刊经费收缩和读者流失等导致的文学刊物生存危机，逼迫文学刊物之间竞争和合作，以更主动的姿态，介入到文学生产和读者市场中。自觉到文学期刊也具有"传媒性"，使得1990年代文学期刊办刊观念发生整体性和革命性变化，尤其是《大家》《作家》《山花》《芙蓉》《当代作家评论》等"边地"刊物成为文学中心城市之外的"副中心"，甚至反超文学中心城市。文学期刊个性化栏目策划成为1990年代中后期一个引人关注的文学现象，而邱华栋被"卷入"大多数1990年代重要的文学期刊栏目策划。据不完全统计有：《时装人》（《钟山》1994年第3期）被列入《新状态文学》，《眼睛的盛宴》（《北京文学》1994年第10期）被列入《新体验小说》，《新美人》《乐队》（《青年文学》1994年第11期、1996年第4期）被列入《六十年代出生作家作品联展》，《手上的星光》《环境戏剧人》（《上海文学》1995年第1、5期）被列入《新市民小说联展》，《公关人》《直销人》（《山花》1995年第3期）被列入《新向度》，《界限》（《山花》1996年第9期）、《哭泣的游戏》（《钟山》1996年第5期）、《化学人》（《大家》1996年第5期）、《保险推销员》（《作家》1996年第9期）被列入四家期刊联合推出的《联网四重奏》,等等。

一般认为,邱华栋的"引人关注"和《上海文学》《新市民小说联展》有直接关系。1995年,邱华栋先后在《上海文学》第1、5期发表中篇小说《手上的星光》和《环境戏剧人》。但事实上,在此之前的1994年,邱华栋已经在《钟山》的《新状态文学》、《北京文学》的《新体验小说》和《青年文学》的《六十年代出生作家作品联展》三个重要栏目发表小说。邱华栋因为在上海发表小说而"引人注目"是富有意味的。传统上,北京和上海有"京海之争",却没有彼此牵扯的"双城记"。熟悉北京当代城市史的能意识到,邱华栋1990年代的"北京故事"相对北京的城市气质而言,明显是超前的、违和的。但放在上海现代都市文化传统和文学谱系中,邱华栋遥致和接续上海文学史的海派传统,尤其是穆时英和刘呐鸥等的"新感觉派",因而他的"北京故事"在中国现代城市文学谱系中,给人的感觉却是"似曾相识燕归来"。也许正是貌似"似曾相识"的亲缘性,《上海文学》对邱华栋倾注了更多的关注。也正因为如此,《上海文学》的"编者的话"不是以"外省青年"命名和定义邱华栋,而是"都市新文人",说邱华栋这样的"都市新文人""倒是向三十年代活跃于上海文坛的穆时英、刘呐鸥、施蛰存等新感觉派作家学了不少东西"。[19]这一点很少被研究者注意到。在邱华栋的"北京故事"风行而成为文学现象的那几年,邱华栋也自觉地将自己的写作嵌入中国现代城市文学脉络,而其起点也正是上海海派小说,而不是北京的老舍,如其所言:

> 城市文学在二十世纪的中国文学历史并不发达,三四十年代上海"海派小说"有一点雏形,但只是毛坯。八十年代王朔的小说是

---

[19]《"都市文人"的表达——编者的话》,《上海文学》1995年第5期。

城市小说，却显得边缘化了。九十年代，中国社会的矛盾都在城市化中表现出来了，以城市为背景的文学当然会应运而生。[20]

邱华栋把自己的"北京故事"称为"指南"。"我一开始非常关注城市地理学。我喜欢北京、上海、深圳和广州的高楼大厦，我手中有很多城市的房地产开发资料，我喜欢日新月异的中国城市的外部景观，我像过去乡土作家描述田园风光一样描述着城市的风景，因而我的小说一度几乎成了北京现代建筑与场所的'指南'。"[21]这种城市地理学和1930年代穆时英、刘呐鸥们沉溺于声光电化的都市表象，气质上是一致的。只是邱华栋1990年代中期沉溺的北京地理是楼厦、餐厅、郊外别墅、酒吧和迪厅。我选了酒吧和迪厅，检索了当时关于北京酒店和迪厅的新闻报道，酒吧和迪厅在1990年代中期的扩张几乎和邱华栋的小说是同时发生。[22]也许一半因为文本面貌，一半因为时空错置的误读，邱华栋被上海征用，想象性地认为缝合了1990年代中期和1930年代上海都市文化和文学的断裂。仔细辨析，和邱华栋同一时期在《上海文学》发表"新市民小说"的陈丹燕、唐颖、殷慧芬、潘向黎和姜丰等并不能直接接驳到1930年代的"新感觉派"，而卫慧和棉棉等还没有出场。邱华栋的到来恰逢其时，上海也就"英雄不问出处"接纳了邱华栋。

《钟山》的《新状态文学》基于什么是"1990年代"性（新状态）和文学如何回应"1990年代"性（新状态文学）的考量，预言了"一种新的文学走向日渐显露出来，这是九十年代中国文化和中国文坛的'新

---

20 邱华栋：《我的城市地理学和城市病理学以及其他》。
21 同上。
22 1995年1月20日的《洛杉矶时报》和1995年3月3日的《华盛顿邮报》先后报道了北京迪厅的盛况，其中后者将1990年代中期的北京和1930年代的上海作比较，认为1990年代中后期北京迪厅的风行是中国开放的标志性事件。

状态'所导致的新的文学现象"。[23]《钟山》一共出刊八辑，先后发表了韩东、张抗抗、张旻、史铁生、朱苏进、何顿、述平、戈麦、海男、鲁羊、邱华栋、郭力加、陈染、刘剑波、李樯、朱文、雨城、罗望子、北村、张旻、文浪、墨白、夏商、张梅、金国政等作家的作品。《新状态文学》栏目策划设想是希望不拘作家的年龄和代际，重在作家和1990年代相关联的"新状态"，但通观入选的作家基本还是1990年代的"新生代"。可见，能满足专辑策划者想象的1990年代"新状态文学"的是正在上升期的年轻写作者。经历了二十世纪八九十年代过渡期走向1990年代的"新生代"，同时又站在中国城乡巨变、都市崛起的最前沿。邱华栋的"北京故事"显然是最合时宜的"新状态文学"样本。而关于怎么样的文学才算"新状态文学"，栏目策划者认为："新状态文学是九十年代的文学。它书写九十年代中国社会经济和文化变迁所导致人的生存和情感的当下状态。""九十年代的作家已不再是那种启蒙者式的全知全能叙述者了，他们自己的精神体验和生存状态已和普通公民的生活状态融成一片，他们或许只能通过自我体验的过程来呈现现实的生存状态。"[24]邱华栋将叙事视角交与北京的外省青年——这些城市的新移民、漫游者也是攫取者，依然保有自己的远方和过去的文艺青年。（像邱华栋《乐队》《城市战车》等小说的文学青年形象值得做专门研究）《时装人》写当下都市的畸变和新人类的崛起，无疑正契合"新状态文学"所期许的"新状态"。

《北京文学》的《新体验小说》发表了陈建功、许谋清、赵大年、母国政、毕淑敏、李功达、刘庆邦、刘毅然、徐小斌、邱华栋、关仁山、王梓夫等的小说。作者构成几乎以北京作家中的现实主义作家为主，且年轻作家很少。倡导者认为叙述者"把亲历性放在最重要的地位"，[25]"'新

23《文学：迎接"新状态"——新状态文学缘起》，《文艺争鸣》1994年第3期。
24 同上。
25 陈建功：《少说为佳》，《北京文学》1994年第2期。

体验小说'属于纪实文学，不是虚构的故事"。[26]这是一个和"新生代"无关的策划，其文学趣味是保守的传统现实主义在1990年代的延续。邱华栋是其中的一个异数。似乎可以证明这一点的是，以栏目作者为主的新体验小说选《预约死亡》（作家出版社1995年版）并没有选邱华栋的《眼睛的盛宴》，但华文出版社2001年版的三卷本"邱华栋小说精品集"却用了《眼睛的盛宴》作为其中短篇小说卷的书名。《新向度》是评论家王干给《山花》主持的栏目，江苏作家储福金、郭平、祁智等在列，其中也包括"新生代"小说家邱华栋、墨白、文浪等，是文学友谊和趣味相互妥协的结果。《山花》另有《跨世纪星群》（1995—1997年）和《跨世纪十二家》（1998年）栏目，尤其是由迟子建、李冯、李大卫、朱文、李洱、东西、毕飞宇、许辉、刁斗、韩东、徐坤和鲁羊组成的《跨世纪十二家》，囊括了绝大多数重要的"新生代"小说家。邱华栋没在这两个栏目出现，原因待考。

《钟山》、《大家》、《山花》、《作家》和《作家报》"四刊一报"的《联网四重奏》栏目中，1995—1999年入选的作家包括斯妤、述平、张旻、朱文、徐坤、刁斗、东西、张梅、邱华栋、文浪、鲁羊、李冯、丁天、夏商、陈家桥、王海玲、李洱、李大卫、刘庆、吴晨骏、卫慧、金仁顺、胡性能、叶弥、谢挺，几乎都是我们文学史上的1990年代的"新生代"。这是一个自觉和"新生代"发生关联的文学策划。就文学期刊策划和运作而言，某种意义上，确实也可以说1990年代的"新生代"是"四刊一报"的《联网四重奏》、《山花》的《跨世纪星群》和《青年文学》的《六十年代出生作家作品联展》三个栏目的"媒体制造"。这三个栏目推出的作家，合并同类项基本上就约等于1990年代"新生代"的班底。《六十年代出生作家作品联展》的作者包括余华、苏童、格非、迟

---

26 赵大年：《几点想法》，《北京文学》1994年第2期。

子建等"六十年代出生作家",它不单纯针对1990年代的"新生代",是一个典型的完全的依生理年龄的代际设计的栏目。这种以十年为计量单位的文学代际描述方式一直沿袭至今。除了《六十年代出生作家作品联展》,《青年文学》另外对部分"六十年代出生作家"在"封面人物作品"重点推出。邱华栋是少有的几个,也是最年轻的,在"六十年代出生作家"和"封面人物作品"发表了两篇作品的作家。在《青年文学》1997年第10期,《六十年代出生作家作品联展》结束。1998年,《青年文学》以省(直辖市)为单位推出"文学方阵",邱华栋和刘庆邦、徐坤、荒水、丁天一道组成"北京方阵",发表短篇小说《抛物线》。

与此同时,邱华栋几乎被列入1990年代中后期所有和"新生代"作家搭边的丛书,据不完全统计,计有:"城市斑马丛书"(华艺出版社1996年版),收录邱华栋的《城市的马群》、朱文的《弯腰吃草》和张小波的《每天淹死一个儿童的河》;"新生代小说系列"(中国华侨出版社1996版),收录张旻的《犯戒》、何顿的《太阳很好》、毕飞宇的《祖宗》、鲁羊的《黄金夜色》、邱华栋的《把我捆住》、韩东的《我们的身体》、刘继明的《我爱麦娘》和徐坤的《热狗》(同年,海天出版社的"新生代书丛",收录朱文的《弟弟的演奏》、李冯的《庐隐之死》、刁斗的《独自上升》、王彪的《隐秘冲动》和东西的《抒情时代》,此"书丛"没有收入邱华栋的作品);"新人类文化丛书"(敦煌文艺出版社1997年版),收录老猫的《生于一九六×年》、南嫫的《跳不完的脱衣舞》、陈彤的《速冻时代》、师永刚的《新爱情病》、邱华栋的《城市的面具》、李方的《欲望元年》;"蓝焰文丛"(中国广播电视出版社1997年版),收录祝勇的《驿路回眸》、陈勇的《两性拼图》、凸凹的《游思无轨》、邱华栋的《都市新人类》、李冯的《中国故事》和李洁非的《循环游戏》;"都市系列"(作家出版社1997年版),收录邱华栋的《城市战车》、林哲的《晚安,北京》、王刚的《在男人背上舞蹈》、杨东明的《拒绝浪漫》、成一的《西厢纪事》

和赵强、郭桐堃的《找不着北》;"外省人在北京丛书"(中国文联出版社公司1998年版),收录邱华栋的《摇滚北京》、洪烛的《游牧北京》和古清生的《漂泊北京》;"边缘文丛"(江苏文艺出版社1998年版),收录何顿的《喜马拉雅山》、邱华栋的《夜晚的诺言》、朱文的《什么是垃圾,什么是爱》、虹影的《女子有行》、刘继明的《仿生人》和海男的《带着面孔的人》;"新生代长篇小说文库"(长春出版社1998年版),收录毕飞宇的《那个夏天,那个秋季》、曾维浩的《弑父》、邱华栋的《蝇眼》、荆歌的《漂移》、李冯的《碎爸爸》、祁智的《呼吸》和东西的《耳光响亮》;等等。从这些丛书的名字,我们大致也能看到1990年代"新生代"的时代年轮,它大略也可以描画出1990年代"新生代"作家邱华栋的文学肖像,比如都市、外省人、边缘、新人类等等。

四

可以稍微展开讨论邱华栋的"北京故事"。邱华栋的小说往往写年轻人的城市故事,"我们都很年轻,因此自认为赌得起,更何况北京是一座轮盘城市,传说这里的机会就像退潮后留在沙滩上的漂亮小鱼儿一样多,我们来到这里也就在所难免"(《手上的星光》)。城市也被简约成"像玻璃山一样的楼厦","每一个来到这里的人,必须尝试去爬爬那些城市玻璃山。肯定有人在这里摔得粉身碎骨,也肯定有人爬上了那些玻璃山,从而从高处进入到玻璃山楼厦的内部,接受了城市的认同,心安理得地站在玻璃窗内欣赏在外面攀缘的其他人,欣赏他们摔下去时的美丽弧线"。这是城市的丛林原则,是各种社会资本的换算和折现,而闯入城市的年轻人能够加入城市资本流通的就是自己的青春,当杨哭指责廖静茹以女性青春做资本在城市和比城市更大的全球资本社会折现的时候,他对罗伊却也是以青春来折现的。邱华栋类似《手上的星光》《新美人》等小说的"新美人"的折现故事很多,但应提醒读者注意的是,闯入北京一无所有的年轻男性在邱华栋的小说中同样也是以青春来折现加入城市资本的游戏。因此,邱华栋的小说写从偏远的村庄、从外省大学那"令人怀念的学生时代"投奔到北京的外省青年,无论性别,同样都承受着城市对青春的磨损和碾轧。这里面,邱华栋的"新生代"的"代"是1990年代的时代城市叙事。我们今天读这些1990年代的北京往事,是一个个鲜活生命的"青春祭"。

值得注意的是,邱华栋写青春的变节、失败、沉沦和堕落史,并不只是呈现最终的变节者、失败者、沉沦者和堕落者的结果,而是过程的转折和展开,就像《环境戏剧人》里的"我"这样的年轻人"是一个满腔怒火生活在城市中的人"。现代性和都市性很难说是1990年代之前北京气质的关键词。北京的胡同和四合院里隐藏的平民直到新世纪已经过去了二十年,还在被00后的新青年以各种形式拾遗与传播,如微博上小众的胡同北京话教程,与其说是语言,毋宁说是一种隐秘在北京皇城根下的文化的生生不息。从这个意味上,邱华栋小说的北京并不是典型的"北京",而是1990年代全球化扩张的"都市",在同质化的世界性和标签化的北京地方性之间,他毫不迟疑地选择了前者。所以,在邱华栋的小说中,我们很少看到那些有历史感的皇城遗迹和平民地标,那些在他小说里炸裂一样扩张的北京,也可以是香港、上海、东京、巴黎和纽约任何世界大都市的那部分"世界性"——它们共有一张世界的城市面孔。同样值得注意的是,邱华栋小说的北京是世界性的"北京",但人却是有着中国地方性前史的正在生长的新人,邱华栋选择了拖拽着各自地方性的未完成的"新人"作为他自己成长的同路人。一定意义上,他的小说,至少在1990年代基本上是自传式虚构小说。社会整体结构性转型以后,在所有人都能自由做梦的1990年代,在城市化飞速推进的北京,邱华栋眼中的北京是酒店、餐厅、舞厅、酒吧、高层公寓和别墅;他的小说进行时的"新人"往往居住在高层公寓,很难想象他的小说人物在胡同中讲述自己的北京故事。《时装人》中的"我"住在一幢100层楼的第49层;《公关人》中W所供职的日资公司隐身于70层的大厦的腰部。这是1990年代北京接驳世界的地景和空间。缘此,只有在高处才能一览无余繁杂的城市景观,可以审视、窥探,可以同时有征服的豪迈,同时有介于现实和梦幻的虚无。邱华栋的小说,也会上演在高楼大厦生活的城市布景上特有的戏剧:一个穿黑色皮质超短裙的女人从24层的十字形塔楼中飞跃而出。因为关键的"向前一跃",形成"最美丽的抛物线"。小说中的"我"拉着一个陌生的中年男性试图复制这条抛物线(《抛物线》)。《广告人》中的W选择最后隐身的地方是望京大厦的79层,他在整个黑暗的屋子里布置了满满的塑料模特儿,每个戴着一副面具。W同样戴着面具,面具下是痴迷的笑容,葬身其中。邱华栋对1990年代城市生活中一切新生事物像万事屋一般了如指掌,他关注时装、广告、电视营销、保险、BP机、KTV、摇滚乐、电子乐。在《眼睛的盛宴》中,"我"想花三千块买一套英国"死者"摇滚乐队的重金属摇滚青年穿的衣服。邱华栋的行文里有典型1990年代"logomania"的风格,大量的品牌名称见诸小说,这些需要对于新的时代和新的生活沉身投入,才能获得。邱华栋的小说人物所交集的自然是与之对应的时装人、公关人、直销人、保险推销员、摩登女性(新美人)。摩登女性是邱华栋笔下的灵魂人物,或可明确地代表时代之精神,她们的形象或可直接参照 Peter Turnley 1990年代在中国大城市拍摄的摩登女郎。以新世纪的审美目光看待那些摩登女郎也并未过期,她们的面孔带着坚忍和洒脱,有一种一往无前,就像《新美人》中的檀,作为一个美丽尤物和艺术家,在"我"的全力支持下崭露头角后再未停止掘进的步伐,她"嫁了一个日本人,远渡扶桑",几个月后又抛弃日本画商——她利用他打了日本及东南亚的广阔市场——去了欧洲,"与一个法籍美术理论家同居了",她已变成了彻头彻尾的新美人。面对一个速变的社会，单一化的成功标准，孜孜不倦追求物质满足，以游戏精神处置情感与身体，邱华栋清楚城市人的生活方式、心理结构，并预言着必将到来的危机。在1990年代中期的小说中，他已经写到"宅"居生活，《时装人》中的"我"一个月没有离开第49层楼的家中，储备充分的食物，避免和人面对面的相遇。《广告人》中"我"的"太太"陷身"直销人"的消费陷阱，源源不断地往家中购置物品——"液晶显示电视机、抽油烟机、加湿器、取暖器"，他笔下的疯狂的购买行为会在未来的几十年后并不改本质地发生在直播平台，野性的消费主义从未停止。

1990年代的混杂、狂热、渴望与希望，部分已经消歇，部分依旧延续，部分甚至再次被怀念和致意。世纪末前的那十年发生的所有，有些已经被遗忘，曾经的失序和混乱成为一抹淡影。邱华栋的小说把那个时代生猛新鲜地展示，他是观望者，是歌颂者，是身处其中的人。即使在这样的狂热中，他的人物依然会有出走的时刻，《眼睛的盛宴》里的"我"扒下面具，扔在地上，离开了假面舞会，一个人走在灯火辉煌的街上；在今日回望那整个浮华喧嚣的时代，我们才能体会到，其中所意味着的，所预告着的，如此迷人又如此危险的盛宴之后，一夜北风寒，大雪将至。

五

1990年代"新生代"的鼎盛期其实很短。以《南方文坛》为例，1997年第5期的"认识晚生代"专题发表徐坤、邱华栋、朱也旷、丁天、李大卫、东西、李冯、张驰、田柯等的"作家自观"。而时隔一年，《南方文坛》1998年第6期就发表了宗仁发、施战军和李敬泽的《关于"七十年代人"的对话》，以及洪治纲和葛红兵的专题论文。其后，代际文学概念的"七十年代人"替换了"新生代",不但被文学界接受,也成为期刊策划新的生长点。

1999年,李敬泽在给程绍武主编的"新生代作家小说精品"写的序中就断言:"'新生代'这个故事及其背后的逻辑其实早可以了结了,当然了结不了结我说了不算,任何人说了都不算,只有时间才能做出终审裁决。"[27]因此,不能说只是因为文学刊物天生喜新厌旧终结了"新生代"的故事,那为什么"六十年代出生作家"和"新生代"可以同时并存?而"七十年代出生作家"提出,"新生代"就再也很少再被提及?显然是1990年代"新生代"群体内部发生了变化。随着时间变化,曾经被"新生代"收编进去的"七十年代出生作家",到了1990年代末,生理年龄接近、逐渐被转化为共同文学想象的代际之"代",比放在"新生代"之1990年代之"代"更突出。代际经验转化为文学经验,"七十年代出生作家"以出生年龄分,很难想象也不再可能把1970年代出生的卫慧、棉棉、戴来和周洁茹等还放在"新生代",和1960年代出生的,甚至1950年代出生的群体作为一代作家来讨论。在生理代际和文学意识都未充分觉醒的"新生代"写作期,这些早熟的"七十年代出生作家"是以他们未定型的甚至迁就"五六十年代出生作家"的早期写作而被"新生代"接纳,其中周洁茹出生于1976年。经过少作阶段的自我文学教育,世纪之交,从生理代际"代"的角度命名"七十年代出生作家",比从1990年代的"代"更能让"七十年代出生作家"成为一个不同于"新生代"的更年轻的"代"。因此,"七十年代出生作家"作为文学代际区别于"六十年代出生作家",也区别于"新生代"。

"新生代"内部的重新洗牌还可以举1998年的鲁羊、朱文和韩东发起的"断裂"作为例子。"断裂"的意义在于,就像1980年代同一个时

---

27 李敬泽:《"新生代"的故事:〈新生代作家小说精品〉序》。

间分裂出"新生代"诗歌、散文和"探索小说","断裂"者们有他们想象的文学。以他们的"断裂丛书"(第一、二辑)(海天出版社1999年版)为例,这套包括顾前的《萎靡不振》、海力洪的《药片的精神》、吴晨骏的《明朝书生》、楚尘的《有限的交往》、贺奕的《伪生活》、韩东的《我的柏拉图》、鲁羊的《在北京奔跑》、张旻的《爱情与堕落》、金海曙的《深度焦虑》和朱文的《人民到底需要不需要桑拿》等的丛书当然和1980年代的"旧生代"文学"断裂",也和1990年代的"新生代"文学"断裂"开了,就像韩东所说的:"如果我们的写作是写作,那些人的写作就不是写作;如果他们的那叫写作,我们的就不是写作。"[28]世纪之交的"七十年代出生作家"和"断裂"事件意味着可以有时间绵延的"代",也可以有同代际同时代不同空间并置的文学群落。随着时间的推延,网络时代的来临,这些并置的文学群落将不再是对峙和对立的存在,而是各自表达和各自生长。空间意义的文学群落严格意义上是可以不断细分到单数的"一个"而成为一个文学群落。"断裂"事件因为本身的行为艺术特征和大众传媒的介入而被称为出圈的"文学事件"。而几乎同时,北京类似的"浪·潮文学社"却鲜有人注意。"浪·潮文学社"也正是我们所说的空间意义上的文学群落。根据邱华栋日记记录:

> 我们在1998年底成立了一个文学社,叫作"浪·潮文学社",当时是李冯起的名字,他说,现在第一波网络大潮出来了,我们文学社的名字应该和网络有关,既然有个新浪网,那我们就叫"浪潮"。中间再加个点,叫作"浪·潮文学社"。文学社完全是民间的,没有去民政部门备案的,纯粹是口头文学社。成员有四李一邱:李

---

28 韩东:《备忘:有关"断裂"行为的问题回答》,汪继芳:《断裂:世纪末的文学事故》,江苏文艺出版社2000年版,第308页。

洱、李冯、李敬泽、李大卫和邱华栋。我们成立了这么一个松散的组织。我们当时列了文学社的活动规划,大概列了十项活动。第一项活动就是搞一个对话录,就是现在在大家眼前的这个四次对话录的记录,是在李大卫家谈。……2000年,我们的文学社就解散了。其他活动没有进行下去,就眼前的这本《集体作业》是我们的成果。[29]

"浪·潮文学社"不仅仅有《集体作业》这部成为勘探1990年代文学群落的历史档案的作品,更重要的是他们有文体实验。也正是文体实验使得他们可以从"新生代"出走成为类似"断裂"的文学群落。邱华栋的《正午的证词》、李敬泽的《看来看去或秘密交流》(再版改名为《青鸟故事集》)、李洱的《遗忘》、李冯的《孔子》和李大卫的《集梦爱好者》等在一年的时间里差不多同时发表和出版。这些文本几乎都有着跨文体和文体杂糅的特征。我在讨论李洱小说的时候以"超文本"写作来指认他的长篇小说。而事实上,"浪·潮文学社"不仅是每个人都提供了自己个人文学史意义的"超文本"写作,不同的人、文本和文本之间也构成了一种更大且具有互文性的"超文本"写作。从文学代际角度,经过这一轮的"集体作业",这些1990年代的"新生代"成为新世纪的真正独立的单数的"个"而不是"代"写作者,比如李敬泽的散文和李洱的长篇小说,皆沛然生长且独具一格。当然,也有离文学越来越远的,比如李冯和李大卫。而邱华栋则是他们中间最为疯狂的文学"殖民者"。他的"北京故事"追踪外省闯入者到都市新人类再到社区人的变形记;他的"中国屏风"和"北京时间"兑现他作为大陆型写作者书写民族历

---

[29] 李敬泽等:《九十年代文学——从"断裂问卷"与〈集体作业〉谈起》,《南方文坛》2013年第5期。

史的梦想，尤其是在中国和世界关系中反思中国现代革命的《时间的囚徒》，是一部新世纪远远被低估的长篇小说，就像他变动不居的文体实验；再有，他不断在虚构和非虚构之间越境，从"北京故事"、"北京时间"到《北京传》，沿着古今中外的各条路线图扩张了北京的文学地理版图。更重要的是，邱华栋的文学世界就像一块新的大陆，至今仍然生长，比如近年，当读者期待他的"唯有大海不悲伤"系列完成的时候，他忽然又出版了《十侠》。作为一个1987年就相熟的"信交往"一代的少年文学伙伴，对于邱华栋，我想说的是，既然你这么爱在文学江湖行走，做一个自由自在的独行客，那就做一个文学的江湖儿女吧。

现场

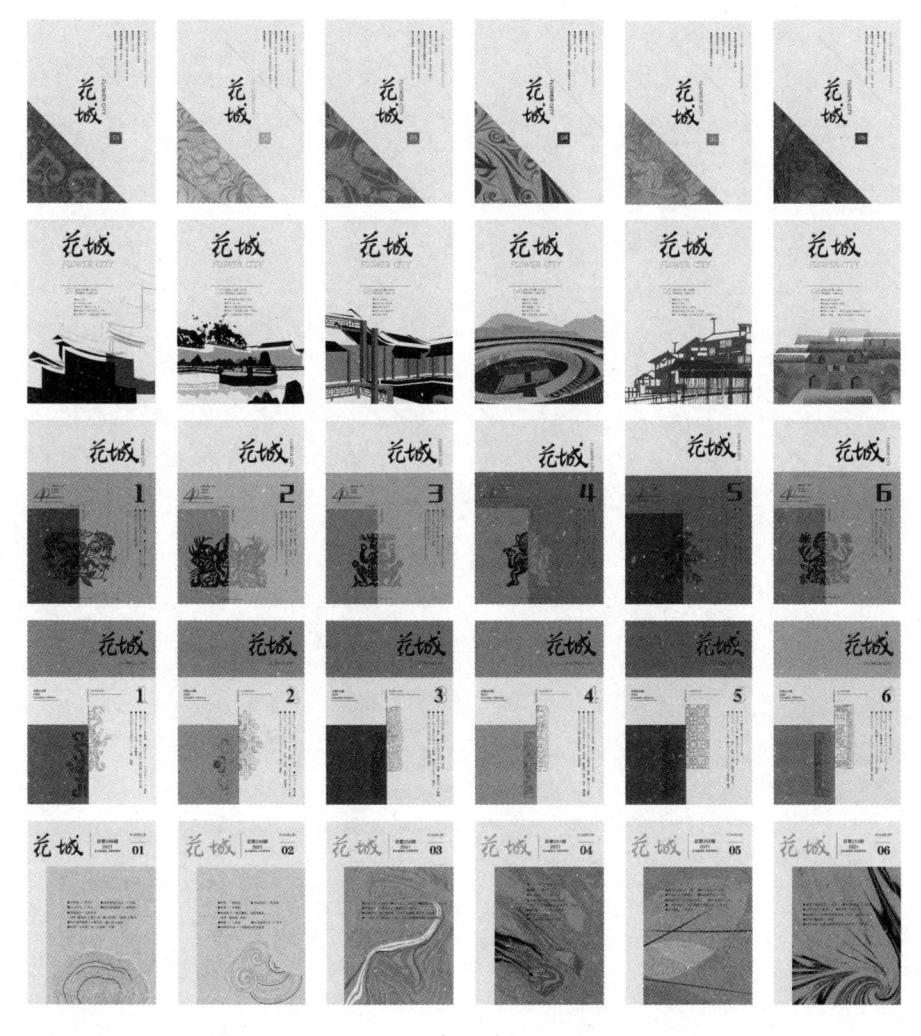

《花城》杂志(2017—2021)

《花城关注》(2017—2021)[1]:
一份中国文学现场的私人档案

这次我们不只谈论电影,也谈谈他们的小说
(2017年第1期)

万玛才旦导演过《静静的嘛呢石》《老狗》《寻找智美更登》《塔洛》等一系列电影,另外,两位作者也各自导演过《我故乡死亡的四种方式》和《满洲里来的人》等等,他们都确实地有着电影导演的身份,也正从事着电影的事业,但他们是导演且都写小说,并不能构成我们把他们放在一起谈论的充分理由。当然,我们可以投机取巧地用"跨界""越界"来指认他们。不过,"跨界""越界"这些词在今天因被滥用,或者经常被那些捞过界的人用来张目,已经不是每个人都乐于接受的了。就像一个木匠在木匠界做得三脚猫,偶尔他学会了砌院墙盖鸡窝的手艺,于是就俨然成了木匠界最好的瓦匠,瓦匠界最好的木匠。你说,这种所谓的"跨界""越界"是对一个诚实的手艺人的褒扬吗?因此,在现时代,我

---

[1] 《花城关注》是我自2017年第1期开始,至今仍在《花城》杂志主持的一个栏目。栏目以专题方式呈现,每期一个专题(主题),由关键词、文本、对谈和阐释主题的总评构成。这里收录的是五年来《花城关注》的总评。

们是能够看到穿行于各行各业的旅行者，但他们做到的也仅仅就是跨越了不同的边界，成为各种时代欢场上的两栖人或者多栖人而已。

所以，我们要用电影的尺度衡量他们的电影，用小说的尺度来衡量他们的小说给当下的中国文学带来了什么。回到他们的小说，回到他们各自的个人写作史，可以发现他们都不是因为电影给他们荣光，转而去"玩玩小说"。比如万玛才旦的电影正逐步累积世界声誉，因而追逐光环的大众传媒让小说家的万玛才旦成为一种相对隐秘隐微的身份，而事实恰恰是，万玛才旦电影的异质性可能部分源自他的"文学"。我们应该注意，万玛才旦几乎所有的电影都有一个自己独立创作小说的"母本"，在他导演第一部电影《草原》之前，他就是一个成熟的短篇小说家。而与他这些电影并行不悖的是，他一方面以"个人风格"标记自己的电影，发展他简洁干净的电影叙事——这种标记不只是地理意义上的，而且是他的电影作为卑微者心灵史诗的艺术方式的可能性；另一方面，他作为中国最优秀的短篇小说家方阵中的一员，已经有了属于万玛才旦的辨识度。这样的辨识度也不是因为民族身份和"极端"题材的异域风景，哪怕我们还用民族身份来谈论万玛才旦的电影和小说，他也提供了一种新的"可能性"。《养豹子的人》的作者，一个比导演更著名的身份可能是他曾经做过的摄影记者和大地上的旅行者。他对风景与人有异乎寻常的敏感，所以他的《我故乡死亡的四种方式》这本书可以集成散文、剧本和影像的各种元素去挽留正在消逝的"故乡"。而唐棣在成为"青年导演"之前其实已经是一个"秘密的小说家"。他的小说在有限的范围里流传，"秘密"只是在于没有被我们的主流文学期刊所接纳而已。因此，如果要研究他们在电影和文学之间往返的旅行者身份，恐怕文学赋予电影的可能更多。

作为近代工业社会的产物，电影几乎是一门完全现代的艺术。因而，在诸种艺术门类中，新兴艺术的电影是商业化程度比较高的。但有意思的是，电影这门艺术的"技艺性"使得它又可能保留我们当今时代正面临危机的"手艺人精神"。那些人类艺术史上少数好的电影，几乎无一例外都是考究到肌理和细节的。如果从电影类型上来看，万玛才旦和唐棣的差异很大，但在叙事的极致和挑剔上他们是共通的。万玛才旦往往最大可能地做减法，而仅仅以《满洲里来的人》来看，唐棣则不避繁复，追求繁复而有秩序感。这也是他们小说的差异性。万玛才旦的小说中，变幻莫测的大千世界压向一个个渺小的生命个体，宏大时代投射到每一个个人身上已然如神经末梢，一个时代的，或者一个民族的疼痛就在这些末梢的卑微无名者身上。也正是从这种意义上，我理解"万玛才旦在历史和现实生活中遭受的疼痛，可能是我永远无法体会的"。因此，读万玛才旦的小说，我们以为我们可以解读的部分可能是最肤浅的，而那些"无法体会"的也许正是万玛才旦的小说需要我们爱惜的部分。在我们这个夸夸其谈语言泛滥的时代，需要适度的沉默无言，或者不能言，或者言而不尽。文学应该给我们的世界"留白"，留下冥思或者独自忧伤的"余地"。唐棣是怎么发育成现在这样的文学中的不可知论者，我没有仔细去研究。因为对"巨大症"的厌倦，我们的文学评价正在走向极端的反面——毫无价值立场地去强调去突出当下文学书写中的失败者、小镇青年、灰色人群、边缘人等等的琐碎无聊。问题是当我们的文学在书写这些人现实的百无聊赖时，几乎也只能贴着地面爬行。这会带来一种危险的倾向：唐棣写作的某些部分，也被放在这个谱系里来识别。而事实上，就像唐棣的小说题目"西瓜长在天边上"，唐棣小说的"无聊感"是有在天上飞和看的部分的，就像他的电影中不断抖动的摄像镜头。唐棣的"无聊"和"虚无"是信仰意义上的，基于他的不可知论的世界观。唐棣继承了二十世纪八十年代先锋文学精神遗产，至今他依然是一个不知疲倦的文体实验者。他的实验性写作目前公开的很少，如果我们假想的"80后作家"这个代际作家群确实存在，就像唐棣的电影被指认为

"一种噪音"一样,他的这一部分实验小说在他的同时代人中也会是"一种噪音"。经过九十年代以来通俗文学网络文学的洗礼,我们的写作和阅读已经变得越来越"鸡汤",越来越"浮浅"。小说文体实验的群众基础其实已经远远不如二十世纪八十年代。尚且不论唐棣的小说实验能够走多远,能不能解决先锋前辈没有解决的形式止于"形式主义"的问题,至少我们的文学先要宽容某些"极端"的写作。我在和年轻作家的交流中发现,类似唐棣这样把文学作为"信仰"的不在少数。

异境,或者文学的逃逸术
（2017年第2期）

四个作家依然属于不同的代际:生于二十世纪七十年代的闻人悦阅和段爱松,生于八十年代的黎幺,生于九十年代的三三。他们生活的城市分别是香港、昆明、北京和上海,在当下中国,从各自的位置看,它们相互成为"异境"。这四个城市并置在一起,恰恰是"发展中国家"不同时差的奇观。这四个作家能放在一起,谈论所谓的"异境",就像旅行中的相遇,他们有着不同的出发地,在路上,这个专题只是他们的"旅社",他们稍作停留,然后再出发,向哪儿走,走到哪儿,无法预期。

在未有世界性的现代化之前,不同的国族各自发育发展着自己的异境想象,比如东方的"乌有之乡""桃花源""镜花缘"等等。而"现代"以后,东方自然成为西方的异境奇观,比如张爱玲《倾城之恋》中范柳原对于东方女性的幻想,比如张艺谋的电影在西方文化的旅行。东方内部的"异境",东方如何成为西方的"东方",这不是我们这个专题关心的问题。我们这个专题关心的是写作实践中的写作者,如何去想象他们的世界,在"这一个"文本里,"异境"的效果如何产生和发生,基于怎样的现实产生和发生。这样来看，不只是这四个作家的四个文本，每一个完成了的写作文本，在宏大浩瀚的文学史中都应该成为一个独立的"异境"。而事实却不一定如此，当下中国文学想象力的匮乏，使得独立的文学写作成为消费时代的文学流水线。

  闻人悦阅，预想中我是期望她能提供"大城市"香港的城市文学经验，以进入我的观察视野。当时的想法很简单，我一直觉得中国文学的城市还缺少从城市内部的肌理去精确地想象和书写现代城市的文学。中国现代文学的城市多的是乡愁意义上的、抒情的、笼统的、面目不清晰的城市。三十年代"新感觉派"作家的城市书写并没有成为现代文学发育充沛的传统，文学中的城市只有在和乡村的"对照记"中才能发生意义。闻人悦阅本来给我的《猴酷猫》倒是一个符合我想象中"城市文学"的文本——大变动中的城市，人在城市中的流离、漂泊和畸变。关键是闻人悦阅没有预先假想有一个田园牧歌的乡村可以进入，在其中审视并批判城市，而是先让自己成为一个肉身和心灵在场的真正现代的城市人，然后对城市进行看与思。在我的想象中，闻人悦阅，还有北京、上海、广州等当代中国城市年轻的原住民，应该有不同于城市移民的经验，这一定是未来中国的新文学。但闻人悦阅的另一组长篇小说写作中衍生出来的副产品"城市异境系列"短小说却让我暂时搁置了城市新人类新部落的"城市文学"这个专题。"城市异境系列"和闻人悦阅的《猴酷猫》《掘金纪》这些"在城"写城的小说不同，这些城市远到了二十世纪三四十年代至七八十年代的纽约、巴黎、莫斯科、香港、维也纳。这些闻人悦阅小说的"异境"城市是今天世界"大城市"的前史或者边境。现在我还不清楚闻人悦阅在结构一部怎样的长篇小说，但仅仅看看这些篇幅上两三万字的"小城市"，就可知闻人悦阅诚意要做一个城市秘密的窥视者，那些偶然泄露出来的城市往事通向的都可能是一个城市的幽暗莫测。闻人悦阅说她的写作是"聊斋志异"式的，如果再多些诡异妖娆呢?是啊,"城市文学"最终是一个城市的幽暗,比如帕慕克之于伊斯坦布尔。我还是期望悦阅有一天能够引领我们窥看"她的城"——香港或者纽约。

段爱松自己认为,《西门旅社》在形式上回归传统,完全是基于对这个真实存在的旅社逝去年月的怀念和期许,对三十年来进进出出旅客身影的"再看一眼",也是对西门旅社主人公一生命运的追忆和感叹,但我觉得"西门旅社"是从一座小镇间离出来的,是段爱松搭建在小镇的"异境"。小说,不是应该提供一个复现的"二手现实",而是应该创造一个"现实",一个文学的"异境"。因此,好的小说家最清楚现实的逃逸术。基于这样的认识,我认同黎幺的小说观:"这部小说的构思基于这样一种思想:整个世界便是一个庞大的互文系统,是一个错综复杂的意义网络,人的生命体验本身也是互文的,一个人的生命包含所有人的生命,书与世界的关系也是如此,书即世界,一本书是所有书,一切都交织在一起,无法拆解清楚。甚至真实与虚构也同样是一体的,所谓真实,是虚构的真实,所谓虚构,是真实的虚构。如果我们能够认同精神现象和物质现象具有同等的实在性,那么既然我会产生这样的想法,它本身就已经在文学中成立了。"黎幺的《山魈考残编》是"伪史"制造,却是一个实有的世界。

最后说说三三的《白塔》。三三是一个至今还没有定型的小说家,在一个成名欲旺盛的年纪,三三却有着异乎寻常的冷静,写得少也写得慢。三三有精确的复现和复制经验与情绪的能力,能写细琐的小情感小遭遇,写自己成长"微痛"的"小时代"。绝大多数年轻小说家都是从这里开始他们的文学学徒期,有的甚至把这个文学学徒期拖得很长,甚至把这种"简陋的文学"发展成个人或者假想的代际风格,比如曾经的80后青春文学。现在媒体制造的90后写作也有这样的趋向。我们应该注意年轻写作者类似《白塔》这样的写作,但不要轻易把这样的写作归类为热词

"创意写作"。《白塔》的文本有两部分,一部分是我们熟悉的二十世纪九十年代以来在中国城市成长起来的年轻人的"小时代经验",是"有中生有"的部分,比如《白塔》就写到"我"十年前的孤立无援和孤独感。但我更看重的是《白塔》"无中生有"的部分,想象的部分——"我"在银行被劫持为人质的黑暗经历。这一段创伤记忆回应着小说一开始的"白塔",三三想告诉我们:"雪下得很大的时候,世界是白的,那些覆盖的楼就像白塔一样,塔本身有种凌驾于人的感觉,有一种信仰层面的居高临下,也可能是一种监视或者压迫,一种精神上的恐惧感。"是的,一座座"白塔"在我们日常生活的世界堆砌着。

白塔、旅社、城市异境及其湮没的族群,这个专题叫"异境"。

制造"85后":一次戏仿的文学命名
(2017年第3期)

我对文学期刊和其他大众传媒制造的文学代际命名是心存怀疑的。在80后作家大代际中制造的"85后"的"小代际",至多是戏仿吧。

我也不想去真的制造一个"85后"来重塑80后,就像二十世纪九十年代末《芙蓉》针对当时流行的70后提出重塑"70后作家群"那样——甚至不想去批判,因为如童末所说,"再批判它几乎已经是无趣的"。填充和修补,乃至另外替换一些人马不会改变一个可疑的命名的本质。是同一种思维,做着同一件事。

事实上,如果真的有一个80后作家群体,近几年不仅仅笛安、张悦然、周嘉宁、颜歌等的写作早发生了变化,而且从传统文学期刊出来的,像孙频、郑小驴、双雪涛、甫跃辉、蔡东等也已经取代韩寒、郭敬明成为80后作家的中坚。请注意,这些晚出的80后是"作家",不是"文化达人"。今天,当我们再谈论80后作家,概念所指已经漂移。以靠近的所谓70后、80后作家为例，文学的代际命名往往是少数作家对同时代更多作家的掩埋。说得重一点，罔顾文学是单数的个体的创造事业。但我们还是好像热衷于此，一方面意识到以"十"作为一代的文学代际命名如此荒唐，另一方面，却是90后依然正在成为当下文学期刊和批评家的文中热词和生产动力。"媚少"啊，似乎唯有"媚少"可以让我们站在时代文学的前沿，而文学的命名更像是商标的抢注，先到先得。

近四十年中国当代文学思潮，几乎是一场接着一场的唯"新"运动，而唯"新"最偷懒的方式就是代际生产和命名，就像春天的韭菜，要的就是"头刀鲜"。作家个体成长的因人而异和文学代际制造的整齐划一永远不可能一致。其实，如果我们稍微回忆一下，1980年代的文学期刊制造话题并不是只有"代际"这个最省事的办法。寻根也好，先锋、新写实也罢，至少不只是年龄上的"小鲜肉"。你可以说二十世纪八十年代这些命名出来的文学观念大谬，但毕竟还是有"文学"成色的。

而对一个荒唐到无趣的东西，与其去一本正经地指出它的荒唐，不如像他们那样一本正经地"荒唐"一下。现在，我要一本正经地制造"85后"了。童末、陈思安和杨碧薇都生于1985年以后，她们是我制造的"85后"作家。既然"一本正经"总有一本正经的理由，就像那天我对童末解释这个话题：在媒体制造的80后和90后之间，确实存在着"85后"这个灰色地带的晚熟的80后。生于1985年，他们的"人间世"恰逢全面市场化和"中国崛起"的启动。以1985年作为元年，他们应该在1992年前后开始小学教育，对他们而言，更重要的高中和大学教育都是在新世纪完成的。而我揭示出教育和成长背景不是说，在一个共同性的大时代，他们成了面目相似的"一代人"，这个专辑恰恰能够证明的是：他们拥有的只是一个共同的成长"时间"，一些似是而非的历史时刻，他们的写作却是差异的，甚至陈思安和童末日常的文学生活还有那么多交集，但这并没有妨碍她们成为不一样的写作者。

杨碧薇写诗歌是因为她有许多的话要说。她的诗，说"公事"也说"私事"，尤其是她某些诗歌具有"公共性"。令人欣慰的是，一直没有人说杨碧薇是"知识分子"，因为她有过多私人爱好和过于丰富的日常生活。我们应该意识到"摇滚"和她诗歌的关系——诗艺形式上的和诗学精神上的，但我们不要一厢情愿地以为"摇滚"的批判性就是我们常常说的"批判现实主义"。童末写作量少到惊人，我们能看到的，十几年里，只有一本小童话书和不到十篇小说。她是一个人类学研究者，虽然以她的工作成就在批评界早已经可以称批评"家"了。但我还是不称她人类学家吧。我意识到她的写作和人类学之间的关系，这种关系肯定不是我们一般作家写作前的"素材"意义上的。不过隔行如隔山，我能够尽可能进入的只能是类似于她的《拉乌霍流》中的对人"内心生活"的敞亮描述。她的小说是哀伤的。陈思安是一个短篇小说的文体实验者，我相信经过人类文明史上无数作家的努力，"短篇小说"已经不只是一种文体，而是一种想象世界的方式，一种意识形态，这一点在陈思安的短篇小说中尤其突出。

制造"85后"不应该局限于她们的文本本身，也可以看看她们的"文学生活"，她们是反"专业作家"的。"专业作家"，让自由自在的写作活动成为一种富有仪式感的"作"为。当你作为一个"专业作家"，很多时候并不是内心有想写的冲动，只是因为"专业"，要以"在写"证明"专业"而已。"专业作家"并不必然带来平庸的写作，或者像陈思安说的"安全的写作"，但童末、陈思安和杨碧薇的"不专业"写作却别有野蛮生长的蓬勃活力。且以陈思安的一段话作结：

> 今时今日，一个创作者，企图只通过提升自己所在领域所需的技能而获得更大发展已经是一种妄想了。这个不只针对写作者，对于所有创作领域的人来说都是一样。在没那么久远的过去，作家

可以只读书写作，艺术家可以只画画，音乐人可以只懂音乐，但在现在，缺少综合素质及视野的创作者只能成为残疾的创作者。时代改变了，就是这么简单。跨界的概念在逐渐消亡，因为面向未来的创作要求人得通达开阔，放弃划界为牢。我喜爱戏剧的工作，成为戏剧导演逼迫一个人去了解、去学习更多的东西，文学的、艺术的、设计的、声音的、光影的、表演的、管理的……我脑袋里存在多种声音、多重身份，它们偶尔也打架，但更多的时候在相互支撑。

制造"85后"，不只是一次戏仿的文学命名，而是发现了那一个个孤独的文学岛屿。或许孤独只是我们的想当然，这些岛屿都有着自己的生命和风景。

被放逐出文学的剧和剧作家
（2017年第4期）

当我们决定这个专题做剧作的时候，首先面临的一个问题是，剧本并不是一部剧作完整呈现的全部。我们常常说，戏剧是综合性的艺术，是文学、音乐、舞蹈、美术及其他造型艺术等的合体，就像朱宜在接受我的研究生李涵访谈的时候所说："我觉得剧本是需要演出来的，写剧本的最终目的是表演。王安忆说过，'每个故事都有一个最适合它的形式'，即属于它最好的呈现方式。有些故事适合写小说，有些适合演电影，有些适合写成歌。所以一个故事，我之所以已经选择将它写成剧本，就是我认为这是最符合它的一个文体，它应该被演出来。如果仅仅停留在阅读的层面，就会缺少更丰富层次的展现。"是的，"剧本是需要演出来的"，"读"剧本能"读"出的"文学"只是很少的一部分。现在通行的文学史也会涉及剧作，但我们往往只是根据剧本来衡短论长。适合案头阅读的剧本是不是适合"演出来"？我们不能因为客观存在的大量可以"读"的剧本，比如早已经成为经典的《雷雨》《茶馆》《车站》《野人》等等，以及靠近一些的张献、过士行、田沁鑫、孟京辉、廖一梅等的剧作——这些都是出色的文学文本——就否认事实上剧作最终是要"演出来"的。指出这一点，或许是为文学期刊不发表剧本的惯例先做一点小小的辩护。剧和剧作家被逐出文学，文学期刊不应该承担全部的责任。

但文学期刊是不是应该善待剧和剧作家呢？记得几年之前，莫言在上海接受春申文学奖的颁奖，那时候莫言还没有获得诺贝尔文学奖。那也是最后一届春申文学奖，颁给了莫言的《蛙》。莫言在答谢词谈到《蛙》里面的"话剧"部分，以他一贯的幽默开玩笑说，他一直有一个梦想，就是在《收获》发表一部话剧剧本，但《收获》不发表剧本，他只好将剧本偷偷地塞进小说在《收获》发表。其实，莫言可能不记得《收获》曾经是发表话剧剧本的。不只是《收获》，许多大型文学期刊，在1980年代都不拒绝剧本，不只是话剧剧本，早期的《花城》还发表了许多电影剧本。剧和剧作家被逐出文学之后，首先能够看到的就是我们今天的文学期刊是稀见剧本的。一个时代的文学期刊近乎行规地拒绝剧本所造成的文学偏见和缺失是显然的。当下中国文学，以话剧为例，其先锋性远远超出其他文学类型，且是如此持久地坚持着先锋探索，甚至话剧也是中国当下文学参与世界文学程度最高的部分。

我曾经在一篇谈论1985年前后先锋文学的短文中提出一个疑问：从什么时候开始，我们的中国当代文学史就成了以小说和诗歌为中心来叙述这种样子？那么，如果不以小说和诗歌为中心呢？比如所谓的新时期文学，首先到场的"先锋"，甚至比小说和诗歌更彻底的"先锋"，一直坚持到现在的，明明是话剧——如果我们把"先锋"理解为对文学成规的反抗和反叛。因此，我们对新时期"先锋文学"谱系的叙述，即使不以话剧为中心，而是将话剧加诸其中，中国当代先锋文学也肯定是另外一种景观。在先锋小说未成气候之前，先锋戏剧做了中国当代文学革命的前锋，而1990年代先锋退隐之后，也有《思凡》《我爱×××》《零档案》《一个无政府主义者的死亡》《恋爱的犀牛》等绵延不绝地续燃着先锋的火种。

朱宜是陈思安介绍我认识的，她是有《我是月亮》《特洛马克》等多部"演出来"剧作的剧作家，且《我是月亮》和《特洛马克》都有着可"读"的文学性。我们希望借此关注作为"文学"的剧，当然也希望能够借此让话剧、电影等剧作重新回归文学期刊。还应该看到的是，朱宜今天虽然是在美国发展，但她的戏剧本科教育是在南京大学完成的。近年，似乎《蒋公的面子》带火了南京大学的话剧，南京大学戏剧影视系的本科教育开始于2006年，也才十年的时间，就已经收获了朱宜、温方伊、刘天涯等一批优秀的剧作家，如果不是考虑到刊物的篇幅，本期应该出现的还有刘天涯的《姐妹》。某种程度上，当下大学校园最活跃的文学部分其实就是"青年剧演"。我生活的城市南京，就不只是南京大学做了话剧的重镇，南京师范大学的南国剧社，其影响力也早已经不局限在大学校园。被放逐的，该得回归。该在中国当代文学充分衡估话剧的价值了，不只是"读"的剧，而且应该是"演出来"的完整的剧。文学研究也不能仅仅是读报读刊读书，像乌镇戏剧节、林兆华戏剧邀请展、北京青年戏剧节等，像北京的中间剧场、蓬蒿剧场、蜂巢剧场和杭州的西戏等，像孟京辉戏剧工作室等，像我们前面说的南京大学戏文系，这些理所当然应该成为我们观察中国当下文学的现场之一部分。

写到这里，忽然想起孟京辉《思凡》里的一句："前生有约，今日大雪，让我们一起下山。"是啊，让我们一起下山吧。

除了"伤心故事",年轻作家如何想象"故乡"?
（2017年第5期）

1921年5月1日《新青年》杂志发表了鲁迅的小说《故乡》。即使不放在整个中国现代文学背景下观察,鲁迅的这次"故乡"发现也是意义重大的。虽然远到《诗经》的时代,"故乡"早就成为中国文学情感和抒情的维度,但只有在鲁迅的小说《故乡》中,"故乡"才第一次如此引人注目地扩张为一个想象世界的空间。从鲁迅开始,"故乡"成为重新发现并生发各种意义的原点和动力,也成为中国现代小说的"结构"原型之一。从故乡可以通向无涯远的世界,也可以实现无限大的文学野心。我们把视野放得再开阔些,未来无数的文学事实已经证明,鲁迅的《故乡》作为一个中国现代文学起点的意义。才一百来年的中国现代文学里,多少作家成为《故乡》遗产的继承人。

今天我们姑且不去谈论中国现代小说的"故乡",还是回到当下年轻作家写作的"故乡"。年轻作家赵志明给更年轻的作家郑在欢的小说集《驻马店伤心故事集》写的序,题目是"君从故乡来,应知故乡事"。"故乡事"同样是年轻作家文学出发的重要起点,甚至在某一个写作阶段,今天的年轻作家也像他们的前辈一样,把自己最重要的作品献给了自己的故乡,比如当下中国文坛活跃的年轻作家徐则臣、葛亮、阿乙、曹寇、孙频、甫跃辉、郑小驴、颜歌……如果我们愿意,这个名单还可以拉得更长。

2015年,颜歌的《平乐镇伤心故事集》出版,包括她此前出版的《五月女王》和《我们家》,小说的背景都是"平乐镇"。"平乐镇",也就是颜歌的故乡郫县郫筒镇。颜歌说:"我终于在这一天发现,自己所沉迷的原来是我们镇的肮脏、丑陋和粗俗,我想用世上所有的诗意和美好来描述它,来告诉所有人,这就是我所看到的世界,我深深地崇拜并热爱它。"也就隔了两年,90后小说家郑在欢出版他的小说集,这本《驻马店伤心故事集》竟然毫不回避地也用"伤心故事集"做了书名的一部分,只是书名的地点换成了郑在欢自己的故乡"驻马店"。读两本"伤心故事集",我相信郑在欢说的"这样的故事不是小说,是用生命活出来的",相信他这样说是诚实和诚恳的。也正是从这种意义上,我觉得颜歌和郑在欢献给故乡的"伤心故事"是二十一世纪初"青春文学"的一个变种。"伤心",只是因为故乡是自己生命无法割弃的一部分,写"故乡事"是对自己旧日子的悼挽。这个变种,应该还包括媒体正在对其进行命名的一类作家:"小镇青年作家"。就在本月的8日,思南读书会的第190场,主题就是"小镇青年与隐秘乡村——我们书写的这个时代",四位年轻作家赵志明、张敦、魏思孝和郑在欢被集体打包到"小镇青年"这个有着特定空间指向的社会阶层。"界面新闻"随后做的报道中明确指出:"现在有一群被称为'小镇青年'的作家,以毫不避讳的姿态,写出乡村与城市之间最隐秘的景象。""乡村与城市之间"有一个更熟悉的词就是"城乡接合部",颜歌就曾经说过"这样的城乡接合部是我的伊甸园,而我充满喜悦地从这里翻找诗意"。我稍微有点疑问的是,当以"小镇青年"命名一群作家时,说的究竟是他们小说的题材,还是身份,又或是一种"小镇青年"的文学气质。

"小镇青年"的形象被固定下来,贾樟柯的电影《小武》、《站台》和《任逍遥》应该是功不可没的。城乡混搭奇观般的街区和无所事事却荷尔蒙勃发的青春身体构成了"小镇"和"青年"两个词的清晰所指,但当下媒体叙述中的"小镇青年"作家可能是与此无关的,他们和真实的"小镇青年"唯一相似的也许就是有着共同的"小镇"出生背景。但和真正的"小镇青年"相比,他们往往在他们的"青年"还没有最终完成时就被连根拔起去到更远的城市,就像GQ报道那篇特稿《阿乙:作家、病人、父亲的葬礼》写到的作家阿乙,作为作家的"小镇青年"最后抵达的总是省城、"北上广"、纽约等这些大城市，即使他们可能作为返乡者，居住在故乡，他们的心和野心还是属于大城市的。因此，就像关于故乡的"伤心故事"是"青春文学"的变种，"小镇青年"指认的青年作家也只是一个时尚的文学标签。而且如果他们知道"小镇青年"已经被"至上励合"这样的流行歌曲组合以一种相当轻浮和俗气的方式演唱，他们还愿意以"小镇青年"来指认有着共同出生地的自己吗？腾讯《大家》上有一篇旧文，题目是《不要骂小镇青年，小镇已经没有青年》。"小镇已经没有青年"，但城市里却出现以"小镇青年"命名的作家群体，这或许是我们时代的好玩之处。而如果"小镇青年"作家只能写关于故乡的"伤心故事"，如果这些"伤心故事"写出的乡镇隐秘，以及生命与人性的猥琐、穷极无聊只是"青春文学"的变种——"一个青春文学的城乡接合部版本"，对城市读者而言，它提供的更多是"奇观"和"炫异"，而"奇观"和"炫异"正是城市娱乐所喜闻乐见的，它恰恰耗散掉了文学的创造性和创造力。因此，如果真有所谓的"小镇青年"作家，在他们写作的年轻时代，可能要向他的前辈和兄长辈的苏童、朱文、阿乙、曹寇等学习如何书写"故乡事"，而不只是"伤心故事"。

当然更重要的，"故乡事"肯定不只是"伤心故事"。除了"伤心故事"，年轻作家如何想象和书写"故乡"？我们这个专题的三个年轻作家袁凌、小昌和周恺的三篇小说是完全不同的"故乡事"。在70后作家都已经成为当下的老作家时，袁凌俨然还是一个年轻的小说家。他有《诗经》之《国风》的写作理想。对于他的《雪落高山霜打凹》，我们要注意其语言的及物性，这使得他可能专注做一个中国乡村动荡和剧变的记录者，这种记录不是观念和思想意义上的，而是词与万物人情物理的共生关系，他的每个句子甚至每个词都是结结实实到达想言说之地。语言的及物和准确可以有力矫正年轻作家写"故乡事"过于投入的"伤心"。小昌则没有袁凌这么老实，他的《蝙蝠在歌唱》和《雪落高山霜打凹》类似，写老人回归凋败故乡的故事，但这个故事是和"我"带着情人小景回乡嵌套在一起的，城与乡彼此如何生发意味？"乡"作为我们文学传统对"城"的警醒和反拨在今天还能有效吗？至于周恺的《不可饶恕的查沃狮》，写一个从乡、镇入城的流浪者，这个流浪者在今天每一个中国城市，不是一个，而是一群，他们是一个城市的幽暗和隐秘，一个我们未知的世界。即使从题材意义上，《不可饶恕的查沃狮》写城市里的乡人也不是我们已经熟悉的流水线、工地、餐厅、娱乐场所等可以见光的打工者，而是城市暗角的隐形人。这些因为各种原因流浪到城市的乡人，往往被认为是城市光鲜外表下的不安和潜在的恶。他们是一个怎样的世界，又勾连着怎样的一个乡村前史？我希望周恺不仅仅是一个新题材的开拓者。而即使只看写隐秘的乡村题材的作品，周恺已经发表的小说里，方言和乡村世界都是汗血蒸腾的粗暴和浑浊。

不是不可以写年轻的"伤心故事"，如果不刻意修剪掉颜歌那样"我们镇的肮脏、丑陋和粗俗"，如果更是郑在欢那样"用生命活出来的"，当然可以写。怕的是"强说愁"，只是修辞意义的"伤心故事"。更怕，在大众传媒和出版营销的聒噪下，"伤心故事"的文学流水线快速上马，然后"伤心故事"成为炫痛表演。

今天是女儿22岁生日，女儿也有十年的小镇成长史。有一天，她会写她的故乡"伤心故事"吗，会说自己是"小镇青年"吗？

"奇点时代"前夜的科幻和文学
（2017年第6期）

那天和飞氘聊，他说我们今天的时代是"奇点时代"前夜。我很好奇，也觉得这确实可以用来从各个侧面描述我们的时代。所以，我特别让他就他理解的"奇点时代"做一点解释,毕竟我印象中以前有人是用"奇点时代"来描述远到无涯际的宇宙大爆炸。飞氘很认真地做了一个书面回答:

> 今天我们可能生活在一个叫作"奇点时代"的前夜,就是说,由于人工智能等技术的突破性发展,可能到了某一天,人类社会的整个形态将出现全然不同的形态,就像物理学上的"奇点"一样超出我们的理解和想象,以至于我们对这样一个时代的所有预测和推理可能都根本失效——未来的"人类/后人类"可能是一种和我们在生理和心理上颇为迥异的存在。

因为我们谈论的话题集中在"科幻",所以,基本上飞氘说的"奇点时代"是正在成为热词的"人工智能"可能给人类带来的影响。新闻上说,人工智能已经成为未来的国家战略,甚至列出了时间表。不只是国家战略,已经成为现实的是,会下棋、会写诗的人工智能机器人已经赶超了我们绝大多数做同样事情的人。就我自己而言,我对人工智能的"后人类"时代是充满着恐惧的,虽然我不知道我能不能熬到这个"后人类"时代,但我的恐惧已经提前到来。比如今天给学生上课,我说我不能想象,如果有一天我课堂上的"人",是自然人和人工智能的"类人"混杂的群体。我确实不想在分享人工智能时代福利的同时,去承担和人工智能"类人"同处一个世界的恐惧。应该祝福我们这些心怀恐惧的人可以死在这个"奇点时代"前夜。

不约而同地,这组小说都涉及人工智能,它们有的透支和兑现了人工智能"奇点时代"到来的各种可能,这就是小说中所谓"科幻"的部分。应该指出的是,我并没有刻意设计出这个"人工智能"的主题去迎合正在热闹的"人工智能"的伟大白日梦,我不是笼统地让大家写"科幻",而是希望大家"文学"地去写。我不拘泥"科幻"的"硬"还是"软",我在乎的是"文学"的科幻,在乎的是科幻怎样现实地影响我们当下文学对世界的想象和表达。换句话说,我希望科幻能够拓展我们整个文学的疆域。所以,去年在做《收获》年度文学排行榜的时候,我建议程永新主编可以在备选篇目中容忍科幻小说这个文类,这也是宝树的《与龙同穴》进入备选篇目的原因。

当然,我不反对科幻专门的粉丝读者喜欢"不文学",但"科学"的科幻,那至少不是我想象和乐于接受的科幻,哪怕它确实更合于科幻这个类型化的文类。所以,我在和陈楸帆对谈时说,世界科幻小说,从我的个人阅读趣味上,我喜欢波兰的莱姆。在我看来,他的小说是科幻,也是文学。但当下中国科幻小说许多往往是以半生半熟的以"科"为名义的"幻",并无多少"小说"。我觉得如果要在"文学"上确证"科幻小说",其实不能过于强调科幻小说的特殊性,至少要在人性、历史和现实、人类的命运、小说的形式和语言等维度确立科幻小说的文学性。我认为在当下与强调科幻小说的科学性同样重要的是应该意识到,科幻小说也是文学。

但现在的结果也许是有意思的,为什么大家不约而同地去关心"人工智能"?四篇小说中,陈楸帆的《美丽新世界的孤儿》写一个生命得以延长却成为新世界的旧人的故事。这一定程度上,正是我所恐惧的。仔细想,我的恐惧或许正在美丽新世界作为旧人的异样被观看。而赵松的《极限》也写到科幻文学的重要母题"星际旅行",但小说的核却是人类普遍的永生冲动下一个固执地坚持做一个自然人的人和一个厌倦了永生退回到自然人的人的恋爱。某种程度上,陈楸帆和赵松的两篇小说可以成为一篇小说的上下篇。赵松说:"我只是想换个方式探讨一下生与死的问题。如果我们可以活两三百年,生活会发生什么样的改变?我们的思维方式,我们的情感方式,会发生什么样的改变?人在本质上就是贪生怕死的吗？在生死之间，真正让我们困扰的令我们莫名不安的是什么？写完它，我也没有答案。我只是隐约地感觉，人并不总是渴望新的开始，有时候也会渴望结束。"两个作家都在思考共同的命题，而这两个作家，在我们今天文学分区里，分属科幻和传统文学两个不同的区域，他们从各自的出发点去思考人是"自然"而然的，还是肆意妄为"永生"的。曾经人类梦想着可以长生不老、长生不死，当这一天真的要到来的时候，我们真的还能欢欣鼓舞吗？或者我们欢欣鼓舞地永生片刻，然后却厌倦了，我们怎么办？所以，这么多的作家去关心这个人工智能的"奇点时代"前夜，是因为我们在这暗夜中恐惧、孤独和茫然无措吗？文学在这个时候恰当地承载了这种恐惧和茫然。年轻作家杜梨的《世界第一等恋人》的可贵之处是，她写年轻人的小说。是的，她可能还不成熟，如她说："也是比较理想化，世界上怎么会有那种百依百顺的仿生人嘛，就算再完美的爱人，待一辈子也会烦的，早晚都会被扔进垃圾桶。很多人都觉得那是两个人的互相折磨，但是我觉得那篇小说是对现实感情的不满，当你不得不去面对一地鸡毛的感情，谁能问心无愧啊。我觉得那个仿生人就是一种对逝去青春的安慰。"杜梨的写作提醒年轻的写作者，做一个诚实的有局限的写作者。而飞氘这组小说，我认为更接近"幻想文学"。你也可以说，"科幻"也是幻想文学，但科幻毕竟有一个"硬"和"软"的界分在那儿，飞氘的"幻想文学"是可以不硬，甚至无视科而去幻的。在幻想文学薄弱的当代汉语文学，飞氘的幻想文学是有意义的，我们的国度是有谈狐论鬼的笔记传统的，至少飞氘的《有个男人》系列和这个传统还是有亲缘关系的。

科幻应该成为开启汉语文学幻想的动力，希望今天的"科幻热"不只是一种小说类型的复苏，而是整个当代文学"奇点时代"的前夜，科幻文学能不能带来文学的"奇点时代"？那天和一个报纸读书版主编聊到这组小说，他说，除了写实地把握世界，也可以荒诞地，可以魔幻地把握我们的世界，而今天，"科幻"是不是一种面向未来把握我们世界的世界观和方式呢？如果是这样，我们或许不难理解刘慈欣、韩松、郝景芳等等，还有这里四个作家的小说世界。他们的小说有时是写远的未来，大的人类，但更多时候，他们的小说好像是一个诗人诗歌写的，"今夜我不关心人类，我只想你"。这个"你"，在这组小说不是，但往往在他们其他的小说是指具体的当代中国——"奇点时代"前夜的中国。从这种意义上，仅仅谈论科幻小说的"软"和"硬"其实并不能真正触及他们小说的本质。

他们在"边境线"写作
（2018年第1期）

本专题关注了小说家次仁罗布、阿拉提·阿斯木和黑鹤。以本专题为雏形的"文学共同体书系·中国当代多民族经典作家文库"（第一辑）获得了2019年国家出版基金资助，2020年将由译林出版社出版，书系收入蒙古族、藏族、维吾尔族、哈萨克族和彝族五个民族的中国当代小说家或诗人阿云嘎、莫·哈斯巴根、艾克拜尔·米吉提、阿拉提·阿斯木、扎西达娃、叶尔克西·胡尔曼别克、吉狄马加、次仁罗布、万玛才旦等的经典作品。本书的《作为"文学共同体"的多民族中国当代文学》一文是《他们在"边境线"写作》的扩充。

春天，这是诗降临的时刻
（2018年第2期）

"听说长安遍地都是诗人。"电影《妖猫传》里远来的和尚空海对白居易说。关于正在上映的电影《妖猫传》已经有很多解读，微信时代最大的福利就是七嘴八舌成为可能，人人都可以是"话痨"一样的评家论家，中国当之无愧成为一个"说话"大国。《妖猫传》也可以看作一部白居易如何成为"诗人白居易"的八卦史。电影作为晚出的艺术，在"小说家言"方面走得可能比小说家更远，比如这部《妖猫传》，杂糅了怪力乱神的"乱想"和"小说家言"的"胡说"。不去说《妖猫传》的大唐盛衰，"听说长安遍地都是诗人"，今天和大唐相比可能是有过之而无不及。麇集在各种诗会和微信公众号、微信群，以"诗人"和"著名诗人"为标识呼朋唤友的"人类"一起造成我们"遍地都是诗人"的时代观感，这是任何进入当下诗歌现场的诗人，在我们时代写作和白居易在唐代写作的共同处境。

"长安遍地都是诗人"是白居易的焦虑，我们今天的诗人呢？也许有些不同的是，其一，在一个诗人遍地的时代，白居易有一个三十年前的李白可以追慕，可以成为自己的标尺。我们今天呢？假使承认那些标明自己是"著名诗人"的诗人都是现时代的"白居易"，或者潜在的"白居易"，那么来看三十年前，三十年前正好是所谓的"八十年代"的文学黄金时代。这个黄金时代被写进各种文学史，还不仅仅写进各种文学史，这些文学史中的诗人也正是当下"遍地都是诗人"时代的前辈们。可是，这些三十年前的前辈，现在已经很少写出盛气壮大的作品，"前辈"只是在诗会排座次坐首席的时候用用而已。更重要的是，即使在所谓文学黄金时代的三十年前，这些前辈是今天"白居易"们心向往之的"李白"吗？换句话说，在那个看上去盛气壮大的时代，并没有人成为他们自己时代的"李白"，所以一直到现在都常常需要舶运海外，以壮声势。在世界中写作，这是一开始就确立的中国新文学源头，舶运海外总强似"山中无老虎，猴子充大王"，但最终还是要如鲁迅所说"取今复古，别立新宗"。这两年，各地都在纪念中国新诗百年，一百年，有多少类似八十年代这样盛气壮大的诗歌时代？而如果没有我们自己的"李白"，这些时代的盛气壮大还能理直气壮吗？当然，我们可以理直气壮地说，我们的新诗也才刚刚一百年，而李白是《诗经》到盛唐慢慢结出来的一粒硕果。

一百年的新诗成就和教训是需要重新检讨的，现在欢庆一百年的新诗对旧诗的完胜还为时尚早吧？但与此同时，即便在三十年前，甚至更前，没有我们自己的"李白"，"白居易"们的写作还是要维系着进行下去。那其二，我们再来看看今天的"白居易"们。《妖猫传》里白居易成为诗人白居易，是因为白居易有一首《长恨歌》在内心萦绕，念兹在兹。《长恨歌》的创作中，李白成了白居易潜在的攀比竞争的艺术对手，但《长恨歌》首先是白居易对自己作为诗人白居易的一个交代。如果仅仅只是生逢"长安遍地都是诗人"的时代，既无李白可以追慕和立旗杆，也没有一个写《长恨歌》的大志向和自己过不去，那么，"遍地都是诗人"，也只是一个诗歌繁荣时代的幻觉。

关于中国诗歌的起点，"思无邪"应该算一个吧？这也是我希望的这个诗歌专题的起点，也是我选择冰逸，选择余真、孙秋臣、康雪、周欣祺的初衷。在她们这里保有了对世界和审美的天真、纯情和诚实，有没有"李白"也许确实重要，但如果仅仅像今天很多年轻诗人那样，把"李白"偷换成僵化的"文学知识"，把写作变成消化不良的搬运、转译和炫技，不如首先像这个专题的诗人一样敞开内心，八面来风，把自己交与人间万物——去爱与被爱，伤害与被伤害，同时学习把每一个汉字擦拭干净，恰如其分地安放，然后成其为一首诗。

春天，这是诗降临的时刻。

散文的野外作业
（2018年第3期）

我不是很确定"野外作业"相对的是不是"室内作业"，但有一点是确信无疑的——"野外作业"肯定是要"在野外"的。于是，忽然觉得把"野外作业"挪用过来作我们这个散文专题的关键词很有意思——它既是动词的"作业",指具体写作行为,那么文学就不只是"室内"的事业;同时,作业也是名词的"作业",指毛晨雨和刘国欣各自完成的关于野外的"作业"。他们文学结果累积下来就是他们的"作业本"。"野"是地理和日常生活空间的田野、乡野、旷野,但"野"更多是精神倾向或者审美意义上不羁之"心野",是文学气质野蛮、野生、野性之"野"。当下文学越来越"宅",越来越规训、拘束、越来越小气、装饰、自恋,散文尤甚。虽如此之歧偏,但许多写作者却玩赏不已、自得其乐。缘此,我提出散文的野外"作业",希望以面向、走向、扎根于"野",来矫正纠偏。这可以是不同地理之间的旅行,也可以是心灵的转向、补给和滋养。

野外"作业",写作者首先要是一个行动者,或者身体力行的实践者。当下信息及时、交通便捷,可以快速地知道很远的事件,也可以快速地到达地球的任何角落,甚至地球之外,但我们的知道和到达几乎都是"同一性"的二手经验和二手风景。这些"二手货"很难被转换成具有差异性的个人感觉和经验,自然也生成不了个别性的"想象的异邦"。因此,强调行动和实践是为了重新获得身心的健康、解放和自由,将"知道"和"到达"由被动的告知变为主动的勘探和发微。

刘国欣作为一个他者,一个闯入者,对新疆、对陌生世界保持着一种谦逊、敬畏、禁忌和不安的好奇。散文写作者是不能根据旅游手册和文学笔会"地导"安排自己行程的,而是应该恢复大地上漫游者的自由自在,就像刘国欣在边疆宾馆的市场终日"逛荡",在南疆小村"晃晃悠悠"。也正是在"逛荡"和"晃晃悠悠"中,吐鲁番的骆驼、乌鲁木齐的大巴扎、喀什的鸽子、校园的面包、边疆宾馆的集市、乡下的驴子、看不见的喘息、踩着黄叶的小孩、人迹零落的二道桥……蒙垢的日常景物人事被擦亮,成为个人的一手感觉和经验。

散文对个人感觉和经验有强烈的依赖性。当下散文的积贫积弱，不能不说是因为匮乏身心在场的个人感觉和经验。对这一组《西行笔录》，刘国欣反复表达过她作为一个过客、一个暂住者的"肤浅"。对于这种"肤浅"，当下许多散文会借助临时搬用的知识，施展文学整形术填塞唬人。读当下散文，如果仅仅看征用的知识，其中有许多冷门的知识，你会觉得中国真是盛产民间学问家的国度。而事实上，这些不走心的所谓学问其实常常是"过剩的冗余"。往往是肤浅的地方依然肤浅，而填塞进去的，就像植入人体器官的假体，是隔阂的、游走的。

还有一些唬人的招数，比如语言的炫技，花团锦簇不知所云；比如靠虚伪的情感和情绪，强行推动的假高潮；比如有写作者泪腺夸张地发达，他们放大一己的微疼，谬托国族人民为知己，动不动就想哭要哭热泪盈眶地"炫痛"，与此同时另外一些写作者躲闪现实的恶与暗，制造着人畜无害的无痛的清新可喜的纸上太平；比如散文越来越小而局促，成为案头清供，心灵鸡汤；比如用廉价的慈善主义冒充深刻的人道主义和现实主义；等等。但刘国欣式的"肤浅"恰恰是散文需要的真诚，写作者意识到行到此处的局限——有一颗不羁的"野"的心，野心勃勃，同时知耻、不安、惶惑、微弱。正是知耻的、不安的、惶惑的、微弱的心灵呵护了刘国欣真实的节制，如她说："我在新疆的近三月生活，从一个浪漫主义者滑落到现实，从黑夜到白天或白天到黑夜……""现在写下这些，我也觉得我的新疆生活像是天堂，尤其是边疆宾馆，寻常日子有传奇上演，在这里我更贴近自己的身体和灵魂，每一天我拎着它们上路，我照顾它们就如照顾一个婴儿。"刘国欣的《西行笔录》给自己与读者预留了看不见的幽暗和暂时无法抵达的秘境。如果他日重至，旧地重游，刘国欣的"西行笔录"会是怎么样的呢？

"野外作业"不只是"到边地去"，毛晨雨的"野"是他的故乡，他从他现在生活的上海频繁地返回故乡。专门的散文家几乎都写过故乡，可有多少是像毛晨雨这样在故乡扎根下来之后写出的？于是，假装的"乡愁"也几乎是一种最常见的散文病。

"村落下来都是越来越盛烈的坏事物。"2012年4月26日，毛晨雨在他个人网站中"时节"目录下一篇名为《我下午要去洞庭》的文章中写道："细毛家屋场近一月来大兴土木，村落内部的管理已然失序，村民小组基本无法真正管治村民事务，族群种姓内部也无法协调公共事务。"网站首页是一幅水鸟、树鸟、鱼、青蛙、蛇、麋鹿、稻、香樟等动植物各安其身的、细小微观的自然生态图，这和毛晨雨感觉到的村落的失序、崩坏形成一种对照。毛晨雨是一个理想主义者，所以在当下很容易成为一个悲观主义者。

小说家所谓"邮票大的地方"往往是一种话术，但这个叫"细毛家屋场"的自然村落对毛晨雨却是真实的，具体而微的。毛晨雨对他这个湖南洞庭湖边的出生地的当代历史演变有过细致的梳理：1958年人民公社化时期，细毛家上头的两个自然村落被拆迁下来，任姓、刘姓两个村落合并进入当时陈姓、毛姓的两个村落并组建了第三生产队；1970年代，县域高山地区的铁山水库建设，第三生产队迁移并接受了两大户刘姓，一般叫"铁山的"；在分田到户时，第三生产队拆分为第四、第五村民组。由此，我们细毛家拥有毛姓、任姓、刘姓、"铁山的"刘姓等四个种姓。无论政制如何改革，毛姓宗族一直认为是别人借住在他们村落中，因此村民事务基本是毛姓说了算。毛姓在十二世前是一个祖宗，后绵延发展，终绝了不少人户，到现在也就两大支延续下来。这两支又各自发展为两支，一支四户、一支五户，共九户。现有三户进城，两户常年在外打工，仅剩四户常住村落。

毛晨雨不是我们一般意义上自觉到自己是"作家"的写作者，文字和写作只是承担了他和故乡复杂关系的部分内容，比如他还持续地进行纪录片"稻电影"和其他艺术实践。毛晨雨是一个故乡的深刻挖掘者，他会从考古学的意义上挖掘故乡的地方历史和风俗仪礼,但这种知识考古不是他最擅长的。他是一个朴实的生态地理学家,一个博物学家,一个民族志的研习者,一个乡村哲学家,一个艺术实践者,一个狂热的古法酿酒师……各种身份的混合却毫无违和感,在我们今天严格的学科分类下,他难以被归类,当然也不是严格意义上的专家。他的公众号上有一个栏目是"巫术艺术",这里的《喜鹊的图像事件》和《"七姐"与青年女巫的故事》都来自"巫术艺术",我觉得毛晨雨倒有些迹近人类文明原初的"巫",执掌太多的功能。而我这个专题之所以选择毛晨雨的文字,并不是想把他规训成专门的"散文家",只是肯定这种如大地生长万物一样从乡野大地生长出的文字对当代散文的启发意义。这些文字当然也会像我们习见的散文那样向哲学、民族志、人类学、艺术等方向分叉,但它的根是在大地的。如毛晨雨说:"大地是有思想的。"那么大地应该是世界最深邃和宽博的思想家。

  作为写作者,刘国欣和毛晨雨有一点是共同的:格物致知,然后有恰当的情与思。但他们这两份野外"作业"还是"正确率过高"且"过于整饬",如果刘国欣自觉到局限以后,能够成为突破桎梏和壁垒的强制拆除者;如果毛晨雨如荒草蔓长到田野尽头的旷地,即使在田野也是固执地做稻田里倔强的稗草……且把最自由的文体还给散文,人格独立,心智健康,从"野蛮"自己开始,"野蛮"散文,做一个真正意义的散文野外作业者,且想象这样的散文,这样的气象。

多主语的重叠
(2018年第4期)

  那天在书店看到杉浦康平的《多主语的亚洲》,立刻喜欢上这个书名。关于什么是"多主语的亚洲",是在全书第一个主题"对亚洲设计的思考"的最后一个部分"遍布森罗万象的亚洲多主语事物"里集中讨论的。按照杉浦康平所说:"在亚洲的神话空间,多个或数不尽的'小主语',甚或不称其为主语的'幽微的存在',布满宇宙的森罗万象。"杉浦康平的"多主语"针对的是西方眼光下"主语始终是设计师"的一主语主义。他认为好的设计可以是客户、设计师和使用者都满意的"数主语"。我这里挪用"多主语"的概念,把想象的同时代文学景观描述为"多主语的重叠"——强调一个时代的文学是由无数不同的主语共同书写的,参差重叠或众声喧哗。"重叠"在现代汉语中可以解释为"叠加,使一物与另一物占有相同位置并与之共存"。

以"多个或数不尽的'小主语'"不断替换"谁在写"的"谁"。这些"小主语"不是僵化文学教条形成的共同体之"我们"分蘖出的面目近似的"我",而是包含"我"之外的无数不同的他者。一个时代健康的文学生态应该宽容"多个或数不尽的'小主语',甚或不称其为主语的'幽微的存在'"。换句话说,一个有机的、朝气的文学时代应该是多主语重叠缠绕的文学时代。不可否认,在未有网络的时代,写作也可能是"多主语"的,但及至公开发表和传播往往是"一主语"的。最好的情况也只能是"少主语"或"有限主语"的。我们只要复盘网络写作成为可能之前的中国当代文学,就得承认这个基本的事实。以公开出版的文学报刊和图书为中心的文学生产,能够有效地保证"少主语"或"有限主语"的文学形势。而网络发展到今天的微博和微信时代,已经为"多主语"的文学表达提供了必要的技术支持。当然文学表达肯定不只是技术支持问题,但无疑绕开公开出版的文学报刊,在网络上直接写作,直接呈现从学徒期开始的完整的个人写作史是沈书枝、大头马和李若共同的经历和经验。

比如沈书枝:

> 我真正开始在自己的豆瓣主页写日记(它发表文章的方式叫

"写日记")是在2010年,受那时几个互相关注的友邻的影响,看他们写关于乡下的风物和人事,觉得自己的神经才舒醒,尤其是风行水上老师,他写皖南乡下的事情,写得非常好,我读了非常触动,这样的经验我也都有!就也开始写起来。那时候因为刚刚开始写,可以写的东西非常多,在学校读书,时间也多,常常废寝忘食,写了一篇,就立刻发出来,竟也就蒙得一些鼓励,或是推荐,或是留言,心里觉得不寂寞,受了这样的鼓舞,就接着写下去了。

比如大头马:

我在豆瓣上生活。我是高中的时候注册的豆瓣,那时人还很少。在那之前我主要泡天涯论坛,后来天涯的一些朋友跑到豆瓣来了,我就跟着过来了。我大概是十二岁开始泡天涯,主要在上面写文章,跟帖,交朋友,做版主。后来也把豆瓣当同样的地方在使用。

比如李若:

2015年下半年,网易《人间》栏目的编辑来约稿,我的文章发表了。从前总觉得拿稿费是离我很遥远的事,写得高大上的才能发表,我总认为我写得上不了台面,没想到我写的东西也可以发表!我从此爱上写字,我写的都是打工的和农村的故事。

所以,正是网络空间助长了"多主语的重叠"文学时代的来临,并使之成为现实。如果不是网络,我不知道除了《天涯·民间语文》和《花城·花城关注》这样偶然存在的文学"飞地",还有多少文学期刊可以接纳李若的文字——不是出于慈善主义的文学平权,也不是作为社会学的田野调查样本,而是作为同样得到尊重的文学。不要说李若记录"所见所闻"的记叙文,甚至连大头马这样专业的"旅行写作",只是因为不同于我们习见的游记,发表都可能有困难。也不是说完全不能在报刊公开发表,但我们看看和李若差不多经历的范雨素,她的《我是范雨素》也只是发布在微信公众号"正午"上。保守地估计,在现有的文学报刊——现有的文学报刊客观地存在着一个"鄙视链"或者压抑的等级秩序——李若的文字最有可能发表的地方是市县的报纸副刊,而大头马的"旅行写作"最应该出现的也可能是那些和文学无关而和旅行有关的时尚刊物。所以,文学期刊包容"多主语的重叠"的写作和竞争仍然有很长的路要走。

或者"多主语的重叠"只有在网络空间才可能兑现。在网络,网易的李若和豆瓣的沈书枝,以及同在豆瓣的沈书枝和大头马是可以共生的。我们不清楚沈书枝和大头马这两个安徽籍的写作者在豆瓣上是否有交集,其实无须交集,本来她们在网络就是各自独立的存在——独自地写,独自地聚集各自的读者,如同她们可以有交集也可以无交集,她们的读者也相仿。不唯如此,网络还是新文体的温床,比如像大头马的小说和旅行写作。

"多主语的重叠"还不只是单纯的一个"谁在写"的问题。虽然"作者之死"早在二十世纪六十年代就被提出来,但对沈书枝、大头马和李若的这些"记录"或者"非虚构"写作,要充分地理解其意义,能不能就粗暴地预先宣判"作者之死",值得我们思考。我认为她们的写作和虚构写作不同,"作者"天生就是"记录"或者"非虚构"文本的一部分。这些"记录"或者"非虚构"怎么可能不和写作它们的"主语"相关联?以沈书枝、大头马和李若为例,这些"谁在写"的"主语们"在新世纪先后来到北京,做着不同的工作,有着不同的生活理想和生活方式,出入不同的城市空间,自然也对世界有着不同的观感。事实上,生活在同一个城市,这些写作的"主语们"有着各自的"身份"。"身份"成为他们各自的起点和来路，成为他们抵达他们生活城市细节的限度，也成为他们的想象和书写的限度。这些不同"主语们"的"写"彼此重叠、交通或者竞争，他们是对话，还是对抗；是冒犯、侵犯，还是吸收、汇流；抑或是如他们现在在网络的存在，彼此不相往来？我们先不去规定和编组他们的等级秩序，不去制造文学的"鄙视链"，而是先让他们自在地开口说话，让所有的"幽微的存在"被照亮。

从"故事新编"到"同人写作"
（2018年第5期）

如果不拘泥于生理年龄，我相信代际差异是一个客观存在的事实。2018年5月北京大学邵燕君教授主编的《破壁书：网络文化关键词》出版，其基本前提也是承认在不同的文化群落之间的"壁"。因为有"壁"，才有所谓的"破壁"。《破壁书》以关键词的方式，呈现的是一个青年亚文化的"共同体"，但这个"共同体"对于我们很多人却是"不同体"。读《破壁书》，你会发现我们生活的世界里不同的群落之间的差异性远远比我们想象的要大得多。这是我们这个专题——"从'故事新编'到'同人写作'"的语境。

从某种角度看，无论是黄崇凯的《七又四分之一》，还是陈志炜的《老虎与不夜城》，都是文本再造的结果。黄崇凯对杨德昌和他的电影及电影时代进行了时空上的整体移位，在新技术的憧憬下重述杨德昌的故事；陈志炜的小说对来源驳杂的文本资源进行"盗猎"和重新编码，他们所做的貌似中外文学史上习见的"故事新编"，但似是却又不完全是。因为，他们的写作背景是新的人工智能技术，是迷影文化、粉丝文化等青年文化焕发生机的新世界。

"故事新编"在当下文学是一个值得关注的现象，但不是今天才有的现象，就以中国现代文学为例，是可以梳理出一个"故事新编"传统的。这个传统，鲁迅不是第一个实验者，但鲁迅的《故事新编》却是经典的范例。鲁迅说《故事新编》，"叙事有时也有一点旧书的根据，有时却不过信口开河，而且因为自己的对于古人，不及对于今人的诚敬，所以仍不免时有油滑之处"。但他又说"首先，是很认真"。在鲁迅看来，"从认真到油滑"有迹可循。也许鲁迅研究专家可能会给鲁迅《故事新编》之油滑开脱，但鲁迅自己却是甄别和反思的。其实，放开了看，认真和油滑其实是"故事新编"的两个端点。好的小说家，会在这两个端点之间微妙地平衡。鲁迅《故事新编》整体是认真的，油滑是局部的。从"认真"到"油滑"之间拉一条线，像冯唐的《不二》应该是接近油滑这个端点的，王小波的"唐人笔记"则是认真和油滑之间平衡得好的案例。当然，如果考虑到新世纪前后以周星驰为代表的"无厘头"、戏谑，甚至"恶搞"的审美新意，认真和油滑的边界会变得越来越暧昧。

  黄崇凯的《七又四分之一》虽然有迷影文化的底色，但仍然可以视作"故事新编"。书写电影乐园娱乐大众的"杨德昌电影"，回望另一个时代的杨德昌，我们由此能联想起来的是鲁迅写英雄末路的《奔月》。陈志炜的《老虎与不夜城》是"新兴文学"。插一句题外话，虽然陈志炜反复和我说，没有他小说里的"知识"仍然不妨碍阅读他的小说，但不可否认，有无相关知识阅读的结果是有差别的。我让陈志炜亮出小说的底牌，也和陈志炜的同龄人、小说家三三交流过《老虎与不夜城》，他们拥有差不多的"知识"。而生于1960年代末的我，和他们比，即使不是"不同体"，差别也太大了，大到能重合的大致只是一些已经成为共识的经典知识。所以，如果不去追究陈志炜的知识，能识别《老虎与不夜城》的文学谱系也许只能是炫技的先锋文学谱系。

  《老虎与不夜城》和我们习见的"故事新编"是不同的，可以看看我和陈志炜的问与答：

问：以《老虎与不夜城》为例，有无年轻世代的动漫知识，那些"梗"，对小说的理解肯定是不一样的。当懂了小说那些"梗"，我们目为反常的那些"反"可能恰恰是"正"的。《老虎与不夜城》主体故事来自鸟山明的《龙珠》，是对漫画或动画的二次叙事，或者说这是一篇"同人小说"。"二次创作"在传统的文学创作里并不新鲜，即所谓的"故事新编"，但年轻世代"同人"意义上的"二次创作"和传统的"故事新编"存在不存在差异？差异又究竟在哪里？其实，不需要到更年轻的文学世代，王小波的"故事新编"和此前类似的文学实践就已经有很大的不同。

答：1994年何勇《姑娘漂亮》的歌词："孙悟空扔掉了金箍棒远渡重洋/沙和尚驾着船要把鱼打个精光/猪八戒回到了高老庄身边是按摩女郎/唐三藏咬着那方便面来到了大街上给人家看个吉祥。"我不清楚歌词里的孙悟空是不是《龙珠》里的孙悟空，虽然确实可以对应上。孙悟空确实是丢掉了金箍棒到了日本，甚至还成了外星人（赛亚人）。鸟山明《龙珠》开始创作于1984年，到1995年连载完毕，我大概也是2000年之前看完的漫画。这部作品销量几亿册，同时也是全世界被改编为游戏次数最多的漫画，载入吉尼斯世界纪录。连载结束二十年，才有人以严肃文学的形式，写了一篇与其相关的"同人小说"，说实话已经挺晚了。现在问别人"你看《火影忍者》吗？"都显得有些落伍。《火影忍者》是1999年开始创作连载的。我在动漫方面的品位非常复古，喜欢的作品基本都是十几二十年前的了，比如《玲音》是1998年的，《少女革命》是1997年的；哪怕近几年很活跃的汤浅政明，我喜欢的作品也是十年前的了（《兽爪》2006年，《海马》2008年）。这是我想说的第一点，文学创作的滞后性，以及文学圈的"不思进取"。文学不是新闻，含糊其词，又非常滞后。另外，我其实是在怀旧，但很多人读来会觉得是"新知识"。第二点，正面回答一下关于年轻人的"同人小说"与传统"故事新编"的差异。一个是原始文本选择的随意性。哪怕乔伊斯这样的作者，写《尤利西斯》，都会以荷马《奥德赛》为参照，因为那是经典，他要从经典起跳。但年轻人写同人小说，可以随时起跳。我从《龙珠》中取骨，已经算是非常有选择性的了，非常有作者意识了。多数同人作者没有作者意识。读到任何作品，有了创作冲动，直接就写。不问为什么，就是想写。比如天下霸唱的《鬼吹灯》和南派三叔的《盗墓笔记》都是盗墓题材，后者原本想直接沿用前者的人名，直接当同人写，后来改了一下，成了单独的故事。网络小说甚至可以直接从网络小说起跳，成为同人小说。一个是"梗"的不重要性。作者意识弱，那么什么互文之类，都是无所谓的了。有一种同人小说在同人界发展得特别好，叫"HP同人"，也就是《哈利·波特》的同人小说。不管外国、中国，都有很多人写，很多人读。我认识一个写"HP同人"的朋友，她说"我没有读过《哈利·波特》"，并且她觉得"小说大概写得不好"。他们的乐趣在于"各种配对"，任何人都可以"组CP"，邓布利多（魔法学院校长）与他养的凤凰的"CP"听说过没？第三点，我的作品与那些网络同人小说还是有区别的。这点很容易感觉到，应该没人会轻易把我的小说归入"同人小说"。要是我自己不说，可能很多人不敢说。我的作者意识很强，甚至强于其他严肃小说作者。当然，与传统严肃小说作者不同，我还能感受到"组CP"的快感。

我说从"故事新编"到"同人写作"，不是说陈志炜的《老虎与不夜城》是流行的"同人写作"，是说我们文学时代的某些部分正在以"同人写作"的方式呈现出来，而这些在网络上发生的文学现象已经现实地影响到年轻一代的文学创作，却没有引起我们足够的重视。无论是以趣味吸引族类的动漫和cosplay（扮装游戏），还是蔚然成为类型一种的同人写作（如"CP文"），新媒体平台的此类生产有更芜杂丰富的形态。至少在我的认知里，多数的研究者并不认为这可以被视为一种文学现象，至多是"文娱"现象。以"同人写作"为例子，参与者也未必不认为这是一种游戏，一种族类之间的盛大狂欢，孜孜不倦，自得其乐。把青春旺盛的创造力和激情放在这样的文字生产中，无论是早年的始于足球明星迷的"CP文"，还是后来现象级的哈利·波特的"同人文"，这些"类文学""亚文学""边缘文学"的生产者，他们在从事什么，参与什么，或者希望得到什么，都值得田野调查式的研究。研究这样的写作不是要让它们被规训到既有文学谱系，而是如果青年写作在这一领域有着持久的丰富的产能，那么这至少值得去关注。何况，在这些写作中，未必不能看到青年写作的过去与未来。游戏行为是起点，而以反思驾驭游戏行为则可能是创造。黄崇凯以阔大的视野和野心试图用文学的形式重新书写和思考台湾的文艺史，在电影史的回顾里，他选择了最善于用一个剖面来呈现变化中的台湾景象的杨德昌（一件杀人事件，一个孩子的眼见）；陈志炜以《龙珠》为骨，大胆地在鸟山明的大开脑洞的二次创作的基础上，再次创作，肆意行走的想象让文本如不断展开的迷宫，而从《西游记》到《龙珠》，再到陈志炜的《老虎与不夜城》，从孙悟空到超级赛亚人孙悟空，到老虎，角色的外壳层层剥离，自在生长和增殖中重建另外一种文学所在，其中接续不变的是创造的魂魄。陈志炜的写作集中了我关心和探讨的部分：现时流行的"同人写作"的趋势即角色剥离出故事独在的文学可能性。这种被剥离再创作，对作者来说有时很随机，其实就是游戏行为。我认为陈志炜提出的"作者意识"是重要的，从起点（不随意复制的尊重独创和致敬经典）到生产过程（反思性的再创造）使得陈志炜的写作不同于网络空间流行的"同人写作"，这些不同，在浩瀚的同质化创作中是隐微的，但为网络之外的文学实验带来启发，带来一种新生和可能。也许可以期待,沉迷"同人写作"狂欢的青年写作者中未必不存在未来新文学的启悟者。当然,回到刚才所说,所谓足够的重视并不是鼓动大家到网络上去"同人写作"。事实上,如果不是粉丝,也很难参与到"同人文学"消费流行文化的写作中间去。我们应该思考年轻世代的流行文化,像影视、动漫、网游、网络文学、视频直播等等和他们的写作之间的关系。年轻世代的文学,不应该只是谨守文学惯例的文学遗产继承人,如果抱有开放的文学观,至少青年流行文化也可以成为新文学汲取能量的新地。

文学"西游",或大于小说地理学
(2018年第6期)

"西"在中国文明史上不是一成不变的。汉唐之际玉门关、阳关以西才称"西域",而比这更早,汉唐都城长安周围的周朝诸地就是所谓的西方和西极。至于家喻户晓的《西游记》,是去西天取经"西游",又折行到印度。近现代话语中的"西方",则特别指东西文化之别的"西方",这和我们古代说的地理空间的西方几乎不是一回事。说这些,本无意去考据"西"在中国语境的漫长衍变史,当然以我的学科知识也无法胜任于此,但无论"西"的地理空间发生多大的变化,西天、西域、西极和西方有着异质的地理物理人情带来的曜奇和诡丽,当然也呈现中心对边缘想象的孤远和荒寒——他者和异邦。

就文学而言,向西,"西游",就是检视以曜奇、诡丽和异质激活文学的潜在力量。如此看,中国现代文学的肌体其实激荡着两股自西而来的蛮力:一股自欧风美雨的西方,一股从辽阔国度内部的西域。它们各自输入文化和文学的新血,塑造中国现代文学的血肉筋骨。神奇的是,有时候后者又被征用来抵抗前者——以中国西部荒蛮的文明挚遗对决近现代的西方，时间换空间，确立民族的和本土的价值立场。因此，文学西游，去往哪个西天，取到的其实是不同的"经"。

中国没有类似巴黎和外省之分，糖匪的《无定西行记》本来的题目是"北京以西"。在她这一篇具体的小说里，以"大都"替代"北京"，由实有而虚化，可能反而扩大了小说的空间想象。但从文学地理学和文学审美差异的角度，"北京以西"可以眺望到疆域辽阔的大陆腹地。"北京以东"，或者东偏北偏南，在当代中国不同发展阶段都曾经是经济发达地区。东北是老工业区，东部沿着海岸线往南则是改革开放的成果。地缘上东与西之间的中部过渡地带，更愿意承认自己是"中"偏东。

这个专题首先不论西学东渐之西，单说中国地理版图的"北京以西"，那么，做一番文学"西游"，首先应该勘探文学地理学意义上的地理和文化景观对文学的形塑。1949年之前，就作家的地籍看，除了西南的巴蜀地区，文学贡献基本上来自"北京以东"，东偏北或者偏南，以及部分中部地区。而且，中部及巴蜀地区的写作者往往也是出了中部和巴蜀向东以后才成为文学大家的，比如郭沫若、巴金和沈从文，他们的成名都不是在四川和湖南。至于西、西南、西北的西安、桂林、昆明、重庆和延安等地也有片面和暂时的繁荣，则是因为特定战争形势和地缘政治。因此，极端地说，二十世纪中前期，甚至到1970年代中期以前，中国现代文学基本上是文学地理学意义的东部文学。至少可以说几乎所有文学史都是这样写的，而事实也差不多是这样。

当然这不是说西部文学的"在地"写作者的文学书写在此历史阶段完全是空白的。近些年出版的各地以省域，或者更小的地理空间为单位的地方性文学史打捞了许多西部"在地"的写作者，尤其西部各民族的写作往往都有各自的"小传统"，文学史也追认了像昌耀这样的诗人，但即便如此，西部"在地"写作者成为中国文学版图不可或缺的一部分是晚近三四十年的事。

三四十年前，西部"在地"写作者成为经典作家的并不多见，但这不影响西部地域文化对中国现代文学的建构，早在1980年代就有不少研究专著挖掘出巴蜀文化、湖湘文化和中国现代文学的关系。其实关于地域和文学之关系，鲁迅在编辑"中国新文学大系"时就不局限于东部，所以他说"蹇先艾叙述过贵州，裴文中关心着榆关"，而像沈从文和艾芜的浪漫、诡奇和野蛮赋予中国现代文学的异质性则更明显。同样，如果以异质性来考察，北、东北的作家也是值得一提的。虽然以小说为例，当下文学的东北式微得厉害，被提及的作家似乎只有迟子建、刁斗、刘庆、孙惠芬、金仁顺、双雪涛、班宇等可数的几位，但在三四十年代，中国现代文学是刮过一阵强健的"东北风"的，就像1980年代中国文学艺术的"西北风"。

无论是文学、电影，还是音乐美术，1980年代以来的西部地理大发现对于改变中国文艺生态、趣味和格局都是大事情，比如西南先锋艺术家和先锋诗人群，电影和音乐的西北风。写到这里，记忆里那句"我家住在黄土高坡"依然仿佛扑面而来，陈凯歌和张艺谋的《黄土地》，还有杨丽萍的舞蹈，都是大众且流行的西部符号。而在小说革命方面，1980年代的西部让我们首先能够想到的可能是西藏对扎西达娃与马原"实验小说"的启蒙。其实还不只是如此，王蒙、张承志、张贤亮的小说都有各自的西域背景，只是我们很少把他们1980年代文学诗学意义的"西"单独拿出来谈。其实，扩大了看，由西部而中部，比如韩少功，比如"陕军东征"，他们或者从文学气质，或者从自我认同，都是属于中国文学地理的"北京以西"。

慢先生和丁颜，他们的小说只是关于中国西偏北那一片的风景人事。慢先生曾经生活于斯，但从一开始就不是"在地"写作者。丁颜至今还是"在地"写作者，也快要到北京念人类学硕士。但即便如此，和1970年代以前不同，文学西游，我们能看到大量的"在地"写作者崛起，从甘肃、青海、宁夏一直到内蒙古、新疆，以新疆为例，就有刘亮程、李娟、董立勃、王族、沈苇、阿拉提·阿斯木、叶尔克西等等。西南大致也是如此。经过这三四十年的努力，西部"在地"写作者的文学已然成为中国文学的半壁江山。因此，这个专题在我的想象中，是远远不止丁颜、慢先生和糖匪这三位小说家的，即便从小说地理上也应该有更多的作家，不只是西北，还有云贵川和西藏，等等。

丁颜有过广大西部地区漫游经历。在她看来，"西北各民族杂居，一种氛围中天色一直都很安详，是难以忘怀的画面。日常生活中的人，有禁忌也有活着的张力，有谈论也有不可说，在禁忌与自由之间释放舒适的活力。热闹的集市商场活色生香，远处殿顶的弯月闪烁出金色。这一切都很和谐，让人很舒服"。我看过她拍的西部漫游路上的照片——辽阔无垠幽蓝的天空，沉静的山峦、建筑和各安其生的人们。一定意义上，丁颜以文学的方式重建西部多民族聚居地百科全书式的风俗史，却没有流于异域风情景观化，甚至奇观化的述异猎奇。她的《大东乡》中生老病死有着今日一如往昔般的程式、秩序和日常生活宗教感的庄严，不同世代的精神传递安静地闪烁着俗世的人性的光芒。

因为父亲六七十年代从江南去了青海，在此安家生息，慢先生的童年是在西宁度过的。苏州和西宁的双重生活开拓出东与西双重文学景观的对照记。他的《魔王》是献给父亲和记忆中的西北的。他认为西北是一个叙事上更为广阔的舞台，人和人的距离更近，更针对，矛盾和冲突也比较激烈。因而，和丁颜不同，他几乎不在西部风俗志背景下写人，而是从小说风格学和修辞学意义上的"去往西天取经"汲取西部大开大合的精神气质。

更重要的是，西部是空间的，也是时间的。如果丁颜沉浸其中的是西部的"常"与"不变"，而慢先生感应到的则是"改写"和"变"。在这里，王蒙的《在伊犁》《这边风景》、张贤亮的《绿化树》《男人的一半是女人》、阿来的《尘埃落定》《空山》、次仁罗布的《祭语风中》等小说开创的直面当代西部现实和创伤记忆的传统被慢先生的《魔王》等小说接过来,这使得广义的"伤痕文学"在当下青年写作世代得以被记忆、书写和传递。值得一提的是,糖匪的《无定西行记》能否进入这个专题,我一开始是不确信的,因为这篇小说突破了我一开始预设的狭隘文学地理边界。无定西行,西行到彼得堡了,但如糖匪所言:"西方,一直是作为异世界存在在东方文明的想象里。作为佛教文化的起源地,或者欧洲文明世界,当然还有亡者国度。无定他们去的是欧洲文明世界,不过这个故事里采用'逆熵'设定,东方世界反而更现代。还有无定他们不是前往西方世界'取得'什么。他们的目的明确,只是经过,然后返回。修建大路是否成功最后也是折返到他们自身。'西'的地理意义消解了,同时和其他故事不同,它也不是作为某个精神象征激励行者前行。'西'只是一个中点,一个驿站。西行才是故事的终点。"糖匪《无定西行记》的"西"在风俗志、历史反思和小说修辞之外开拓了对"西方"虚构和再思的可能性。某种程度上,糖匪《无定西行记》的孤独感不是具体的地理和文化赋予,而是一种世界观,它也可能根植于更古老的人类对"西"的想象。因而,糖匪"熵"之于西方,"西"在汉语文学可以不等于一种小说地理学,而是大于。在这方面,同样,刘亮程今年的长篇小说《捎话》也是一个值得仔细探讨的案例。

来吧,让我们一起到世界去
(2019年第1期)

这个专题的作家都是新世纪后抵达世界各地的,他们是全球化时代的新人、新青年。他们的写作也是真正的"新",只是因为他们生活、学习或者工作在海外,才把他们临时聚集到新海外华语文学的名目下。其实,没有这个名目,他们一样写作;甚至没有写作,他们一样有其他的生活。

近年来，文学研究界有一种声音，希望中国当代文学可以收编"海外华语文学"。我只是有一个小小的疑问：如果"中国当代文学"收编港澳台及"海外华语文学"，在一个中国的框架下，内地（大陆）和港澳台文学共同体的想象性建构自然没有问题。但中国之外的"海外"呢？我们能不能因为这些年可数的几个北美华语作家的"中国化"，就直接将"海外华语文学"纳入中国当代文学版图？必须看到，这些作家的"中国化"和强劲的中国内地（大陆）文学阅读市场之间客观上存在着的隐秘关系——服务于中国内地（大陆）读者，自然要考虑中国内地（大陆）读者的审美心理和审美需求。确实，他们的写作怎么看都越来越像中国内地（大陆）作家。但"海外华语文学"不等于"北美华语文学"，"北美华语文学"也不等于这几个在内地（大陆）"高曝光"的小说家，当然也不等于小说。我让研究生检索了一下北美华语作家写作情况，据不完全统计，1990年代以来有长篇小说出版的华语作家就有五十余位，而收入米家路主编的"旅美华人离散诗歌精选"《四海为诗》的华语诗人也有二十余位，这么大体量涉及不同文类的北美华语文学真的要收编到中国当代文学，中国当代文学没有观念性和结构性变化恐怕很难完成。何况，比如黄锦树、黎紫书等"马华作家"，早已经是所在国文学的一部分，从审美趋同性上说可能很难被纳入中国当代文学版图。

无论是文学观，还是文学实践，一些海外华语作家似乎更纠结于冷战背景。我觉得比冷战背景更早的还有五四那一代作家所揭示的"弱国子民"心态。事实上，"冷战""异乡""离散""边缘""孤独"这些都是常常被用来解读海外华语作家的关键词。冷战的世界政治格局终结于二十世纪九十年代，但冷战思维及其左右下的审美心理在当下并没有完全涤除和终结。我注意到最近几次国内的关于海外华语作家到访的媒体报道，"异乡""离散""边缘""孤独"等仍然是海内外共同交流的起点和关键词。我承认人在异乡与生俱来的孤独感,这不单独地属于某一个时代、某一个国族、某一个代际,它是人类的和世界的。问题是一样的孤独感,随着中国想象世界和世界想象中国的不断变化,几乎和中国现代文学史一样长度的海外华语文学发生了哪些变化?我发现许多到访中国的海外华语作家越来越熟悉"当下中国"想听什么,他们也毫无违和地说出"当下中国"想听的。他们被"当下中国"需要的文学观念塑造着,"当下中国"也假想他们符合我们预设的观念,甚至有的海外华语作家径直冲着这些彼此熟悉的文学观点和话术而来——从"捞"世界到"捞"中国的微妙转换。这样的结果是,某些海外华语写作部分,将会成为另外一些更为复杂的海外华语写作部分的遮蔽物,进而妨碍我们对海外华语文学丰富性的观察。不可否认的是,冷战时代成长起来的作家在1990年代全球化时代来临之后,其思维方式、审美心理和文学观等自然会有一些调整,因而,比如严歌苓、张翎、陈河等这些在当下中国影响很大的海外华语作家的文学创作,与冷战时代,与汉语写作在北美的边缘化,以及与中国阅读市场关系,甚至他们三个作家的近作为什么都要趋同性地集中在"个别"题材,都需要进一步去勘探和厘清。这些出生于1950年代的华语作家,现在,他们和中国内地50后作家共用着差不多的题材和主题,"海外"有没有提供他们的差异性?而同样共同拥有北美的"海外"经验,他们与范迁这样的生于中国的1950年代华语作家,和哈金这样也出生在1950年代中国的非母语写作的华裔作家为什么完全不同?而同样是华裔的英语写作,出生于1950年代美国的谭恩美和出生于中国的哈金的差异性又在哪里?我没有专门做过"海外华语文学"研究,但无论从中国现当代文学学科疆域拓展,还是我这个栏目的编辑策略,即使是北美地区,也希望介绍比严歌苓、张翎、陈河、范迁等,甚至比陈谦、曾浩文、袁劲梅等更年轻的海外华语作家,这些作家基本是在二十世纪八九十年代抵达北美的。

我们只要想想，中国现代文学，50后作家之后已经历多少代际的更迭，而如果我们观察"海外华语文学"还局限于这可数的几个50后作家，将会有多少的作家被湮没掉。不只是年轻代际，从地理空间的角度，我们的观察和发现也应该从北美和东南亚这些传统的海外华语文学重镇扩张到整个"地球"。追随"华语"（汉语）在世界的旅行，哪儿有华语，哪儿就有可能发现"华语文学"的踪迹。还有一个问题，就是文类的多样性，"海外华语文学"不等于"海外华语小说"。基于这些面向，这个专题介绍了在美国的倪湛舸和何袜皮、在法国的胡葳、在英国的王梆，连同之前我在栏目介绍过的在美国的朱宜、在澳大利亚的慢先生，我希望在更辽阔也更年轻的文学版图上重审和再思"海外华语文学"。

有一点是肯定的，这些年轻的写作者都共享了中国改革开放的成果，在"中国崛起"和全球化背景下"到世界去"。当"到世界去"不再特殊、个别，"在世界"写作自然也是常态。奇观化写作可能存在的一个重要理由就是彼此隔绝。关于年轻一代海外华语文学，倪湛舸提供了有价值的观察思路，她认为：

> 现在的"海外华语写作"（如果我们先搁置如何定义这个概念）更像是资本主义上升期的欧美文学。十七、十八、十九世纪那会儿，欧洲贵族男青年，后来渐渐普及到中产阶级，再是女性，要游历欧洲感受各地文化，还有跑得更远的，去亚非拉殖民地猎奇；二十世纪美国兴起后，海明威那些作家也要跑到巴黎待着，顺带着探索或者想象一下北非西班啥的。所以他们有东方主义的话语，而这套话语的政治经济基础是资本主义大帝国。二十一世纪，内忧外患当然还在，但中国确实今非昔比，确实有海量人口短期或者长期出国，所以"新"的海外华语写作，无论追求的是严肃还是娱乐，开拓性实验还是再发明传统，都在渐渐地把中国当作主体而非客体，开始

追求以中国为立足点的东方主义甚至西方主义的想象,这是以新一代的庞大中产阶级群体为消费对象的。

确实,"新"的"海外华语文学"联系着新的地缘政治,联系着年轻一代如何想象中国,联系着"我"和中国的关系等问题。再有一个就是新媒体和海外华语写作的关系,这带来年轻写作者开始写作时和前辈作家完全不同的"世界地图"。在新的"世界地图"上,他们标识中国在世界的位置,也体验着他们所理解的"我"、中国和世界的新的关系——"渐渐地把中国当作主体而非客体",年轻一代海外华语作家确实可能拥有着"异乡""离散""边缘""孤独"等主题词,但这些新世纪"到世界去"的新人、新青年也发展着属于他们的空前自信——再造海外中国人形象的同时,也再造新的海外华语文学。事情正在起着变化,在微信交流中,倪湛舸认为:"新媒体在重新定义时空,民族国家的界限和信息社会的所谓无边界之间有拉锯。"观察中发现,这个专题的四个作者都有长期的网络写作经历,她们的网络写作和国内的网络文学并不全是一回事。而且,倪湛舸、何袜皮和胡葳都在她们各自居留的国家接受了博士教育,这直接影响到她们的写作风貌。还不只是各自的教育和学术背景,比如王梆的性别意识就在英国被特别强调出来。和前辈华语作家相比,年轻一代更自我,新的网络媒体使得她们的读者有可能突破狭隘的国家疆域,分布在世界各地。她们有的写作年龄并不短,却无一例外都没有成为畅销书作家。

最后要特别提出语言的问题,这个专题的四个作者都有双语背景。在专题准备的过程中,我和燕玲主编、小烨讨论过胡葳的小说,一致的感觉是,小说的语言像"翻译小说"。可事实上,这却是胡葳的自觉选择,她认为:"比如语言,大体上,我不写不能转换为西文的句子,有时,我甚至会先用外语来思考一句话。这可能与我渐渐习得了用法语研究写作有关。我和一些有海外经历的作者或西文作品的编辑交流过,这种情况不是独有的。实际上我觉得这是中文写作的一种很有趣的尝试。掺入外语的思考，有助于我更准确地为想表达的东西塑形。中文很自由，它允许写作者探索属于自己的语言。"而王梆的中英文同题诗背后其实也存在汉语文学语言的再造问题。王梆所说的语言中的孤独感，不同于"落后就要挨打"国族的世界地位的等级体认，后者和一百年前相比已经部分获得纾解。可以说，人在异国他乡，一个时代有一个时代的孤独感。我关注的是王梆先英语后汉语这个过程中英语对汉语可能带来的影响。在以不以中英双语方式发表王梆的诗歌的问题上，年轻的小说家朱婧和我有过激烈的争辩，她担心在一个汉语文学期刊上发表英语诗歌成为一种噱头。而我希望借助王梆的英语诗歌写作来尝试做样本，让人们看到年轻一代非母语写作的困难和努力，以及引发对汉语可能和有限度的反思，这一点恰恰和胡葳的小说语言实践殊途同归。五四前后，"文学的国语""国语的文学"被提出来，地球上的不同语言成为"国语"的重要武库。而这些从容地旅行在母语和非母语之间年轻的"海外华语作家"大量涌现，将会对汉语、对汉语文学语言带来怎样的影响？这是一个进行中而未完成的话题。

老派的海外华语作家还在热衷于讲出口转内销的"中国故事"，而最年轻一代的海外华语作家已经给自己设定了"成为一个'世界主义'（cosmopolitanism）的作家"的目标，这中间发生的变化，值得我们去玩味。而即便是"中国故事"，类似何袜皮的《塑料时代》是不是提供了一种新的讲法？

杂音，或者噪音
（2019年第2期）

按道理"词"的文学身份不应该是一个问题，你可以举《诗经》做例子,也可以举宋词、元曲。时日久远,"曲"可能早已经脱落灭失,除非专业的研究者,"诗"已经无法"歌",但即便如此,文学的"诗",却没有掩失光芒。其实,不算这些特例,中国古典诗歌一直和音乐有着体己的亲缘性。诗与歌分离,歌不作为诗的强制标准应该是现代诗以后的事。至此,诗与歌两水分流,诗一家独大,在这一百年的文学史坐稳了江山。以至于,一部中国现代诗歌史,也是一部歌词的失踪史。

现在中国现代文学研究界有一种声音,要解决古体诗入史的问题,我看,如果重审诗与歌分离对现代诗造成的损伤和缺失,还不如优先解决歌词入史的问题。当然,崔健和罗大佑等的歌词也早被选进中国当代文学的各种选本,但这种"选"往往是填空补缺,带有文学福利和慈善的意味。歌词在任何一个中国当代文学选本里都不是自足的,歌词入"选",甚至在未来入"文学史",应该有一个更长时段的文学史观做支撑。所以,将歌词安放到大的现代诗版图(像此前《人民文学》就将一些摇滚和民谣歌词作为诗来发表),基本前提应该是意识到"诗与歌"的前史,歌词继承自更古老的诗歌遗产,对音乐有着更自觉的汲取和吸收。当然,可以做出妥协将歌词认作诗,但不意味着完全等同于诗。因此,歌词在大的诗版图中,对现代诗而言应该是"溢出",而不是"收编"。

和中国现代诗并行的歌词的量有多大,我不清楚有没有人做过普查和相关文献的整理。我这个专题的"歌词",说得简单一点就是摇滚和民谣这一小部分。在这一小部分里,还要再做减法,不包括所谓的"农业重金属",也不包括伪文青民谣以及大量的电视综艺摇滚和民谣,就像钟立风说的:"大多数所谓民谣的作品,旋律没有创新,不仅老调重弹,而且在倒退;歌词没有意境,很多人,包括音乐人,都以为说了一些大白话,弹着一把木吉他就是民谣。"所以,从精神立场、审美气质以及修辞上,我同意钟立风说的,民谣,甚至摇滚,最接近的是"风"。"风"是一把粗砺、锋利的刀,首先可以用来切割流行病一样的"伪"摇滚风和民谣风。

如果还难甄别，我的手边有一本书可以做我的辞典，就是李皖译的《人间、地狱和天堂之歌》，包括"摇滚诗歌"的提法都来自李皖。这部歌词集收录1963—1997年世界摇滚乐坛出现的作品316首。也可以说，我是用这316首歌词作为我这个专题的尺度。我同意颜峻的序所说："歌词就是歌词，它是歌的一部分，它不因为像诗而让作者骄傲。这本集子的意义在于，让读者从诗歌界的精英主义文化气氛中解放出来，看一看另一种更有体温的文字，它们对语言规则的颠覆、对现实和人性的发现、对个人的尊重、对秩序外存在（例如病态和暴力）的探索都堪于时代称荣。"同样，我也部分认同了李皖的观点，主动舍弃了"摇滚乐更接近消费文学和更尖锐、政治化或者极端实验的部分"。

这个专题的舌头乐队、万能青年旅店和木推瓜是二十世纪九十年代中国摇滚的遗产，一直到现在依然充满活力。二十年前，在广州举办的"1998音乐新势力"，后来被认为是中国地下摇滚的第一次会师。颜峻在他的《地下——新音乐潜行记》记录了吴吞和他的乐队"舌头"：

> "舌头"演了40到50分钟，或者一个小时，但是不够，广州人民大喊大叫，毫无防备地爱上了他们。节奏是猛烈的，密集但富于律动感。吉他要么是在轰鸣，要么像刀锯着锉子。贝司在跳舞，还有噼里啪啦的"solo"。键盘诡异、嚣张，东奔西走地叫着。鼓很清晰，有点花，但够稳，永不停息。

二十年后，吴吞在广州重出江湖，这次是在《花城》这样一家文学期刊，不是演出，没有他的乐队伙伴，有的只是他的几首歌词。我不知道这里面有什么必然和注定，但吴吞确实是我从韩松落提供给我的一长串乐队和歌词里一眼看中的。吴吞是我这个专题里最后一个入伙的。然后,我读了他两本诗集《走马观花集》和《没有失去人性前的报告》,听了他两张专辑,一张《妈妈一起飞吧,妈妈一起摇滚吧》,另一张,我们看歌名——《转基因》《时光机器》《原始人爱空调协会》……多年以前,李皖谈一部分人和一部分歌时说,"这么早就怀旧了",而二十年后,吴吞和"舌头"并没有"老",他们"永不停息"。

"五条人",从《县城记》到《广东姑娘》,到《梦幻丽莎发廊》,到最近的《故事会》,一路听过来,他们告诉我们什么是底层日常生活;告诉我们文学如何介入现实,介入怎样的现实;告诉我们方言的精神和力量。而"万能青年旅店",他们的歌不只有一首《杀死那个石家庄人》,他们许多的歌都是献给他们生于斯长于斯的老工业城市石家庄。"万能青年旅店"常常缩写为"万青",他们的新专辑《冀西南林路行》可以让我们看到"出入太行,骤雨重山"的洗练和辽阔,他们的歌扎在我们的时代,我们的河山——燕赵悲歌当如斯。宋雨喆是颜峻推荐的。颜峻是中国摇滚乐的见证人之一,也是我读大学时的笔友,我们彼此写信是在快三十年前,至今仍未谋面。他听我说了这个专题的设想,然后就说:"宋雨喆,合适。"作为一个闯入者,我清楚做这个专题最合适的人应该是颜峻、韩松落、李皖和张晓舟……而且,这个专题本来应该更早就出来,甚至应该是《花城关注》的第一期,却因为鲍勃迪伦的获奖,搁置下来。一搁就是两年。两年的《花城关注》,我收获了多少文学内外的友爱,在不断闯入的陌生领地,多少朋友领着我。

钟立风是当下诗歌的友人、民谣的样本。他在访谈里讲到一件旧事。朱丽叶特·格雷柯,二十世纪五六十年代,在巴黎小酒馆演出,就吸引了当时最著名的作家、诗人、艺术家,她成了这些文人雅士的缪斯。萨特、雷蒙·格诺都还为她专门创作过歌词,萨特赞美:"她的嗓子本身就包含了一百万首诗歌!"或者,当下诗歌,甚至扩张到诗之外更大范围的文学,和世界,和读者,和批评家,都有着"马杀鸡"般的甜蜜、甜腻、安妥和昏昏欲睡的暧昧，像安乐死的前奏，亦似服食了某种致幻剂。摇滚诗歌和民谣，也许是杂音，甚至噪音，但它们的现实意义不只是自身文学性的再认和辨识，更重要的是其精神立场的质朴和天真可以救济今天文学的匮乏，也正因为如此，我们需将真正的摇滚诗歌和民谣从普通的歌词里结晶出来——它们的精神据点是民谣的前缀"民"；它们是可以"风"行的、唱出来的"风"；它们也是诗与歌的兄弟重逢。

译与写之间的旅行者
（2019年第3期）

《花城关注》做到现在两年多，在平时的交流中，很多朋友最明显的印象是"跨界"或者"越境"。但如果确实存在着"跨界"或者"越境"，我希望大家不要简单地理解成是对写作者"非职业写作者身份"或者"多身份"的强调，即使《花城关注》做过导演、人类学者等的小说，也做过艺术家的诗歌。因为，在中国，写作者的"职业化"，与其说，是自我选择，不如说，更多的是文学制度使然——我们的文学制度使得想象的作家群体像现实的"单位"一样，自然而然地减员增员，也需要源源不断地补充"专业"作家。

当然，我们应该看到，写作者的"专业化"，在当下青年写作得到很大的改观，哪怕写作对他们而言是一份"主业"，他们也都有编辑、编剧，甚至和写作完全无关的"副业"，或者有的人，写作径直就是他们的"副业"。一定意义上，网络新媒体打破了文学被少数所谓精英寡头垄断的局面，提供了全民写作的可能，更现实地改变了文学观点——写作巫术一样的神秘感被"祛魅"，它不再是天才的事业。五四新文学所希望的推倒"贵族文学""山林文学"，建立"国民文学"和

"社会文学",在当下互联网时代强大的平权和分享背景下有了实现的可能。

所以,今天,仅仅是不同身份之间切换并不必然带来文学边界的"跨界"或者"越境",只有身份切换中的对不同身份的自我凝视和互看的警醒和重审,以及由此顿悟到的差异性,才有可能激活文学的潜能。也正因为如此,比如即便我做导演的小说专题,我也并不认为导演们所写的小说、所从事的其他类型的文学创作都必然有拓殖文学边界的可能,甚至相反——作为文学领地的闯入者,他们更保守更亦步亦趋更屈从膜拜文学教条。类似的例子很多,比如今天许多批评家写小说,我看了他们的小说,能够挣脱既有桎梏的只是极少数,往往这极少数还是像吴亮、李敬泽、张柠这些早就是一个秘密的小说家的。指望工批评然后小说,最后可能丢了批评,也做不成小说家或者诗人及其他。所以,以其他身份名世的写作者,以"文学策展"的方式被观看被展示,最终要凿穿的是文学壁垒,打破文学从业者先天的优越感,或者文学内部习焉不察的等级秩序,比如"海外""边地"这些文学空间想象,其实都是"中心"崇拜的自然结果。

译者的小说,写作者在译与写之间的旅行,也正是这样的。

但又好像不完全是这样的,因为,五四新文学至今一百年,"译"从一开始就是"写"的重要建构力量,没有林纾等及其之后文学的"译",新文学的"写"几乎很难成立,而且至今仍然是,就像黄昱宁所说的:"我们无法忽视翻译在中国现当代小说发展中起到的作用。通过翻译,我们在相对短的时间里建构了小说这种文学样式的框架,但与此同时,属于中国本土的小说文本积累似乎还没有与之匹配的厚度。"

不只是在新旧文学博弈的时刻,在中国新文学每一次掘进的关键时刻,往往是"译"提供了最有力的庇护和支援,甚至在新文学的草创期,一些写作者以"译"代"写",贩卖搬运而成为自己的个人创作。反了旧文学传统，新文学是从"无"开始的，而彼时，文学的职业译者还没有像今天如此平常多见，写作者因有域外游学经历，身体力行译写合体也是自然。至少在相当长的时间里，我们还是相信推动汉语文学的引擎不在本土，而是在域外。所以，世界上很罕见地有哪个国家能够这样把域外的，不要说一流二流、三流四流，甚至不入流的文学都搬运到"国语"的，而且我们评价某个汉语写作者往往也会说"中国的卡夫卡"、"中国的马尔克斯"、"中国的博尔赫斯"一直到"中国的卡佛"等等，甚至有比卡佛更不知名的作家。能够做他们的中国传人，即便是"山寨"的，我们也不嫌弃。这种模仿经由所谓的"创造性转化"，估计再精细的查重技术也对付不了。而经过人工识别出的蛛丝马迹，我们也会叫作"致敬"。

是的，毋庸讳言，中国新文学从来就是"致敬"域外文学而发展到现在的所谓蔚为大观。

但新文学毕竟过去了百年，今天也不再是新文学草创期，我们观察译者的母语写作，也不再是那个普遍的译与写不分身的文学时代。或者，这也是一个过渡期。二十世纪中期到八十年代初期出生的作家有一个"外语"荒废的断档，这几代人和他们的前辈，也和更年轻的写作者不同，他们只能通过译作习得域外文学经验，他们的"致敬"首先该向译者"致敬"。而且，他们这几代人开始写作的七十年代后期，译者已经越来越专业化，或者说职业化——译者不以"写"作为自己的志业，译可以是一个独立的存在物。

诗歌可能是一个例外。诗人和诗歌译者合体着，能译能写好像是新文学从来没有中断过的传统。小说则不同，译写合体的小说家，老一代里，韩少功应该算一个，其他也有，但和诗歌相比，打一个不恰当的比方，诗歌的译写合体者已经进入临床使用，而小说则还处在实验室阶段。当然，如果我们承认前面描述的新文学前三十年小说家同时也是译者的事实大量存在，今天看译者的个人小说创作其实是有一个传统的，只不过稍有不同的是，作为译者，他们比前辈更职业化，往往他们是以译者而不是一个小说家的身份被业界熟悉，比如黄昱宁。

我们这个专题的三个译者小说家，英语译者黄昱宁从事小说创作的时间最短，日语译者默音译与写几乎同时展开，而另一个英语译者于是则是先写而后译。她们是不同的，尤其值得注意的是，作为译者她们都没有我们习见的雅俗文学的以邻为壑，黄昱宁译麦克尤恩，也译阿加莎·克里斯蒂；于是也是珍妮特·温特森、恰克·帕拉尼克、弗兰纳里·奥康纳与斯蒂芬·金不忌；默音也是日本严肃文学和轻小说兼有。读她们的小说，我们能够感到域外类型文学如何影响她们的叙事方式，这应该是一个自然而然的结果。

而且，虽然她们已经有了《甲马》《八部半》《查无此人》等成熟的母语小说文本，我并不能预言她们作为一个小说家在未来会比作为一个译者更优秀。但一个译者深入非母语文学的核心，反身开始他们的个人母语创作，打开他们，不仅从新文学谱系可以观察到更多的译与写合体的小说家们如何成为一种新文学传统，而且可以解剖这些文学实验室的"小白鼠"——这些译与写之间的旅行者，他们的实践、体验、经验、困难和限度，像黄昱宁说的那样，"从译者黄昱宁的角度看，写小说的黄昱宁在试图以世界文学的观念和技术，而非表层的语言上的'翻译腔'来表达当下以及未来的日常生活"。即使就是为矫正新文学的"翻译腔"，这些译者创造的微小实践样本也是有意义的。

新的欲望，新的征服
——关于中国大学创意写作的自问自答
（2019年第4期）

题目出自张怡微在"澎湃新闻"的《问吧》栏目回答读者"什么是

创意写作的'创意'?"时的答案。张怡微说:"'创意'也与艺术家如何发现和处理人的欲望有关,在叙事艺术里照亮人的心灵世界。所谓'创意',我的理解是改变世界,或者说修改看待世界方式的意志,新的欲望,新的征服。"这种说法其实接近阎连科在中国人民大学首届创造性写作研究生班开学时说的"促进文学观和世界观的形成"。张怡微和阎连科都是新世纪中国大学创意写作的实践者,而且张怡微曾经接受过复旦大学的创意写作教育。

这个专题我和年轻的小说家朱婧有过讨论,她是一个传统大学中国语言文学学科专业建制的写作学教师,和许多有写作梦想的大学生有很深的交流,每年都有不少学生向她问询创意写作研究生能不能助推他们的文学梦想。

可能需要思考的是,写作,或者说狭隘的文学创作,是不是一定最终走向成为一个职业作家的道路?在阎连科、张怡微和朱婧的理解中,创意写作教育应该不止于此。创意写作的前缀是"创意",那么,创意写作的动力也应该是一个人对扩张自己的内心世界,扩张自己与世界的各种可能性的渴望。接受创意写作训练应该是欲望被激活并渴望征服的时刻。

两三年前,我曾经给《青春》杂志的大学诗歌专栏写过几句话,谈现代中国大学的诗意和文脉。西方大学传统我不了解,中国现代大学是有文学传统的。

现代大学在中国也不过才一百多年的历史,现代文学又比大学晚了十几年。说历史,其实都是新的。具体到新诗,如果要追溯它的起点,自然要说到《新青年》和北京大学。如果再要往前推呢?那可以推到胡适等人的海外留学生涯。无论怎么说,大学的诗意和文脉应该是现代大学传统的一个重要组成部分。我们说五四新文学的青春气息,当然离不开那个时代的校园诗人。所以,今天纪念新诗百年,我们能够看到曾经北京大学、清华大学、南开大学，以及战时的西南联大都曾经是年轻诗人的聚集地。诗歌天然和青春、和大学结盟。

而百年新诗的某些阶段，大学沦陷，大学精神不再，这也恰恰是诗歌隐失的时代。彼时真正的诗歌在民间。从"白洋淀诗派"到"今天诗人群"，这是新时期文学的一条重要线索。诗歌是这个时代民间青年知识群落思考人生和社会、切割开时代坚硬禁锢的利器。需要看到的是，"今天诗人群"是江湖民间和大学校园两股诗歌力量的汇合。这就要说到1970年代末恢复高考后的大学校园诗歌了。我们应该把1980年代诗歌放到八十年代大学校园思想解放的精神背景下去识别。一定意义上，没有诗歌，二十世纪八十年代的大学会黯然许多。或者说，大学校园诗歌支撑起八十年代诗歌史的半壁江山。那些八十年代登场，在当代诗歌史上被经典化的诗人们，几乎都在大学时代写出了他们的成名作。

今天的大学教育被指责为培养"精致的利己主义者"，大学在现代中国作为新思想新文学发源地的精神传统也正在流失，但就此认定整个大学校园文化的粗鄙和荒芜，可能会掩盖很多现实和真实。事实上，以个体或者"同人"为单位的大学校园文学，其繁荣程度可能远远超出我们的想象。新媒体使得他们的集结方式也不仅仅局限在传统的大学文学社团。

因此，即便你再怎么声称大学中文系不培养作家，在大学教育已经是所有国民接受教育的标配的背景下，几乎所有作家的写作都是从大学开始的，这一点看看今天的90后作家的成长经历就很清楚了。

从大学教育制度角度看，中国当下的创意写作差不多有四种样态，它们分别依托复旦大学、中国人民大学、北京师范大学和上海大学。北京师范大学和鲁迅文学院合办的研究生班，可以说是鲁迅文学院高研班的升级版，或者说学历教育版，它连接上了二十世纪八十年代各个纷纷开班的"作家班"，一种针对有文凭需求作家的"绿色通道"。1985年武汉大学以招收插班生的形式率先开办作家班，经入学考试合格者直接进入本科三年级学习，就读期间享受与在校本科生同等待遇，毕业考试合格者，准予发给大学本科毕业证书和学士学位证书。随后西北大学也与中国作协商妥，将鲁迅文学院短期作家培训班迁至西北大学，更名为西北大学作家班，学制两年，毕业可授予文学学士学位，成绩优异者可继续攻读中文系其他专业的硕士学位。（参见宫世峰、许洁：《八十年代高校"作家班"探源》）差不多同一时期，山东大学、南京大学、北京大学都开设过各种形式的作家班。1989年，北京师范大学还开设过研究生层次的作家班。南京大学的作家班坚持的时间最长，前后长达二十多年。

作家班并不是严格意义上的创意写作教育，不仅因为几乎所有的作家班都有各级作协或者文联的背景，而且其课程设置和培养方式，也基本参照的是大学中文系本科教育，比如南京大学作家班。在一篇署名王运来的新闻报道中写道，南京大学作家班于1987年10月开办，该班学制三年，属本科性质，对于修满学分、完成毕业实践的学员，南京大学将授予文学学士学位。根据他们的特点，学校制订了相应的教学计划，配备了较强的师资，系统地讲授中国文化史、中外文艺思潮、汉语言修辞学、风格学等二十多门课程，同时坚持理论学习与创作实践相结合，尽可能地为他们的写作创造条件并且规定了一定数量的"创作学分"。

新世纪创意写作的大学专业建制或者MFA（艺术硕士）开始于复旦大学和上海大学。2010年开始招生的复旦大学创意写作专业硕士点是为2003年加盟复旦大学的王安忆"定身量衣"的（陈思和语）。和复旦大学差不多，中国人民大学的创造性写作研究生班也是给阎连科"定身量衣"，这决定了复旦大学和中国人民大学的创意写作是以培养作家为中心和目标的，而上海大学可能更多考量的是当下实用写作者的职业培养需求。"定身量衣"的创意写作专业设置可能会带动一轮作家驻校热潮。

复旦大学和中国人民大学创意写作又有微妙的不同，复旦大学招收的学生虽然或多或少都有青春期写作前史，但基本上只能算有文学梦想和欲望的写作"素人"，而中国人民大学的创造性写作研究生班则一水是成熟的、处在写作上升期的青年作家，比如人大首届就有张楚、孙频、双雪涛、郑小驴等等。显然，阎连科把文学体制的作家班带入了另一条道路。

  所以，这个专题选择张怡微和双雪涛也是给这两个大学创意写作教育"定身量衣"。张怡微入学的时候正是复旦大学从写作学硕士MA（文学硕士）到MFA（艺术硕士）的过渡期，而双雪涛在中国人民大学则是从《平原上的摩西》到《飞行家》的个人写作史的上升期。我做这个专题并不想先入为主对创意写作教育和青年作家成长的关系得出什么结论，更多的是提出问题。因为，不只是张怡微和双雪涛，在他们之前的畅销书作家严歌苓以及一些欧美作家都有着创意写作的背景。虽然，我查了复旦大学第一、二届创意写作毕业生的情况，从事职业写作的并不多，但经过创意写作教育，肯定有很多写作"素人"进身到职业专业写作者中，而已经成名的作家经过创意写作训练也有可能发生转向。

  中国的创意写作和写作工坊是密切相关的，或者说基本是爱荷华大学的创意写作模式，复旦大学、中国人民大学和上海大学基本上都是沿袭这个传统下来的。武汉大学差点成为中国创意写作的先声，然而，并没有。据於可训回忆："武汉大学作家班，虽然是插班生制度的产物，但创办作家班的某些基本理念，却是受了美国爱荷华大学'国际写作计划'的影响……记得二十世纪八十年代初，聂华苓夫妇来中国访问，就回过武汉，还应邀到武大做过讲座，安格尔即席朗诵过他的诗歌作品，由陪同的中国诗人、老作家徐迟翻译，气氛十分热烈。关于他们创建的'写作计划'，在这之前，我们已有耳闻，也看到了一些文字材料。他们此次来武大，更加深了我们的印象。后来在商议中文系插班生的招生培养工作时，掌握这个信息的教师、领导大多想到了爱荷华大学的这个'国际写作计划',这个'国际写作计划'无形中也就成了我们创办作家班的一个参照物。我心目中甚至认为,我们的作家班就应该办成这个样子。"(於可训:《我记忆中的作家班》)

写作工坊有点类似中国传统手艺人的成长方式,但又富有现代面向的对话性,它解决了一个我们争论不休的问题:写作到底可不可以教?写作工坊提供了一个空间,或者是实验室,每个参与工坊的人既是观察者,又是被解剖者。放到整个文学生产过程中,一个人在工坊可以分身为创意导师、文学经纪人、批评家、作者和编辑等等。在这里,写作不是个人冥想,而是协同、合作。表面看,工坊可以教的是技术,但又不止于此,如张怡微谈王安忆:

> 王老师对我们最大的影响,还不是写作上的,实际上是一种写作之外的鼓励,就是"教育改变命运"的志向。文学真正改变我们命运的,不是稿费,也不是知名度,真正改变命运的是赋予我们以文学生活,让我们相信在世俗世界之外还有超越性的庄严,我们能够经由文学成为更好的人,更好的父母、学生、邻居、同事。我们也能不断克服自己,超越自己,从尖锐和痛苦中淬炼出真正有质量的生命感悟、智慧和爱。

写作工坊往往是建立在个人魅力和传统之上的小世界,比如王安忆之于复旦,阎连科之于人大,而传统意义的"作家班"和国内一哄而上把相关老专业改头换面而来的"创意写作",则往往是批量生产规模经营,能不能激发个体写作者的潜能和可能,有待更充分的田野调查。

据说创意写作已经进入数字时代,有一本书叫《数字时代的创意写作》专门讨论这个话题。他们认为:"创意写作起源于印刷文化,对其的依赖程度也远远超过其他学科。研究表明,创意写作涉及的文学体裁,如诗歌、小说、非虚构类创意文学以及某些课程中的戏剧，与数字化体裁截然不同。数字化体裁包括多模态演示、"同人小说"、社交媒体发布的帖文、数字化叙事、维基百科以及博客文章等。虽然所有这些体裁都包含相似的写作技巧问题，并且创意写作教师已在课堂教学中加以讨论，但是两者之间的差异依然存在。"

我这个专题也希望找到数字时代创意写作的案例。虽然数字化体裁早已经是新世纪中国文学版图的当然构成，但一些文学精英或者文学寡头依然心存疑问，大学创意写作于此实绩何在？这应该是未来创意写作的一个方向，上海大学在做，后起的华东师范大学创意写作应该也意识到了这个方向。当然，在一个每一个人每时每刻都在发生"写作"行为的数字时代，如何重新定义"文学"，传统意义的文学和作家如何展开，印刷文化时代的写作工坊存在的意义是什么等等问题，都需要在实践中去回答。

文学新血和早期风格
（2019年第5期）

在未有网络之前，写作者的"发表自由"是控制在以期刊为中心的文学想象、文学政策、编辑、发表、出版、批评、评奖等整套的文学制度下的，写作者何时发表"处女作"，期刊在哪一刻发表谁的作品，既是个人写作史，也有可能是文学史的高光时刻。几乎任何一家现当代文学期刊都以发现和培养青年为己任，由此衍生出约定俗成的评价制度，比如这两年改革开放时代创刊的文学期刊纷纷迎来了它们"整十"的刊庆，在列数成果的时候，有一个重要的指标就是已经在文学界成名的大家，哪些是在自己刊物发表了处女作、成名作和代表作。

好作品其实是可遇不可求的，甚至一个时代的好作者好作品也不可能多到无可尽数，如果一个文学刊物把持不住文学底线，缺少基本的审美约束,通过疯狂收割处女作或者少作,像商标抢注一样确立自己未来的江湖地位,必然会助长文学之外的虚荣、浮夸和想入非非。这种以审美降格换未来回报的办刊策略,正在成为很多刊物的新常态。似乎对于未来的文学史而言,只要追溯一个作家的写作前史,这些处女作或者少作的意义都会被夸张地提出,所以,只要这些刊物愿意,比如苏童之于《青春》、余华之于《西湖》、格非之于《关东文学》、马原之于《北方文学》等等,都可以成为这些刊物曾经的光荣,虽然这些刊物在今天刊物的"食物链"中也许是一些"弱者"和"小动物"。(有一个问题可以深入探讨:中国文学期刊——当然,不只是文学期刊——鄙视链是如何形成的?)

还有一个问题值得注意,就是当代中国阅读和写作生态的不正常。比如阅读,我们习惯上以"背诵"代替阅读,孩童时候,家长献宝似的让孩子在客人面前背唐诗宋词,到了《中国诗词大会》,还是比赛背功。至于写作,在中国,会写作俨然算一门异能,而对能发表更是"迷之崇拜"。我没有去做调研,但可能很少会有一个国家像我们这样,从中小学作文刊物,到青年文学期刊,到文学期刊,从生到死,管理着国民个人的文学活动和文学写作、发表。如此,文学成长"催熟"其实更低龄化。我记得在我二十世纪八十年代中期读高中的时候,写作文、发表作文、拿作文奖达到一定的数量是可以获得直接上大学的机会的。也许可以做一个调查:时至今日,当这些文学特长生都老了,这些以写作文获得保送(今天可能是自主招生的加分)的学生,在他们未来的岁月中有多少将文学作为终生志业?又有多少写出了名堂?

2018年,由理想国联合瑞士高级制表品牌宝珀Blancpain创办首届"宝珀·理想国文学奖","看理想"策划人、评奖办公室负责人梁文道阐释创办初衷时,也提出过"成熟写作":"希望为中国的文坛,特别是小说领域,发现真正有潜质、有长期创作的自我预期和动力,并且有相当成就的青年作家,让那些一直在默默耕耘、严肃认真的写作者,为更多的读者所知。"一个更有价值的提法,是相对我们熟悉的"晚期风格",梁文道提出作家的"早期风格"。所谓晚期风格是理论家萨义德提出来的概念。梁文道认为:"相比之下我们很少谈早期风格。""也有许多作者他根本就没有中老年阶段,比如大家熟悉的兰波,他只有少年阶段。也有一些作者可能他的少年阶段的创作跟他晚年阶段的创作同样出色,但是极端地不一样。"但问题是"成熟写作"也好,"早期风格"也罢,会不会成为蹈袭文学成规的陈腐写作呢?事实上,我们现在推举的很多作为标杆的青年作家模范人物,他们的写作之所以被一整套文学制度异口同声地肯定,无非是他们写出像"我们想象中"的"成熟"之作和"风格"之作。

苏童最近的访谈里谈到他早期在《青春》发表的《第八个是铜像》和《流浪的金鱼》等小说,他把处女作《第八个是铜像》看作是极其幼稚却又自带好运气的习艺之作,是靠"聪慧"写出来的,与自己内心毫无关系。即便如此,多年以后,苏童依然认为《第八个是铜像》带给他巨大的激励,还有当一个好作家的信心。而《流浪的金鱼》与《桑园留念》是一前一后写的,虽然苏童不太满意,但与更早的"不走心"的小说不一样,他把它看作"我自己"的小说。《桑园留念》是苏童写作序列里最早进入文学史的小说,也是苏童"早期风格"的小说,尤其值得注意的是,苏童的"早期风格"是"我自己"的"早期风格"。

因此,所谓"早期风格"应该是一个写作者从自己写作的蒙昧年代、至暗时代到意识到"我自己"的自我教育和自我悟道。这个"早期风格"在一个作家的个人文学史里并不一定与生理年龄直接对应,当然也可以对应,比如韩东褒扬曹寇时就称他正处于"小说大师的青年时代"。应该意识到"早期风格"是容易滋生幻觉的,它对一个写作者可能有着危险性,甚至有的写作者就终结于"早期风格"。我记得去年陪"界面文化"

的董子琪采访韩东,韩东说:"朱文写出了最好的青春期文学。"这句话值得深思。如果确实有一个青年写作存在,青年写作最终是要走出青年写作的,可是又如何走出呢?朱文忽然离开文学,一般的解释是电影对他的蛊惑,问题是不是这么简单?"我自己"的风格对于有的写作者而言可能追求一辈子而不得,只能在别人阴影的庇护下写作,更不要说"早期风格"。但也有一种可能,一个作家天才般早慧获得"早期风格",旋即流星般死于文学的"早期风格"。中国当代文学这样的作家不在少数。

但现在对于青年写作者而言,他们的问题不是如何避免死于"早期风格",而是他们如何自觉到什么是"我自己的"而有一点属于自己的"风格"。

这个专题的小说,分别是谢青皮、祁十木和苏怡欣在文学期刊第三、第二和第一次发表的小说。从一开始做《花城关注》,我们就警惕做文学"催熟"的推手,所以《花城关注》从来不分老中青,只问审美可能性,而在不能预言谢青皮、祁十木和苏怡欣文学未来前景的前提下,做这个专题是不是有违初衷?这恰恰是一种冒险,毕竟,正常的文学生态是需要文学新血的。文学新血是一个时代文学的前驱,远的不说,比如莫言、王安忆、苏童、余华、阿来、林白……这些已经成为文学前辈的作家,在他们的"青年时代"都写出了领时代风气之先的"早期风格"之作,而这在我们现在的青年作家中却很罕见。而且和日本、和中国台湾等地的出场方式不一样,在中国大陆会有相当长的时期,以文学期刊为中心的文学生产依然还有其存在的理由和可能,生理意义的青年也往往当然地被理解为文学新血的造血者,那么,青年作家如何成为文学新血,青年作家如何获致"我自己"的早期风格,并持续地可再生地推动自己的写作,就应该成为一个必须被反复追问并被实践兑现的问题。

文学扩张主义

（2019年第6期）

  本专题蒋方舟和周功钊的文本依然可以放在传统的文体、文类和文学谱系去阅读和阐释。《完美的结果》《在N城读"园林"》是小说，《我们在海边放了一个巨大的蛋》是一个杂糅了非虚构的工作手记、对谈和虚构的小说（嵌入的叙事文本《文明的礼物》是小说，也疑似寓言和童话）的复合文本。经过1980年代先锋文学的启蒙，时至今日，杂糅型文本即便是普通读者也多不觉得冒犯和反常。因此，它们确实是独立的文学文本，但又确实不止于独立的文学文本。它们向大于文学的地理疆域旅行、拓殖并且不断发明文学、生发意义，这种大于不只是我们常常说的文学和现实的关系，也可以是更为具体的文学和其他艺术实践活动的彼此支援和相互激发。在这种支援和激发中间，文学不是装饰性的花边，而是一种现实的推动力量，甚至是整个艺术过程的灵魂。

  文本的可再生性，一直是经典成为经典的一个重要指标。文学史上的经典作家作品一般都有可持续生长的再生性。所以，我们常常说一切写作都是文学史中的写作。其实汲取和再生不拘泥和封闭在文学内部谱系的文学对文学，周功钊的《在N城读"园林"》就是从《江南园林志》《随园考》等历代志文这些传统的"非文学"文本中获得想象的灵感。而且，我说的再生性也不只是这种继承和致敬意义上的现在对过去，蒋方舟和周功钊都是他们各自文本在他们"当下"和"此刻"再生的推动者，再生不只依赖对文本的阐释，而是思想和形式再创造和散播。

  现在我们发表的蒋方舟的《完美的结果》是一个改写后的文本，其原始文本是中央美术学院王子耕策划的艺术项目"铸忆"的"叙事脚本"，"铸忆"策展手记在网络上可以查到：

2018年9月22日,一场围绕首钢的展览在圣凯特琳娜教堂拉开帷幕。展览名为"铸忆:首钢园区及三高炉博物馆城市复兴成就展"。正如展览名"铸忆"所言,我们将展览定位在"从个体和家庭叙事层面呈现首钢工业区的历史、当下与未来"。作为该展的策展人,在长期的一线工作中,我们感受到首钢人的可敬,于是我们放弃单纯对建筑改造进行展示的想法,决定在2019年首钢百年诞辰即将到来之际,从"人"的角度重新考虑整个展览。这次展览借助了建筑及舞台置景、平面设计、文学、多媒体、摄影等不同领域的媒介语言,以沉浸式体验的方式,为观众打开了一段属于首钢的时光记忆,从宏观上勾勒出以首钢园区为代表的城市复兴的建构历程。

蒋方舟的《完美的结果》承担着整个艺术项目的"基础":

> 展览以青年作家蒋方舟撰写的首钢父子的故事为基础,搭建出两代首钢人工作与生活的多重空间。观众在箱体空间中慢慢探索彼时父子俩的生活。文本中父亲的日记、图纸、父子下棋的牌桌、父子生活的卧室和书房均被细致地一一呈现。每个房间都各不相同,每个房间都暗藏玄机,步入其中仿佛步入了一个特殊的时空,在这个时空中,观众成为了故事的主角之一。

而《我们在海边放了一个巨大的蛋》则是蒋方舟和高中、大学同学覃斯之合作参加的一个建筑比赛,即为深圳前海的地标做的设计提案。覃斯之大学读的是建筑,研究生去了哈佛,在美国的建筑事务所当建筑师。如前所述,《我们在海边放了一个巨大的蛋》是一个工作手记和叙事文本《文明的礼物》被编写、嵌入在设计提案的实施过程的杂糅、复合文本,大文本中间有几个小文本。如果不局限文本实验本身,蒋方舟的"文学"参与艺术实践的"行为"和"行动"值得深入探讨。这种参与不是简单的文艺圈交往的彼此浸染，或者多重身份的越境。前者，比如"今天诗人群"和"星星画会"成员的日常交往，以及诗人和画家身份重叠；后者，比如写《你别无选择》《蓝天蓝海》的小说家刘索拉也是作曲家刘索拉，类似的，《花城关注》做过好几个越境旅行的写作者，比如第一期导演的小说，等等。这些在不同身份之间旅行的写作者，很多都没有引起我们重视。举一个例子，艺术批评家李小山，他的重要长篇小说《木马史诗》放在二十世纪末应该有重要的文学史价值，但事实上，在文学界却很少人知道。因此，文学和其他艺术的关系，不只是像有的研究指出的，类似音乐对余华、格非小说技术和结构的启发，而是写作者的多重身份重叠或者文学共生于多种媒介语言实践场域的彼此支援和相互发明，就像我前面说的赋予力量和灵魂。蒋方舟是在这种意义上的开疆拓土。也从这种意义上，将蒋方舟的《完美的结果》《我们在海边放了一个巨大的蛋》单独抽离出来发表是有巨大的损耗的。事实上，如果我们观察这两个艺术项目，受惠于蒋方舟的"文学"是蒋方舟对现实、日常生活、时间和空间的虚构、想象和再造。从呈现方式上，"文学"让渡独立发表的权利，换取"艺术"对文学边界的扩展。在今天，这种文学的扩张主义不仅仅可以体现在建筑和空间艺术，还可以体现在比如游戏、动画、绘本、摄影以及跨媒介的当代艺术实验等等。

　　可能比这更重要的是，文学的扩张主义启蒙和启动了青年对中国当代提问和发声的问题意识和思想能力。在大文学、大艺术的框架里，青年人的合作和对话最终扩张了思想的边界。蒋方舟参与的两个艺术项目中，《完美的结果》涉及了共和国工业遗址、工厂生活、城市记忆和家族经验。按照蒋方舟预设的路线，它不是成为一个被普通读者阅读的小说，而是转换成建筑、舞台置景、平面设计、多媒体、摄影等不同领域的媒介语言，文学参与、见证这场共同的"铸忆"，成为其中的引领力量、灵感和灵魂。《我们在海边放了一个巨大的蛋》有比《完美的结果》更大的"文明"设计，有更辽阔的未来、宇宙以及人类探索精神、勇气和命运的想象。

表面上看，周功钊的《在N城读"园林"》是一个"古典"的文本，但如周功钊所说："写作的起因是'泼先生'发起的一次城市写作计划。"

"泼先生"成立于2007年，是一个青年学术团体，致力于歧异情境中的写作实践、学术思考和艺术行动。"泼先生"的微信公众号能够查到周功钊说的"城市写作计划"——"泼先生×青客计划：10座城市，7天时间，1次写作之旅"。对这个计划有一个阐释："泼先生联合青客计划，将城市旅行的重点，放在城市写作上，旨在挖掘青年对当代城市与个人记忆之间的认识能力、协同能力，通过实地行走，参与本地网络，形成写作实践，构建既可以本土化同时又允诺发散性的城市策略。就像战斗一样，对于此次城市写作任务而言，首要在于，将个体化的、创造性的内在劳作，投入中国当代城市空间的紧张关系之中。所以，我们的目标不是一篇语言如何成熟如何干净、形式如何优雅如何绝美、思想如何精致如何渊博的'作文'，也不是几张风景独特、令人流连忘返的美图，而是'做苦力''打洋工'，在城市与沙漠之间挖壕沟，去面对那个'看不见的城市'。正像卡尔维诺向我们揭示的，不仅要向城市发问，还要让城市向我们发问。所以，也可以如此将计划理解为，在今天的城市里，我们究竟能提出怎样的问题以及回答怎样的问题。"

如此，周功钊的《在N城读"园林"》不是对故都和废园感伤主义的怀旧和悼挽，而是照亮、打开和复活：

> 现在留存南京的园林成了城市情怀和记忆碎片，和留存的诗句短文一样，它们尚不完整，但依然能进行串联，笔者计划对南京现

有园林和园林遗迹进行考察，并对现有园林进行书写；然后将历代南京的园林文献或者图片映照在城市平面肌理图底上，构成一个多层叠的版图，这个时候文字、图像（计划采用摄影拼贴）一起形成了消失在当今地图的线索。现今景观性的园林体验、残片的回忆、现代生活、文献的构想，多层次的滑移使得这个记忆变得抽象而开放，纸上的城市被打开了。

"歧异情境中的写作实践、学术思考和艺术行动"，是个例，还是当下青年思想和写作一个值得注意的动向？要得出结论，需要更多的田野调查做支持。但可以假设的是，如果这种思想和行动的写作实践成为青年写作的自觉和潮流，汉语文学的面貌会发生怎样的变化？当代青年思想状况会是怎么样的？我们有所期有所待。

"我城"的儿女们
（2020年第1期）

2018年10月26—27日，我和复旦大学金理共同发起的"上海—南京双城文学工作坊"以"被观看和展示的城市"为主题，讨论原生城市的青年作家和艺术家的中国当代城市表达，小说家笛安、周嘉宁、陈楸帆、张怡微、朱婧、王占黑、糖匪、唐睿、陈思安、焦窈瑶等参加。这些小说家有的加入了我们这一辑"八城记"。在工作坊开始的引言里，我这样说：

> 从上海开埠算起，现代城市，这个文学"观看和展示"的对象在中国近现代已经有了一百多年的发展历史。在城市化的过程中，也不是说到最近，"城市"才成为一个话题，从五四新文学开始，现代城市就成为作家的目的地和栖居地，也自然成为他们观看和展示

的对象。作家和艺术家,创造出他们所理解的城市文学和城市艺术。我们今天在这个背景下再来讨论城市文学,更多的是关心青年人如何回应当下的城市?在近现代城市的被观看和展示的谱系上,什么是当今青年一代的"我城"?又如何书写每个人不同的,属于自己性别、代际、阶层的"我城"?基于中国城市在二十一世纪开始的近二十年城与人的剧变,这种剧变既是新的城乡关系方式,也是城市自身外部和内部的变化。从城市自身观察:每个城市都有自己的小传统,在当代中国政治、经济、文化等诸种影响下的城市布局和城市功能又形成当代新的城市传统和城市的"地方性"。这些有着不同传统和地方经验的中国当代城市进入新的世纪,外在的城市景观和空间结构,人和城市的关系,城市里的人和人之间的关系,人在城市中的生存境遇,等等,都在发生空前的变化。其引动文学艺术的变化在上个世纪末就已经发生,以文学为例,"70后"作家,以及随后的"80后""90后"作家的文学创作,为中国当代文学提供了新的写作经验。以"被观看和展示的城市"为切片,能够看到新一代中国作家和既有现代文学传统的差异性,而他们自身的文学艺术创造也是有差异的。新城市、新人类、新经验,合于逻辑的新文学究竟是什么样子?我的一个基本判断是,中国当代文学新变革理所当然地应该发生在这些人中间。

读这组小说,我们发现事实也确乎如此,变化亦已然发生。新城市、新人、新经验,是否自然而然地发生新文学?这是我们这个专辑想象的前提。以中国内地为例,世纪之交以酒吧、咖啡馆、高档宾馆、商场、社区等城市地景展开的奇观化城市书写,到了笛安、朱婧、郭爽、班宇、王占黑、杨则玮的小说中则铺张到北京四环外的小区,大学,和城中村、公墓毗邻的城边公寓,小旅店,大润发,等等,即便咖啡馆这样的城市地景，也不是刻意强调它"城市时尚飞地"的标签意义。城市的叛逆青年、小资青年、边缘人蜕变成了"我城"的世俗儿女，"反常"的城市书写转向对这些世俗儿女的命运关切。

"我城"的概念出现甚早。1975年刘以鬯编辑的《快报》副刊开始连载西西的《我城》。之所以重提和挪用"我城"这个旧概念，是因为意识到"我城"之"我"可以矫正"我"的城市书写，即从无差别、复数的"我们的城"到差异性、单数的"我城"。作为无差别、复数的"我们的城"可以是所谓和牧歌乡村相对的现代文明的"恶之花"，是所谓声光电的"魔都"，所谓怀旧风的"上海摩登"，所谓"世纪末的华丽"，如此等等。直截了当地说，新世纪中国文学有所谓的"城市文学"这个名目，但这个名目之下的城市往往并不是我们的作家对他们日日厮守、休戚与共的城市有多么的了解和思考之后"文学"的想象和建构，而是按照某些预设的观念定制出来、拼凑出来的。新世纪文学的中国城市文学千人一面，千人一腔比比皆是。

我曾经在上海的《探索与争鸣》2011年第4期发表过《何为"我城"，如何文学》，现在七八年过去了，重读这篇短文，当时谈论的问题依然有着现实意义。

如果我们细致地梳理一下新世纪中国的城市文学，就会发现这些"文学"的"筑城术"包括沿袭传统和现代、城市和乡村对抗性思维的现代城市想象。这是当下城市想象中最为老派的一路，翻的是中国近现代文化保守主义的老谱。在这里城市成为文人想象中的"异邦"和"他者"，乡村是他们逃避现实的跳板。城市是过去的、消逝的、美好的乡村田园的敌人和一切罪恶的渊薮。新世纪许多所谓的城市文学正是在这种意义上的简单的城乡对峙中去书写城市之罪和人性之恶：城市、人和家庭的命运与日常生活被生硬地揿入中国近现代史，文学的城市志成为近现代政治事件史的简单复写；城市是寻欢作乐的城市，或者城市简化为时尚的符号,由时尚元素堆积起来的文学城市营造了一种海市蜃楼式的幻觉;既有审美惯例,尤其是西方现代主义的城市想象成为中国当下的城市想象等。和活生生的中国城市比较起来,文学想象的中国城市沦为被种种观念覆盖着的"看不见的城市"。极端言之,我认为,新世纪城市文学的写作正在成为另一种意识形态正确的翻版。我将这样的城市文学命名为一种非"我城"的写作。所谓的非"我城",就是说作家和他们书写的城市之间没有原发性、原创性的个体、单数、精神意义上的"我"的体验、经验、反思和想象。那么,何为"我城"?从大的方面,思考的是一日千里的全球化时代存在不存在差异性的"中国城市"。在这个方面,如果仅仅看中国城市的某些中心商务区建筑景观、大商场奢侈品消费和流行生活方式,也许真的是"同一个世界同一个梦想"。但是问题的另一面是,在这些城市的表象和浮沫之下,沉潜着的暗流和幽影恰恰是各有不同的。中国城市在"现代"之前的"前史",中国城市在"现代"之后的城城差异,这些使得中国城市必然成为与世界不同、自身亦迥异的"异形"之"我城"。

现代中国城市是传统和现代遭遇的产物。相对传统的乡土中国而言,现代都市是一个真正的"异者"。它的独特性在于:它既不是古典时代的"一个政治中心"或者"以官僚地主和富有士绅为基础的社区"(费孝通:《中国士绅》);又不简单是西方殖民化进程中异邦的新城市。中国现代城市成长史有着自身的历史和现实,有着自身的问题和经验。这些历史和现实、问题和经验必然会被带入中国现代城市品格生成之中。再有,就中国内部来看,城市与城市之间而言,每个城市又有着自身的历史和现实、问题和经验,中国城市的差异性大得令人难以想象。比如南京和上海这两座相距仅数百里,高铁一小时可达的城市,从精神气质上就完全不是一回事。比如,从历史看,上海就没有南京旧都颓废的底子,南京当然也没有上海那么多近代殖民记忆。从现实看,今天的上海俨然国际大都市，而南京作为城市仍然是不旧不新不城不乡的没落相。这一点你只要看艺术和城市生态构成就可以看出来。南京在艺术展览、演出规格、艺术沙龙活跃程度乃至场馆设施等方面明显落后上海很多。因此，一定意义上，"上海宝贝"只能是时髦"上海"的"宝贝"。朱婧以《先生，先生》命题也是为小说命意，做着旧学问的宁先生，也许只有在南京这样的古都才毫无违和，而在北京和南京旅行的双城记里，"先生"和"古都"只能是一阕挽歌，唯有旧日子值得珍惜，而旧日子正在流逝。

像朱婧的《先生，先生》这样，写同一座城市新与旧成为对照的"双城记"的小说，还有郭爽的《离萧红八百米》。"萧红"是郭爽小说的广州往事，萧红的颠沛流离成为郭爽小说中当今城市生活的潜文本。笛安的《我认识过一个比我善良的人》中，新"北京人"章志童、洪澄，只是北京和他们出生的"小地方"之间无根的漂泊者。而笛安自己也有着这样的北京和太原的"双城记"。这种"双城记"的旅行也发生在王占黑的上海和嘉兴之间。但"双城记"和传统的由乡入城不同，它们不一定隐现着乡愁，写作者如此，小说的人物也是如此。可能当今世界上，很少有一个国家可以同时并置也可能并峙这么多城市的样态。不只是城市的"地方性"，而且有不同的文学传统和文学谱系。从大的文学史来看，台湾和香港的城市文学是内地的先声。中国城市文学的小传统值得珍视，陈苑珊《站在天秤上》的香港和林秀赫《蕉叶覆鹿》的台湾都隐现着中国城市文学的小传统。台湾城市文学的奇幻瑰丽，是《蕉叶覆鹿》之扑朔迷离的来处。中国内地（大陆）亦可能如斯，朱婧的《先生，先生》由一个江南作家写出，自然不会意外，而且朱婧的出生地是扬州，她的双城旅行是在同一张江南文化地图上完成的。

但即便如此，在郭爽的《离萧红八百米》、杨则纬的《白日贩蓝》，以及笛安的《我认识过一个比我善良的人》、王占黑的《去大润发》中，城市的地方性已经被侵蚀得很淡，就像林秀赫的《蕉叶覆鹿》中，举凡网红作家、粉丝、畅销书、手游、直播、LINE……发生在中国的一个小城，也是发生整个中国的青年亚文化的现场。城与城趋近，但更隐秘的差异性也被年轻的作家打捞出来，有我之城的意义在于，城市，一切皆著我之形色和情感。

所以说，一城有一城个性因此成就了"我城"。这种个性可以是城市地理空间上的，也可以是地域文化、政治、经济范式上的。甚至阶层、种族等也影响着城市的个性。"我城"之"我"还不只指在内外、内内之间城与城的差异性。城市之于一个个体的人，它提供的不只是工作、生活的空间，更是精神和心理的媾和。因而，就当下中国而言，个体之"我"与差异之"城"之间的关系必然是大相径庭的"我"的"城"。这样，所谓"我城"强调的就不仅是现代中国城市在城市样态、精神气质，或者说在城市空间意义上存在的地理、文化、心理之上的古与今、东与西、城与乡的差异性。而且对一个作家而言追问何为"我城"，其实意味着思考他们笔下的"城市"是按照怎样的肌理想象和建构出来的，它怎样地浸透了作家的个人经验，能够为中国文学，乃至为世界文学提供怎样的新可能。

值得一提的是，"我"和城市之"我城"不是简单地置换成"我"和想象的观念的城市地方性，比如说到沈阳就是老工业区，因此，班宇和几个青年作家的写作被框定到"铁西区"。当班宇已经成为"铁西三剑客"，班宇的《羽翅》可以理解成一次气息微弱的呼救，反抗被规训和被掩埋，因为沈阳之于班宇，他的个人记忆可能是铁西区，也可能是少年时代几个人隐秘的音乐社区。当然，这样的隐秘还可以更多。不只是班宇，读我们这个专辑的笛安、郭爽、王占黑、朱婧，都可以发现他们的反抗"被框定"，也可以读到重建"我"和我生息的城市秘密关系的努力。

据此，我有理由对"非我""无我"之中国城市文学提出质疑和批评。既然对当下文学由着既成的观念和惯例建构着自己的文学城市想象提出批评和质疑，可以进一步追问的是，"我城"如何"文学"？从当下作家构成看，新世纪之前成名、现在正值创作盛年的这些作家，大多都有着由"乡"入"城"的经历。应该看到，用"乡下人"的眼光打量城市的结果，具体到文学中，是洞见与盲视共存。洞见的是城乡之差异，盲视的则可能是此城与彼城的不同。新世纪中国文学"筑乡"有术，"筑城"无力，问题的关键是在他们的视野里，每一个城市都是一样的，每一个村庄却是不同的。因为，新世纪文学的乡村想象往往是作家悲欣交集荣辱与共的"我乡"。而传统和现代、东方和西方杂交之后的现代中国城市是什么？新世纪全球化背景下的中国城市又是什么？对于这些问题，中国作家并不像对现代中国乡村理解得那么透彻和清楚。这就要求，如果这些作家进行城市文学的创作，在城与乡尖锐对峙的心理震颤和阵痛之后，必须将一个观念的城市调整到有着自己尖锐痛感的"我城"。

"我城"如何"文学"？思考这个问题，像对"乡"一样将自己的灵魂灌注进"城"，现代中国作家的乡村想象其实是可以借鉴的。不是时刻准备着做一个逃离城市的过客，爱也好恨也罢，必须和"城"纠缠、厮守，才有可能视城市为"我城"。但应该意识到是，新世纪文学"我城"想象远较"我乡"复杂。这是前无古人的城市。现代都市的崛起对中国地理空间、文化版图和人们的情感、心理、日常生活方式的改写是革命性的。"混乱""混搭""混沌"杂糅并置的当下中国城市却是人类城市史上空前的"异形"。面对这样的"异形"之"城"，已有的文学经验、单一的文学类型根本无力完成对"我城"的想象性建构。应该意识到，即使承认已有的城市文学经验可以部分地体现在当下城市文学书写中。但当下中国城市的"问题"和"经验"的"空前性"，决定了"文学"之于"我城"也是"空前性"的。首先是城市新阶层的出现。但从新世纪中国文学现实看，这些所谓的城市新阶层还往往主要集中在城市弱势群体或者边缘人之上，对于更广阔复杂的城市新阶层，我们的作家表现得并不充分。除了城市新阶层在文学中崛起，中国城市历史和现实的新旧杂糅、古与今、东与西、城与乡的不同地域差异性和复杂性也正被作家尊重。摈弃"除了北京即为地方，除了上海即是乡下"的惯常城市经验模式，中国小城市经验同样应该是中国城市想象的一部分。

文学的"我城"想象和书写所着力的，不应该仅仅在城市的地理空间和阶层界别上开疆拓土。文学之"我城"最后被兑现，应该是灌注了中国历史和现实、问题和经验的"文学"城市地标的涌现。这些文学中的城市地标，应该烙上作家个人印记的体验、经验、修辞、结构、语体，如狄更斯之于伦敦、波德莱尔之于巴黎、卡夫卡之于布拉格、乔伊斯之于都柏林、帕慕克之于伊斯坦布尔等等。我们有理由期待置身世界格局中"异形"之"我城"的中国作家，为世界文学提供一座座文学的"异形"之"我城"。《花城关注》做到现在，共三年十八期，我们基本上在想象中国当下文学的版图上做努力，在2017年第一期的开栏语，我曾经这样写道：

> 想象《花城》的开放性和可能性，众声喧哗，杂花生树，也是我们想象的《花城关注》栏目未来的样子。《花城关注》该给中国文学做点什么呢？就今天的文学形势，只要不是有妄想症，就不会自以为是地臆想自己可以创造出一个轰轰烈烈的文学时代。那就做点自己能做的事，就做点《花城》一直在做的事情吧，哪怕只是尽可能地打开当下中国文学的写作现场，尽可能看到单数的独立的写作者在做什么，哪怕只是敞开和澄明一点。我们置身的现实世界，不说最好和最坏的，确实是不同性别、不同职业，从不同的路径和时代遭遇，被伤害，也可能被成就。作为写作者，理所应当贡献的应该是不同的现实感受，不同的文学经验、想象和不同的文学形式，

我们的栏目就是要让这些"不同"的可能性、多样性和差异性一起浮出地表。

但需要自省的是文学边界的拓殖并不必然通向文学的"经典性"。记得小时候《中国地理》有一句"中国幅员辽阔，地大物博"，对于幅员辽阔、地大物博之"中国"，一个写作者的生活和文学表达是具体而微的。今天的世界，一边是交通和讯息便捷的全球化时代，一边是被分割出的无数空间、阶层和群落，中国如此，更大的世界如此，我们的个人生活和内心世界也是如此，某一个单数的人在浩大辽阔的世界和中国退守到"最原始"部落化的渺小存在。渺小到像这个专辑里的某一篇小说中在城市里的一间大润发、一个咖啡馆、一座出租屋、一所大学，甚至综合体楼宇的一小片室外平台，都可以承载所有人间的悲欢离合和人性的细微幽暗。因此，在一定意义上，以今天之世界、中国和人之浩大辽阔，文学反而更应该是从一己的狭小通向浩大辽阔。至今犹记，当时我和朱燕玲主编对这个栏目的想象：青年作家如何以文学的方式回应中国问题和中国现实？

那么，就从这里开始吧，从一己之微小和微小的中国部分相遇、相逢，诚实的现实感以及对世界的爱与痛将在这种相遇与相逢中发生。因此，如果要真的定义出未来的《花城关注》，这就是我们努力的方向。我们希望汉语文学经典的可能性在这个方向被发现，也被我们声援和庇护。

田野、民族志（个人志）和小说
（2020年第2期）

用"亲密关系"作为这次专题的关键词，是基于改革开放以来中国社会和家庭的新变，文学理所当然应该回应这种新变，中国作家也理所当然地应该投身这一新变的书写。

有一次我问上海批评家张定浩有没有合适的新作者，定浩推荐了淡豹和其他几个作者。那时候淡豹还在"正午"做事情，好像还没有写很多小说，我当时也在给译林出版社组稿，有过把淡豹写的那些专栏和非虚构结集出版的打算。后来就断断续续地问淡豹要稿子，希望能看到她人类学教育和研究的背景在她的文学性写作中有所体现。记得是去年春节期间，淡豹在沈阳，确认了给《花城关注》稿子，文类是虚构的小说。中间又过去了好几个月，大概是春天，淡豹应大学同学之约在东南大学开课，我看到课程预告，和她就"写什么"有了更明晰的交流。在这次的交流中，1970年代中后期以来独生子女政策带来的中国家庭变化被我们反复讨论。我们都觉得这个领域并没有被中国作家，尤其是独生子女一代作家充分地文学表达，应该成为一个文学新地。又几个月后，八月，"文景"的作者叶扬和陆源在南京先锋书店做活动。陆源的《童年兽》和叶扬的《请勿离开车祸现场》对同时代经验都有独特的文学书写，我们聊到中国式家庭和亲密关系，也聊到我对淡豹的约稿。他们和淡豹差不多是同时代人。陆源在此后不久北京的一次活动中和淡豹说到南京的这次对谈，淡豹随后发来她的四个小说：《父母》《旅行家》《先生》《爸爸啊》。我看了她所标注的详细写作时间，最早的开始于2018年的1月。也就是说，淡豹写这组小说花了一年多的时间。

从2018年初到现在的两年，"亲密关系"在大众传媒领域被广泛地提出来讨论，被更多的人关注，也有像《婚姻故事》《82年生的金智英》《坡道上的家》等这些电影和小说被介绍到中国，我们得以在一个"历史时刻"警醒和顿悟，转而反观我们日日生焉在焉的家庭和各种亲密关系，尤其是在这两年几次"家暴"被曝光成为公共事件以后。但"亲密关系"绝对不等于家暴这种剧烈的呈现，它可能更微观、更细小、更潜藏，也更黑暗、更冷暴力、更习焉不察，像淡豹的这几篇小说都没有升级的"家暴",甚至只有堪称平淡的家庭生活和亲密关系,即便有潜流暗涌。没有升级为"家暴",中国式亲密关系也危机四伏。而且,中国式亲密关系也不止于家庭。

事实上,中国新文学的起点《狂人日记》就是从中国式家庭和亲密关系的反思与批判开始的。社会学研究者认为:"每一个个人都是生在祖荫下,长在祖荫下,并通过延续祖荫的努力而赋予短暂的肉体生命以永恒的意义。由于中国的伦理体系强调个人利益必须服从于从家到天下的大大小小的集体利益,那种独立、自立、自生的个人在传统中国社会也几乎不可能存在。""近百年来,中国文化的历次变革都是以觉醒的个人反抗祖荫的控制为特征的。"(阎云翔《私人生活的变革》)如其所言,这确实是中国近现代的社会现实,也是中国近现代显赫的文学母题,以至于发展成文学模式和文学教条。问题是,时至今日,"觉醒的个人反抗祖荫的控制"以后呢?家庭现代化以后呢?淡豹的这几篇小说写的都不是旧式中国家庭和亲密关系,甚至连过渡期的拖泥带水都不是,如《旅行家》写的是在世界中旅行的"世界式家庭"。

那么,读淡豹的小说能让我们得到什么呢?

可以肯定的是淡豹的小说有自觉的"问题意识"。这种问题意识使得文学有可能介入公共事件,获得文学的公共性,比如小说中涉及亲密关系的性别、代际(《旅行家》中的夫妻因为十三岁年龄差而产生"辈分"之差,因而性别问题也是一个代际问题)等普遍或者传统性问题;比如《爸爸啊》中的非婚子女家庭问题,比如《先生》中的越轨的破坏、修复和亲密关系的创伤记忆问题;尤其值得一提的,是《父母》中具体的"失独"问题(因为独生子女政策,"失独"由不常见问题,变成一个常见问题)。

早前的几年,淡豹在《看天下》杂志开有《仰面看乌鸦》的专栏。我在网络上检索、阅读了这些文字,婚姻、家庭、亲密关系是淡豹写作的关键词。这些发表在杂志的文字转移到网络和微信公众号时，读者的留言将淡豹描述成一个家庭和婚姻的恐惧者。或许是这样的文字影响到读者，比如《当代亲密关系词条新释义》这一篇，淡豹对这些家庭内部的亲密关系词条有自己的解释：

【夫妻】：曾有过性关系的一对朋友。

【婚姻】：除了让我难以获得男朋友之外，其他都很好。

【这段婚姻】：其缺点在于其中不包含一位男朋友——那样的话，这段婚姻就能更和睦了。

【家庭】："妈妈，过节是为了快乐吗？""不。过节是为了和家人在一起。"

【性】：我想知道你喜欢什么。我想知道你还可能喜欢什么。

【性愉悦】：形而上学之前的时间。

【恋爱】：起初至少是个平凡的梦。中间兴许曾是美梦，熟睡的人便放松了戒心，不觉沉入噩梦里去。若起初就是明显的噩梦，人求生、求愉快的本能，早就令人睁开眼睛，惊醒了。

【再一次恋爱】：复读机想必是最近于永动机的事物吧。它出现在偏远村落时，将令观看者感到当年人们认定照相机能摄人魂魄时的恐怖。

【性，再一次】：诗人安妮·卡森这样说："我将继续研究地图。地图模仿现实的方式，就如同性模仿欲望的方式——一种粗略的、草率的方式。"

当然，我们不能据此就认为写作者淡豹是一个现实的婚姻和家庭的恐惧者。当然，两者之间也有可能是重叠的。但以这些文字一以贯之的立场观之，"恐惧"是客观存在的。比如《婚姻场景》中淡豹写结婚七年的夫妻的结婚纪念日:"这些陌生人可以想象随后发生的事。在这个夜晚,这对结婚多年的夫妻将回到家,回到他们习惯的床上。性爱从他们之间远去,偶有温柔。她有时想,这也许是最好的关系。这个周六的夜晚她躺在床上,说了一些想了很久的话,他在看杂志,书页翻得很慢。直到他伸手,按了按她的太阳穴。不知是表示容忍,还是关心。更像按下停止键。她安静下来。他说,这就对了。"

比如《小区里的五个中国母亲》中,淡豹写道:

> 52岁的张茵在51岁那年开始严重失眠,她终于拥有了自己的房间。每天夜里,待丈夫的呼吸声变成鼾声,像台运转不良的老式抽油烟机开着磕磕绊绊的一档,她就起身,蹑手蹑脚地走出房间,倒杯热水,到他的书房去坐着,看杂志。有时她什么也不做,就坐在阳台上的藤椅,盖一条薄毛毯在身上,看星星。有时她会不知不觉睡着一小会儿,再在凉意中醒过来,再过一会儿,小区旁的街道就有洒水车和垃圾车开过,将要天亮。她的房间就不再属于她,又是她和丈夫共同的家了。
>
> 这一生的前26年她和父母住在一起,和外婆、姐姐同一个房间。之后和丈夫住在一间单位宿舍。28岁时她生育,白天她的身体属于单位,夜晚属于婴儿。孩子上幼儿园后,张茵过起了按块划分的生活,最惬意的时光是单位组织外出旅游,或者她自己待在洗手间,因此搬家时她坚持要安一个大浴缸,虽然很快她发现丈夫会在她泡澡时走进洗手间,取东西,刷牙,排泄,走出去时并不关门。
>
> 现在,到夜晚时她便拥有整个家。张茵找到玫瑰味的眼药水,买全彩图的杂志,从时尚到军事,她不介意。有时她打扫房间,擦衣柜门,四壁发亮。她不再像失眠以前那样听着丈夫的鼾声,嫉恨他大开大敞的安宁。如今她在黑暗中对丈夫怀有一种只有对无知者

或陌生人才可能产生的爱意。在黑暗中,他的肉体成为家具,是这个家的一部分。而她是唯一的活人。

请注意,如果我们仔细对勘,会发现不但是这些杂志专栏貌似随手写下的文字中的"恐惧"气息被带入现在的小说,甚至一些片段也被整体地迁移到小说中,成为小说叙述秩序的一个微小的细节单元。

淡豹是一个观察者,人类学的教育背景在她的观察和写作中发生作用,就像她在自己的公众号"动物学"所说的:

> 我的公号叫"动物学",也是一个观察的意思。以前读书等于是做人类学观察,现在我也不好意思再这么说自己随意写的东西,那就叫个"动物学"吧,在里面放些观察笔记,还有些小说、专栏作品的底稿。没有考虑传播效果之类的,就是当作博客用,写自己日常的观察与经验记录,也有些练笔。

基于这种认识,也许和许多中国作家不同,淡豹的小说有其人类学意义上的"田野"和"民族志"。关于"田野",对一个小说家而言,可能不一定是身体力行的"田野调查"(中国当代文学活动中有一种"田野调查"叫作"采风"),而是对相关资讯的分析、归纳和整饬。今天资讯发达到足不出户就可以开展类似人类学的田野调查和民族志写作。几年前,余华的《第七天》出版被质疑为"新闻串烧"。问题自然不是小说家不可以从新闻报道开始自己的叙述,对于很"宅"的小说家,写作的灵感触发可能且只能依赖新闻报道了,而是以新闻报道为起点的"事实"如何成为小说家言的"小说"?淡豹诚实地承认自己写作和新闻报道的关联,但她有自己的处理方式。这种方式,我认为是人类学的田野调查和民族志写作训练——"传统上那种基于特定地点的某个社区进行长期而仔细的田野作业之后，对日常生活做出详尽的民族志"（阎云翔《私人生活的变革》）。所以淡豹说：

> 我想写小说，但自己生活经历贫乏，从家庭到学校到刚进媒体，主要的生活都是自己坐在书桌前看书而已，比较丰富的只是短暂的田野调查阶段；自己也不是交际多、常出游或结识不同类型朋友的人，也没有在饭桌酒桌上听来故事的性格。所以虚构时，所需要的那些生活细节，主要从媒体中来，这是我读报的特殊需要。
>
> 现在很多艺术家用社会新闻构造情节，《第七天》《天注定》是有名的例子。像警察出身的小说家阿乙，也会用自己见过的案子作为一些小说的主要情节，像生活在美国的小说家李翊云，曾在采访中说她习惯读镇上、市里地方报纸的社会新闻以构造小说。不过这类内容反而需要特别高明的技巧去操作才能变成小说，尤其在如今这个生活中的戏剧化事件过分曝光的时代。
>
> 我读报道时，倒不是读这类戏剧感强烈、有始有终的内容，是去找特殊于某类生活，并让人能想象那类生活中其余部分的细节。比如莫言曾经说，他在新疆农场劳动时，"那里蚊虫叮咬得厉害，竟然让小鸟在天上飞着飞着就掉了下来"。这种细节是文学性的，让人可以了解维特根斯坦所说的"生活形式"的那种东西。
>
> 比如上个月（2016年12月），有个《落马官员涉18年前灭门案曾从领导司机做到局长》(《新京报》)的新闻讲1998年贵州的一起杀人案，不过那些直接就可以拍成电影的阴谋、凶杀、关系我都不是很注意，比较有趣的是事发住宅楼下的邻居告诉记者，当时伴随楼上小孩叫声，能听到木地板上啪啪的脚步声，"要追着小孩打才有这种脚步声，以为打娃娃这么凶"。某种脚步，只有追着小孩打才可能，而当地人都熟悉这种声音，也因此虽然觉得凶，但似乎无须干

涉。人人都熟悉的那种"打孩子"的声音,未来大概会在中产阶级的、富裕、文明、禁烟、喝拿铁的中国消失吧。这种细节是有用的知识、将要失传的知识、部分人口的知识,能展现一整个生活世界的细节,或许也是理解和共情的基础。

所以我经常到处看社会新闻,积累这类细节。但也没什么具体目标或者常用来源。这种细节在如今非虚构时髦下的"故事"里不大容易看到,现在时兴把非虚构当成侦探小说来写,不写无关细节,每句话都要和"侦破"有关系的。所以反而是在都市报、地方报比较容易看到。(淡豹:《写小说需要的细节,我从媒体中获得》)

这就是淡豹的"田野",以媒体资讯为信息源头和田野。至于民族志,淡豹的小说是不是可以看成"以个人为中心的民族志研究"?如她《仰面看乌鸦》专栏导语所言:"为知识中国写一本虚构的人物志,向罗贝托·波拉尼奥致敬。这些人的行迹在国师与歹徒之间,这个系列是盗版的英雄谱,这里的每一个字都是假的。"关于民族志和文学之间的关系,淡豹在云南大学的一次工作坊有过深入的讨论。那次工作坊,她选的文学文本是契诃夫的《萨哈林旅行记》。淡豹认为:

《萨哈林旅行记》的作者是俄国的文学家、小说家、戏剧家契诃夫,其作为一个非虚构的文本,对于民族志的写作有一定的启发作用。它并不是一个当代民族志的典型体裁,但是因为它写在十九世纪末,其作者并非一个专业的人类学家而是一名小说家,并且具有当代民族志中我们很难阅读到的国族主义情怀和人道主义精神,所以它可能对我们开展田野工作尤其是记田野笔记的这一步有所启发。

民族志这种体裁在其形成的历史上与非虚构文本有着非常密切

的对话，像传教士书写、探险家笔记、政府调查报告、社会学家的街头调查，这些文本与民族志是相互构建的。在汲取其他这些文本形式营养的基础上、在与它们的写作形式有意识逐渐区分的基础上，形成了二十世纪二十年代到四五十年代我们看到的体裁，逐渐又形成今天的文本，没有统一形式，而它们的共同点是越来越有人类学的味道，也充满人类学的行话和黑话。我们可以说，民族志的写作，总是在个人的故事和社会结构、文化之间循环往复。在中国，民族志与非虚构文本之间一直有着非常密切的关系，可以说，自二十世纪以来民族志写作与社会科学的勾连也越来越深，在中国有各种各样衍生性的文本，它们与民族志之间是相互滋养的。

淡豹也谈到民族志和小说文本之间的关系：

民族志与小说文本之间的关系。台湾人类学家黄应贵老师开过"小说与人类学"的课程，其目标是"以各个文化区代表性的小说为对象，来探讨各个文化区的社会文化特色"。他一方面把文学作品视为某个地区文化的代表，是表征性的文本，是典型文本，在另一方面，他又认可作家的想象力，可能是超越了文化的文本，挑战文化中某种观念或者与之有意识地对话，对这种文化做揭露或者批判的文本，也有可能是强调某种冲突、矛盾、不自洽，以更强烈和戏剧化的方式来表现文化中的某种悖谬的文本。所以小说可以被视为既是典型的，又是超越的；既是记录性的（和民族志有相像），又是想象性的、挑战性的、批判性的（民族志则在记录性之外有解释的目标）。

民族志影响到淡豹的小说风貌。淡豹的小说有很强的分析性，这种分析既是小说人物的心理分析，也是小说叙事的逻辑分析。淡豹自己说过:"一直以来,我喜欢看挑战形式、分析性强、故事性弱的那种现代和后现代小说,比如波拉尼奥、伯恩哈德、穆齐尔。也总是在一再看托尔斯泰。我小时候还受简·奥斯汀影响很深,她的作品简直像一个成长指南,你可以从中看到人是怎么样逐步自我训练,或者是在各种机遇下面获得美德的。《劝导》我一再重看,从里面渐渐获得了我对爱情的观念,觉得爱情的核心是在自我成长中等待。"需要指出的是淡豹小说中自觉的性别意识:

> 缺乏女性视角或者是女性立场对于世界的描述的话,这世界是不完整的,完全是片面的。如果所有的书上都只是"土改了之后""解放了之后""合作社了""反右派了""饥荒了"等政治史下的历史叙述,那只是男权政治视角下的主流叙述,多少年来大家也以此为参照,以为我们所看到的就是世界的全部。然而,事情不是这样的。(淡豹口述:《契诃夫完全可以是一个女人》)

"分析性强"在淡豹小说中可能是"故事性弱"的一种弥补,就像小说《父母》里写的:"中国古代的故事常常是在一场奇遇之后什么也不改变,什么也不发生,事情就那样,不平顺,然而就过去了,像中国家庭。农夫挑着鹅笼进城去卖,在路上偶遇一位书生,书生非要跳进鹅笼去随他进城,也就跳了,笼子重量没有增添。书生又以魔法神技召唤来几个女子,和她们一起饮宴,也就饮了,后来书生和女子都消失,故事结束了。农夫依旧走在进城去卖鹅的路上,鹅的价格不改变,他的人生也不像好莱坞电影那样产生要命的转折,故事不带来高潮或者结局,就像在现实中,农夫所能做的只是向别人讲出自己经历过的故事。"而事实上也是,"有真正关于自己、属于自己的故事吗?我们不生活在故事里,我们生活在模式里,这种模式是厌倦的,改换方向的,冒险的"。那么,当此时,小说的使命是什么?淡豹在她还在写作的长篇小说里谈到读者为什么要读小说:"小说,她想,像她这样的一个普通人为什么要读小说呢?她不写,也谈不上喜爱文艺。小说,或许就是为现在这样的时刻,一个普通人,发现自己的生活变成肥皂剧剧情时,小说让她感觉到一种微妙,那是生活溢出肥皂剧的部分。"微妙"和"溢出",加上前面说到的"细节""个人志"等,淡豹关于中国式家庭亲密关系的观察和书写已然是一种"淡豹的风格",虽然,她的小说生涯才开始不久。

需要说明的是,行文中大量引用了淡豹的所言所写,因为这篇文字本来就是替代之物,计划中配合本专题的应该是和淡豹关于独生子女政策、中国式家庭和亲密关系,以及人类学研究和文学表达等问题的一个对谈,而按期出刊的时间无法等到我和淡豹完成这个计划中有些庞大的对谈。现在只能通过这种简单、粗暴的方式将彼此的观点叠加在一起,它们也许构不成真正意义的对话,那就是粗糙的展示、呈现和记录。

关于县城和文学的十二个片段
(2020年第3期)

一

这个专题是从孙频中断自己手上的一个中篇小说,转向写作一个短篇小说支持我开始的。然后,有了"在县城"这个核心词;再然后,我马上想到张楚和阿乙的那些小说的县城。关于张楚,虽然他后来写了许多更好的小说,但我一直难以忘怀的还是他2003年的《曲别针》。冷冽。读阿乙则是从他的《灰故事》开始。孙频的县城是山西交城,她在县城十八年,直到去兰州大学读书。阿乙的县城是江西瑞昌。据他自己说,他的离开是为了逃出小公务员无望的生活。张楚一直生活在河北的滦南。去年夏天去北戴河,高铁经停唐山,我知道离张楚不远,下车拍了一张站台的照片发给张楚。

张楚现在已经被天津作协作为人才引进，我不知道他是否还常住滦南。

二

计划中的这个专题由小说家的虚构文本和我对他们的县城走访记组成。平时只在他们的小说里读到他们的县城，我想去实地看看。朱燕玲主编竟然对这个走访也有兴趣，我们马上分头和他们确定走访的时间，记得那天是元月十四日，南京评论家协会换届，所以能够记得确切时间。张楚一直在滦南。孙频每年回交城过年。阿乙去四川的夫人老家过春节。有意思的是，去到这三个县城，都要先抵达它们最近的中心城市武汉、太原和唐山。在中国，交通不只是交通问题，交通往往决定着政治、经济和文化等的区位和层次。

按照计划，我年前先去瑞昌，时间定在我回老家之后。元月十九日，我从老家回到南京。二十日，武汉封城。经由武汉去瑞昌的计划落空。继而，疫情形势严重，禁足而不能出行。

因而，这个专题应该包括一篇未完成的走访记。

三

关于县城和整个中国的关系，我问询过南京师范大学做乡村社会研究的邹农俭教授。邹教授在二十世纪八十年代参加过费孝通先生苏南乡村课题的研究，节录他的微信如下：

中国的县在中国历史上特别有意义，它是中国行政建制资格最老的，从秦始皇郡县制开始，很多建制府州地区早已消失，唯独县历时两千多年至今仍是非常重要的一级建制。文学家洞察到了历史的深邃，于是有了很多文学作品，只是在现代化城市化的大潮中，县慢慢不吃香了，开始衰落了，特别是我们的体制设定，将县作为乡村传统来对待，同样是正处级，县长与市长不一样，这是很可悲的。（注：这里的市长应该是县级市。）

　　社会学是研究现时代那些热门的东西，社会上什么时髦什么热门就去追什么，所以很少有经典留下来，充其量是些所谓经世致用的东西。我觉得文学家对此关注深刻，特别是那些写乡村的作家，描写乡村一定有县城。尤其是这次疫情，要好好琢磨琢磨我们的发展模式，我们过度崇尚大都市，还要搞什么城市带，看看武汉这个大都市，疫情为什么发生在这里？为何那么久扼不下去？

　　确实如邹教授所说，文学的县城很多，比如最有名的可能是路遥的《人生》。到县城去，曾经是多少乡村青年的中国梦。邹教授记忆中的文学，大概是二十世纪八九十年代的，但时至今日，文学的县城也越来越少。

四

　　我的县城记忆和海安、如皋相关，它们距离我出生的乡村都是十几里的距离。初三之前我在乡村学校念书，学校孤零零地在成片的庄稼地中间。初三到镇里读。这个叫丁家所的小镇，曾经应该比较重要。我在东京大学藤井省三研究室无意间看到一本1970年代日本出版的中国地图集，海安一共有四个地名被标注出来，丁家所是其中之一。但撤乡并镇之后，丁家所这个小镇的行政功能已经微弱。丁家所，就只有一条老街，有些老店铺，像民国旧电影里的样子。两年前，我们回去看，已经败落得不成样子。

　　乡村少年，不看到县城之大，不会懂得乡镇的小。而因为有了乡镇的小，县城就是大的城。在县城生活的人是真正的城里人。高加林是这么理解的，我也是这么理解的。所以，阿乙的《遇见未婚妻》，父亲要到县城买房，带领一大家子人浩浩荡荡进城；张楚的《和解云锦一起的若干瞬间》，辍学的解云锦进城打工。

海安和如皋县城，我一个读了三年的高中，一个工作了十年。记得第一次去海安，是乘船从串场河进去的。串场河在海安出去的诗人小海的诗歌里写到过。小海有首著名的诗歌叫《北凌河》，在海安，串场河和北凌河是齐名的。三年，熟悉了县城网状街巷编织的地景：新华书店，医院，学校，澡堂子，饭馆，百货公司，理发店，县政府，能买到文学杂志的邮局，放电影的剧场，工人文化馆和放录像、打桌球、跳舞的文化馆，等等。工厂和车站在城的最边缘，像孙频的《猫将军》所写，最荒芜和混乱的地方也在城的边缘。也是这三年，写诗，折腾文学社，堪堪摸着文学的边。至为忧伤的是，少年时代膜拜的县城诗人和小说家最后也都止步于县城。其实，可以做一个田野调查，二十世纪八九十年代中国县城有过多少文学青年？

第一次去如皋，是在去海安县城读书之前。我和一帮顽劣的小伙伴放火烧了生产队的草垛。在当时，这是很大的为非作歹。不知出于何故，外婆反而骑车带着我去了心向往而不达的如皋县城。记忆中，是从北门穿过石板巷子去的。少年时的感觉里，如皋是一座繁华落败的大城、老城。也确乎如此，如皋和海安比较起来，有更古老的寺庙和园林。

县城就是县城，不是乡村，也不是一般的小镇。如皋早就是县级市。海安，去年也成为县级市了。

确实，应该一直到新世纪前后，县城一直为中国文学输送着文学青年。他们里面在八九十年代开始写作的，大多数还剩余在县城。这是那个时代文学繁荣的基座，即使他们不能成为一个优秀的写作者，也至少是一个优秀的读者，他们是县城的小职员、教师、工人等等。

但是，时代的变化是剧变。我检索了《中国文学选刊》去年对117

位85后作家的问卷调查,发现这117位中,在县城写作的微乎其微,甚至从县城出发的写作者也很少见。但另一方面,据我所知,在县城写商业网文的还有不少。无论如何,写所谓严肃文学的文学青年撤出县城已经是一个不争的事实。这也许能部分解释当下乡村文学不振的现实。

五

县城,不只是文学的私属领地。"五条人"的专辑《县城记》中写海丰的歌包括:《十年流水东十年流水西》、《倒港纸》、《乐乐哭哭》、《踏架脚车牵条猪》(骑辆单车牵头猪)、《问题出现我再告诉大家》、《绿苍苍》、《梦想化工厂》、《道山靓仔》、《李阿伯》、《童年往事》、《阿炳耀》,其中《踏架脚车牵条猪》唱道:

唉,朋友/你莫问我/有没搭过海丰的公共汽车/我经常看到它,载着空气/从"联安路口"至"云岭"

唉,朋友/你莫问我/有没听过,海丰汽车、摩托车的噪声/路口那个耳聋的,都被震怕了

我踏架脚车牵条猪/(站在东门头,暴力撒泡尿,买辆拖拉机)/我踏架脚车牵条猪/(龙津溪是一条河,三十年前已经残废了)/我踏架脚车牵条猪/(农村不像农村城市不像城市海丰公园只建一个门)/我踏架脚车牵条猪/(小的时候我跟阿公讨两毛钱,他说你拿把铁锤和口盅来,我敲鼻血给你得了)

另一首《十年流水东十年流水西》:

他们都说我是在说梦话/其实我说的还是海丰话/我不知道了我不知道了/啦啦啦啦/今天全球化明日要自我

"五条人"说他们是"立足世界,放眼海丰"。《县城记》获颁《南方周末》2019年度音乐,他们的感言是:

> 《县城记》是一张讲故事的唱片:"倒港币"的故事,农民"李阿伯"的故事,单身佬"阿炳耀"的故事,"梦想化工厂"门卫的故事……这些故事,平常得就像"平常"两个字,这些平常的故事,每个人的肚子里都藏有许多,而每一期的《南方周末》,藏的都是这样有故事的人。那么好吧,我们把《南方周末》的这份"特别致敬"理解成:不是颁给《县城记》这张专辑,而是指向活在大城市、小县城里的每一个平常人。希望我们这样说,不至于让人感觉到矫情……《县城记》还是一张用你们的"外语"唱歌的唱片。

六

贾樟柯可能是最多使用县城为背景的中国导演,他的《小山回家》(1994)、《小武》(1998)、《站台》(2000)、《任逍遥》(2002)、《山河故人》(2015)都发生在县城汾阳。贾樟柯说:

> 县城生活非常有诱惑力,让人有充沛的时间去感受生活的乐趣。比如说,整条街的小店铺小商贩都是你的朋友。修钥匙的,钉鞋的,裁缝,卖菜的卖豆腐的卖书报的,银行里头的职员,对面百货公司里面的售货员你都认识。中午吃完饭睡个午觉,一直睡到自然醒,三四点骑个自行车去某个朋友那一坐,聊聊聊,然后聊到什么时候大家一起看电影去了,看完电影吃晚饭打麻将,一直到筋疲力尽睡觉。这种生活是有美感的,人处在热烈的人际关系里面,特别舒服。但是如果每天都不离开这片土地,还是相当枯燥。早上

起来躺在床上,缝隙之间会有一种厌倦感。(贾樟柯:《县城与我》,《天涯》微信公众号)

我对贾樟柯灰扑扑的县城最有感觉。汾阳离孙频的交城很近,离我家乡的县城很远。但那无所事事的街角少年和桌球台,和我八十年代末的县城记忆几乎一样,甚至在侯孝贤的电影里也能看到这样的小镇和少年。其实,有很多地方离得很远却靠得很近。

七

许知远和阿乙的访谈里有一段是关于阿乙的县城。

《单读》:这些年你也不断地回家,看到县城的变化是什么样的感觉?

阿乙:县城现在从物质上来说,比大城市甚至要好。它只有几个指标不太好:一是煤气,可能还在用煤气罐,这是我比较讨厌的一个地方;还有一个是采暖,像在南方,采暖不像北方这么方便。但剩下的生活条件简直太好了:一是巨大的空间,你在北京住五十平米,在那儿二百平米都能搞得下来;还有一个是美好的天气。但我现在仍然恐惧回到县城。前两年经常做噩梦,梦见我父亲拿着一个蛇皮袋,和家人一起又把我抓回去了,塞在某个单位上班。前些日子,有人建议我回老家,在当地文化部门上个班,帮忙做推介,因为我现在写作有点名声。当时也没拒绝,后来觉得这个事情挺荒谬的,真要去了,心里肯定很凄凉。

而且我离开县城有一个巨大的原因,就是我在那儿买不到什么书。买书只有两个渠道:一个是报亭,报亭更新比较快,能买到的好东西就是《杂文选刊》《读者》《涉世之初》这样的杂志;二是新华书店,但也买不到文学书。我现在想,为什么县城的人比较喜欢看《环球时报》?为什么他们关心军事和红墙秘史?为什么杂文在县城知识分子里比较流行?柏杨、李敖、王小波他们写的东西固然很有先见,但好多年重复讲一个问题,停滞在某一个地方。我如果要获取更多的东西,在县城里肯定不行。中国有很多很好的知识分子,写了很好的文章,办了很好的杂志,写了很好的书,但他们的东西进不了县城。这种情况下,其实只有离开。后来到北京,才能接触到这些多元化的东西。要是在县城,你不得不被凤凰传奇、汪峰所决定。我QQ、微信群里的高中同学,包括当时我认为思想上比我先进多了的人,现在跟他们聊天,非常诧异,他们转发的消息,天天咋咋呼呼,吓死人。人的意识其实是被县城的大众文化吞噬掉了。(阿乙:《许知远对话阿乙》,"知远"微信公众号)

和县城格格不入的文艺青年,成了那些精神的流亡者。

八

同时代作家中,从写作成绩和知名度上看,和县城纠缠得这么深又依然在县城安家的,除了张楚,可能绝无仅有了。他有两篇常常被人引用的文字,一篇是《在县城》:

1983年从大同迁徙到这个叫作"侏城"的县城,已三十多年。三十多年里,除了在大连上大学的几年,除了偶然的公差私差,我一直不舍昼夜地住在这里。

县城发生变化是近十年的事。之所以变化,是因为这里开了几家私营钢厂。每个钢厂都很大,都有很多工人,闹哄哄的,热腾腾的,空气里的粉煤灰落在他们脸上,让他们的神情显得既骄傲又落寞。慢慢地高楼越来越多，而且前年，县城终于出现了超过二十层的高楼。这在以前是不可想象的，因为我们这里还经常地震，人们都怕住高楼。而现在，人们似乎什么都不怕了，不但不怕了，有了点钱还专门买好车。我很多小时候的同学，现在都是这个公司的老板那个公司的董事，坐在几百万的车里朝你亲切地打招呼。就像《百年孤独》的马孔多小镇一样，这个县城越来越光怪陆离越来越饕餮好食，空气中的味道也发生了质的变化：以前虽灰扑扑、干燥，但骨子里却有种干净的单调和明亮，我相信那不是气候的缘由，而是人心的缘由。如今，小镇上虽有了肯德基，有了各样专卖店，有了各种轿车，可人却越来越物质化和机械化，谈起话来，每个成年人的口头都离不开房子、金钱、女人和权力，似乎只有谈论这些，才能让他们的身上的光芒更亮些。

我想，或许不单单是这个县城如此，中国的每个县城都如此吧？这个步履匆忙、满面红光的县城，无非是当下中国最普通也最具有典型性的县城。在这样的县城里，每个月都会出现一些新鲜事，当然，所谓新鲜事，总是和偷情、毒杀、政治阴谋、腐败连接在一起，归结到底，是和俗世的欲望连接在一起。可是由于这种欲望如此明目张胆又如此司空见惯，我总是忍不住去关注一下，于是，我发现了很多有趣而悲伤的故事。（张楚：《在县城》，《十月》微信公众号）

县城是熟人社会，可能"熟"更多是表象，相见不相识才是本质。就看这个专题的三个小说，每一个县城故事都有独属的幽暗秘密，甚至是致命的秘密。所以，县城的文学动力可能不只是独异的空间和区位，而是社会样本和人性。

网上流传的张楚另外一篇关于县城文艺青年的更有名的文字是《野草在歌唱——县城里的写作者》，这篇文字发表在2014年第12期的《文学港》，后来收入他的小说集《中年妇女恋爱史》。

1999年的侉城像个哀伤简约的符号，它是所有北方县城的缩影。从1984年我们搬到这里，多年内它没有显著变化：弯曲狭窄的主街每到下班时就堵车，而主街两旁是低矮破旧的门市：开理发馆的温州人、开川菜馆的成都人、卖板鸭的南京人、开性病门诊的广州人、售熟食的东北人……这些操着不同口音的外地人将门脸敞开，让平铺直叙的阳光打进，在他们或清爽或油腻的脸上投下或明亮或黯淡的影。在年复一年的买卖中，他们的腰佝偻了，皮肤泛着哀伤的牙黄色，指甲缝沾染着小城独有的气味：纸糨糊味、钢厂的粉尘味、从遥远海边传来的水底动物的腥味。有时我骑着自行车走在侉城，看着众生万象，琐碎的幸福感会充盈我的内心。我知道，早晚我会写出他们的心灵史。犹如上帝造人。

这是县城文艺青年的挽歌，类似顾长卫的《立春》。从建制上看，《立春》讲的，可能是比县城大的小城。但也是县城故事。有时候，县城故事可能是美学意义的，而不一定是地理意义确切的县城。所以，把颜歌的《平乐镇伤心故事集》、郑在欢的《驻马店伤心故事集》以及美学意义上的小镇青年写作都放在一起，也许都是可以的。中国当代文学的县城故事是献给那些城乡接合的灰色地带。

九

在百度上同时输入"孙频"和"县城"，会显示出她的许多小说。是的，在早期写作里，县城是她小说人物要逃离的地方；而到了晚近，县城往往是逃离者溃败的归处。这中间的变化不只是一种情节的翻转，而且是心境和审美意义上的。她说过：

去年（摘录者注：2018年）我回到老家的小县城过中秋，闲来无事，一个人在老街上溜达。老街上有半截千年石狮子，风化不堪，它陪伴了我整个童年和少女时期，读中学时我每天骑着自行车从它身边掠过，不曾多看它一眼。可是那天，我在深秋金色的阳光里久久看着它，想起了过往那些剔透晶莹的时光，懵懂无知，充满幻想，忽然就觉出了到底什么是沧海桑田，什么是岁月。我忽然就从它身上感到了一种奇异的东西，一种类似于慈悲或恩典的东西，重重击打着我。来来往往的人们都很普通，却几乎让我落下泪来。从前我害怕扎进人堆，生怕自己变得琐碎而平庸，从不肯轻易原谅与宽恕自己的过错。可那个下午，我在最普通的人身上忽然看到了最璀璨的一面，不是鲁迅那种对国民性的批判，不是伪知识分子居高临下的俯视，也绝不是虚无的怜悯与哀叹，真的就只是看到了每一个个体身上奇异的生命力，脆弱、绚烂、多姿，深陷泥淖又几欲飞翔。小说的题目就是在那一瞬间出现的：狮子的恩典。对众生的恩典。亦是对自己的一种恩典与赦免。是的，这么多年里我常有无力感与嫌恶感，时常无法原谅一个平庸与感性的自己，可是我终究还算是一个努力的人。（孙频：《虚实之间的波光潋滟》，《中篇小说选刊》微信公众号）

孙频的县城，我在她发来的照片上看过，荒疏且颓败。这样的地方能够成为归乡吗？

十

远子在豆瓣成名。2019年，他的《白日漫游》入围了宝珀文学奖。同年，他辞去北京的工作，离开熟悉的文学圈子，回到家乡湖北红安的县城和农村生活，在年租金1800元的廉租房里继续写作。（《远子的2019：北漂十年出了三本书，32岁回到县城》，《GQ报道》微信公

众号)

远子是本专题邀约的作者之一。他的县城红安疫情严重，以至于他无法完成构想好的小说。谁此时此刻在此地能够从容地写作？

此前，广东小说家陈再见，好像也回县城，写县城系列小说了。

十一

小说家黄孝阳2019年的《人间值得》写了一个县城恶棍的简史。更早一些，付秀莹的《他乡》，县城也是主人公翟小梨生命远行的一站。70后作家许多都是从写乡镇开始，这也是他们的原生经验。这些原生经验并没有枯竭，他们也远远没有产生跟原生经验匹配的伟大作品。

以地标为中心观察作家和作家的关系，现在已经不常用。但也不尽然，比如最近两年铁西区就成为"东北文艺复兴"的地标。从铁西区放大到东北，做新东北作家群，甚至"东北学"，是大众传媒和大学正在努力的事情。能不能做成？做成了，这个筐可以装进去什么东西？尚属未知。

但县城不一样。不同的县城，有时候却共有同样的文学底色，比如张楚、阿乙和孙频小说的灰色和绝望。或者说，所有的中国县城，它的形貌、肌理、腔调和骨子里的气质，是兄弟姐妹一样的。

"县城"（可能还应包括市郊和内地比县城更大的小城）作为一个文学空间，一个文学的"地方"，既不是乡土写作，也不是城市写作，中国现代文学研究注意力更多在城和乡两个极点上，除了这两个极点可能还隐伏着第三种文学传统谱系。我也就县城问题咨询过做人类学的淡豹，她给我整理了近万字的材料，提供了许多各学科有价值的观点。从社会学的路径进入，淡豹认为："县城有可能代表着'内地'（middle countries）、'腹地'、文化保守主义、顽固、闭塞等文化特点。对于一个农村青年，县城可能并不代表着'城市化的第一步'，而是个令人沮丧的地方，它的诸种文化特点，和心目中进步的城市是截然相反的，又没有乡村的自然。县城也许不是城乡之间（乡城之间）的停泊站，而是另一种迥异于北京、上海的知识/政治精英想象下的中国的样貌。这样看，如何把地理空间理解为文化空间，就并不是一条乡村—县城—城市的标准、线性、进步的叙事。"比如淡豹也提到的师陀的《果园城记》。师陀小说写道："这个城叫'果园城'，一个假想敌中亚细亚小城的名字，一切这种小城的代表。"不只是《果园城记》，民国新文学里有大量的写知识青年救世和启蒙的小说，故事发生的"空间"和"地方"应该都是"县城"（小城），这些小城也确实是"内地"（middle countries）、"腹地"、文化保守主义、顽固、闭塞的，但改革开放以来，"县城"的文化构成变得复杂，比如改革文学里，县城既是保守的，又是激进的。

十二

张楚的《和解云锦一起的若干瞬间》、阿乙的《遇见未婚妻》和孙频的《猫将军》放在一起看，能够看到中国的城乡地理。下乡，到顾家庄、今一乡，县城是一座城；到北京、郑州和杭州去，县城又被无数的乡拱拥着。这是中国县城的空间现实，"乱"，也可以说是蓬勃着活力。而县城的时间，在他们小说中对应着小人物的生长史。各自的县城都生活着自己的亲人，面对自己和亲人的县城，小说家自然会收敛起居高临下的慈善主义的优越感和泛滥的同情心，取而代之的是诚实的人道主义的共同命运感。这是他们小说的动人之处。

故土，亦是新地
（2020年第4期）

这个专题最早到稿的是索耳的《乡村博物馆》，拿到这个小说的时间应该是2018年11月。次年5月，这篇小说入围过"泼先生奖"，是初选出来的14部作品之一。也因为索耳的《乡村博物馆》，我想把写乡村的年轻作者集合起来，在一个文学谱系上看"文学的乡村"交到中国当下最年轻的小说家们手里是什么样子，就像今年《花城关注》第一期"八城记"那样做一期。但是《花城关注》之前已经推出过周恺、丁颜、祁十木等和索耳同年龄段涉乡村的小说作者，再在这些作者以外找同样水准的三四个并不容易，所以暂时搁下来，一拖快两年了。因此，现在这个专题以索耳的小说题目"乡村博物馆"作关键词，要感谢索耳耐心地把我看好的这个小说留着，一直没有正式发表。

　　索耳在同年龄段小说家中更有辨识度的身份可能是一个极端的小说文体实验者，像这一篇小说和他不久前在《长江文艺》发表的《箱中浪客》，都不分段，几乎一逗到底。小说的分段和标点可能是炫技，也可能涉及小说叙事学的速度和节奏等问题。朱燕玲主编反复斟酌，同意索耳保留这个"特色"，既是尊重作者的实验，也是提供一个样本给大家讨论。事实上，即使不考虑今天网络时代的审美降格以及阅读的碎片化和速食化，在纸媒时代，这样做，也可能是"反常"的、"反读者"的。因此，对小说叙事学和文体学有专门研究的朋友可以和索耳深入讨论这篇小说的"形式"意味。

　　顺便说一句，虽然《花城》一直有先锋文学的传统，《花城关注》做到现在也接纳了一些极端的文学实验，但我和朱燕玲主编的共识还是不想把先锋狭隘地理解为形式实验，乃至以形式极端主义的可能性置换更大的文学的可能性探索。事实上，在二十世纪八十年代疯狂的、报复性的现代主义补课之后，小说形式的先锋拓进越来越难了。1990年代到现在，我们很少说哪个作家是一个文体实验家。其实，相比较于形式的突兀，我更可惜的是因为刊物的容量所限，《乡村博物馆》从三万六千字变成了现在的两万七千字，结构性地"截肢"掉小说的一个人物。这也许对这个专题的预想没有伤害，但在严格意义上，它已经是另外一篇小说。这个遗憾可以留待未来索耳完整地出版这篇小说来弥补。

今年的《花城关注》前几期的城市、家庭、县城，加上这里的乡村，这些"空间"被从现实移置到小说成为"文学空间"。"乡村博物馆"，既在索耳的小说中被建造，又是原生乡村地理和风气的一个突兀飞地，一个强行揳入的装置。这恰恰可以被借用来指认我对当下涉乡村小说的"批评"，这个"批评"的意思不是中性的，而是针对当下"文学的乡村"确实存在的"乡村博物馆"化的不满、质疑和反思。就像很多地方的文旅项目，做一片乡村建筑群，陈列物什，表演风俗，兜售特产，我们当下很多的所谓"正在消逝的乡村"的小说就类似于此，如索耳《乡村博物馆》所写：

> 是否真的如同它的初衷一样，跟它本来的名字一样，还原并容纳下那些已经消逝了的、关于乡村的美好记忆，就如我们所有人都知道的，我们的乡村，是一种消逝的美学，早已不是王维或者陶渊明的笔下所描绘的那样，我们所拥有的乡村已经不是以前的乡村，我们把乡村放进博物馆里，或者说，围绕着乡村建起了一座博物馆，把乡村当成一种化石，当成一种艺术收藏品去对待，给这座博物馆命名为"乡村博物馆"。

如果"消逝的乡村"的文学书写能够成立，这里面是有文化、情感和趣味的预设，因为我们假定那个消逝的乡村是"前现代"的、"中国"的、安宁的和健康的。而有意味的是，从中国现代起点开始，以鲁迅为代表的现代作家开始就致力于写"前现代"乡村的荒芜感，尤其值得指出的是，鲁迅一脉的"荒村"之荒并不能全然归咎"现代的后果"，而是"被现代揭示的后果"。只有废名、沈从文这一支的"文学乡村"被代表为中国乡村，在过去和现在、城市和乡村的对照中记录的"消逝的乡村"才有了文学正典的文学意义，其所召唤出的现代情绪对读者也滋生类似巫术的催眠。整个文学制度对所谓"消逝的乡村"的过度宽容和滥用肯定，无疑降低了类似写作的难度。年轻作家普遍放弃乡村批判书写，不能不说与这种宽容和肯定有关。事实也是这样的，比如魏微的《沿河村纪事》，无论是批判性还是写作难度都远远超过她早期的那些写乡村的小说，但给魏微带来文学声誉的依然是早期那些温和的、克制的、抒情的小说。这个问题值得深究下去，六十年代后期和七十年代出生的有乡村经验的作家，他们为什么最后选择了变动不如后来明显、记忆也更模糊的1970年代的乡村作为文学空间，反而很少去写1980年代他们离乡前夕巨变的乡村？或许秘密就在这里，1980年代之后的中国乡村远较此前丰富和复杂，且把握这个时代的文学结构还在生长中。但另一面，针对1970年代乡村，中国现代文学有着丰富的遗产，这些遗产就像一座座文学博物馆，可以供后来者挪用和复制。我和梁鸿有过一次私下的交流：1970年代出生作家的乡村经验远远没有耗尽，但为什么乡村书写越来越少，且有典型时代结构的创造则更罕见，甚至越来越多的作家离开乡村书写？

作为"博物馆"、"化石"和"收藏品"，乡村不再是生长的、流动的、活的。远子说："当然也有很多人在写所谓的现实主义作品，网络上、文学期刊上有大量这样的作品。但这种万无一失的现实主义其实是完全与现实脱节的主义。比如，他们所写的农村，其实是由一代人共同构建出来的'文学场景'，而老一辈作家和他们带出来的徒弟还在这上面苦心经营；再比如，他们已经有了一套农民该怎么说话，工人该想些什么，官员该怎么做事的标准。你不这样写，就是不够'现实''不接地气'。就是说他们所秉持的'现实主义'原则，恰恰是导致现实感匮乏的根源。"既有文学史提供文学"乡村博物馆"的几个图样，鲁迅式的、沈从文式的、赵树理式的、柳青式的、路遥式的、汪曾祺式的、莫言式的、阎连科式的、贾平凹式的……后起年轻的小说家按照图样去复刻和仿写，完全无视这些作家的文学图样有他们各自时代的现实和问题，这样不断生产出来的"文学的乡村"，只是"文学史的乡村"。所以，本专题的关键词"乡村博物馆"其实是一种提醒，提醒今天文学的乡村书写，不能迹近随处可见的"乡村博物馆"，将乡村片面化、符号化和奇观化，而应该不断发现我们时代乡村的现实和问题，发明我们时代乡村文学的形式。

但是，有的现实和问题是一直存在的，比如城与乡，这是一个百年以来的"中国问题"，所以远子和邱常婷写："现在我就走在这条路上，是这一条而不是那一条。这些小路像天然气管道一样把乡下人的力气输出去，再换成钞票运回来。等账目上有了足够多的0，他们就从村里搬出去，翻身成为城镇居民。我曾和他们一样，带着逃离土地的激情，渴望移民去大城市。现在，我走上了一条相反的路，我从城市回到了农村。"（远子：《地下的天空》）"一双乌尾冬，野生的，并非能豢养在城市的鱼缸里，秋天洄游东部温暖水域，因此被捕到。""我乖巧地闭上了嘴，这是唯一一个和我们出身有关的线索，我们共同的乡，无法归返的土地。"（邱常婷《玻璃屋子》）还有文学对历史的反思和批判，像陈集益的《人面动物》，因寻找"人面动物"而无意被领入村庄梦魇般的黑暗前世。这种穿越、魔幻、变异和寓言式的写作，在比陈集益年长的五六十年代作家中并不稀见。甚至一定意义上，已经是当下文学安全地进入"当代史"的一条秘道。《人面动物》中，陈集益熟谙中国现代文学的语法系统，甚至"我"和亲人、村民之间的警惕、戒备、恐惧，最后诉诸暴力的关系方式在我们的文学史也自有来处。陈集益近几年的"金塘河往事"引起文学界的关注，这和他的同时代作家鲁敏、徐则臣、魏微、付秀莹等以写乡村成名又各有转向有关。这一代作家普遍地从乡村转移到城市，在时间差和区别度上，陈集益"金塘河往事"的"守旧"反而变得清晰。

同样是中国作家，大陆和台湾，差异却很大。生于1977年的童伟格，"后浪"出版了他的《王考》等代表作。这次他提供给本专题的《事件》《死亡》是从"字母会"这个几个作家共同完成的项目里选出来的。童伟格之所以征用少年的乡村经验，并非仅仅是因为乡愁或者"消逝的乡村"意义。在他，消逝的、失去的时间构成一座晦暗的"迷宫"，记忆和遗忘的灰色地带恰恰有可能是小说叙事的迷人之处。把甘耀明、王聪威和童伟格这几个台湾的所谓新乡土作家放在一起看，我更看重童伟格叙事的繁复。为什么会出现这种同一文学代际的差异？思考这个问题，可能是文学传统有异，也涉及时代的文学阅读趣味和世界文学风尚等等。索耳的《乡村博物馆》，还有远子的《地下的天空》、邱常婷的《玻璃屋子》这些更年轻的写作者基于"乡村现场"的书写值得注意。远子是一个现实的还乡者，从寄居数年的北京回到故乡，他的《地下的天空》有自己人生境遇和生命况味的微温和低语，而邱常婷的《玻璃屋子》则是关于人的传奇和人性的暗角。

说到这里，我们看到三篇内地作家的小说，不约而同，也是无一例外选择了"还乡者"作为叙述者，这也是鲁迅开创的叙事传统，比如他的《故乡》《祝福》《在酒楼上》。值得注意的是，《乡村博物馆》、《地下的天空》和《人面动物》还乡者都来自北京，其中的地理版图和政治空间想象可以细味。《人面动物》的路线图是北京—金华—汤溪镇—吴村。在吴村，"一天夜里，我早早上床，竟有些怀念起北京的生活来。我在北京还没有能力买房，也没有找到女朋友谈婚论嫁，但是北京的繁华、热闹、拥挤、喧嚣，在遥远的浙西南山区，那特定时间里，不得不说成了美好的回忆"（陈集益：《人面动物》）。"只要一直向北走，我就能抵达北京，我还从来没有去过北京。"（远子：《地下的天空》）而且同样不约而同的，归人即异客，"从我去县城念初中算起，我离开这座姓方的村庄已经整整二十年。村里有许多我不认识的人，他们也不认识我。以前我是城里的陌生人，现在是村里的陌生人，这种身份的游离甚至得到了法律的确认：去南京上大学时我的农村户口迁过去变成了城镇户口，大学毕业后户口没有着落，我想迁回农村，却遭到了组织的拒绝，因为这种想法有悖现代化的进程。于是我成了一个既没有土地也没有房产、在任何地方都只能是暂住的中国人"（远子：《地下的天空》）。

现实和想象哪个更能激活文学的创造力？如果真要分出高下胜负，似乎并不容易。有的作家只依靠现实经验成就自己的写作，反之，有的作家仅仅向壁虚造想象成为大师。更多的情况，文学是现实和想象共同的糅合和捏造。具体到乡村、乡土和文学，中国现代文学的传统好像是，大多数作家都凭借着少年时代的故乡往事起跳，开始文学的远征，虽然取径有别，各有归处，但生命出发的原乡亦是文学的不断回返之处。并不是有福克纳和马尔克斯之后才有中国作家和某一个地方的纠缠，在他们之前，鲁迅、废名、沈从文、萧红、师陀，甚至柳青、周立波等等，都把自己文学的根扎在故土和乡村。及至五六十年代一直到七十年代出生的作家，此种操作，依然如故。

以旧小说手艺为"消逝的乡村"招魂，但消逝的和更生的如何辩证？何为此时此刻的中国乡村？如何文学表达才及物？文学史遗产的继承人和文学未来的拓荒者之间该如何抉择？如此等等的问题，以中国之大，之差异，变动不居的中国乡村是文学的故土，亦是文学的新地。

"地球村"幻觉和世界行走者
（2020年第5期）

王梆从东八区的广州"漂"到中时区的伦敦，她写的Lewisham，就是她抵达伦敦的第一站，也是世界各地移民的到达地。吴雅凌在东八区的上海写中时区的巴黎，她曾经留学巴黎。柏琳在东八区的北京写东一区的斯普利特,而陈济舟则在西五区的哈佛写和家乡成都同一个时区的雅加达以及东二区的约翰内斯堡。时区分割的是时间,是时间性的世界地图。

除了王梆、吴雅凌、柏琳和陈济舟,杨猛、徐振辅、沙青青等本来也通过朋友的介绍被邀约加入这个专题。如果硬要说文类,这个专题归属游记。但似是,其实不完全是。中国自古是游记泛滥的国度,文人爱流连风景爱文化苦旅爱凭吊爱伤感爱煽情爱叽歪,迄今并无大变。从世界范围看,游记也有可能是大江健三郎的《广岛札记》《冲绳札记》,帕慕克的《伊斯坦布尔:一座城市的记忆》,奈保尔的《重访加勒比》、《非洲的假面具》和"印度三部曲"等那样体现写作者"未经世俗侵蚀的洞察力"、思想创造以及理解世界方式(用时髦的构词法是"作为方法的游记")的文本(无关虚构,还是非虚构)。任何一种文类,对今天的写作者可能都是一门古老的手艺。写作的后来者既是文体的遗产继承人,也是自救者。

作为"有色人种"的密集之地,王梆的Lewisham充满了肤色、样貌、服装,甚至皮肤质感与"我"完全相异的人,彼此的语言、文化以及成长背景,也截然不同。几乎每个Lewisham人都有一段"加纳往事",长在黑夜的身体里,被墨色的胆汁包围着。白昼是看不见的,只有月亮和夜莺,才能偶尔将它唤出来。陈济舟的非洲约翰内斯堡是另一段"中国往事",从十九世纪到二十一世纪中国人移民非洲约翰内斯堡的长史。如果说王梆和陈济舟写的是"中国人在世界"的投影,柏琳和吴雅凌的斯普利特和巴黎则是私人的、隐秘的。表面看,她们关心的也许不够宏大,却是她们心系之、心念之的。我和吴雅凌交流不多,由费滢介绍,通过黄德海联系约稿。认识柏琳的时候,她还在《新京报》,写当下中国也许算是最好的书评和访谈,我曾经把她当作是媒体文学批评的代表。后来她辞职,是不是因为"巴尔干的蛊惑"?而又为什么是巴尔干(南斯拉夫），不是其他？确实，南斯拉夫是当代中国人集体记忆和精神往事的一部分，但"南斯拉夫"作为一代人的精神记忆往往属于生于二十世纪六十年代之前的中国人，以柏琳的年纪，她和南斯拉夫缔结的应该是另外的精神秘道："南斯拉夫是一个很冷门很边缘的问题，但我心里面其实并不觉得它边缘。我认为面对南斯拉夫问题的态度，其实背后折射了我们如何处理自己的历史。'我们'也不只包含西方的人，还可以针对所有的个体。因为当你没有办法面对自己的历史，把它放在正确的位置，你的未来一定会扭曲，这是必然的，即使可能会有一段时间的粉饰太平。当然大家现在对那块地方不是特别关注了，目光都在美国、在伊朗、在叙利亚、在土耳其。但其实一切都在暗流之中涌动，现在只是战争后的倦怠与恢复。塞尔维亚人这种受伤的、委屈的、降低尊严的感觉正在内部发酵，就像二十世纪二十年代的德国人一样。因为米洛舍维奇（塞尔维亚前总统），而怪罪到整个民族，这会激起新的仇恨与战争。"（杨晨、柏琳：《对话柏琳：南斯拉夫的黑羊与灰鹰》）柏琳关心着"我们如何处理自己的历史"，这让我想到花城出版社一直在做的翻译文学书系"蓝色东欧"。二十世纪的东欧是东欧的"东欧"，也是中国的"东欧"，这个中国的"东欧"既是共同社会主义大家庭一员的"东欧"，也是1990年代之后的选择不同道路的"东欧"。对中国读者而言，存在不同的东欧。

顺便说一句，柏琳的南斯拉夫行走得到了单向街"水手计划"的资助。"水手计划"是单向街公益基金会发起的文学活动，旨在帮助青年创作者们重新发现世界，倾力资助他们进行海外旅游，协助、指导他们的创作，直至推广、展览他们的最后成果，力求把新的全球想象带到汉语写作中来。在我的理解里，"单向街"，包括它旗下的《单读》，一直致力青年思想者的培养，而看世界则是走向思想者的一个重要步骤。我思考这个专题某种程度上也受到"水手计划"和《单读》的一些启发，而且我也和《单读》主编吴琦有过商量，希望在《花城关注》完整地呈现一期"水手计划"的成果。现在这个专题应该说部分兑现了商量,柏琳来自"水手计划",而王梆目前最有影响的写作则是在《单读》连载的"英国观察"。像柏琳的南斯拉夫,"水手计划"中刘子超的中亚和郭爽的长崎,他们选择的地缘板块都值得深味。它们都不处在我们同时代媒体风暴或者地缘政治的核心地带,王梆的伦敦也不再是"工业革命的时间"的伦敦。但往往边缘、疏离也能产生一种洞察和思想的力量。

吴雅凌在这个专题的写作是特别的,她写的是一种广义的游记——美学散步。她的《雅各与天使摔跤》是一次"灵魂遭遇美的阵痛",就像她和黄德海的对话所言:

> 严格说来,我想我也只是看到一些"美的表象"。这里头的最大魅力就是无法分享。就像那画中人所经历的。在那样的瞬间,有可能遭遇柏拉图在《斐德若》中所描绘的"灵魂遭遇美的阵痛",并且那个过程必然是孤身一人的。那幅画为古典精神在人性与神性之间的挣扎做出精确的诠释。正因为这样,它令人在感动之余心生一丝莫名而真切的疼痛。基于同样的原因,这个无法分享的过程在某些时刻又不是没有释怀的可能,比如在阅读经典收获感动和疼痛的时时刻刻,比如我们由此展开的谈话。(吴雅凌、黄德海:《我不知道谁比柏拉图说得更好》)

这个专题笼统地说都是世界时区的跨境旅行者的写作。在他们,世界时区,是时间的标识,却不仅仅是时间。时间在大地流转,大地的风景、风俗、风情殊异,当这些中国的年轻写作者穿越一个又一个时区,他们也是大地上的文化"异旅人"。

2005年,毕飞宇发表短篇小说《彩虹》。《彩虹》隐含两种视角下并行推进的"时间逻辑":一对退休的知识分子夫妇因为想念三个移居海外的儿女，突发奇想地在家中设置了四只石英钟，"把时间分别拨到了北京、旧金山、温哥华和慕尼黑，依照地理次序挂在了墙上"。在这对老夫妇家中同时冒出了"四种时间"，且这"四种时间"都具备可供言说的逻辑对象。但住在老夫妇家隔壁的男孩的意外闯入，却"推翻"了这种存在于老夫妇家庭内部的关于时间逻辑的"合理性"。小男孩尚处于懵懂的观念认识里，"时间"应该且必须只有一种是正确的，那就是"北京时间"。老夫妇家里"共存"的"四种时间"显然与"小绅士"认知的"时间逻辑"存在无法调和的矛盾，因此老太太在小说结尾处向老先生转述了"小绅士"的"抗议"："他说，我们家的时间坏了。"时区标识出我们日常生活的现实。2002年，毕飞宇在《上海文学》发表的另外一篇小说《地球上的王家庄》中，父亲从县城带回了一张世界地图，把它贴在堂屋的山墙上，谁也没有料到，这张世界地图在王家庄闹起了相当大的动静。"大约在吃过晚饭之后，我的家里挤满了人，主要是年轻人，一起看世界来了。人们不说话，我也不说话。但是，这一点都不妨碍我们对这个世界的基本认识：世界是沿着'中国'这个中心辐射开去的，宛如一个面疙瘩，有人用擀面杖把它压扁了，它只能花花绿绿地向四周延伸，由此派生出七个大洲，四个大洋。中国对世界所做出的贡献，世界地图上已经是一览无余。"世界地图同时修正了我们关于世界的一个错误看法。关于世界，王家庄的人们一直认为，世界是一个正方形的平面，以王家庄作为中心，朝着东南西北四个方向纵情延伸。现在看起来不对。世界的开阔程度远远超出了我们的预知，也不呈正方形，而是椭圆形的。地图上左右两侧的巨大括弧彻底说明了这个问题。事实上，这不只是小说家言，"我们家的时间坏了"和对我们关于世界的一个错误看法的"修正"，这是一个人的震惊时刻，用陈济舟对约翰内斯堡的第一感来说就是"惊异"。"惊异"并不必然通向思想的生成和内心的再造，更多的惊异之后，可能是猎奇。我们这个专题则有意，甚至刻意躲避猎奇的写作，他们走向异地,在经历了灵魂的阵痛之后,迎来的是深入更深入,以至于内心的渐变。

1990年代初,韩少功在他的《世界》(《花城》1994年第6期)里写道:"国界的意义也越来越引人生疑,苏联的核电站事故,污染了境外好几个国家。日本的酸雨则可能来自中国和东南亚。废毒气体对地球臭氧层的侵蚀,受害者将不是哪一个或哪几个国家,而是整个星球。事情不仅仅如此,在今天,任何一个单独的民族,也无法解决信息电子化、跨国公司、国际毒品贸易等难题,正在延伸的航线和高速公路,网捕着任何一片僻地和宁静,把人民一批又一批抛上旅途,进入移民的身份和心理,进入文化的交融杂汇。世界越来越小,也越来越近了。民族感已经在大量失去它的形象性,它的美学依据。"韩少功观察和感受到的是世界同此炎凉,所谓"同一个世界同一个梦想"。而"网捕"一定意义上说的是麦克卢汉在二十世纪五十年代预言的地球村时代。差不多是麦克卢汉预言"地球村"的同时代,毛泽东在1956年中国共产党第八次全国代表大会预备会议第一次会议上发表的讲话《增强党的团结,继承党的传统》中提出球籍问题,他说:"你有那么多人,你有那么一块大地方,资源那么丰富,又听说搞了社会主义,据说是有优越性,结果你搞了五六十年还不能超过美国,你像个什么样子呢?那就要从地球上开除你的球籍!如果不是这样,那我们中华民族就对不起全世界各民族,我们对人类的贡献就不大。"在我的青少年记忆中——那是后来被称为思想解放的八十年代——就不时有人呼喊再不努力就要被开除球籍。我们今天很容易就说"改革开放",但我们似乎忘记了改革和开放是并举的。极端地说,没有开放,何来改革?如何改革?应该说,可能更早,早到十五世纪世界地理大发现时代,整个世界就已经被裹挟到"全球化"和"地球村"的浪潮里,而"网捕"只是晚近的媒介革命加剧了这种浪潮而已。

王梆的《Lewisham 的伦敦》有一个题记："有人说，2020 年的疫情，将为移动时代画上句号，人类将回到各自的部落，过起自保、封闭、敌视的洞穴生活。我觉得这是不可能的，因为我曾在伦敦，确切地说，在 Lewisham 的伦敦生活过。"但尤可思索的是，不可能回到部落和洞穴生活意味着"全球化"强大的裹挟力，而这种巨大的裹挟力反而凸显了另外的可能。知识、情感和价值共享滋生的"地球村"的幻觉掩盖了"世界时区"因由不同传统秘道导致的不同人们的差异，甚至是断裂，以至于所谓"全球化"和"地球村"可能只是一层或者数层浮沫而已。王梆在另外的场合接受访谈时说过：

> 选择性阅读，再加上各种根深蒂固的偏见，必然带来"局限"，尤其在大数据乘虚而入的时代。大数据知道你每天都在读什么，更知道怎样投其所好：你浏览了一个"冥钱"的网页，你的社交页面上，就会乐此不疲地跳出来各种"冥钱"，多得几年都烧不完；你读完一篇网文，就会发现底下多了一行字："你可能会感兴趣"，附加一串"相关"链接。此外，今天的世界，信息量大得像个几亿吨的垃圾场。信息的贩卖者，出于政治或商业目的，为了吸引眼球，先做标题党，再练出一套给人随意贴标签的绝活，以及婀娜多姿的煽情"话术"，轻易便可将读者调动成"手动点赞者"。想和大数据斗智斗勇，并在这种疯狂里保持免疫，估计不太可能，除非你在大脑深处的失控链里，强烈地意识到思维的局限。
>
> 我只是一名记者，不是学者，我的非虚构写作是面向大众的，不是学术期刊。与其说我在寻找一个学术结论，不如说我在燧石击火，乞望有思想又有爱的读者们，看到火星，慷慨地将我从思维的局限中解救出来。（朱晓闻、王梆：《对话作家王梆：无从把握的真相》）

2020年世界范围的疫情让我们有了重新检讨"地球村"幻觉的契机。问题其实由来已久。也正因为如此，能够逃脱"网捕"的一种可能就是重新恢复双脚丈量大地的行走，放出眼光，自己去看，自己去思想。人类历史的进步，往往联系着的是地理大发现。中国近现代也不例外。看中国近现代史，所谓"现代"的起点，会意识到我们在"世界中"，我们不是单独的，就是从"世界旅行"开始的。不说更早的丝绸之路和海上贸易，晚清的《海国图志》等一批西洋和东洋游记就已经带来睁开眼睛看世界的"划时代"。此际的"游记"作为一种文体，是中国人走向世界的精神图谱，而不是后来小文人炫耀优越感的"到此一游"。也正因为如此，我们能够理解晚清一直到二十世纪三四十年代现代知识分子"游记"世界的时代，这是游记作为思想性文本的时代。郁达夫说因为"人的解放"而"文的解放"，个中的勾连可以用来对未来做期许：更多的世界时区，等待青年们的跨境和大地上的行走，去开辟思想解放的道路和疆域；与此同时，荡涤早已陈腐和堕落的文体，比如游记，比如报告文学，等等。哪怕是回到这些文类的现代起点，让思想和文本相互声援和发明，再造文体的尊严。

"我想给你一切，可我一无所有"
（2020年第6期）

网络上有多少这样大小的树洞？应该很多。我大概检索了以各式"树洞"命名的微信公众号，就有几百个。网络之上确实泡沫汹涌，但泡沫中依然多的是现实世界无力无奈无告的细小生命的渴念、疼痛、求安慰，甚至呼救。在网络，隐匿潜行，他们卸脱现实世界的铠甲和面具，发出自己微弱的声音，并且渴望被听到，网络是他们黑暗中的微光。自二十世纪末有网络媒体始，BBS、QQ空间、人人网、博客、微博、微信……这些写作平台和交际软件，无论有多少的差异，不变的是个人的自由表达部分地实现，以及交际和对话从熟人圈扩大到无限无知的陌生世界。

无疑，"树洞"是迥异于现实世界的虚拟空间，但这个虚拟空间通向的又是现实人间，是每一个微弱呼叫的单数的生命建造了网络上大大小小的树洞，又在这些大大小小的树洞存放他们生命的隐秘。所以，我和朱燕玲主编商量，在今年做完了城市、县城、世界、家庭、乡镇等这些盛放我们生活和精神的现实世界之后，做一个"树洞"的主题，致意那些渺小、微弱、隐秘的灵魂，使他们不惮于世界的孤独和恐惧。

也恰恰是此刻，小说家张惠雯给了我一篇小说——《关于南京的回忆》。我觉得这是一篇适合藏身"树洞"的长文。小说写一个年届中年的女性回忆少女时代一次暧昧的邂逅，回忆成为一次回望和整理，结果是"忏悔"（这个词来自小说），忏悔可能对一个卑微良善者的伤害。

然后，我邀约文珍参与到这个"树洞"主题的写作。记得当时我这样和文珍说："每个人都有生活的阳面和阴面，有可以示人的、社会的、阳光普照的，也有不可告人的秘密要藏在树洞。"其时，我和文珍还说到城市文学和城市病，说到城市人不只是陌生和寂寞，而且有沉没在黑暗的恐惧和无力。从3月中旬到7月，文珍完成了小说《咪咪花生》。

事先，我并没有告诉文珍有张惠雯的这篇小说。现在这两篇小说放在一起，很意外（或许并不意外？）两篇小说都写到那种男女之间"友达以上恋人未满"的交往状态，这是情感事件或者事故的临界，至暗时刻，也可能是微光乍现。张惠雯的《关于南京的回忆》就止于此了，男女分手之后人海茫茫再无交集；而文珍《咪咪花生》还有向未来敞开的可能。

可以看看两篇小说具体写了什么。

《关于南京的回忆》，仅仅就有南京标记的地景和饮食看，张惠雯应该是有准确的南京记忆，无论她和南京之间的相处时间是长是短，她应该是热爱南京的。顺便感谢张惠雯把我读书和工作的学校南京师范大学植入了小说。《关于南京的回忆》写，因为打算跟随将去美国读博的男朋友出国，为了得到雅思成绩，"我"在南京这个城市生活了三个月，学习语言，准备考试。"我"在男友之前来到南京，租住房屋，安排生活，在一个拥有"不容易产生威胁的温柔的特征"的兼职中介的大学生的帮助下，租到了一处"浸润在粉红或是橘黄的光泽"的有阳台的房子，并且，和这个年轻男性有了一段晦暗不明无法定义的友谊。萍水相逢者，能称为我们日常说的友谊吗？姑且名之，这段友谊，始于租房，终于男友的火车到达南京的时刻，在男朋友下车走到"我"面前的十五分钟之前。多年之后，人到中年，怀想这段友谊，"我"感慨那些对男性发出辛辣评价的中年女性，是因为没有遇到如此真正的好男人，或者说没有被那样的光照拂过。文末点出了一个中心词为"忏悔"，忏悔年轻生活的残忍，以及对这段友情的粗糙处理。

　　女性写作者往往谨慎地间离小说和自己私人生活的勾连。有意思的是这篇小说冒险地选择了似真写实的第一人称、女性视角和调性。小说异常诚实地，不厌其烦地去书写了两个男女逐渐走近、走进的过程，甚至不忌讳一切有落入俗套的可能。一次乘错公车彼此有了独处时间，开始短信的私人联系，一起吃了一顿顿的饭，聊无有任何深入可能的天，甚至一起度过一个小区停电的夜。在这里，最庸俗的读者会有两个疑问，一个是期待着发生什么，一个是期待知道什么。事实是，多年以后这段人海偶遇成为作者所形容的"珍品"。抱有八卦心理的读者可能会失望的，他们走向被我们媒体大肆放大的都市孤男寡女的归处，即使有男性洗澡女性去递送浴巾肌肤有限的触碰，即使共处一夜，小说写男性是有"难得的君子风度"，并认为"我俩共同通过了一场严峻的考验、穿越了一片危险的沼泽地"。小说行则行止则止，是故事该有的逻辑，还是小说家的操控？最终的结果只能是一种。

　　或者是为了探讨第一人称的陈述方式，是否引发读者对于事实的猜测;或者是为了维护想象的道德正义,讨论女性写作的微妙节制,这篇小说是一个合适的样本。每个时代女性写作都有"新",比如今年《十月》和《钟山》都做了新女性写作专题,但女性写作肯定还是有一种与生俱来的流转不易的。回到前面所说,在现实世界是否可以宽容友情之上恋爱未满的男女临界感情?这对置身其间的男女,以及我们的社会都是考量。诚实地说,我会难过的是小说中的一个阳台,那是"我"的一个性别区隔也是社会区隔的阳台,可以眺望"他"的居所,却只能连接男友的室内,它容纳了一个年轻女性内心的隐痛和渴望,是扩张的,也是收敛的。脱俗的,没有装防盗网的,有着树影婆娑的阳台,能见到光的地方,"我"曾同"他"一起喝酒,男朋友也喜欢在那里逗留,"我"却没有勇气和男友同时出现在那里,是因为怕他看到,所以,我很清楚知道,这段命名为友谊的东西是什么。"我"确实应该忏悔,忏悔的中心不是年轻时候的残忍。爱与不爱是个人的事情,但是不爱却取用是令人生厌的。小说忏悔的内容,是在不对等的关系里,对于对方无情的掠夺吗?还是其他?我想起了黑泽明的《生之欲》中,志村乔唱的那句,"少女啊,人生苦短,快去恋爱吧"。毕竟小说中的"我"有一个体面的男友,"我"和男友还有一个美国梦的远大前程。何谓忏悔?忏悔意味着时间已然逝去,对于过往也许不自知或者为现实局促造成的有意无意伤害的直面与诚实。在这里,小说有现实的警醒,或可通向对我们现实和人性的反思和批判。情爱关系其实即权力。"我"的男友是未来的海外博士,"我"喜欢的人"必须养得起我,让我不至于为生活操劳"。"他是个特别上进的人。"而"他"呢,是将近毕业无所事事的大四学生,他把仅有的财富——大把的时间、少量的金钱、青年的纯洁(亦即小说里"高贵的克制")——奉献给"我"。"我"从过去到现在,无时无刻不了然,这是中年时代悼挽和忏悔的前史。"我"后来很幸福,"我"也希望"他"很幸福,作为读者也许恰恰会担心,"他"以后无法幸福,因为人所拥有的心灵内容,是有限的。"我"担心"他"会学会对于位置高于自己的女性的怯懦谄媚,甚至学会了对位置低于自己的女性的掠夺。毕竟,这就是人性,是成长的代价,我们总是如此被教育。

文珍的《咪咪花生》会让人想到一系列关于猫的疗愈系的日本电影。生活孤寂的人类获得猫的救济的故事,无论《咕咕是一只猫》系列,还是2018年上海电影节放送的《猫是要抱着的》都在此列。在我们的时代,猫意味着什么呢?猫是某种网络道德、审美和趣味的最大公约数,意味着迅速甄别同类和引发共鸣的可能。养一只猫,建立一种亲密,期待一种关系,这样的逻辑如此在这些文本中实现。而文珍的处理,从一定意味上说即是对这样一种形式极其工整的回应。这篇小说可以轻易地进入这样的一个序列,这个可以被一直延续写下去的更长的序列。

好果断,文珍在小说里写"他"是一个"废物",一个三十楼顶楼孤独的单身独居者。《关于南京的回忆》取用第一人称自觉地屏蔽"他"的某些部分,自然因为屏蔽也解放了读者的想象,甚至会对小说产生歧义性解读。《咪咪花生》的"他"是向读者敞开的。然而,当然不仅仅如此。我们在这个文本中能看到的是清澈的质地,当然也不仅仅服务于疗愈性。小说对于"孤独生""孤独病"的描绘,毫不造作地契合着大时代的背景,个体像天幕中的星子,发出微弱而不熄的光,一日不熄,而一日需在浩瀚的人世努力。小说的男性生命中唯一的期待,是一个已经结婚的,并不那么熟悉的对口单位的女性,她的怡人像活水一样滋润身心,他悄然给她命名为"井"。因为井喜爱猫但家人不同意她养猫,他在遇到流浪猫后,收养了它,因为这只猫,有理由给井打电话报告猫的情况,甚至有一次井骑车半小时过来帮他给猫洗澡。小说没有在这样一些时刻扩展对于人物心理的过分阐释,你能感受到的是文本的调性的变化。如果读者还能记得在小说的开端,独处的他在卫生间百无聊赖地观察,就能体会到在同样的卫生间,井来到他家,给猫洗澡时,若小说也存在背景音乐的话,此时洋溢的几乎是动人的乐章。后来猫走失的雨天,他在电话里对井的告白构成了小说的情绪顶点:"我喜欢你。我一直都喜欢你。我是为了让你高兴才养猫的……""我其实一直都知道他对你不够好……不会只有你手腕变紫的那一次……得多用力抓一个人,才会留下那么深的指痕?"人生实苦,生本不乐,而有的苦是无法说出来的,需要不需要说出来呢?在他失猫之后的十五分钟后,那个年轻的女性出现了,"轻拍了一下他肩膀,就沿着马路牙子边走边温柔地喊,咪咪,咪咪"。小说可以是如此轻盈的,尤其是当代都市小说。小说家的能力在于,在这些不甚清晰的朦胧时刻的停留,耐心地析离出人类情感最珍贵的部分,这些珍贵而微弱的东西在人心与人心之间流动,那部分,他和她是知道的,猫,显然也是知道的。因为猫的名字是"咪咪"。

因此,所谓"树洞",所谓都市邂逅的男女,无非是时代洪流裹挟的芸芸众生,尤其是都市小儿女们无法敞亮或者无法照亮的部分。具体落在逝者的微博,生者的留言,都是微尘。或许对更多的人而言,活着就是失败。问题是,我们的文学不只是捕捉到这些失败者隐隐约约的面影和声音,他们有着他们的体温和心跳,是一个活生生在我们时代的人。

"我想给你一切,可我一无所有",这是廖一梅《琥珀》的半句台词。文珍和张惠雯小说中的男女如此,你和我何尝不是如此呢?文学有时恰恰应该是献给这些时代的匿名者、失败者、无言者的,为他们保有一个哪怕是只能倾诉的"树洞"。朱燕玲读了小说后问我,她们写的是"树洞"吗?是的,确实是"树洞"。

细语的众声
(2021 年第 1 期)

今天是第二届"《钟山》之星"文学奖颁奖的日子,这个奖是颁给

35岁以下的青年写作者的。

按例，颁奖结束后是属于年轻人的啤酒、撸串和聊大天。去年，是6月30日。今年，因为疫情颁奖拖到了11月。去年，会后的小聚在宁海路口的敬师楼，今年还是，只是换了一帮青年而已。11月，少了南京夏天的热力，却是南京最好的季节。树树叶黄。风过处，有金属的声音。从6月到11月，如果用来比附文学，可能是一个写作者一生最好的时光。可是，今天有多少写作者有一个6月般激情炽烈的起点？又有谁能保证，他们之中谁能经历季节的锻造走向11月的成熟，走向文学金属般质地的成熟。

这个专题也是早在计划中。专题的题目"青年冲击"或者"青年震荡"，据说是一个1960年代的旧词，却被选为2017年牛津词典的年度词语。好像有一段时间，中国的报纸杂志也热心于选年度关键词，比如《新周刊》。所以，这个词怎么来的，它的来历，有没有什么牛津词典选过，并不重要。重要的是，这个词被赋予青年对于行业未来的冲击或者震荡。譬若文学，今天的青年，包括这些"《钟山》之星"，可乎？

将未来托付青年，容易招致机械进化论的诟病。这也是事实。观乎世界，能引发冲击或者震荡的，也不必然是青年，甚至往往青年多羸弱也并不稀见。可是，未来最终是要交与青年的手中，文学自然难免。正是如此，常常我们才把世界的颓然归于青年的颓唐和不争。比如，对今天我们时代文学的不景气（文学"不景气"说，我存疑。这里，我只是采用我们今天习见讨论文学的话术和逻辑），我们很少去指责我们这些中老年写作者的颓唐和不争。我们宁愿去指责比我们更年轻的一代，似乎忘记了，今天的"青年"也曾经是我们生命的"青年"。我们的青年时代曾经有多少争和奋起？而我们之所以可以理直气壮地指责年轻人的颓唐和不争，无非是我们熬到了有资格去指责的年纪。我们以年长为资格，慈善主义式地让渡些微的权力给青年们，然后心安理得地成为居高临下、颐指气使的指责者。

而被我们指责的青年们呢,他们在怎样地生活,在怎样地写作?那些拥有高光时刻的可数的几个青年,那些极少数的获益者,是不是我们时代青年的全部?更多的青年以细语汇流成众声,他们因为面目的相似而面目模糊,他们的独异,藏匿何处?这需要我们小心辨识。

所以,当我们把谢青皮、王苏辛、丰一畛、张玲玲、卢德坤、王陌书,这六个写作者很偶然地放在一起,和他们站在一起的是更多的青年写作者,像他们一样微弱的细语者。而写作者,最可能成为孤立无援者。所谓抱团哗变的文学革命更多的是一种幻觉而已;所谓青年冲击或者震荡需要沉身他们中间谛听和触摸才能感觉到。

将这个专题命名为"青年冲击",不是想聒噪文学革命,文学在今天越来越成为私人的事业,何来革命?而是想矫正一些对青年写作习焉不察的偏见,举几个样本,看一片"田野",也不只是对他们同质化的指责做辩驳。我尤其在意的是青年写作者可不可以相互"批评"?尤其是,这种批评他们愿意不愿意公开发表?因为,以我和他们的交往来看,青年写作者聚集在一起从不吝啬对同行的激烈批评。现在,让这些声音在纸上相会。

2020年《花城关注》做了城市、县城、家庭、乡镇、世界和虚拟世界的"树洞"六个中国空间,由23位青年写作者共同完成,尝试从不同的通道进入这些空间。他们的可能和无力,在某种程度上,正是文学介入中国现实的限度之数种面向。而今年,我想,以文学批评的从业者身份对我们时代的文学提问。是提问,不一定是回答。徐晨亮说,去年的六个专题像博物馆的六个展厅。我同意他的说法。几年时间,徐晨亮将《中华文学选刊》改造成最具在场性的"大文学"杂志。据说这本杂志,年底就终刊了。我不敢夸张说这是文学在它时代的命运,毕竟一个刊物停了,我们的文学还会继续。

而现在，我开始提问，第一个问题是，何为我们时代的青年写作？

有时写作者出的圈可能只是"朋友圈"
（2021年第2期）

谈中国新文学自然要谈近代印刷技术革命，谈现代发表出版和稿酬制度，谈文学期刊和图书等所创造的公共空间，谈公共空间对现代作者和读者的发明。

这个历史可以追溯到晚清的文学改良和五四的文学革命。进而，有一种说法：《小说月报》是半部1920年代文学史。《小说月报》是半部，其他的半部，差不多也是在各种各样的期刊和杂七杂八的报纸副刊。然后有一个渐渐做减法的过程，我们渐渐减掉报刊里的"报"，减去期刊里的"俗"。这样我们的文学就成了没有了各种各样，也没有了杂七杂八的，所谓的"纯"文学了。很长时间里，这个纯文学有了自己的运行机制和生产方式，它是自足的、封闭的、排他的。简单地说，就是圈子里的文学事业。除了非文学因素的强力干预，我们可以在圈子里制造我们想象的文学，也制造我们的文学趣味，好像某个作家曾经说过，一个笼子里的老鼠，熏来熏去就是一个味道。我们很自矜有时也自怨自艾这种圈子里的味道和趣味。

即便如此，我依然旗帜鲜明地不反对期刊文学，甚至宽容它似乎令人"讨厌"的所谓精英审美立场。这是基于对当下中国国民文学生活和审美水平的观察。因为，我们需要一个时代的文学标准和审美标高，至少目前它们还由文学期刊提供着（虽然，明明这种标准和标高也许只是矮子里拔将军而已）；也因为网络时代推动的分享、平权和削平差异，资本所定义的审美具有巨大吞噬力量，期刊文学可能是差异化审美的最后孤岛和抵抗。但是，"孤岛"也有可能是生长性，是慢慢向海洋扩张的陆地，是陆地上蓬勃的万物生灵。所以，我反对期刊文学长期养成的、狭隘的、自以为是的、固步自封的自我感觉良好和陈腐的期刊趣味。这种期刊趣味因为有它的传统和各种现实力量的助力往往给人活得很好的假象。

再看，在今天，大家都在谈的文学的出圈和破圈。一方面，出圈和破圈已经被替换成大众传媒推动的"注意力经济"。不仅仅是新闻周刊和时尚刊物会对写作者关注，还活着的纸质大众传媒和网络平台也会遴选一些有故事的作家成为招徕读者的"卖点"。大众传媒有意识地培育符合他们规格的作家，或者写作者型的知识分子，比如一年一度《南方人物周刊》的"青年领袖"都会有写作者的面孔。应该看到大众传媒和写作者发生关系，虽然也关心作家的"文学性"，但更在乎的是他们如何成为一个有"故事"的作家。这就不难理解为什么有一段时间阿乙和冯唐会频繁成为各种流行杂志的封面主题，因为他们"小镇警察"和妇科肿瘤专业博士在麦肯锡公司就职的前史，使得他们先天就有成为一个媒体人物的"传奇性"。和传统书斋里的作家不同，当下走红的作家也乐于成为"公众人物"，他们也会自觉地维护自己和大众传媒的良好默契，培养作为潜在读者市场的粉丝群体。另一方面，更多写作者的所谓出圈和破圈可能只是"朋友圈"，甚至只能做一个一定范围的文学"朋友圈"作家。所谓的期刊文学其实就是一个文学朋友圈而已。我们大多数人每天都在用微信，每天都在发布各种文学消息，我们共同制造着我们文学朋友圈的繁荣，但我们似乎忽视了一点，朋友圈就是朋友圈，朋友圈里虽然不都是真正意义的"朋友"，但至少都是通过认识并添加好友才进入一个朋友圈的。

因此，文学的出圈和破圈，首先要从文学"朋友圈"繁荣的幻觉警醒，也要从大众传媒注意的幻觉警醒，转而去经营圈子里的文学事业。我理解的出圈和破圈是不同世界之间的观察、理解、对话和学习，是从你看到我，进而做更好的我，而不是征服和收编；是重新学习做一本今天的文学期刊,也是做今天自我抉择的写作者,就像韩松落从一个专栏作家反身重拾一个期刊小说家的信心,重新做一个期刊文学的写作者。

而慕明则可能是另外一种情况。她一个是文学移民,被文学编辑发现从豆瓣转场到文学期刊。这些年,许多所谓的期刊文学新人其实早已经是豆瓣写作的老手。《青年文学》《上海文学》《小说界》还有年前刚刚停刊的《中华文学选刊》等都接纳了不少豆瓣作者。文学图书则可能更多。而且,现在可能还只是豆瓣这些网络社区的独立写作者,以后,资本控制的商业网文写作者,会不会也有部分向文学期刊迁移?目前虽然有前例,但这些前例,往往是和文学期刊趣味存在共识的。而未来如果商业网文作者控制了写作长度,在今天大型文学期刊出专号和增刊纷纷扩容长篇小说版面的背景下,文学的转场和迁移将会更频繁。

圈先破了,出圈应该是在我们革故鼎新之后的事情。现在的问题也许是,我们如何接纳这些文学的移民?首先是,他们的写作如何接入文学期刊?在我的理解中:不是基于文学期刊自以为是的文学幻觉,感觉像在做文学慈善,或者只是为了显示多么虚怀若谷的开放胸怀,给这些文学移民一席之地,也不是给刊物的目录增加几个来自另外文学空间的陌生作者,而是彻底荡涤陈腐积垢,引入审美新风,将文学期刊做到我们时代的现实和文学生活的十字街头,再造我们时代的文学期刊。缘此,我这个专题不只是给韩松落和慕明完成一次文学位置的移动,而是看重他们的想象和虚构以及他们对世界和文学的发现和发明,当然也期待新文学遥远的地平线,这也是我说的:岛屿向大海的生长。

地方的幻觉
(2021年第3期)

在2020年《花城》第5期的《花城关注》之"世界时区",我们曾以中国年轻写作者在不同世界时区的行走和观察来揭破全球化时代"地球村幻觉"。但"地球村幻觉"并不必然推导出地方性的可能。重审"世界时区"专题,柏琳、王梆、陈济舟、吴雅凌所提供的样本,能够证实的可能应该是地方以怎样的方式存续和存在。而且文学提醒的地方性有时候也许只是"过去时"的地方性。柏琳和吴雅凌,她们迷恋她们写作专注的地方,巴尔干地区也好,法国也好,一定意义上都成了她们的文化"乡愁",这使得她们更愿意去发现地方的过去在当下的"残余",那些在流逝的时间中凝定的,也有可能通过她们的"考古"打捞和钩沉出来。打一个不恰当的比方,写作即文化还乡,也许是她们都做了她们"写作的地方"文化的"迷妹"。这也是一种"他者"的眼光,就像有现代性以来,西方对中国的发现。而王梆和陈济舟不同,陈济舟之于南非就是一个过客,而王梆在伦敦也是一个客居者,他们看到的是和他们一样"流动的人"。地方的,比如饮食、习俗、方言等等,被连根拔起,离开了它们的世居之地,有的在异地扎根,更多则成为迁徙者的一件行李。

所谓现代性、世界性和全球化这些东西,说穿了,就是均质化。某些地方被定义为世界和中心,大多数地方的地方性则失效,成为中心的边缘。不算欧洲自身的现代性历史,从英法等老牌帝国主义和资本主义在世界范围的殖民扩张算起,加以二十世纪的全球化时代跨国资本主义,均质化的现代性也已经有两个世纪了。地球村是幻觉,所谓的地方早已经面目全非。其实,现代意义的"地方"发明一定程度上都是均质的现代性的结果。而且某种意义上,从物质生活向好的利益计较上,地方是不是必然需要也是一个问题。现代性所承诺的发展和好的生活的未来图景,在很多时候是以损失风物风景风俗以及世袭的日常生活方式等地方性来置换的,甚至在中国人口流动的背景上思考,故乡意义的地方是不是需要都是可疑的。我们是很容易把异乡作为自己的故乡的。事实上,和现代性伴生的对地方的需求欲往往是审美现代性的需要,也就是我们常说的"反抗现代性"的需要。极端地说,在有现代性之前,地方只是地方的形成史。地方的伤害史和反抗史是在现代性之后出现的。因此,中国现代文学之为中国现代文学,最突出的表现是地方的发现:发现在现代性的碾压下,地方无可挽留地消逝。而因为行将消逝,地方在各种对抗中被重新定义和玩味。

  这里面有一个问题或者说前提不能认为不证自明,那就是在视流动和变化为常态的今天,类似前现代不知魏晋隐居乡里的隐士有没有可能存在?亦可追问类似前现代的乡志族谱式的写作在今天可能不可能出现?魏晋可以不知,现代性和全球化的世界是不是也可以不知?在对"留守地方"的写作者构成和他们的写作未经充分的田野调查之前,很难下一个肯定的结论。因此,只能说,一直以来,我们讨论地方和文学的关系,那些没有从地方越境,没有和整个文学生产线发生关系的留守写作者,基本是被忽略不计,他们从来就是我们文学史中的隐失者和失踪者。即便陈再见暂时撤回地方居住和写作,他也不是我们时代文学生产之外的写作者。但就我个人而言,我相信我们时代文学生产之外地方留守写作者的存在,但化外之地还可能有吗?

  地方的发现和定义在现代性的路线图上,其实是如何处理现代性议题下的"地方"的问题,比如我们这个专题,选择潮汕的几个青年作家陈楸帆、林培源和陈再见为样本,这个名单可以开得很长,像小说家陈崇正,还有我们专题做过的"五条人",等等。现代性议题下的"地方",这个现代文学的延长线是由鲁迅、废名、沈从文、萧红、师陀、赵树理等一代又一代现代作家开创的现代文学传统,又被共和国的作家们加以转换。值得注意的是,我曾经以"被劫持和征用的地方"讨论地方被作家们各取所需的误读和曲解。事实上,无论是颓败凋敝的地方,田园牧歌的地方,都是现代性生产出来的"地方的幻象",都可能存在曲解和误读。地方的幻象和真象是对位的存在,无法隔开和割开。幻象不是"地方"表面的标签和涂层,但"地方"的发明走到邪僻,从"地方的幻象"衍生出"地方的幻觉"就是标签和涂层式的,比如假装乡愁,比如以为地方就是世界,等等,不像地方和地方的真象和幻象的对位和可逆,"地方的幻觉"往往很难还原和对位到具体的"地方"。

因此,我们做这个专题,恰恰是意识到作家处理地方和地方建构作家的差异性,希望重建地方的真象和幻象的对位关系。一旦这种对位关系建立起来,地方,即使是同一个籍贯的地方,对于不同的作家来说也是单数的和差异的。陈楸帆、陈再见和林培源,他们的身份证明籍贯"潮汕"的共同性和他们经历、体验、世界观和文本的差异性,使得我们今天很难拼凑一个地域文化意义上的作家群体。如果能拼凑,也许只是地方形象工程和大众传媒的"地方的幻觉"。换句话说,我们强调他们的籍贯,最终证明的是籍贯或者地域文化意义上的作家群体在今天之不可能之虚妄。不要说是籍贯和地域文化,哪怕曾经住在一条街道,父母在同一家倒闭的工厂上班,在今天流动不居的时代,文学的道路也可能是分岔的,文学的面目也可能是各异的。如果你看到的都是一样和一致的,要么可能是作家的平庸,要么可能是大众传媒和文学研究制造的奇观化的"地方的幻觉"。

症候性滥长和优雅的丧失
(2021年第4期)

这个专题如果真的要树敌,唯一的敌人,就是当下短篇小说的症候性滥长。

短篇小说的字数,应该不是一个数字问题。当然,我这样说,并不肯定。

我就这个"短的短篇小说"专题问询过一些小说家和编辑,为什么我们的短篇小说越写越长？不止一个朋友认为短篇小说症候性滥长是要归因于稿费制度。我们的稿费一般而言是按字数计酬的，短的肯定没有长的经济。一个对自己有要求的短篇小说家，一个月写一篇短篇小说几无可能。我们只要看看汪曾祺、苏童和刘庆邦等这些以短篇小说确立自己文学地位的小说家，看看他们的发表目录就能看出短篇小说的产量。那么，以单篇万字计算，要写四个左右短篇小说才能约等于一个中篇小说的稿酬。短下去，损失的肯定是真金白银。写短篇小说本来就不经济了，能够长一点就长一点吧。

不算长篇小说，它的长可以没有上限。貌似没有上限，但可能也有约定俗成。张炜获得茅盾文学奖的长篇小说《你在高原》的450万字好像就因为远远超出大家对长篇小说字数的心理预期而引发争议。当然，如果我们坚持把现在的网络小说算在文学的小说里面，450万字的天花板早就被戳破了。但中篇小说和短篇小说不一样，短篇小说有中篇小说的天花板在，中篇小说有长篇小说的天花板在。这两个天花板都很顽固，捅破了就都是另外一个文类了，但问题是现在小说家在计量中篇小说和短篇小说的字数时都是直奔天花板而去，而不是在各自的底线节约着字数。

何况，短篇小说本来就没有字数的底线，可以短，再短一点的。

但是，我还是相信小说的字数和长度不只是一个数字问题，不只是一个数字相关的稿酬多寡问题。应该意识到字数和长度本身就是文体和审美问题。短篇小说的魅力应该在字数和长度上见分晓的。短篇小说之短是短篇小说的限度，也是螺蛳壳里做道场，是戴着镣铐跳舞的炫技。缘此，我向几个小说家发出"短的短篇小说"的邀约。除了五千到八千字的字数设定，没有其他主题、题材和风格的预设。我知道对于有着自己舒适的速度和节奏的小说家，这样的要求显然是强人所难，但要感谢的是，大家还是都爽快地接受了这完全不合理的要求，参与这次字数限定的挑战。特别要感谢的是弋舟兄和小白兄。弋舟兄是最早到稿的。小白兄因为记错了交稿日期，手上有答应其他人的工作，未能在刊物发排的最后时刻完稿，这篇稿子只能另外择期发表了。

需要说明的是，我并不反对也不否定"长的短篇小说"的存在。事实上，我们可以举出无数"长的短篇小说"经典。在这个背景之上，强调短篇小说短一点，再短一点，某种意义上可以理解成一种对当下短篇小说生态的提醒。手边正好有漓江出版社《小说选刊》选编的《2019中国年度短篇小说》，其收入短篇小说20篇，如果不算莫言《一斗阁笔记》的短制，万字以下的只剩下邵丽六千字左右的《节日》，其余的均万字以上，14 000字以上的10篇，占一半。其中，阿占的《制琴记》和文珍的《刺猬，刺猬》两篇达到17 000字以上。年选一定程度上能代表文学的基本生态，万字以下短篇小说的稀缺，也在一定程度上能够见证短篇小说文体的审美移动。即便我们现在不对这种移动是好是坏下一个绝对判断，短篇小说的字数和长度变化引发的文体之变也应该被充分注意到。

确实，我们短篇小说的字数多少的分布不是一开始就像现在这样就长不就短的。我把手边的书随便翻翻。洛林·斯坦恩和塞迪·斯坦恩主编的《巴黎评论·短篇小说课堂》收入短篇小说20篇，一万字以上的只有6篇。长的两篇，伊森·卡宁的《窃国贼》和乔伊·威廉姆斯的《微光渐暗》分别为三万和两万多字，这显然是我们平时说的中篇小说。如果把这两篇剔除，那意味着18个短篇小说，一万字以上的只有4篇，其中简·鲍尔斯的《艾米·摩尔的日记》、丹尼斯·约翰逊的《搭车遇祸》、莉迪亚·戴维斯的《福楼拜的十个故事》和雷蒙德·卡佛的《要不你们跳个舞？》等篇只有四五千字，斯蒂芬·米尔豪瑟的《飞毯》、唐纳德·巴塞尔姆的《闹着玩的几个小故事》、詹姆斯·索特的《曼谷》和伯纳德·库珀的《老鸟》等篇都是六千多字。译林出版社出版的《约翰·契弗短篇小说集》共收短篇小说60篇，万字以下的有22篇，万字过一点的有8篇，正好占一半。

苏童在和王宏图对谈时说过："我觉得对短篇小说可以打各种各样的

比方，也可以拿戏剧来比方。如果说长篇是一个多幕剧的话，短篇就是独幕剧，它的故事是完整的，它背后潜藏的主题一定要表达清楚，但篇幅要短，在一幕里完成。"具体到小说的长度，苏童说："(我的短篇的篇幅）大致是六千到八千字，或者就是九千字，超过一万字的很少，最长是一万二千到一万三千字。"(《南方的诗学：苏童、王宏图对谈录》) 事实也确实如此，目前苏童自己最认可的个人短篇小说选本《夜间故事》，万字以下的有22篇，占总选篇的52.4%；万字过一点的有6篇；12 000字以上的有14篇。如果我们认为苏童在中国当代文学史以短篇小说见长，刻意求短，那我们来看以长篇小说获得广泛声誉的莫言，我随机选了浙江文艺出版社出版的"莫言短篇小说精品系列"的两本《小说九段》和《秋水》做统计，万字以下的均过半数，其中《蓝色城堡》这一篇只有不到三千字。《作家》杂志一直致力于短篇小说，《金短篇》栏目延续很多年，如何理解"金"？是不是也可以理解为简约，就像我们常常说的"惜墨如金"。2015年，《作家》曾经邀约阎连科、叶兆言、范小青、刘庆邦、林那北、东西、施战军和张清华等小说家和评论家座谈短篇小说，我注意到"短篇小说如何能够短起来"是一个中心话题，其中阎连科举到两个例子，《大学生》和《吃鸟的女孩》，分别为五千多字和三百字。

对于症候性滥长带来的短篇小说文体变化，我没有做深入的研究，但已经可见的是一些本来属于短篇小说的魅力和魔力，正在随着短篇小说症候性滥长而失去，比如短篇小说之"短"的省略和简约之美。杰弗里·尤金尼德斯评丹尼斯·约翰逊的《搭车遇祸》说："按照定义，短篇小说必须很短。这就是短篇小说的麻烦之处。这就是短篇小说如此难写的原因。你该如何让叙述保持简洁，同时又让它发挥小说的功能？与写长篇相比，写短篇的首要难点在于得想清楚要把哪些内容留在篇幅之外。留在篇幅之内的内容暗含了省略掉的所有东西。"(《巴黎评论·短篇小说课堂》) 同样的，哈罗德·布鲁姆的《如何读，为什么读》在谈到短篇小说时写道:"短篇小说最能处理孤独的个人,尤其是那些位于社会边缘的个人",短篇小说"不是寓言或箴言,因此不能称为碎片","大多数技巧纯熟的短篇小说家在道德判断方面都尽量省略,就像他们在情节的连续性和人物过去生活的细节方面都尽量省略一样"。以之观乎当下短篇小说症候性滥长,可知其原因可能在于不加节制,在于叙事的松懈。

而且,短篇小说越来越混同于讲述风俗史意义的市井新闻,而不是"叙事艺术"。随之而来的是短篇小说文体本身的精确和雅致正在流失。无论怎样强调中国小说的俗文学传统,但现代小说,尤其是现代短篇小说应该是精致和高雅的艺术。如果我们不做这样的界分,短篇小说和《故事会》有什么区别?不客气地说,我们现在不少短篇小说就是信马由缰的"故事会"。评论家休·肯纳尔认为:"也许是从海明威或者乔伊斯开始,短篇小说已经从一种主要作为娱乐消遣的传统升格成了一种高雅艺术形式。"(《巴黎评论·短篇小说课堂》)现代中国短篇小说虽然不一定经历过这样的短篇小说发展过程,但最终接受的是"从海明威或者乔伊斯开始"的短篇小说发展史结果。退一步说,即便不是全部接受,我们的短篇小说也不可能完全再依循"三言二拍"、传奇、笔记的古典传统;即便在"三言二拍"、传奇和笔记谱系上向当下生长,也难得一见有多少小说家在纯然地进行"古代"写作。这是一个在当代世界文学中"中国文学"的时代。

王安忆为2011年开始引进并连续出版的"短经典"系列撰写的总序《短篇小说的物理》中说:"好的短篇小说就是精灵,它们极具弹性,就像物理范畴中的软物质。它们的活力并不决定于量的多少,而在于内部的结构。作为叙事艺术,跑不了是要结构一个故事,在短篇小说这样的逼仄空间里,就更是无处可逃避讲故事的职责。倘若是中篇或者长篇,许是有周旋的余地,能够在宽敞的地界内自圆其说,小说不就是自圆其说吗?将一个产生于假想之中的前提繁衍到结局。在这繁衍的过程中,中长篇有时机派生添加新条件,不断补充或者修正途径,也允许稍做旁骛,甚至停留。短篇却不成了，一旦开头就必要规划妥当，不能在途中做无谓的消磨。这并非暗示其中有什么捷径可走，有什么可被省略，倘若如此，必定会减损它的活力，这就背离我们创作的初衷了。所以，并不是简化的方式，而是什么呢？还是借用物理的概念，爱因斯坦一派有一个观点，就是认为理论的最高原则是以'优雅'与否为判别。'优雅'在于理论又如何解释呢？爱因斯坦的意见是：'尽可能地简单，但却不能再行简化。'我以为这解释同样可用于虚构的方式。也因此，好的短篇小说就有了一个定义，就是优雅。"

当下短篇小说篇幅的就长不就短，如果不是因为短篇小说"内部结构"调整的革命使然，长的结果只可能是"症候性滥长"。症候性滥长的结果是短篇小说内部结构不被小说家警觉，进而是短篇小说文体意义上的优雅正在丧失。一言以蔽之，短篇小说越来越"水"。其实，中篇小说也在被注水。

现在，近乎强制性地让短篇小说的字数控制在五千到八千字，这几篇小说在这个"字数的空间"里，结果如何呢？我不做先入为主的诱导性阐释。读吧，读短的短篇小说。也期待更多的"短的短篇小说"，我甚至期望有文学期刊敢于拒绝一万字以上的短篇小说。当然，对于好的短篇小说，我们是不是改变一下我们的计酬方式呢？如果计算稿酬不是算字数，结果又会如何？也许我是想当然了，毕竟有时候按字计酬体现着平庸主义的公平。

目前的机器写作，不是文学，更不能取代作家创作
——关于当下AI写作的技术问题
（2021年第5期）

这一期的两篇小说是人和机器共同完成的，虽然最后的署名是人，

但我们以其他字体标识出机器完成的部分。和陈楸帆《大有》合作的是创新工场的"AI科幻世界"。陈楸帆和做这款产品的王咏刚希望机器能模仿陈楸帆写作,故而机器的训练数据是陈楸帆的各种类型和风格的小说。而与王元合作的则是网络上很多人都用的写作软件彩云小梦。彩云小梦不是专门为特定写作者定制的,是一款公共的AI写作产品。机器(AI)参与到需要人类高级思维和想象能力才能完成的文学、艺术及其他活动,在当下不断成为大众传媒的话题,像会唱歌的洛天依,会写诗的小冰、会下棋的机器人等。一些对风潮敏锐的研究者将这些目前只是依靠大数据、算法等计算机技术的初级文学艺术行为径直解读为机器(AI)写作正在取代人类文学。而事实并非如此。以小冰写诗为例,与文学界的热捧不同,小冰的开发者,微软(亚洲)互联网工程院小冰首席科学家宋睿华在2018年10月26日的CNCC技术论坛之"自然语言生成:让机器掌握文字创作的本领"的演讲中就明确表示,机器写诗并不会取代人类。他演讲的最后以他上幼儿园女儿的一首即兴的小诗为例,认为:"人类在做诗的时候是非常奇妙的,是AI所不能企及的,因此我们的空间还很大。"我理解宋睿华所说的"我们空间还很大"应该是两个方面的:一个是人类的写作及其他审美艺术的潜力;另一个是,机器(AI)从事审美艺术等的前景。这两个方面都有着辽阔的空间。

  普通人对AI好奇、焦虑和恐惧的增长,和科技进步,和人文社科研究者、大众传媒的宣发有着密切关系;另外一股力量可能来自科幻文艺对近未来世界的想象。这种想象典型地体现在宇宙旅行和人工智能领域。其中,人工智能很容易让人对接到当下的机器(AI)写作。电影工业领域,1980年代的《银翼杀手》到新世纪的《攻壳机动队》等对人工智能的可能疆域做出许多开拓,而《银翼杀手》则由赛博朋克风格的开创者菲利普·迪克的小说《仿生人会梦见电子羊吗?》改编而来。人工智能也是当下中国文学的热点话题之一,《花城关注》发表的年轻作者杜梨和周婉京的小说都探索过这一主题。人工智能不仅局限在我们现在技术上已经实现、还在拓展的增强身体领域，同时聚焦智能人从类人、近人到"人"，乃至超人的成长。这种生物和机器的混合体，"既是社会现实的生物，也是虚构的生物"（哈拉维），也就是所谓的"赛博格"。在科幻文艺描述的未来世界中，智能人从为人所用到逃逸出人的掌控和奴役，成为自足的"另一种人"。"它们"与人类一起分享、占有和竞争生存空间，也完成着自身的成长和进化。而最令人忧虑的不只是人和"另一种人"之间交往的诸多伦理问题，在未来世界的想象中，"另一种人"可能会反噬，会转而奴役人类。

但至少目前的机器（AI）写作，无论是小冰，还是与王元合作《他杀》的彩云小梦，还是与陈楸帆合作的创新工场，它们提供的只是技术辅助，而且只是初级的技术。说到技术，当然要把技术的归到技术。我们可以看看陈楸帆的实践和看法。

陈楸帆生于1981年，他出生的第二年，1982年，电影《银翼杀手》上映。2017年陈楸帆开始尝试与AI共同写作，成果是《人生算法》这本关于人与AI之间共生的小说集中的《出神状态》。下面是陈楸帆对机器写作技术的看法：

> GPT本质是一个语言模型，如同物理模型是用来理解和描述这个物理世界的本质一样，语言模型用来理解和描述语言的本质是什么。人类有世界观，也有语言观，比如说语言是什么、构成语言的词或短语之间的关系又是什么。
>
> 简单抽象来说，语言模型主要用来做两件事。一是对自然语言做理解，比如给出两个句子，语言模型会判断哪个句子更像自然语言、句子里面的词或短语的依赖关系是什么；二是对自然语言做预测，比如只给出一句话的前几个字，AI来预测后面的字是什么。

传统意义的语言模型主要用在语音识别、机器翻译、OCR（光学字符识别，即针对印刷体字符，采用光学的方式将其转换为电子文本格式）等序列到序列任务里，对目标序列做预测和判断。

最常见的两种用途之一是，机器会将一句中文翻译成不同的英文，语言模型会对每句英文翻译进行打分，从而选择最优的翻译。另一种是，在语音识别中，仅说到"我们正在聊……"，语言模型就会预测出，你大概率要说的是"我们正在聊天"，即使没听到"天"的声音就能判断出你将要说什么话，而听到的声音则是这个信号的加强。

如果把训练一个模型类比成培养一个学生，我们一般遵从一种叫作"先预训练、后微调"的教学方法。具体来说，我们先给机器很多书本让它自己读，这就是所谓的无监督预训练（pre-training）；然后给他很多有答案的题目让它做练习，这就是所谓的有监督的微调（fine-tuning）。经历这个学习过程，模型就训练出来了，接下来就可以对它进行各种考试了，比如说给它一句话，让它接着写下一句。

此次与人类配合创作的AI来自创新工场DeeCamp 2020人工智能训练营中的大学生创新项目"AI科幻世界"，它是一个在一千多块显卡上训练出来的超大规模预训练模型，用了300 GB(吉字节)的中文语料，其参数规模与GPT-2 Large相当，训练完毕后又用了少量故事数据做微调。今年大火的GPT-3上体现出来的一些模型特色，在"AI科幻世界"上也能有所体现，"并且是中文的"。

从操作层面看，人类作家与模型的交互十分简单，只需要给定场景与人物关键词，AI就能自动生成几个段落供作家选择。人类作家可以在其基础上进行修改，而后AI将在经过修改的前文基础上继续进行创作，如此往复，完成人类作家和AI的"共同作品"。

今天对于AI来说，一些简单的财经新闻报告已经不是难事，因为这些都是可以结构化处理的语句结构。不过，涉及文学创作就是另一回事。如果从创作者的角度理解人工智能创作文本的不同阶段，最初的阶段是用统计学对语言要素进行排列组合，可以创作出简单的诗歌；后来进阶到人工智能在网络文本数据集里无监督地学习各种符合人类语法的规则和客观知识，去模拟人类的写作风格；可能更进一步的是AI可以从一个意象、一段话，去生发出来一个逻辑自洽、人物关系清晰、具有典型叙事结构的完整故事。

所以，至少目前机器（AI）写作所提供的只是一种技术路径和文字组合的片段实验，并没有实现真正意义上的机器制造的文学。同样的，王元也持这种观点，关于《他杀》，7月13日，我和王元在微信上有一个交流。

何平：问一个问题：森北和玄理，我和婧，光子和我，这三个小梦完成的场景是如何选择的？还是先有其他部分，然后让小梦完成这一段未完成的部分吗？再有，如果选择中间某一个点，让小梦自由地写下去，最后逻辑能自洽吗？（我给王元发了豆瓣小组讨论一篇彩云小梦完成的小故事，还有一篇关于彩云小梦写作的讨论。）豆瓣小组的这些故事也是彩云小梦完成的吗？

王元：首先是要在那个彩云小梦的在线页面上进行写作。我先写一段，然后随机点击生成，就会续写出几个自然段，可以挑选一个满意的，都不满意，可以重新生成。没有特别让彩云小梦去生成哪些内容。因为这个在线续写软件不够智能，我在文章中也对生成的文本表示了不满。

所有的蓝字部分都是生成的，但是经过了修改，不然语义有点太不通顺，我已经尽量保留了行文的原貌，以作区别。

豆瓣上那些我不太清楚，也没有做参考，我只是使用了在线生成功能来完成一次人机交互写作，对这个软件没有做太多了解。这个远不如创新工场编写的程序好用，使用感并不好，更适合用来写网文水字数，很难产生真正的互动。

我觉得有两点很重要。一是，彩云小梦不能像创新工场的写作软件可以录入作者的文本，让生成的风格贴近作者的叙事语言。二是，生成的本文很多时候与已有故事情节特别割裂，所以体验感不是很好。

我觉得人机交互写作是一个非常有趣的尝试，但人工智能取代作者还任重道远。人工智能更适合生成新闻通稿和报告，这些文本的措辞比较雷同，而且，可以完全避免敏感词。

何平：《他杀》用的是创新工场吗？

王元：《大成若缺》是用创新工场写的，《他杀》是用彩云小梦。当时创新工场的软件服务费到期不能用了，我就从网上找免费的续写软件。

何平：所以我觉得《他杀》里的彩云小梦恰恰证明彩云小梦的程式化。

王元：对，玩一玩还行，正经要靠这个写作不太够用。或者说没有太多惊喜的发散。揪帆的《大有》的机器部分，我觉得比《他杀》要复杂一些。

何平：所以，这种写作基本上还是尝试。《他杀》恰恰证明目前写作软件不可能完成文学性内容。

王元：相比文学性，我觉得创造性更适合一点。文学性的界定相对模糊。创造性就好说了，就是说给我们一个主题，或者已有的内容，机器能制造出什么？

何平：网文的类型化也许可以适应这种写作软件。机器能制造

"文学"吗？我们是不是应该这样去讨论这个话题？

王元：交互写作是一个人机合作和博弈的过程，得有碰撞才行。两次写作感受下来，碰撞都不够，彩云小梦比创新工场更差一些。对，一个是网文，一个是通稿，都是类型化比较明显和简单的文体。这些相对来说，不需要那么多创造性。

至此，我们可以看到当下机器（AI）写作的大致边界。介入其中的实践者是清醒的，聒噪的往往是旁观者。对我个人而言，也是一次技术启蒙。想象这个专题之初，受前沿学者和大众传媒的蛊惑，我对机器写作（AI）抱有厚望，希望最终的文本不是小冰的诗，而是完整的叙事单元，但最终实践者陈楸帆和王元所展示的实践成果，恰恰证明，到目前为止，基于算法和语料的机器写作（AI）并不能独立完成"文学"文本，哪怕是小说中的局部片段也不能完美地嵌入陈楸帆和王元的叙事中。而这种不完美，甚至是失败，对比夸大小冰诗歌的完美和成功，正是这个专题的意义所在。小冰诗歌的文学性则是诗歌文体本身的暧昧模糊为阐释者带来了想象的空间。换句话说，小冰诗歌的文学性并不是小冰"写"出来的，而是阐释者"说"出来的。如果真要算文学成就，这个成就只能记在阐释者的名下。但这不意味着世界范围内与机器写作相关的"赛博格"的广泛讨论和忧虑没有意义，相反，如果初级的机器写作已经引发了我们如此多的焦虑和恐惧，科幻文学所描绘的"赛博"空间有一天真正到来的话，人类准备好了吗？

我们以为是越境，其实可能只是一次转场
（2021年第6期）

2000年5月19日，陈村在《解放日报》发表文章，其中写道："生于

网络的原创文学才是文学创作的新的增长点。"但在同一篇文章里他又写道:"文学的高峰从来是由个别的天才和努力垒成的,而不是参与的人口数量。"而事实上,在陈村说这番话之后三四年,相当长的时间里,参与的人口数量几乎作为证明网络文学代表我们时代文学审美高度和文学先进生产力的唯一理由,出现在各种年度报告中,包括专业的研究论文。

只是到了最近这一两年,情况好像才有所改变——我们发现参与的人口数量或者产业规模,和审美推进之间是个不等式。而且,依靠不断审美探底争取到的文学人口,也会因为快手、抖音等为代表的短视频,以及游戏、网络剧等而被分流,网络文学以为可能的审美底线也因此无底可探。那么,在此关键时刻,吃惯了文学人口红利的网络文学在审美探底和规模见底的形势下,能不能转而向内深耕挖潜,去拓殖汉语文学——至少汉语类型文学——的审美疆域?能不能做能做的事,成为陈村所说"文学创作的新的增长点"?网络文学不应该只服务于文娱工业,而且即便网络文学被想象成文娱工业IP产品的供应商,基于行业可持续发展的考量,也需要激活和提振它的商业创造力。

这是这个专题的前情和背景。一个共同的表象是辽京和杨知寒——她们的写作都和网络有着很深的渊源关系。辽京的《门外》是《当代》杂志徐晨亮兄代为约稿的,杨知寒的《连环收缴》是编辑许泽红转过来的。两个稿子放在这儿都已经有一年多。我请辽京和杨知寒给我提供写作履历。辽京说自己2017—2019是"豆瓣阅读"作者,在"豆瓣阅读"发了几十篇小说,有数十万的阅读量。2020年以后辽京也在传统文学期刊《小说界》《芙蓉》等发表了几篇小说。辽京已经出版过小说集《晚婚》和《新婚之夜》,从书名也可以看出小说的题材内容和目标读者。这些小说大多数发表在"豆瓣阅读"上。为纸媒文学期刊供稿的写作者很少有按照发表刊物标识自己身份的,如果我们说一个作者是《收获》作者或者《花城》作者,会很奇怪。作者不会只给一家刊物供稿,刊物也不会买断某一个作者。但在网络上则不同，作者会选择适合自己的平台，平台也可能买断作者，所以一个在网络上写作和发表的作者，会慢慢成为某个类型或者风格的作者。豆瓣网就被视为"文艺小清新"的聚集地，和起点、创世、晋江、纵横、中文在线、17K小说这些发表长篇故事的大型网文平台不同，"豆瓣阅读"这样的文学网站"小而美"，"小而美"可能指的是提供的产品，也可能是指目标读者。"豆瓣阅读"的产品以中短篇小说和非虚构为主，内容往往能触及当下城市青年的生态和心态，而这些话题诉诸文学表达可能却是"轻"的。从第七届"豆瓣阅读"中篇征文大赛设立女性、悬疑、文艺和幻想四个组别中可以看出，主办方有意培育"年轻态"的都市文学风尚，其目标人群是都市有文学品位要求的年轻读者，而不是刷"网文""杀时间"的那个更为庞大的读者群。

但也不是绝对的。"豆瓣阅读"在有意选择"轻"阅读趣味的同时，也宽容更多的文学可能性，比如辽京的小说就关乎当下女性命运的问题意识和现实感，似轻实重。杨知寒的"豆瓣阅读"经历是当下很多青年作家在未被编织进纸媒文学期刊发表序列的任性写作前史。《连环收缴》是"豆瓣阅读"2018年12月已经上架过的作品，在比对过《连环收缴》和杨知寒的近作，比如排在2020年中国小说学会排行榜第六位的《大寺终年无雪》之后，我还是决定让杨知寒和"豆瓣阅读"协商，将《连环收缴》在《花城》发表。因为，《连环收缴》让我们看到作家"早期写作"中更自我的、未被规训的横冲直撞和狠劲。杨知寒比辽京年轻，但在网络写作的时间比辽京要长，路数和变数也多。她在"豆瓣阅读"之前，曾经在"云文学"和"白熊阅读"发表《寂寞年生人》《沈清寻》《梦梁记》等更有商业价值的"网文"。其中，《沈清寻》还进入过2015年中国作协网络文学排行榜的季度榜。这部小说在大型网文平台"晋江文学城"还能阅读。因此，如果按现在网络作家的认证标准，杨知寒更像一个"网络作家"。按照一般网络作家的成长道路，如果杨知寒愿意再"就低"一些，从入行的2015年到今天，她应该比很多当红的网络作家更具IP影响力。我没有和杨知寒做过深入交流，只是看她从商业网文平台到"豆瓣阅读"，再到《上海文学》《青年文学》《芙蓉》《人民文学》等文学期刊的轨迹走势，貌似一个反向选择的"逆行者"。对未来她的文学方向朝哪儿转折，我也无法做出预言。目前能看清楚的，就像一个好的演员，至少她有很宽、很"广谱"的"戏路"。我也希望看到更多"戏路"很宽、很"广谱"的新生代写作者。

现在，我们来看网络写作和传统文学期刊的关系。近些年，以文学期刊为中心的传统文学空间，无论是发表、评奖，还是选本和排榜，都把从网络引流视作"文学宽容"的标签。《花城关注》也未能免俗。比如这个专题的辽京和杨知寒，2020年分别凭《星期六》和《转瞬即是夜晚》获得第七届"豆瓣阅读"中篇征文大赛文艺组二等奖和最佳人物奖。辽京的《我要告诉妈妈》还获得过第六届的特别奖——最难忘人物奖。检索《花城关注》作者，不少和"豆瓣阅读"征文大赛有交集。大头马的《谋杀电视机》和沈书枝的《姐姐》获第二届的"讲个好故事"首奖，班宇的《打你总在下雨天》获第四届的喜剧故事组首奖，慕明的《宛转环》、《沙与星》和《铸剑》分别获第五届的科幻内核奖、第六届的特邀评委选择奖（韩松）和第七届的幻想组三等奖。其实，早在网络草创期，1999年第5期《天涯》杂志就发表过《活的像一个人样》。从2001年"心有些乱"开始，不遗余力推介新生代作家的《联网四重奏》将关注的重点转移到网络作家。而同一时期的安妮宝贝则是标准的网络和纸媒期刊的两栖作者。

但即便如此，2019年第7期的《青年文学》专号《生活·未来·镜像》还是应该作为网络文学转场到文学期刊的一个标志性事件。此前的一个标志可能是2005年《芳草》杂志改版为《芳草网络文学选刊》，虽然持续时间不长。这一期《青年文学》的稿件来源："未来事务管理局""豆瓣阅读""骚客文艺""押沙龙""网易《人间》""读首诗再睡觉",无一例外都是网络文学新媒体。我想,如果仅仅把这一期看作网络文学媒体作品展,可能小看了《青年文学》的创意和野心,这一期不是网络写作的印刷品或者"副本",而是经过纸媒文学期刊的挪移、编辑和再造,生发出的"超出文本"的结果,它让我们看到了网络和纸媒文学期刊相互流通的限度,就像"网文"的线下出版。怎样的"网络文学"能够毫无违和地从线上到线下?我们看得到可交换的部分,那些隐而不彰的不可交换的部分又是什么?这种不可交换,可能是具体的作者和写作类型。我曾经设想让在网络上写惯了长篇网文的写作者来写适合期刊发表的"短制",但事实证明难度很大。借此机会,我要感谢酒徒。几年前,他接受我的邀约写出了我需要的"短篇小说",但因为凑不成一个专题,这篇作品一直未能发表。我认为,如果多一些类似酒徒的尝试,是可以对读出网文超级长篇和纸媒期刊"短制"在审美意义上的各擅其长,也各有所短的。

以《青年文学》这一期为案例,能够从网络转场到文学期刊的文学新媒体,类似的还有"one·一个""小鸟文学"等APP。可以进一步追问的是,它们除了发布的平台是网络,和五四以来文学期刊传统上的"文学"在文学定义和审美想象上有差异吗?我觉得是没有多少差异的,甚至"豆瓣阅读"就是传统文学期刊趣味向网络的转场。我们来看看"豆瓣阅读"征文比赛的评委构成。最近的第七届特邀评委分别是坏兔子影业、周浩晖、季亚娅和陈楸帆,除坏兔子影业是影视文化传媒公司,其余三人均为文学纸媒相关的写作者和从业者。而最早的第一届"复兴中篇"和"我的非虚构写作"征文比赛的专家评委则由陈晓明、邵燕君、洪清波、杨新岚、孔令燕、石一枫、梁鸿、庄庸和周轶组成,其中四人是《当代》的编辑,三人是大学文学教授。"豆瓣阅读"并没有生产新文学趣味的理想。

如果当事人不回忆不讲述，后起的网络文学研究者是不是就会以为网络文学从一开始就是像现在这样被少数巨型网文平台所垄断？网络发布和纸媒发表有一个很重要的不同：许多曾经重要的网站会因时过境迁而打不开，后来人因此无法还原历史现场。可以说，活到今天的大型网文平台都有它们的"小"时代。而在它们的"小"时代，也是社区或者BBS蜂起的时代。作为历史遗存，我们看看"天涯社区"就可以大致有一个直观的印象。这些社区和BBS，在当下可能会转型为APP、微信公众号或者豆瓣那样的公共性的写作和发表平台。2001年中国社会科学出版社出版了安妮宝贝的《告别薇安》，安妮宝贝在自序《网络，写作和陌生人》中说："网络对我来说，是一个神秘幽深的花园。我知道深入它的途径，并且让自己长成了一棵狂野而寂寞的植物，扎进潮湿而芳香的泥土里面。""很多人在网络上做着各种各样的事物。他们聊天、写E-mail、玩游戏、设计、恋爱、阅读，或者工作。而我，做的最主要的一件事情是在写作。"小、个性、自由书写、非营利性等等，这可能是当下被资本命名的网络文学排除而隐失的一个重要传统。世纪之交，网络文学的草创期，最先到达网络的写作者，吸引他们的是网络的自由表达。至少在2004年之前，网络文学生态还是野蛮生长的，诗人在网络上写着先锋诗歌，小说家在网络上摸索着各种小说类型，资本家也还没有找到一种可以快速"圈钱""生钱"的赢利模式。

至少在"榕树下"阶段，写作者对网络文学的认识除了媒介变化，更重要的是对写作自由的体认，就像安妮宝贝所说："现在的传统媒介不够自由和个性化，受正统的导向压制太多。就像一个网友对我说的，我的那些狂野抑郁的中文小说如果没有网络，他就无法看到。"所以，她在电脑上写，在网络上写，在黑暗中写，在寂静中写。绝望、孤独，"陷入沉沦，并寻求着挣脱"。而她想象的网络时代的读者，"他们存在于网络上，也许有着更自由和另类的心态。同样，也更容易会感到孤独"。安妮宝贝网络写作的时代,谁在读,谁在写,是一个少数人的审美共同体和交际圈。而当网络文学的赢利模式,和一切中国式互联网生意一样,都是以人口红利兑现经济效益,这必然导致以牺牲文学性换取大量的阅读人口,进而接入网络文学平台的结果。和早期网络文学不同,网络文学在今天是一门互联网生意。所以,它要依靠"爽点"开发周边来尽可能吸引消费者,而不想去设置审美门槛,鼓励审美冒险。网络作家中的大多数考虑的不是"文学"尺度,而是不去触探可能导致的查禁和查封的底线,以保证财富增殖。就像抖音和直播,商业化之后的网络文学说到底是娱乐业,而不是文学,虽然它具有文学性。也因此,我觉得把许多当下大众传媒和公众谈论的所谓网络文学放在产业范畴里研究,比放在文学领域研究更适合。网络时代不但诞生了安妮宝贝这样的所谓网络作家,纸媒时代的写作也可以毫无违和地无缝接驳进网络文学。

我注意到1999年王蒙和宗仁发主编了一套"网络文学丛书",其中包括李敬泽、张生、李洱、夏商、李冯和李修文等当时刚刚出道的70后"新生代"作家。宗仁发在其撰写的序里说:"作为'人学'的文学,迅速地介入网络空间,是与这一空间提供的条件密不可分的。网络上表达的自由给写作者带来一种空前的释放感,纸上写作的那种潜在的约束在网上不复存在……人们对创作自由的希冀没想到这么简单地就实现了……"网络文学对写作自由的释放导致的直接结果是从社区、BBS到个人博客的写作,尤其是"博文"的大炽。苗炜说:"博客写作改变了原来互联网论坛贴子那种议论公共话题的状态,进入完全个人化的叙述,每个人都有一块地方可以展现自己的理想、才华、趣味。"即便网络审查客观存在,和纸媒相比,"博文"是属于自己的自由王国,不是报刊圈出来的"飞地"。翻翻韩寒的《杂的文》、刘瑜的《送你一颗子弹》、阿乙的《寡人》这些"博文"的结集,就能感受得到网络写作的自由。

我们一开始提到的陈村,于2004年10月17日在上海图书馆做了题为"所谓网络经典"的演讲,他说:"网络文学的最好的时期已经过去。""网络文学衰落的明显表征就在于网络写作日趋功利,网络写手纷纷走下网络,谋求'网下'发表作品,网络写作相对于传统的写作运行模式,作为一种独立、自由的写作姿态开始走向衰微。"现在看,陈村的观察和判断,可以作为"网络写手纷纷走下网络,谋求'网下'发表作品"的佐证。2005年,《中华读书报》记者舒晋瑜在撰写的一篇报道中说:"各大文学网站纷纷以强势姿态,拟订了大规模出版计划。《奇幻世界》杂志因连载了《九州》而迅速进入赢利状态,显示了这类作品的出版价值。"对于网络文学的元年是不是以1998年的《第一次的亲密接触》为标志,并非已经全然达成共识。有人认为应该以1997年罗森的《风姿物语》,或者以朱威廉的"榕树下",或者以论坛"金庸客栈",甚至以《华夏文摘》或者少君的《奋斗与平等》作为网络文学的原点。无论如何追溯,网络文学的原点不会早于1991年。从1991年到2004年,十几年的时间,从1998年到2004年,五六年的时间,"网络文学的最好的时期已经过去"。也就是这时候,"起点"开始收费阅读,进而是打赏机制的成熟;盛大等资本的强劲进入,使网络文学进入"类型文学"阶段。从盛大到腾讯、百度、阿里、掌阅等等,每一次资本的强劲注入,都是"网络文学"重新被定义的时候,这种情况一直持续到现在,并且将起点辽阔的网络文学收缩成不断制造爽点的类型故事。现在看,陈村的观察和判断——"网络写手纷纷走下网络"——只是阶段性的,即便像现在"网络写手"都"在网络写作",网络文学也绝无可能返回所谓的"最好的时期"。

我们曾经天真地以为"在网络写作"可以改写和拓展中国当代文学版图,但现在看来,如果有,那也只是"昨日黄花"。至于今天我们从线上引流到线下,"我们以为是越境,其实可能只是一次转场"而已。"榕树下","天涯社区","黑蓝","病孩子","故乡原创文学网",风起云涌的诗歌论坛（网站），博客个人写作等都成了过去式的时代。（我觉得对这一时期的网络写作现场和生态要进行证据留存式的抢救式研究，在给"热风"网刊的一篇短文里我用了"行将灭失的证词"的题目。需要说明的是，本文的部分也是对此文的改写。）冒犯的网络写作空间退化为大型商业网文平台的夹击下苟延残喘的"小而美"的文学网站、文学APP和文学公众号，如果它们只是继承了一点早期网络写作的"小资"和"文青"的骨血，那么，将"在网络写作"想象成汉语文学革命的策源地只能是一个幻觉。

"文学策展"：
让文学刊物像一座座公共美术馆

现代期刊制度和稿酬制度的建立是中国现代文学成为可能的一个重要前提。一部中国现代文学史某种程度上就是一部现代文学期刊史，反之亦然。二十世纪末，文学期刊在经历了1970年代末开疆拓土的复刊、创刊和1980年代的极度繁荣之后，在文学市场化的大背景下，纷纷陷入读者流失、发行量剧减的举步维艰的困境，以至于当时甚至有人喊出"必须保卫文学期刊"。

确实，文学期刊是整个文学生态的一部分，谈论文学期刊的前途和命运自然要基于这二十年整个的文学生态。关于当下中国文学生态：经过近二十年网络新媒体的洗礼，全民写作已经是每时每刻都在我们身边发生的"文学"事实。大众分封着曾经被少数文学中人垄断的文学领地，那些我们曾经以为不是文学，或者只是等级和格调都不高的大众文学毫不自弃地在普通读者中扎根和壮大，进而倒逼专业读者正视、承认和命名，文学的边界一再被拓展。基于交际场域的文学活动，网络文学当然不可能是我们原来说的那种以文学期刊发表为中心的私人的冥想的文学。它的不同体现在围绕从即时性的阅读、点赞、评论和打赏，到充分发育成熟的论坛、贴吧以及有着自身动员机制的线下活动等"粉丝文化"属性的交际所构成新的"作者—读者"关系方式。这种"作者—读者"的新型关系方式突破了传统相对封闭的文学生产和消费,而文学期刊是维系传统文学生产和消费的一个重要中介。

在很多的描述中,我们只看到新世纪前后文学刊物的危机。而事实上,发生在二十世纪末的文学期刊生存危机,同时未尝不是一场自觉的文学期刊转型革命,目标是使传统文学期刊成为富有活力的文学新传媒。文学期刊变革的动力当然部分来自网络新传媒。"网络的出现,说明了人们的叙说方式和阅读方式在悄悄地发生变化,它对文学刊物的启示是多方面的。""文学刊物是文字书写时代的产物。这一时代并没有结束,而数字图文时代又已来临。人们的运用方式和接受方式,面临着新的冲击。传统意义上的文学和文学刊物,也必然要面对这一形势。既不丧失文学刊物的合理内核,同时文学刊物的表述方式(包括作家的写作方式)又必须做出有效的调整。这是编辑方针的改变,更是经营策略的调整。""文学活动的主体部分在于文学刊物,文学刊物本身就是一种主体行为。它不仅仅是文学作品的汇编,也不仅仅是发表多少部好的作品,关键在于它是一个综合性文本,是一种文化传媒。它应该更有力地介入创作与批评,介入文学现状,介入文学活动的全过程,并能有力地导引这种现状和过程。"[1]

这种对文学期刊"传媒性"的再认意义重大。和狭隘的"文学期刊"不同,"文学传媒"的影响力更具有公共性。《芙蓉》《作家》《萌芽》《科幻世界》是世纪之交较早地确立了"传媒性"的文学刊物。近年上海创刊的《思南文学选刊》和改版的《小说界》也都是在"传媒"意义上被突出的文学期刊。

新世纪以来,以《天南》《独唱团》《大方》《文艺风赏》《文艺风

---

1 晓麦:《文学刊物的处境》,《青年文学》2000年第2期。

象》《鲤》《最小说》《信睿》《超好看》《九州幻想》等新创文学刊物或MOOK为代表的文学新媒体变革对文学影响很大。和传统的文学期刊不同，这些文学新媒体不再坚持诗歌、散文、小说、文学评论按文类划分单元的传统格局，而是在"大文学""泛文学"的"跨界""越界"观念左右下重建文学和它所处身时代、和读者大众之间的关系。而文学APP"one·一个""果仁小说"，电子杂志《极小值Minimum》以及豆瓣、简书、网易《人间》、腾讯《大家》和文学主题的微信公众号"骚客文艺""志怪MOOK""泼先生""正午故事""飞地""未来文学""比希摩斯的话语""象罔""小众""黑蓝"等区别于大型商业网文平台的新媒体文学传媒层出不穷，这些文学新传媒有的是网络时代"全民写作"的产物，有的则是专题性质和同人趣味，他们和传统文学期刊的关系值得研究。

　　需要特别指出的是，《文艺风赏》《鲤》《独唱团》三本刊物的意义还不止于此。我们虽然有《萌芽》《西湖》《青年文学》《青年作家》《青春》这样发表青年写作的刊物，《收获》《人民文学》等刊物也以发现文学新人为己任，但这些刊物在严格意义上并不是由青年自己主导的，因此并不能够充分实践他们的文艺观。《文艺风赏》《鲤》《独唱团》三本刊物的主编分别是笛安、张悦然和韩寒三个广有影响的80后作家。只有这些刊物出现，"青年"的独立性才得以兑现。《鲤》的"同人"、《独唱团》的"思想"以及《文艺风赏》的开放的审美观，将三本刊物放在一起比较，可以发现三本刊物都在努力拓展着中国年轻一代的文学阅读和写作生活，他们不是彼此取代，而是各擅其长。《鲤》是有着强烈问题意识的主题书，每期以一个当代青年的精神性问题作为刊物思考的原点，文学和青年的心灵现实构成一种互文的独特文本。从某种角度说，从2008年至今，《鲤》的十几个主题是一部中国青年的精神史长篇。对他们而言，刊物都不是传统意义上只发表文学作品的刊物，而是跨越文艺和生活、文学和其他艺术样式的界限,彼此共生共同增殖的平台和空间。笛安将《文艺风赏》命名为"文艺志"。从单纯的"文学刊物"到综合性的"文艺志",这对当下中国庞大的文学期刊的转型和变革应该是有启发意义的。

2016年初,在和《花城》主编朱燕玲商量《花城关注》栏目时,我们就在想,《花城关注》该给当下中国文学做点什么?该怎么去做?栏目主持人的办刊方式从二十世纪八十年代以来就被许多刊物所采用,比如《东方纪事》《大家》《芙蓉》《花城》《山花》等。事实上,栏目主持人给这些杂志带来了和单纯文学编辑办刊不同的风气。批评家现实地影响到文学刊物,我印象最深的是某一个阶段的《上海文学》和《钟山》,陈思和、蔡翔、丁帆、王干等批评家的个人立场左右着刊物趣味和选稿尺度。从大的方向,我把《花城关注》也定位在批评家主持的栏目。

《花城关注》这个栏目对我的特殊意义在于:"主持"即批评——通过主持表达对当下中国文学的臧否,也凸显自己作为批评家的审美判断和文学观。据此,每一个专题都有具体针对中国当代文学当下性和现场感问题的批评标靶,汉语文学的可能性和未来性则是遴选作家的标准。在这样的标靶和标准下,那些偏离审美惯例的异质性文本自然获得更多的"关注",而可能性和未来性也使得栏目的"偏见"预留了讨论和质疑的空间。

至于"文学策展",是我在读汉斯·乌尔里希·奥布里斯特的《策展简史》时想到的。2006年,他采访费城美术馆馆长安妮·达农库尔时,用"策展人是过街天桥"的说法问安妮·达农库尔"如何界定策展人的角色",安妮·达农库尔认为:"策展人应该是艺术和公众之间的联络员。当然,很多艺术家自己就是联络员,特别是现在,艺术家不需要或者不想要策展人,更愿意与公众直接交流。在我看来,这很好。我把策展人当作促成者。你也可以说,策展人对艺术痴迷,也愿意与他人分享这种痴迷。不过，他们得时刻警惕，避免将自己的观感和见解施加到别人身上。这很难做到，因为你只能是你自己，只能用自己的双眼观看艺术。简而言之，策展人就是帮助公众走近艺术，体验艺术的乐趣，感受艺术的力量、艺术的颠覆以及其他的事。"和艺术家一样，当下中国，写作者和读者公众的交流和交际已经不完全依赖传统的文学期刊这个中介。更具有交际性的网文平台，豆瓣、简书这样基于实现个人写作的网站，博客、微博、微信公众号等从各个面向挑战着传统文学期刊，传统文学期刊即使变身"文学传媒"，交际性也并不充分。

"文学策展"从艺术展示和活动中获得启发。与传统文学编辑不同，文学策展人是联络者、促成者和分享者，而不是武断的文学布道者。其实，每一种文学发表行为，包括媒介都类似一种"策展"。跟博物馆、美术馆这些艺术展览的公共空间类似，文学刊物是人来人往的"过街天桥"，博物馆、美术馆的艺术活动都有策展人，批评家最有可能成为文学策展人。这样，把《花城关注》栏目想象成一个公共美术馆，有一个策展人角色在其中，这和我预想的批评家介入文学生产，前移到编辑环节是一致的。

作为刊物编辑行为的"文学策展"最容易想到的就是，文学从其他艺术门类获得滋养，也激活其他艺术，像栏目做的导演的小说、话剧、电影诗剧、歌词等等。文学主动介入其他艺术，从文学刊物的纸本延伸到纸外，对于文学自身而言是拓殖和增殖。

一个策展人，尽管今天可能策展这个，明天策展那个，但好策展人应该首先是好的批评家，应该有批评家的基本趣味、立场和审美判断贯穿每一次策展，即便每一场展览的表达和呈现方式不尽相同。这种基本趣味、立场和审美判断决定了《花城关注》每一次"文学策展"是否具有前沿性。而正是这种前沿性建立起策展人，或者批评家和文学时代的关系，凸显文学刊物与图书出版不同的及时性和现场感，比如2018年第

5期的《从"故事新编"到"同人写作"》，就是基于敏锐捕捉到我们文学时代的某些部分正在以"同人写作"的方式呈现出来，而这些在网络上发生的文学现象已经现实地影响到年轻一代的文学创作，却没有引起我们足够的重视。无论是以趣味吸引族类的动漫和cosplay，还是蔚然成为类型一种的同人写作（"CP文"），新媒体平台的此类生产有更芜杂丰富的形态。至少在我的认知里，多数的研究者并不认为这可以被视为一种文学现象，最多是"文娱"现象。

值得注意的是，前沿性不等于唯新是从，也是一种文学史视野下的再发现，比如2017年第6期的"科幻"专题思考的，除了写实地把握世界，可以荒诞地，也可以魔幻地把握我们的世界，而今天，"科幻"是不是一种面向未来把握我们世界的世界观和方式呢？比如2018年第1期的"多民族写作"专题提出的问题，没有被翻译成汉语的其他民族作家的作品如何进入中国当代文学史的叙述？

以"文学策展"的思路观察中国当代文学期刊史，像1980年代《收获》的《先锋作家专号》、《钟山》的《新写实小说》、《诗歌报》《深圳青年报》的《中国诗坛1986'现代诗群体大展》，1990年代的《现实主义冲击波》《联网四重奏》、《芙蓉》的《重塑70后》，新世纪《萌芽》的"新概念作文大赛"、《人民文学》的《非虚构写作》等都应该是成功的"文学策展"。从这种意义上，所谓的"文学策展"是寄望文学期刊在整个文学生产、文学生态和文学生活的丰富现场成为最有活力的文学空间。可是事实却是当下中国文学如此众多的文学期刊，完成了从"文学期刊"到"文学传媒"的只是少数，而能够有意识地进行"文学策展"的又是少之又少，这样的结果是以文学期刊为中心的当代文学部分，越来越成为保守僵化、自说自话的"少数人的文学"。

后记

这本评论选的文字大多写于最近的四五年,分成了三辑。

"思潮"基本是对改革开放以来,尤其是新世纪二十年中国文学的思考,涉及改革开放时代中国文学整体观、世界性和地方性、文学和代际、文学和媒介、青年写作和公共生活、多民族文学和文学共同体等话题。"作家"是从我这几年的"作家论"中有意拣选出来的。五个作家,阿来生于1959年,邱华栋生于1969年,他们是出生在这十年的作家。1990年代,他们曾经被用"六十年代出生作家"或"新生代"来指认和命名。这五个作家,成名于1990年代,是宽泛意义上的"同时代作家",且有一定代表性。他们的写作都并入了新世纪中国当代文学的延长线,成为其中最有活力的部分。做作家"同时代批评家"是很多批评家的理想,我亦心向往之。"现场"是每期《花城关注》的总评。从2017年《花城》第1期,我开始主持《花城关注》,至今五年三十期。也是2017年,我参与发起"上海—南京双城文学工作坊"。我的本业是在大学教中国现代文学史课。教书、做课题和写论文是我的日常工作。《花城关注》和"上海—南京双城文学工作坊"是从学院向中国当代文学现场的溢出。《花城关注》开栏的题目是"做一个报信人,来自中国当下文学现场",就是希望能深入中国当下文学现场，做一个诚实的观察者、报信人和记录员。

1998年，在写了十几年杂七杂八的小东西之后，我试着转到文学批评。这个时间不长。2002年至2005年，在毕业十年后，我重返大学读书，博士论文做的是史料和文学史研究。之后有两三年，也想再拾起文学批评，但恢复得很慢。直到2008年，我才把更多的时间花在做文学批评上。这是一次"批评的返场"，发生在40岁的年龄之上。所谓"不惑之年"谈不上中年变法，不过是看清楚自己未来的一点可能和很多局限。此际，文学批评早已经从文学现场向学院转场，其资源、趣味、取径和格局，乃至文体、修辞和语体也都自觉地接受了学院知识生产的改造和塑形。2010年1月，作为《南方文坛》的《今日批评家》栏目推出的最后一个60后批评家，在表达自己对文学批评理解时，我说，想做批评语源意义上"能批评的人"，在现实中国生活并且进行文学批评实践。批评家扎根文学现场，参与文学生产和文学史建构是中国现代文学批评的重要传统。《花城关注》和"上海—南京双城文学工作坊"正是向这一文学批评传统的批评家前辈们致敬。这也是"批评的返场"。这次"批评的返场"，并不是退出学院，而是实践学院文学批评和文学现场对话的可能性。

编选这本评论集前后有接近一年的时间，当时曾想给这些文字一个名字——"有文学的生活"，以纪念这些年赋予我丰富文学生活的朋友们，感谢你们的爱与热情。

2021年9月